Tierra de campos

David Trueba

Tierra de campos

EDITORIAL ANAGRAMA
BARCELONA

Ilustración: © Arthur Giron

Primera edición: abril 2017

Diseño de la colección: Julio Vivas y Estudio A

© David Trueba, 2017

© EDITORIAL ANAGRAMA, S. A., 2017
Pedró de la Creu, 58
08034 Barcelona

ISBN: 978-84-339-9832-3
Depósito Legal: B. 6018-2017

Printed in Spain

Liberdúplex, S. L. U., ctra. BV 2249, km 7,4 - Polígono Torrentfondo
08791 Sant Llorenç d'Hortons

Para mi hermano Fernando,
que nunca sigue los caminos que llevan a Roma

CARA A

y aún a pesar nuestro, vuelve, vuelve
este destino de niñez que estalla
por todas partes

CLAUDIO RODRÍGUEZ

todos conocemos el final

Todos conocemos el final. Y el final no es feliz. Es curioso este cuento, porque sabemos el desenlace pero ignoramos el argumento. Somos visionarios y ciegos al mismo tiempo. Sabios y estúpidos. De ahí nace ese malestar que todos compartimos, esa sospecha que nos hace llorar en un día gris, desvelarnos a medianoche o inquietarnos si la espera de un ser querido se alarga. De ahí nace la crueldad desmedida y la bondad inesperada de los humanos. De ahí nace todo, de conocer el final pero no el cuento. Extrañas reglas de juego que ningún niño aceptaría. Ellos piden que no les cuentes el final. Ignoran que conocer el final es lo único que te permite disfrutar del cuento.

Hay un coche de muertos a la puerta de casa.

Papá, y la palabra resonaba al fondo de la cueva de mis recuerdos. Papá, y era mi voz. Papá, despierta, y luego era la voz de mis hijos. Oto, vamos, despierta. Yo dormía. Y cuando duermes te sumerges en un pozo oscuro y profundo donde el tiempo es todos los tiempos acumulados. Eres entonces el niño y el adulto, todo un yo completo sin transcurso, soy Dani Mosca en trescientos sesenta grados a la redonda. Despertar es situarte en el lugar indicado del calendario, volver a la marca. Pierdes entonces el privilegio de abrazar fantasmas, de desplazarte por la autopista invisible de los sueños, donde nadie te multa porque no está limitada la velocidad y las indicaciones llevan a ninguna parte y a todas partes.

Y en la mejilla los besos de mi hijo. Ryo seguía besándome sin importarle cumplir años. Tenía nueve y daba besos de nueve años, dulces, húmedos, largos. Maya se sentó en el colchón, noté su peso cerca de los pies. Ya no me besaba tanto. Para ella los besos empezaban a ser cosa de niños. Y no hay cosa que más deteste una niña de doce años que las cosas de niños. ¿Por qué sucede siempre así, que uno de niño tiene prisa por hacerse mayor? El verano pasado miré a mis hijos jugar felices con la arena de la playa y pensé: ¿cuándo dejamos de hacer castillos al borde del mar? ¿Cuándo cometemos ese error? ¿Cuándo aceptamos la petulancia de que eso es cosa de niños? A lo mejor nunca dejamos de hacer castillos de arena al borde del agua, sólo que ya no los llamamos así. Igual que por ser padres no dejamos de ser hijos.

Debían de ser las siete y media cuando me metí en la cama, en toda una declaración de que esa mañana no iba conmigo. Y, apenas cerrar los ojos, mis hijos al oído. Oto, oto. Cuando están cariñosos mis hijos me llaman oto, que es la palabra japonesa para decir papá. Duermen al otro lado del jardín, en la casa, que ahora es la casa de Kei y de ellos, y que fue nuestra casa. Yo acabé viviendo en el estudio, separado, al otro lado del patio frondoso, como un invitado de larga estancia. Cuando los bohemios os divorciáis tenéis estas cosas, me dijo Petru, que es un rumano castizo y tatuado al que recurrimos para cualquier reparación. Él instaló la ducha en el estudio, la diminuta cocina, y abrió hueco para meter mi nueva cama y crear un espa-

12

cio íntimo, aislado del resto de las máquinas, la mesa de mezclas, el ordenador, el teclado, las guitarras, los cables. Donde vivo.

Bohemio es una palabra que ya nadie usa, pero es perfecta para definir a quien regresa pasadas ya las siete de la mañana y se echa a dormir en un estudio de sonido sobre un futón que no levanta ni cuarenta centímetros del suelo. Ludivina, tan rumana como Petru, nunca dejaba a los niños durante las vacaciones escolares cruzar a mi estudio antes de que yo diera signos de estar ya despierto. Pero ella no decía que yo era un bohemio. Ella me justificaba. Sabía que un hombre solo es como una pelota sin dueño.

Kei andaba de conciertos y no regresaría hasta el martes. Pero la cuestión era saber a qué día estábamos. Finales de julio, eso seguro. Cuando hay colegio, Ludivina les prepara el desayuno y los envía a despertarme. En agosto se irían a Japón, con su madre, para pasar veinte días con los abuelos en Okinawa, en las playas de Motobu, y a mí me gustaba disfrutarlos ante la perspectiva cercana de su ausencia. Ludivina nos ayuda con los niños desde hace años y se permite confidencias como asegurarme que un día Kei me lo perdonará todo y yo podré volver a cruzar el jardín e instalarme en casa de nuevo.

Nacho, que toca el saxo y se suele ocupar de los arreglos de la sección de vientos en nuestras grabaciones, dice que quien lleva a los niños al colegio por la mañana es un puto esclavo. Pero se equivoca. Por la mañana los niños están frescos, recién regados. A Kei le espanta madrugar y prefiere que sea yo el que los lleve. Sabe que yo me despierto temprano, que ya nunca duermo como antes. Tengo miedo a dormir demasiado seguido, demasiado profundo.

A mi hija Maya le resulta trágico llegar tarde al colegio, así que a veces tomamos un taxi para ese trayecto que a pie no lleva más de quince minutos. A Ryo le gustan los taxis, sobre todo si llevan una bandera de España colgada en el retrovisor. A los niños les encantan las rutinas, decir y hacer las mismas cosas siempre, puede que tenga que ver con su pánico a lo imprevisible. Cuando Ryo ve a un taxista con la bandera le gusta que yo le explique el mismo cuento.

Es la historia de un taxista que lleva muchas horas al volante y de pronto ha olvidado dónde está, qué ciudad es ésta y hasta quién es él y en qué trabaja. Entonces mira al asiento de los pasajeros y los ve a ellos, a Maya y a Ryo, a dos niños japoneses, y alarmado piensa que está en Japón, y el tipo no tiene ni idea de decir una sola palabra en japonés, entonces se agobia, porque nada agobia más a un español que dejar de serlo, y de pronto, zas, ve la bandera colgada del retrovisor y se dice ah, sí, soy español, uff, qué alivio. Este cuento, que explica por qué los taxistas llevan la bandera española colgada del retrovisor, se lo tenía que contar a Ryo en cada ocasión. Le bastaba con señalar la banderita para exigírmelo. Mira, papá, la banderita española. Yo lo contaba muy bajito para que los conductores no lo oyeran, aunque a veces por las risas de mi hijo trataban de enterarse de lo que hablábamos.

Me gusta imaginar a mis hijos cuando sean mayores. Ojalá no les desaparezca nunca del todo la cara de niños. Son tristes las personas a las que no se les puede adivinar la cara del niño que fueron, y más triste aún esos niños que ya tienen la cara del adulto que serán. Mi hijo Ryo tiene un compañero de clase con cara de agente de bolsa, y hasta les cobra veinte céntimos por prestarles su móvil. No se te ocurra hacerte mayor, eso es lo que le digo a mi hija Maya todos los días a la puerta del colegio. Por más que te insistan, no se te ocurra hacerte mayor. Lo repito siempre, para que ella me devuelva esa mueca forzada de reprobación, ay, papá, qué pesado eres, antes de perderse dentro de la escuela. Cuando se lanzan sobre mi cama ya saben que no abro los ojos antes de cuatro besos. Es una norma de seguridad para que no me engañen hijos que no son los míos. Es la contraseña de mi caja fuerte. Ellos aún consienten mis juegos. Mi hija a regañadientes, papá, ¿cuándo vas a crecer?

Uno, dos, tres y cuatro. Los cuatro besos, ya está. Oto, despierta. Abre los ojos. Papá, que hay un coche de muertos a la puerta de casa.

un sabor a trapo viejo

Los besos después de la pasión dejan en la boca un sabor a trapo viejo. Por eso me visto y me voy. Después de follar, todo son posturas comprometedoras. Si mi brazo debajo de su cabeza, si su mejilla en mi regazo, si uno se vuelve de espaldas al otro. Y yo ya no quiero dormir junto a nadie toda la noche. Porque la noche les pertenece a los que se aman. Y yo no amo. Prefiero el mal trago de que me vean vestirme, de mostrar la piel que ha perdido la ingravidez del deseo mientras busco un calcetín o el calzoncillo abandonado en el suelo o me calzo las zapatillas con los cordones atados de la mañana anterior.

¿Te vas?, había preguntado Carmela con la misma resentida dulzura de siempre. ¿Te vas ya? suena aún peor, con ese *ya* recriminatorio que esa madrugada me ahorró. Es hermoso si se quedan dormidas y puedes dejar caer un beso, ya vestido, con un pie en la calle. Pero Carmela se incorporó para poner la alarma del móvil y la despedida fue más laboriosa. Exhibía un gesto gatuno sentada sobre el colchón con el pelo despeinado que tan bien les sienta a las mujeres. Deberían pagar en la peluquería para que las despeinaran así. Nos dimos dos besos más, que fueron secos y ásperos como la resaca.

Carmela era camarera en el bar de Quique. Aquélla era la séptima vez que nos acostábamos juntos. La precisión fue de ella. Es la séptima vez que nos acostamos en cuatro meses, me dijo. Corremos el riesgo de transformarlo en una afección crónica. Yo sólo tosí. Ya te veo la cara, vienes al bar únicamente cuando quieres follar, me había dicho la noche antes, cuando me acerqué a la barra. Tenía treinta y un años, casi quince menos que yo, pero se refería a su edad como una dolencia que había decidido tratarse. Necesito hacer algo, siempre se quejaba. Tengo que hacer algo con mi vida. Tengo que buscarme algo distinto. He oído ese lamento demasiadas veces, y yo me limitaba a esquivarlo para no verme involucrado en el proyecto. Salgo muy poco por las noches, no creas, con los niños no puedo. Le decía la verdad. Pero no le dije que eludía el bar de Quique, que era mi bar habitual, cuando no quería terminar la noche con ella. Has ganado una amante y has perdido un bar, me criticaba Animal cuando yo proponía ir a otro local. Eso es grave. Los amantes pasan, pero un buen bar es para toda la vida. Amar es no poder tomarte otra cuando quieres. Ésas eran las frases de Animal, él, que había perdido para siempre todos los bares de su vida.

Animal dice que soy impaciente. Él siempre está disponible, le sobra tiempo para todo. A mí no, soy ansioso. Dicen que la mejor prueba de tu ansiedad es cuando tiras de la cadena antes de terminar de mear. Ése soy yo. Soy impaciente incluso en las pruebas de sonido. No me gusta que se alarguen. Hay que preservar la tensión. Y hasta los bises dejan de tener encanto si se alargan de más. Carmela me desnudaba en su apartamento feo de Ventas con tres zarpazos

16

y luego ella se desnudaba como un hombre, sin preocuparse de lo que dejaba ver. La primera vez que hablé con ella, atraído por los ojos claros y su piel rubia bajo el pelo negro, me frenó, yo te vi una vez cuando iba a la universidad, en el Clamores. Me llevó un novio al que le gustaban tus canciones. Era un cabrón. Su favorita era «Me voy».

En realidad aquella canción era una descripción del orgasmo,

me voy,

mañana es hoy,

vine y me fui,

quien era ya no soy,

me voy,

pero mucha gente la interpreta como una canción de ruptura. Me agradaba la confusión, quizá pretendida por mí al asociar clímax erótico, el derrame, con la fuga. El placer consumado abre de una patada la puerta de la siguiente habitación, en una de tantas paradojas que convierten vivir en un vértigo. Carmela relajó el escudo defensivo a lo largo de dos o tres noches en el bar de Quique, cuando la rondé y ella aceptó la invitación a tomar la última por ahí, después de cerrar. Te vas a follar a una camarera, ¿no te da asco de puro clásico?, me dijo la primera noche al entrar a besos en su piso. El músico que liga con la camarera.

Tengo gran respeto por los clásicos, respondí.

Caminé del apartamento de Carmela hasta mi casa. En ese amanecer, yo era el tipo al que le sorprende la mañana haciendo labores propias de la noche. Culpable. El sol era el flexo en la cara de las películas con interrogatorios policiales. Mi única respuesta fue tararear. Me gusta caminar tarareando. Hay lugares en los que nacen las canciones. En la calle, de vuelta a casa en esa hora temprana, también en la cama antes de despertar del todo, en el avión. Y en la ducha. La ducha es un lugar de inspiración caro y antiecológico, pero las canciones saben a lluvia. Además es una manera de rebelarme contra los rigores de mi padre. Cuando vivía con él, bastaba que me oyera abrir el grifo de la ducha para golpear la puerta del baño desde fuera. ¡Esa agua, no hace falta gastar tanta para una ducha! ¡Cuando te enjabonas cierra el grifo! Si te sonabas los mocos bajo el chorro de agua, se indignaba. Pero, hombre de Dios, ¿tú sabes el agua que derrochas así?, me increpaba tras la puerta. ¿Crees que tus mocos merecen desperdiciar el agua de un río? El agua malgastada, la luz sin apagar, la nevera que no cierras porque dudas qué tomarte, la persiana levantada de noche si está encendida la calefacción, tirar el tarro de mermelada sin que quede cristalino hasta el fondo eran dispendios que no admitía. La música favorita de mi padre era la de la cucharilla golpeando el envase de un yogur mientras perseguía las últimas rebañaduras durante quince minutos. Clinc, clanc, clinc, clanc.

Quería terminar el nuevo disco y por eso disfruté del placer de caminar esa mañana a la busca de alguna melodía nueva. Será el disco número diez, descontados dos de grandes éxitos, o, mejor dicho, recopilatorios, que es un nombre tan feo como feas las razones por las que se fabrican. Diez discos, en lo que ya va para treinta años de profesión, creo que refleja mi esfuerzo por no fatigar a los demás. Incluso por no fatigarme a mí conmigo mismo.

últimamente pienso mucho en la muerte

Últimamente pienso mucho en la muerte. Pero de ahí a despertar con un coche fúnebre a la puerta de casa va una notable distancia. Miré a través de la ventana de la cocina

18

después de que mis hijos lograran despertarme. Ludivina me explicó que el conductor había llamado varias veces al timbre. Pero yo me negué a abrirle, trae mal fario, dijo. Al verme asomar, el conductor tocó la bocina, con esa naturalidad del amigo que pasa a recogerte. Una naturalidad que no esperas nunca de un coche fúnebre. Todos los coches, más tarde o más temprano, son fúnebres, decía Gus. Ya, pero éste es fúnebre de verdad, Gus. Con sus cristales tintados y el volumen trasero con forma de caja para transportar ataúdes. Era la inconfundible limusina final.

No sé por qué pensaba tanto en la muerte últimamente. Dicen que es la edad y la conciencia de que los que te rodean, y tú mismo, habéis entrado en su área de influencia, en su gravedad. Pero entonces no era yo sino la muerte la que pensaba últimamente mucho en mí. En algunos momentos he pensado mucho en el sexo, en el éxito, en el amor, en el dinero, sin que amaneciera con ellos aparcados a la puerta de casa. Puede que la muerte sea más poderosa que cualquier otra idea, porque siempre ríe la última.

Encontrar el coche fúnebre a la puerta de casa esta mañana me impresionó. Ahí, detenido en doble fila. Era temprano, era verano, por suerte apenas había vecinos en la calle que preguntaran ¿quién ha muerto?, que supusieran, al ver aparcado un coche fúnebre frente a la entrada de nuestra casa, vaya, se ha muerto Daniel, el cantante. O alguien de su familia o la japonesa que vivía con él. No creo que haya nadie en el mundo que al ver un coche fúnebre no piense, aunque sea sólo un instante, es para mí. Igual que cuando se descorcha el champán todos tememos que el corcho, sean cuales sean las carambolas de su trayecto, acabe por golpear nuestro ojo. ¿O sólo soy yo?

La señorita Raquel trató de ubicarlo, me chilló el conductor asomando la enorme cabezota por la ventanilla.

Tenía una cabeza tan grande que parecía imposible que después de sacarla pudiera volver a meterla en el coche. Coche de muertos lo llamaron mis hijos. ¿Raquel? Cuando recuperé el móvil, encontré las suficientes llamadas perdidas de Raquel para entender que había tratado de despertarme sin éxito. Siempre duermo con el móvil puesto a cargar sobre el lavabo del baño.

Raquel es mi ángel de la guarda, la que organiza nuestra rutina. Yo siempre la presento igual: Raquel, me lleva la carrera. Ella prefiere decir que, más que ángel de la guarda, es mi guardia civil. Raquel no tiene hijos y me ha convertido en una especie de hijo, pese a que yo le saco casi diez años. Ella cumple con mis obligaciones, y su esmerado desvelo por mi agenda demuestra que una madre puede ser más joven que sus hijos.

A Raquel no le importaba resolverme las entregas de muebles, los trámites absurdos, las exigencias del creciente papeleo, los avisos por averías domésticas. Habla con Raquel, les digo a todos. Que hablen con Raquel me infunde más confianza que si hablan conmigo. Yo a veces le cuento mis cosas personales a Raquel para ver si es capaz de resolverlas con la misma diligencia que el resto de los asuntos cotidianos. Ella responde siempre al teléfono, yo en cambio lo olvido, lo aparto, lo ignoro, porque necesito vivir sin esa cosa cerca algunos ratos de mi vida. No he llegado al extremo de Animal, que archiva en su agenda del móvil los contactos sencillamente bajo un Sí o un No, para saber si debe contestar o ignorar la llamada. Pero Raquel contesta a todos, es capaz incluso de mantener varias conversaciones simultáneas. Tengo amigos que dicen que Raquel en realidad está enamorada de mí, por eso afea cada gesto que dedico a otras, ¿desde cuándo te gustan las tontas?, ¿seguro que quieres que esa tipa tenga tu número de móvil?, cada vez te gustan más jovencitas, pronto le robarás la agenda a tu hija. Cuando la conocí me atrajo su manera de llevar a un grupo con el que habíamos compartido escenario. Fue así, estricta seducción profesional. Empezamos a trabajar juntos y, en uno de los primeros conciertos, bebí hasta envalentonarme y tontear con ella. Raquel se inclinó sobre mi oído para embridarme a la tercera mirada racheada. Te advierto que me gustan las tías y estás a un milímetro de empezar a hacer el ridículo, me dijo.

Es lo de tu padre... La voz afilada de Raquel, pese a la distancia, se me clavó adentro. Claro. Lo de mi padre. Perdona, y sentí que mi voz llegaba con un leve retardo hasta su oído en Río de Janeiro. ¿Qué hora sería en Brasil? Porque Raquel pasaba las vacaciones allí con una periodista que había conocido en un concierto que fuimos a dar en Montevideo un año atrás. ¿No me digas que te olvidaste?, ¿estabas dormido?, me preguntó. Dani, ¿qué día es hoy? Noté la espuela de su ironía en mi lomo. Hoy todavía no es ningún día, no deben ser ni las nueve, le respondí. ¿Estás con el conductor? ¿Está todo bien?, me preguntó ella. Dime que puedes ocuparte solo. Claro que sí, le dije a Raquel, ya está, ahora caigo, ya me ocupo yo.

la primera vez que deseé morir

La primera vez que deseé morir, pero desearlo de verdad, no hacer la frase llorona, fue cuando Oliva y yo dejamos de estar juntos. He dudado. Iba a escribir me dejó o rompimos, pero la acción pierde fuerza con el paso del tiempo en favor de la consecuencia. Dejamos de estar juntos. Entonces, de modo muy frío, se me antojó que morirse no sería tan malo. Te mueres y se acaban los miedos, las dudas, el dolor, el arañazo ese interior. Tiempo después volví a pensarlo en algún otro instante desafortunado, cuando te despierta la tristeza por la noche y te clava las uñas en el corazón. Pero era distinto, esas siguientes veces era distinto. Yo ya había sumado años a mis veinticinco años de entonces, cuando Oliva lloraba y yo le acariciaba el pelo y le decía siempre estaré a tu lado, ¿o me lo decía ella a mí?, y sabíamos ambos que ya nunca estaríamos al lado del otro, y entonces deseé por primera vez morir, porque la muerte al menos ofrecía un valor incuestionable: el don de la oportunidad.

Deseé morir y luego he comprendido que en esos días algo de mí murió para siempre. Uno muere a plazos, en contra de lo que pensamos. Porque el final del amor es lo más parecido a la muerte para todos aquellos que no han experimentado la muerte real, que es sin discusión lo más parecido a la muerte. Los muertos, justo antes de morirse, ponen un gesto de ah, vaya, era esto. En cambio, en el final del amor nadie entiende nada, ¿qué es esto?, nadie me había contado nada de esto, porque no reconoce a la muerte entregando uno de sus plazos.

Mi padre murió de manera definitiva poco después de que Kei y yo tomáramos la decisión de separarnos. Mi segunda e inmensa separación. Nos separamos por una razón principal. Igual que a veces enciendes la luz de un baño y ves cucarachas que corren a esconderse, un día encendimos la luz de nuestra relación y le vimos la cola a la tristeza. A veces adiós es una forma de decir te quiero, escribí para ella en una canción que aún apenas nadie ha escuchado. Querer no es tan ideal como pretendemos, no faltan asesinos que dicen querer. Lo complicado de querer es distinguir qué es lo que quieres. No repetir cuánto, ni a quién, ni hasta cuándo, sino qué, qué es lo que quieres

22

cuando dices que quieres. A mi padre se le iluminaban los ojos al ver a Kei, también al ver a Oliva. Tenía buen gusto para las mujeres. ¿Se hereda algo así? Sospecho que el que ellas dos, el que ellas dos salieran conmigo, vivieran conmigo, fueron las dos únicas razones por las que llegó a considerar que su hijo no era un perfecto inútil.

Me apenó que se muriera al poco de que Kei y yo nos separáramos. Para mi padre el matrimonio era el Santo Grial, y yo lo derramaba torpe, pero ¿por qué tienes que ser tan torpe?, me decía de niño si se me caía la leche en la mesa o derramaba el plato de sopa al posarlo en el mantel. Así se me derramó el matrimonio, y apenas tuvo ocasión de recriminarme, porque se murió. Me llamó él mismo desde el hospital. Soy papá, me van a ingresar. Luego supe que a media mañana había vuelto precipitadamente de su paseo matinal porque se había cagado encima. Me he cagado encima, anunció cuando lo encontré en el pasillo de ingresos. Podríamos decir que cagarse encima fue la natural reacción de mi padre cuando la muerte le salió al encuentro. Su intestino reconoció a la muerte antes que él. Él, incluso el mismo día en que se murió, seguía afirmando que los médicos no daban con lo que tenía. Son unos inútiles, no hacen más que enredar con pruebas, y yo no tengo nada.

Que la muerte lo encontrara paseando era normal. Mi padre paseaba a todas horas. Paseaba por las mañanas, por las tardes y algunas noches. Paseaba hasta en casa, arriba y abajo del pasillo. Paseaba incluso en la cama, porque si llegaba a casa a una hora en que él ya estaba acostado, no era raro que hiciera la bicicleta sobre el colchón o agitara las piernas mientras hablaba conmigo. Si no te mueves te anquilosas, se justificaba. Mi padre paseaba para huir de la muerte y la vejez. Mi padre paseaba como yo salgo de gira, para que no se caiga el plato del palo chino. La vejez le mordía los talones, y él paseaba, pero la muerte le espió a conciencia, anotó sus rutinas y le atrapó el día señalado por más que él caminara deprisa en su paseo. Lo alcanzó como el mar alcanza a derribar siempre los castillos de arena.

Lo ingresaron porque el médico quería someterle a otras pruebas. Cuando superamos la humillación de las siete horas en el pasillo de urgencias y accedió a una habitación, le sometieron a nuevas pruebas porque las anteriores resultaron contradictorias. Las pruebas decían cosas distintas. Eran deprimentes y esperanzadoras. El doctor Inepto, no recuerdo su nombre, fue amabilísimo en todo el trance, pero mi padre decía de él que era un inepto, es un inepto, este doctor es un inepto, pues el doctor Inepto me aseguró que las pruebas eran un poco confusas y también me dijo que le gustaban mis canciones.

La confusión fue lo más cerca que estuvo mi padre de salvarse. Mostró la fortaleza suficiente para intentar despistar a la muerte, emborronarle el diagnóstico. Pero, aclarada la confusión, supimos que se moría, que la finta ya no engañaba a nadie, ni las prisas en el paseo. La infección de páncreas era tan salvaje que acabó en diez días con un tipo sano y fibroso, más roca que hueso, duro como sólo es dura la gente del campo. Un hombre que había llegado a urgencias por su propio pie, tras ducharse y cambiarse, me cagué en plena calle, y tomar dos autobuses, porque se negó a pagar un taxi, por débil que se encontrara. Pagar un taxi era una afrenta demasiado grande. Mi padre no quería ir en taxi a morirse. Fue en autobús y con transbordo. Así era él.

Yo no lloré cuando mi padre se murió. Estaba con él en la habitación y el doctor Inepto me advirtió de que llegaba el final. Eran las siete de la tarde. Mi padre boqueaba como el pez sacado del agua. Y le tomé de la mano. Una mano del material con que se fabricaban las manos hace muchos años en España, cuando todos éramos de pueblo. Una mano tan firme y vigorosa que casi parecía ella consolar a mi mano floja. La mano de mi padre había pasado los primeros veinte años en la labranza del campo y en la guerra; la mía, en esos mismos años de vida, se había dedicado a hacerme pajas y tocar la guitarra.

Inconsciente de que era la muerte quien tiraba de él, yo quise advertirle. Tienes que estar contento, papá, has tenido una vida plena, estate tranquilo. No digas eso, me riñó muy suave. Fueron sus últimas palabras. Ya no dijo más. Se murió, pues, sin dejar de regañarme, de reprenderme, que había sido nuestra forma de relación más cotidiana. No digas eso. Ya no habló cuando el capellán del hospital se coló en la habitación para rezar por él. Me voy más limpio que una patena, le había dicho mi padre cuando unos días antes le soltó la monserga de prepararse para dejar este mundo. Mi padre se confesaba todas las semanas, más por sacarle brillo al alma que por manchas de última hora. El sacerdote trabajó rápido sobre él, con la soltura de los profesionales. Le aplicó los santos óleos como un mecánico comprueba la presión de inflado de las ruedas de un coche.

No lloré al ver morir a mi padre. Me eché a reír. Suena mal. Me eché a reír porque asomó una pariente del pueblo, la tía Dorina. Asomó la cabeza por la puerta de una forma cómica y absurda. ¿Se puede? La tía Dorina venía a Madrid a menudo a ver a su hija Dori, que era dermatóloga en aquel mismo hospital. Mi prima Dori había puesto al corriente a su madre de la gravedad del estado de mi padre después de que un día, bien amable, subiera a interesarse por él desde su consulta y se ofreciera de paso

25

a quemarme un lunar del cuello. Si quieres te quemo ese lunar. Los lunares a partir de los cuarenta... Y no quiso precisar más. Dejan de ser decorativos y se convierten en huellas de la muerte, pensé yo. Y tú tienes cuarenta y cuatro, porque mi madre siempre me ha dicho que tú y yo somos del mismo año, precisó la prima Dori.

Me reí porque, con mi padre recién muerto, la tía Dorina se asomó para preguntar, desde la puerta, ¿a lo mejor no vengo en buen momento? Yo puse la misma cara que le habría puesto a un repartidor del supermercado que preguntara dónde deja la compra mientras la casa está ardiendo. Me reí porque no podía llorar, y porque la visita a destiempo me precipitó a esa maquinaria fúnebre y tenebrosa de llamadas y formalidades. Todo ese proceso que impide que un hombre al dejar la vida deje los trámites. Me lo avanzaba siempre mi amigo Vicente. ¿Tú sabes lo que hay después de la muerte?, me decía, ¿eh?, ¿sabes lo que hay después de la muerte? El papeleo.

Me invadió la responsabilidad. De pronto tenía muchas cosas que hacer, y uno no llora cuando tiene cosas que hacer. Muchos años antes ya había escrito en una canción
el día en que te marchaste
no pude morir, como pretendía,
tenía hora en el dentista
para hacerme un empaste,
pero entonces todo era leve o yo tenía las fuerzas para convertirlo en leve o, lo que venía a ser lo mismo, convertirlo en una canción. Le cerré los ojos a mi padre, esos hermosos ojos color miel que tuve la suerte de heredar y en los que ahora sólo había una inmensa oquedad. La boca se le aguantaba abierta en lo que era la última bajeza de la vida o la primera que le propinaba la muerte. Traté de cerrarla para que no se percibiera la ausencia de la dentadura pos-

tiza, su última coquetería. Estar al lado durante una muerte, igual que en el nacimiento de mis hijos, contribuyó a desbravar cualquier tentación mística. Morir, como nacer, era un proceso fisiológico laborioso y sucio. Si de allí viajaba al reino de los justos, como mi padre estaba convencido de que sucedería, ya era una cuestión suya, ajena a mi cartografía.

pero lloré con retraso

Pero lloré con retraso la muerte de mi padre. Fue tres meses más tarde. En el aeropuerto de Barajas. Llevaba a mis hijos a pasar cuatro días de puente en Mallorca, a la casa junto al mar que Bocanegra, el que había sido mi valedor durante años en la discográfica, siempre me ofrecía. Era el puente festivo de mayo y la cola de facturación desbordó las previsiones, las máquinas estaban estropeadas y perdimos el vuelo. Sin mucha fe, el empleado me dijo que intentara cambiar los billetes en el mostrador de atención al cliente, que también estaba desbordado de pasajeros en aprietos. Decidí esperar la cola para tratar de no arruinar del todo los planes con los niños. Era el primer viaje de los tres juntos después de la ruptura con su madre, y quería darle ese valor fundacional que tienen los detalles al comienzo de una nueva época.

No sé si habrá plazas en el que sale dentro de dos horas, me dijo la empleada sin prestar atención, pese al letrero sobre su cabeza que prometía atención al cliente. Consultó el ordenador sin levantar los ojos. Lo siento, con el puente está todo completo. La cara de decepción de mi hija Maya, que permanecía atenta a los trámites, contagió a su hermano, Ryo, que hasta ese momento se divertía con las incidencias. ¿No nos vamos a poder ir, papá?, preguntó una. ¿El avión se va a ir sin nosotros?, preguntó el otro. No lo sé, hijos, no lo sé.

La empleada levantó los ojos tras el mostrador con la inercia de buscar al siguiente en la fila. Fijó la mirada en mí por primera vez, algo sorprendida. Eres el cantante, ¿verdad? ¿Dani Mosca? Asentí. Ser moderadamente conocido tiene a veces moderadas ventajas. ¿Sería ésta una de esas ocasiones? Torció el gesto, pero en este caso para humanizarse y regresar a trastear en el teclado de su ordenador. No hay plazas, está muy difícil, insistió. ¿Sabes que yo conozco a tu padre? Mi madre era clienta suya. Le compraba los relojes y las joyas, los muebles de cocina. Tu padre es tan majo... ¿Cómo está?

Guardé silencio un segundo, luego dije mi padre ha muerto hace tres meses. Y entonces me eché a llorar, desbordado y sin agitarme, parado en mi sitio frente al mostrador de atención al cliente, como si me hubiera dado la noticia a mí mismo por primera vez. La empleada se excusó sin dejar de observarme. Era atractiva gracias a una nariz de riesgo, algo mayor que yo, y llevaba el pelo teñido con mechas rojizas. Me mordí el labio para frenar las lágrimas. Pero las lágrimas más conmovedoras son las que no quieres soltar. Sentí que debía justificarme. Es que hoy era el cumpleaños de mi padre, algo en lo que había reparado cuando saqué los billetes, y recordé cómo se vanagloriaba de haber nacido en el Día del Trabajo, era toda una señal para él, tan afanoso. Entonces la azafata me miró con ternura, la ternura esa ocasional que uno echa tanto de menos en la batalla cotidiana. Era tan especial, me dijo. Tu padre era alguien maravilloso, lleno de simpatía, lo siento en el alma.

Me arregló los billetes y nos coló en el vuelo que un minuto antes estaba completo. Perdona por recordarte una cosa tan triste, me insistió la azafata al despedirnos. No, no, al revés, perdóname tú a mí, no sé qué me ha dado de pronto. Lloré de manera ridícula hasta que llegamos a la puerta de embarque, sin poder apenas hablar. En la vida solo recoge el que siembra, afirmaba mi padre con su habitual grandilocuencia. Trata bien a la gente y algún día esa gente te devolverá el trato. Le hubiera gritado tenías razón, papá, tenías razón. Míralo, tenías razón. Él, que sostenía que en la vida no servían las fórmulas matemáticas. Cuanto más das, más tienes. Es como la tierra de labor, repetía con el espíritu cristiano que se le desbordaba cuando tenía auditorio o se venía arriba, es dura, es ingrata, pero es agradecida con quien la sabe cultivar a diario.

A Ryo lo invitaron a la cabina los pilotos, pero Maya no quiso asomarse, le parecía cosa de niños. Cuando arranqué a Ryo de allí para que dejara de curiosearlo todo y toquetearlo todo, el piloto me preguntó en voz baja si eran adoptados, yo estoy en trámites para traerme una chinita. No, su madre es japonesa, le expliqué. Cuando regresamos a los asientos, mi hija me habló en un aparte. ¿Por qué llorabas antes, papá, por lo de los billetes? Bueno, en realidad lloraba porque quería darle las gracias a tu abuelo por conseguirnos los billetes y..., me interrumpí, no supe seguir. Y claro, no podías porque está muerto, añadió Ryo. Exacto.

Es difícil organizar la vida, pero la vida a veces se organiza sola para ti de una manera delicada, con una lógica que asusta, tan perfecta que es emocionante. Por eso lloré tan tarde la muerte de mi padre, en un aeropuerto desbordado de gente en lugar de junto a su cama en la intimidad de la habitación de hospital. Y por eso lloré echándole de menos en instantes casuales durante algunos meses. Como en aquel recuerdo inesperado de la azafata del aeropuerto que lo había conocido de niña en la casa de sus padres en su papel de vendedor a domicilio, el encantador señor Campos.

En Mallorca, Bocanegra nos había dejado disfrutar de su casa y su piscina, acariciar el lujo acumulado en sus siete vidas. Me he muerto en cada cambio tecnológico, en cada fusión de compañía, en cada ascenso o nombramiento de algún otro hijoputa, pero aquí estoy, resumía así su biografía profesional. Nunca un apellido le fue a nadie tan a la medida como a él, que asustaba a mis hijos con sus palabrotas. Tienes unos hijos de puta madre, llegó a decirme en un rapto de sentimentalismo que ellos escucharon compungidos. Lo que tienes que hacer ahora es disfrutar de ellos, antes de que se hagan mayores y la vida los encabrone. A Bocanegra, entre la gente de la música, lo llamábamos Loquetienesquehacer, porque siempre arrancaba así sus frases. Lo que tienes que hacer es grabar otro puto disco, me dijo, y dejarte de hostias.

Mi cabeza ya andaba enredada en otro disco sin necesidad de que él me insistiera. Abstraído a todas horas. Unas semanas más tarde ayudaba a Maya a preparar un disfraz para la función en inglés del colegio. Estábamos solos en la casa de su madre, al otro lado del jardín, cuando llamaron al portero automático. Sonaron los timbrazos persistentes, una, dos, tres veces abusivas, con ese sonido feo, irritante y antimusical de los telefonillos. Sólo había una persona en nuestra vida que llamaba de ese modo al timbre, mi padre. Así que me levanté del suelo y dije es el abuelo. Cuando estaba a punto de llegar a la puerta para abrir a mi padre, bajo la mirada expectante de mi hija, caí en la cuenta de que no podía ser él. Que aquella manía autoritaria, intrusiva, delirante de llamar ya no existía. Que ya nunca iba a ser él quien llamara al telefonillo tres, cuatro, cinco veces seguidas y dejara el dedo apoyado en el botón. Que estaba muerto. Y la ausencia, de pronto inapelable, golpeó más duro que el instante de la muerte en el hospital.

Y le eché de menos de nuevo. Fue entonces cuando decidí cumplir su última voluntad.

Es Ryo, ahora llama así al timbre todo el rato, tienes que decirle algo, a mamá no le hace caso, protestó Maya. Mi hijo había heredado la costumbre de mi padre sin saberlo. ¿Se hereda eso? Llamaba al timbre como un energúmeno, igual que hacía su abuelo, con la exuberancia de quien está seguro de que va a ser bien recibido. Cuando abrí le pregunté por qué llamaba así al timbre. Basta con que pulses una vez y esperes un poco, le reñí. Ya, papá, pero si llamas fuerte, seguro que alguien te oye.

si llamas fuerte, seguro que alguien te oye

¿Es usted el señor Daniel Campos?, me gritó el conductor del coche fúnebre. Tenía la voz poderosa o quizá el tamaño de su cabeza le servía de campana de resonancia. Sí, salgo en un minuto, le dije. Quería ducharme, vestirme. Doy la vuelta a la cuadra, que acá no puedo parar, y le observé maniobrar dentro del coche.

Papá, ¿te vas?, me preguntó mi hija. Tengo que irme, lo había olvidado. ¿Y el coche de muertos quién lo ha llamado? ¿Para qué? Su hermano esperaba la explicación, plantado ante mí con los ojos afilados. En realidad es para el abuelo. Vamos a trasladar al abuelo a su pueblo, al cementerio de allí, ¿no os acordáis de que os lo conté? ¿El abuelo está ahí dentro? Bueno, el cadáver del abuelo, respondí. ¿En serio? ¿Puedo verlo?, preguntó Ryo. Eres idiota, ¿cómo vas a verlo?, le cortó su hermana. ¿No ves que murió hace meses? Estará podrido. ¿El abuelo está podrido, papá?

31

Años atrás había sostenido con mi padre una de esas estériles conversaciones, parecidas a las que sostengo con mis hijos, sobre las ventajas de la incineración. Vamos a ver, hijo, tú haz lo que te salga de las narices con tu cadáver, terminó por decirme crispado, pero yo quiero estar enterito cuando llegue la resurrección de los muertos. ¿La resurrección de los muertos?, venga, papá, encima de que el planeta está superpoblado aún sigues con eso. Ladeó la cabeza y dijo, por fin, a mí lo que me gustaría es que me enterraras en mi pueblo, pero nada de cenizas, que no soy un cigarrillo. Tú si quieres acabar en un cenicero es asunto tuyo.

Fue algo parecido a una última voluntad. Por más que morirse no entraba en sus planes inmediatos. Las dos últimas noches, invadido por visiones causadas por la morfina que le llevaban a alargar el brazo para tocar un caballo, un jarrón de flores, una pared que veía delante, si está aquí, hijo, aquí delante, se arrancó a manotazos las vías de plasma y suero y cuando llegaron las enfermeras para reponerlas les gritaba, váyanse, asquerosas, déjenme tranquilo, fuera de aquí, malditas puñeteras, pero recobraba la razón de inmediato y les pedía perdón, se me va la cabeza, señorita, discúlpeme. Lo que más le importunaba de la estancia hospitalaria era no poderse manejar solo, estar en manos de otros y sin su seductora prestancia de anciano elegante. Eso y no ir a ver a mi madre a la residencia como hacía cada mañana al empezar el día y cada tarde a última hora. Tienes que ir y explicarle que yo no puedo, pero no le digas que estoy ingresado, me rogaba, empeñado, como lo estuvo siempre, en que mi madre había perdido la memoria y el sentido de las cosas pero entendía mucho de lo que le decías.

Cuando murió mi padre, dejé que los demás se ocuparan de los trámites. La tía Dorina me preguntó, con esos mofletes que uno no podía dejar de mirar agitarse en cada sílaba, si teníamos algún seguro. Yo recordaba al señor Marciano, cobrador de Seguros Ocaso. Soy Marciano del Ocaso, se anunciaba por el portero automático. Siempre quise componer una canción que se titulara así, «Marciano del Ocaso». Le traía a mi padre todas las navidades un puro que se fumaban el uno frente al otro en el salón, como en un ejercicio de natación sincronizada. Hasta que mi padre decidió dejar de fumar y una Navidad rompió su habano con furia y también le quitó el suyo de las manos a don Marciano y lo tiró en la maceta de un geranio de la ventana. Yo lo he dejado, y usted debería hacer lo mismo, que eso es veneno. Supongo que aquel acto tan marciano significó el ocaso de su amistad.

La importancia de la salud fue algo que irrumpió en la vida de mi padre a causa de la enfermedad de mi madre. Y no fue una afición cualquiera, sino una obsesión que cambió sus hábitos y lo convirtió en un hombre nuevo. Practicaba ejercicios de una contundencia atlética desmesurada y se preparaba combinados de ajo y cebolla, algunos extremadamente malolientes, que guardaba en frascos reutilizados en la alacena del final del pasillo, y que venían a ser su versión casera de los anabolizantes y las vitaminas que luego he visto tomar a tantos a mi alrededor. Se convirtió en lector, más bien ojeador, de libros de remedios alternativos publicados en editoriales infames y era tan convincente en sus diatribas sobre salud que los vendedores de enciclopedias, el tipo del Círculo de Lectores y hasta los revisores del gas o la luz, salían siempre de mi casa con un sospechoso aliento a ajo y cebolla.

Raquel se adueñó de la situación y se ocupó de solventar la parte mecánica del entierro. Fue una ceremonia rápida, sin magia, en los altos de Carabanchel, con un cura

33

que equivocó el nombre de mi padre. Las dos coronas de flores que incluía el seguro, y que Raquel ordenó redactar con dos verdades irrebatibles, Descansa en paz y Tu hijo no te olvida, acabaron despachurradas dentro del nicho de mi padre. El operario me preguntó antes de proceder al sellado si quería dejar las flores dentro o fuera. No sé, dije yo, ¿qué es lo habitual? Hombre, si las deja fuera del nicho es común que se las roben, me informó. Así que, sin demasiada convicción, contesté que depositara las coronas dentro, pues las flores eran para él. El hombre aquel tomó las dos coronas y las despachurró para empujarlas dentro del nicho en lo que fue un acto conmovedoramente mostrenco. El suelo quedó cubierto de pétalos desgajados.

Yo no recuerdo haber convocado para el entierro a nadie salvo a Animal. Se ha muerto mi padre, le dije. Joder, con lo fuerte que era, respondió él. Animal se había pasado un par de tardes por el hospital para visitarnos, y mi padre le había retado a una carrera por los pasillos. Estás demasiado gordo, le decía, a mi padre le gustaba humillar a los gordos con su pletórica salud de anciano. Tienes que comer lo estrictamente necesario, le aconsejó, ni un bocado más. Algo imposible para Animal, cuya vida consistió siempre en el placer de los excesos. También llamé a Martán. Voy contigo en el sentimiento, me dijo con su habitual versión libre de nuestro idioma. Te acompaño, le corregí.

Entre Raquel, Kei y de nuevo la tía Dorina, que tras veinte años sin vernos había cobrado una importancia preocupante en mi vida, lograron que la entrada para el sepelio fuera más que aceptable y mi padre protagonizara su adiós con una afluencia de público que ya firmarían muchos artistas. Agradecí la presencia de amigos de la música, pero me sorprendía que participaran aún en ceremonias así. Lo siento, tío, me dijo Víctor, el bajista de Serrat, y yo lo único que supe responderle fue un ¿pero tú vas a entierros?

Sin haber asistido a ningún entierro en nuestra vida, Gus y yo escribimos una canción que se llamaba «Señor Martínez» sobre un tipo que se colaba en los entierros como quien va al teatro. Estaba basada en mi padre. Porque a mi padre le gustaba lo pomposo. Y nada podía ser más pomposo que las pompas fúnebres. No tuve en cuenta, cuando le tocó a él ser enterrado, lo mucho que disfrutaba en los entierros ajenos, con esa condolencia tan bien interpretada. Disfrutaba de los ritos mortuorios, el velatorio, el tanatorio, la misa de funeral, como de un teatro fascinante. Una boda era gozosa, pero un funeral permitía más registros interpretativos a los asistentes. Su generación quizá se daba el gustazo de darlo todo en esas ceremonias por la escasez de las demás. Claro, no había conciertos ni turismo, ni farras con amigos, jamás cogió un avión o acudió a un museo, el día de fin de año se acostaba a las once y nunca tuvo partida en el bar. Cuando dejó de fumar los puros del señor Marciano, ya sólo brindaba con sus brebajes paramédicos. Lo que terminó por celebrar de manera más alborotada eran sus deposiciones. De natural estreñido, primero compartía con mi madre y conmigo las vicisitudes de su defecar, tanto las satisfacciones como las amarguras. Después, con las mujeres que pasaron por casa para cuidar a mi madre, no era raro sorprenderle en conversaciones puntillosas, pues esta mañana me costó la intemerata hacer de vientre, pero la caca en sí tenía una consistencia estupenda, de manual, explicaba. Con Oliva y con Kei le sorprendí en alguna ocasión en mitad de conversaciones muy íntimas, pero ellas me tranquilizaban, nos está contando lo de su caca de esta mañana.

Cuando logré que manejara el móvil con cierta soltura y no apoyara el dedo sobre tres teclas al mismo tiempo, mi padre aprovechaba sus largos ratos de forcejeo intestinal para la ronda de llamadas. Hijo, no te lo vas a creer, pero es que llevo aquí sentado en la taza diez minutos y ya no sabía qué hacer, y eso que me he tomado medio bote de mermelada de ciruela, cuéntame, ¿cómo están los niños? Yo, que conocía su alergia a hablar por teléfono, identificaba a menudo su llamada y esas ganas de entablar conversación con su vía crucis intestinal. ¿Qué tal, Dani, cómo va todo, que hace días que no hablamos? Papá, ¿estás cagando?, le preguntaba yo, y él lo negaba, pero alargaba las sílabas con la rítmica doliente del estreñido y luego me despedía a todo correr y yo alcanzaba a escuchar la cisterna del váter accionada mientras me colgaba.

Mostraba más empeño que habilidad por acercarse a las tecnologías, pero cuando, fascinado por el funcionamiento del fax, le anuncié que era un invento sin futuro, pareció hundirse con la noticia. Y tú qué sabrás, me dijo. En otros momentos se declaraba orgullosamente pueblerino. Soy de pueblo, se justificaba ante cualquier traspié, qué le voy a hacer. Afeaba a mis hijos que jugaran con sus maquinitas electrónicas y rememoraba por contraste cómo los niños de su pueblo cortaban pedazos de caucho de las ruedas de los primeros camiones y los masticaban como chicle mientras jugaban a envolver una piedra en la bufanda y atizarse con ella en la cabeza. Eso sí era divertirse, proclamaba, y no estas dichosas maquinitas, tanto ordenador, pobre juventud, que os vais a volver todos tontos. Vivió convencido de que el tiempo pasado fue mejor, lo que implicaba una superioridad sobre mí, ejercida en cuanto tenía ocasión. Lo rural lo asociaba con la pureza y lo urbano con lo vil, como he visto dar por sentado con tanta simpleza a otros. Por eso encontré justo devolverle al sitio al que él mismo regresaba, incluso en la imaginación, para reafirmarse en la solidez de sus cimientos. Y así decidí transportar el ataúd con su cadáver hasta el pueblo donde nació, Garrafal de Campos, aunque fuera una decisión tomada con retraso, más de un año después de su primer entierro mustio y precipitado.

yo hago canciones

Yo hago canciones, le respondí al conductor del coche fúnebre cuando me preguntó directo, nada más emprender la marcha, ¿y usted a qué se dedica? Yo hago canciones, le dije. A mi padre le resultaba risible oírme decir que vivía de hacer canciones. Anda, búscate un trabajo, hijo, y no hagas más el ridículo. Pero no se me ocurre una forma mejor de explicar mi oficio. Una vez coincidí en la radio con un cantautor argentino que sí se atrevió a explicarlo mejor. Las canciones, dijo, son cometas que alguien agarra al vuelo y las sostiene un rato o ya no las suelta más nunca. A mí me ruborizó una explicación tan diabética, pese a que en lo gráfico funcionaba. A la locutora del programa, que era una chica con las defensas bajas porque se acababa de separar de un novio de años, debió de convencerle. Llegó incluso a tener un hijo con el cantante argentino. Hasta que soltó la cometa, él, cuando se fue con otra. La siguiente vez que pasé por la emisora me dolió el comentario de la locutora. Mira, Dani, prefiero que me caiga un piano en la cabeza antes que volverme a enamorar de un músico, me confesó, ella también gráfica, pero sin tanto azúcar.

No he conocido a ninguna mujer que no se arrepienta de haberse enamorado de un músico. Las que se hayan enamorado de mí, también, seguro, por más amistad que hayamos sabido conservar después. Porque nosotros sólo hacemos canciones, no vivimos en ellas, como mucho, me temo, vivimos *de* ellas. Ni siquiera nos paramos a pensar en cómo se hacen. Incluso estamos de acuerdo con Neil Young cuando sostiene que para hacer una canción lo primero es dejar de pensar. Pero mejor ni entrar a explicar el proceso de hacerlas. Igual que odio a los fontaneros, a los mecánicos o a los técnicos informáticos que me cuentan cómo arreglaron lo que les pagué por arreglar y callar. Me cuesta confesar a qué me dedico si alguien me pregunta a qué me dedico. Suena tan mal decir cantante, hago canciones. Suena ridículo. Lo sé. Le sonaba ridículo a mi padre y tenía razón. En realidad toco timbres, una, diez, veinte veces, y a lo mejor alguien me oye y me abre. Podría decir eso, pero nadie lo entendería.

El conductor del coche fúnebre se presentó. Me llamo Jairo y soy ecuatoriano. Me resultaba milagroso que pudiera sostener una cabeza tan enorme sobre sus hombros, por fornido que fuera. Me recordó esas cabezas de bebé gigantes de Antonio López que colocaron en la estación de Atocha. ¿Músico entonces?, el conductor del coche fúnebre valoró con escepticismo mi respuesta. Se me cierran los ojos, pensé yo. El sol temprano del verano me golpeaba la cara a través del cristal. Bajé un poco la ventanilla. ¿Subo el aire?, me preguntó Jairo. No, no, no soporto el aire acondicionado. Los coches se apartaban a nuestro paso mitad respetuosos, mitad supersticiosos. En un semáforo, un conductor treintañero me reconoció y me habló a través de la ventanilla. Tú eres Dani Mosca, ¿no? Asentí con la cabeza. ¿Se te ha muerto alguien?, me preguntó. Mi padre. Vaya, lo siento mucho. Tranquilo, le dije, fue hace ya casi un año. Ah. Y, ante su cara de pasmo, estuve a punto de decirle que desde entonces deambulábamos buscando un lugar para enterrarlo. Pero a lo mejor la broma era más verdad de lo que yo mismo creía.

38

Cuando reemprendimos la marcha, Jairo me miró varias veces de soslayo. Pero entonces es usted famoso, disculpe que yo no lo conozca, pero es que a mí si me sacan de mi Real Madrid. ¿Y qué tipo de músico es? ¿Cantante? Sí, cantante. ¿Ah, sí? ¿Y qué tipo de canciones canta? No sé, canciones normales, dije. ¿Balada, bolero, vallenato, algo de salsita?, insistió en preguntar. No, salsita no. ¿Entonces rock, pop? Sí, exacto. Jairo se permitió un gesto extraño, entre satisfecho por la deducción y orgulloso de llevar a alguien relevante en el coche. A mí me fascina bailar, así pegadito, que me queme el fuego por dentro. Ya..., yo no, yo no bailo. Aunque con el grupo hemos disfrutado siempre del momento en que la gente baila o salta o se mueve, no podría presumir de que mi repertorio sea muy bailable. A Oliva le gustaba bailar, por darle gusto bailé con ella a veces, pero era más hacer el payaso que bailar. Un músico que no baila, me incordiaba Oliva, es como un dentista que no se lava los dientes.

Oliva ocupa un lugar enorme en lo que soy y en lo que no soy. Como mi padre. Bastó con abrir el espejito del parasol del coche fúnebre y toparme con mis ojos cargados de sueño y ahí estaban los ojos de mi padre que son los míos, igual que cada mañana cuando me miro al espejo y lo reconozco a él, que ahora soy yo, con ese trocito suyo asomando. Y saludo a mi padre a través de mis ojos. Le doy los buenos días, antes de ponerme las gafas que él nunca llevó. No, no se destrozó la vista con ningún libro. ¿Y Oliva? ¿Dónde reconozco a Oliva? ¿Dónde permanece? En esa herida, quizá, que nunca alcanzo a ver, en esa zona muerta.

Había prometido llevar a los niños al Parque de Atracciones, así que protestaron cuando les dije que no iba a poder ser. Les di dos besos mientras se tomaban la leche y los cereales en sus *wankos,* como llamaban ellos al tazón esmaltado con dibujos de personajes de manga. Aunque Ludivina se ofreció a prepararme algo, tenía el estómago cerrado. Vi la cara de desazón de mis hijos cuando me subí al coche de muertos, mañana vamos al Parque, sin falta, les grité por la ventanilla. Me vendría bien comer algo. No he desayunado, dije cuando ya salíamos de la ciudad. Jairo me informó de que conocía un sitio perfecto para tomar café y picar algo. En la barra recuperó la torrentera de palabras para hablarme de su negocio. Ataúdes hay muchos, como trajes hay muchos, pero hay que encontrar el que le va al cliente, el que lo representa mejor.

La madre de Kei espanta a las mariposas de su lado porque dice que ve a muertos conocidos en ellas. Los japoneses se guardan de los espíritus de los muertos e incluso cuando han estado en la cercanía de un muerto, ahuyentan el aire que consideran contaminado. Era el aspecto comercial de la muerte lo que ocupaba la conversación compulsiva del simpático conductor. Un asunto que me resultaba tan estimulante como amontonar ladrillos. Toda la parafernalia del entierro me resultaba un corsé obligatorio para algo tan inasible como la muerte, tan grotesco como si el amor se redujera a una conversación sobre preservativos.

¿Qué pasa, que anoche hubo farra?, me preguntó Jairo al verme hacer unos movimientos de hombros para tratar de sacudirme el anquilosamiento. Porque el mundo de la música tiene que ser fiestero, ¿no? De pronto me pareció que el conductor de coche fúnebre fantaseaba con la ligereza moral de mi oficio. Sí, es bastante movidito, concedí. Con su segunda cerveza sin alcohol el camarero del bar de carretera le había puesto delante un plato de aceitunas. ¿No se sirve aceitunas?, me preguntó Jairo con la culpa quizá de haber engullido cuatro sin preguntar antes. No me gustan las aceitunas, le confesé.

40

Yo no le expliqué que dejé de comer aceitunas cuando terminó mi relación con Oliva. Terminar la relación suena a instancia oficial, pero lo prefiero a cualquier expresión más dolorosa. No era una asociación caprichosa, porque muchas noches jugué con su nombre, Oliva, y la forma de su culo y el tacto de su piel y el color que cobraba en verano. Oliva era mi aceituna. Hasta que me quedé con el hueso en la mano y sin nada que llevarme a la boca.

Tampoco nunca acepté ir a Boston. Jamás. Ni aceitunas ni Boston. Cosas mías. Fue la ciudad a la que Oliva se mudó después de nuestra separación. Cuando alguien nombraba Boston sucedía lo mismo que ante el platillo de aceitunas, me invadía una nostalgia con sabor a afrenta. Mi amigo Nacho estudió composición en Boston, en una escuela de élite. Alguna vez me invitó a visitarlo. No, gracias, hace demasiado frío. Pues ven en verano, me decía. Daba igual, nunca iría a Boston. Sin aceitunas y sin Boston podía vivir, sin Oliva me costó más.

Jairo me arrancó de los remolinos de la memoria. Volvimos al coche fúnebre. Lo había aparcado en la trasera del local, fuera de la vista de los que circulaban por la carretera. Me explicó que era algo que le había pedido el dueño del bar, a mí no me importa que vengas, pero si dejas el coche ahí delante me quitas clientela. ¿Quién se va a parar a tomar algo al lado de un muerto? Asentí en un gesto de comprensión hacia el dueño de la cafetería, pero Jairo siguió hablando. En este oficio aprendes que la gente les tiene mucha prevención a los muertos, a veces no le niego que llego a casa y huelo. Ya me entiende. Ese olor raro, que no es nada, pero que te preguntas ¿a ver si huelo a muerto?, y me pego una ducha y me perfumo, no le digo más. Pero sí decía más, nunca dejaba de decir más. Todos los oficios tienen su cosa, añadió. A usted lo de músico,

¿cómo le entró? ¿Es de familia? Jairo arrancó el coche fúnebre y se asomó por la ventanilla para incorporarse a la autopista. No, respondí, en mi familia no hay músicos.

nosotros somos gente normal

Nosotros somos gente normal. Ésa era la absurda definición que mi padre hacía de nosotros. Luché contra ello, con el deseo callado de no ser normal, de ser alguien especial. Pero nunca pude sacudirme de encima ese estigma, el de ser normal. Dani, hijo, nosotros somos gente normal. Porque en mi oficio es lo opuesto lo que adorna la biografía. Es el único trabajo en el que ensuciar el currículum abrillanta el prestigio. En una ocasión coincidimos con Antonio Flores en las fiestas de Peñíscola. Nos atrapó en esa corriente de simpatía que no requiere conocerse ni haberse tratado para ganar confianza inmediata. Actuamos justo antes que él. Había regresado a cierta cima del éxito con sus últimas canciones aunque yo lo recordaba por «El fantasma de Canterville», que me hizo conocer a los argentinos Sui Generis, a los que plagiaríamos Gus y yo con cierto descaro,

ahora que puedo amarte

voy a amarte de verdad,

en el aire de «Los muertos no se divierten» y que a su vez me hicieron conocer a Crosby, Stills and Nash y ascender a plagiar el vuelo de «Almost Cut My Hair» o «Wooden Ships»,

sólo una cosa quiero saber,

puedes decirme, por favor, quién ganó.

Siempre se esforzó Antonio, visto desde la distancia, por cumplir los ritos de autodestrucción más prestigiados en la música. Cuando volvimos Animal y yo con él al hotel, de madrugada, muy borrachos los tres, decidimos asaltar la cocina y comernos los desayunos que reposaban listos en bandejas con ruedas. Luego cambiamos los números de habitación de dos pisos, que se identificaban con plaquitas intercambiables. Yo me sentí por una vez rockero. Recuerdo que cuando ya nos retirábamos a dormir, nos dijo: bah, esto no es nada, en la última gira quemábamos los colchones y los tirábamos por la ventana a la piscina del hotel y arrancábamos los televisores y los lanzábamos detrás. Sentí una ligera desazón, yo era demasiado prudente, nunca sería un artista de verdad. Tiempo después coincidí con él en el bar de un tren, puede que fuera el año en que murió. Acababa de vender unas fotos bastante patéticas a *Interviú,* medio en pelotas, y mucha gente aventuraba un final feo. Cuando entré en la cafetería le cantaba a la camarera con golpecitos rítmicos en la barra, eres lo más bonito que hay en la Renfe. Él no se acordaba de mí, pero volví a pasar un rato estupendo en su compañía, con la admiración callada del que jamás alcanzaría ese posgrado en actitud. Tienes que conocer a mi madre, ésa sí que es la caña. Lola Flores, joder, ésa sí que era catedrática de artistas, la matriarca de una familia nada normal. Su hijo murió quince días después que ella.

Ese complejo de normal, hasta de chico bueno, lo arrastré bastantes años, casi diría que toda mi etapa junto a Gus. Luego perdí el complejo. Acepté que yo era un tipo educado, mis padres me habían enseñado a serlo. He dado siempre las gracias, los buenos días, he pedido las cosas por favor, en un mundo en el que los desplantes y la actitud beligerante son la norma. La buena educación ha sido para mí incluso una expresión de cobardía física. Galder, que era cantante de Bronkitis, un grupo de rock radical vasco, me quiso romper un día una botella de cerveza en la cabeza, tras actuar en la Semana Grande de San Sebastián, porque sostenía que una cicatriz fea me sentaría bien, te quitaría ese aire de personaje de *Verano azul*. Venga, tío, déjame rompértela, que lo haré con cariño, tú eliges el lado. Animal logró que me dejara en paz cuando ya se puso muy pesado. Le dijo que si me tocaba un pelo, él le mejoraría el timbre de voz arrancándole uno de sus huevos con un fuerte tirón. Cuando lo dijo ya tenía aferrados sus genitales por encima del pantalón de cuero. Por suerte no sucedió nada y ahora Galder, con aquella alma de punkarra, es vocal de la Sociedad de Autores.

Nunca fui mal estudiante, pero el año en que mi madre enfermó saqué unas notas estupendas. Era mi pequeño e infantil tributo a ella. Vivíamos en la calle Paravicinos, que es una calle sin salida, con un muro enorme por todo final. Aquel callejón cegado era la expresión de mi encierro. Mi madre enferma, la otra jaula. Las buenas notas podrían ser, pensé, mi pasaporte para volar por encima de esos límites. Mi padre le leyó las notas en voz alta, una a una. Matemáticas-Sobresaliente. Lengua Española-Sobresaliente. En esa ocasión no se detuvo, como era su costumbre, a reprenderme por una calificación más baja o una llamada de atención del tutor a mi comportamiento o mi esfuerzo, la más típica: aunque aprueba, trabaja poco. Terminó de leerlas y se mostró orgulloso a su manera. No esperábamos menos de ti, concedió. Mi madre sonreía, ya no participaba en las conversaciones, salvo con apuntes absurdos. Qué bonitas son las matemáticas, fue su único comentario.

Siempre he estado convencido de que el primer mordisco de la enfermedad de mi madre se llevó lo que yo más quería: el beso de buenas noches. Yo pensé que, como el rezo juntos antes de dormir, era otra pérdida de la edad.

Una más de las catástrofes de hacerte mayor. Como que dejara de ordenarme la ropa, de removerme el Cola-Cao o de preguntarme al volver del colegio si tenía muchos deberes. Un día las madres dejan de darte el beso de buenas noches,

> se fue el beso de buenas noches
> y vinieron la hipoteca del piso
> y las letras del coche,

en mi caso una noche no llegó el beso y aguardé silencioso. La oscuridad se transformó en hostil, lúgubre, inhóspita. Puede que otras noches yo mismo la llamara, pero llega la noche en que no te sientes autorizado para gritarle mamá, ¿vienes? Y no viene nadie. Puede que cuando despiertas a la mañana siguiente seas más adulto, más independiente, pero esa noche tan sólo eres más infeliz. La segunda noche consecutiva sin beso, lloré en silencio. Sentí algo amputado adentro. Si te arrancan un brazo, dudo que duela como perder ese beso.

Pero yo siempre he creído que fue la enfermedad la que hizo que mi madre olvidara el beso de buenas noches. Como un día se olvidó de cerrar la llave del gas y yo se la cerré. Mamá, te has dejado el quemador encendido. Qué cabeza, ciérralo tú. Otro, llegué del colegio y me esperaba en la calle, junto al portal. Me he olvidado las llaves en casa. Otro día no se calzó antes de salir a las escaleras. Un día vi a mi padre llorar cuando ella entró en el salón y preguntó si no íbamos a cenar nada. Apenas un segundo antes había recogido los platos de la cena que acabábamos de compartir. Unas noches antes, mi padre y yo habíamos creído que bromeaba cuando en mitad del *Un, dos, tres,* que era el programa más clásico y longevo de la televisión, mi madre dijo, sin darle demasiada importancia, está bien este programa, ¿es nuevo?

Mi padre lloró aquella noche en silencio, pero yo noté que lloraba. Ya nunca más le dijo tienes que poner más atención, pero dónde tienes la cabeza o ay, mamá, que me estás fallando. Lloró seguramente porque había hecho preguntas entre sus conocidos y le habían hablado de la enfermedad. Puede que tuviera alguna clienta que convivía con una madre senil o que visitara casas donde el abuelo estaba varado junto a una ventana sin dejar de repetir la misma anécdota de juventud. Pero mi madre tenía en ese momento poco más de cincuenta años y era comprensible que él no aceptara que aquéllos eran los primeros y evidentes signos de una degradación vertiginosa.

En un año, la enfermedad avanzó implacable. Mi madre olvidó un día a mi padre y me olvidó a mí. Y un día dejó de reconocerse en el espejo. Se marchó a un lugar ignoto. Un lugar que yo imaginaba virginal, no oscuro sino de una luz restallante a juzgar por la sonrisa casi perpetua. Los médicos le contaron a mi padre un cuento de terror que se hizo real sin tiempo de planificar nuestra supervivencia. Nos inventamos lo cotidiano de nuevo. Cuando mi padre no estaba en casa, subía una vecina con la que mi padre había llegado a un acuerdo, una vecina que marcaba las horas que pasaba en nuestra casa en una libretita colgada de la puerta de la nevera, como un preso marca los días de condena. Y los viernes mi padre arrancaba la hoja y le pagaba en consecuencia.

Cuando entrábamos en casa mi madre nos recibía con un pero ¿y qué te habrás olvidado ahora? Y, poco a poco, el proceso de vaciado de recuerdos y lógica en la cabeza de mi madre nos frustró a mi padre y a mí, hasta levantar una pared de cristal con la que chocábamos cada día, en cada instante en que aún creíamos que todo podía ser como antes. El desaliento no asfixió a mi padre, por más que le obligara a extremar sus horarios de trabajo, la organización de la casa, la paciencia, a él, que era el rey de los impacientes. ¿Se hereda eso? Mi padre se puso fuerte, fibroso, porque el ejercicio físico tenía que salvarle del desastre.

A mí, luego lo he comprendido, me forzó a revivirlo todo de un modo precoz. Para protegerme del dolor de una madre inaccesible, me convertí en una especie de escritor que redacta sus memorias con quince años. Alguien que recrea el pasado demasiado pronto. El pasado con ella, nuestro pasado común. Clavé esos recuerdos dentro de mí para que no se borraran, para que no se agriaran, y peleé por no perder la maravillosa imagen de lo que mi madre había sido frente a lo demoledor de la madre en que se había convertido sin ella quererlo. Y hacía sonar ese acordeón de recuerdos protagonizados por mi madre cada vez que me sentía desamparado.

Si mi madre se empeñaba en contar por enésima ocasión que Rosario, la de la sastrería, había cambiado el suelo de baldosas por uno de parquet, y no sabes qué bien queda, o me repetía, aunque llevara los zapatos de todos los días, esos zapatos nuevos te sientan muy bien, yo me recordaba a mí mismo que aquélla era la mujer que me enseñó a leer, a hablar, a agarrar con fuerza el cuchillo, a plegar una camiseta o a forrar un libro. Y a escribir mi nombre. La de, la a, la ene, qué difícil es la ene, pero qué fácil es la i, ¿verdad? Que aquélla era la misma mujer que para ayudarme a doblar el hojaldre de los pasteles de manzana posaba sus manos sobre las mías en los bordes del molde, que ayudaba a mi brazo a batir más deprisa la clara del huevo para que se levantara el merengue, que me recolocaba el cuello del jersey con un leve tirón desde los hombros. Qué guapo estás cuando te vistes bien, ¿lo ves? Mi madre había dejado de entrar a darme el beso de buenas noches porque un gusano devoraba su memoria, así explicaba mi padre en el pueblo o a las visitas la enfermedad. Como si un gusano le comiera la memoria, decía.

Cuando la enfermedad de mi madre se desencadenó de manera evidente, llegó a oídos de los profesores y sacerdotes del colegio y contribuyó a dotarme de un aire más respetable. Ya casi nunca recibía el bofetón o los capones al capricho de su mala hostia, sino que me elegían para cuidar la clase en alguna ausencia o para que fuera a secretaría a buscar tizas o folios. Fue un ascenso sutil, aunque a ratos me incomodaba ser un buen alumno, el buen chico, algo que podía despertar el rencor de los demás. Pero ellos también respetaban las condiciones especiales de mi ascenso, su madre se ha vuelto loca, le oí decir a un compañero de clase. Algún amigo venía a casa y podía ver a través de sus ojos algo que yo no percibía con tanta claridad, mi madre se había convertido en alguien indescifrable y atemorizante.

Ella, que era todo lo contrario.

ella, que era todo lo contrario

Mi madre era pacífica. Su catolicismo, que en los curas de mi colegio era siempre amenazante, inquisitivo, feroz y represor, en ella era una dedicación plácida. Rezaba casi siempre para sí, en diferentes momentos de la jornada. En el colegio rezábamos al empezar el día y al acabar, guiados por un altavoz color verde camuflaje situado en cada aula sobre la pizarra. Rezábamos con disciplina militar. Por las tardes, el rezo siempre coincidía con la urgencia por ir al baño. Con la mano en la entrepierna alguno se agitaba para calmar la vejiga a punto de desbordarse.

Así aprendimos que las necesidades fisiológicas acaban por vencer a las espirituales.

A mi madre le gustaba que rezáramos antes de comer y refrenaba la primera cucharada de mi padre hasta que termináramos el padrenuestro y el avemaría. A veces se añadía una dedicatoria particular por algún pariente enfermo o muerto reciente, por la familia de mamá, por Félix Rodríguez de la Fuente, por la prima Lurditas, por el payaso Fofó. A la noche se sentaba a los pies de mi cama y entonábamos el Jesusito de mi vida eres niño como yo, por eso te quiero tanto y te doy mi corazón. Pero, en un rasgo de inteligencia, supo encontrar el día, quizá entre los nueve y los diez años, poco después de mi comunión, en el que dejamos de hacerlo con total naturalidad. Para entonces yo había perdido la fe durante los cursillos de catequesis, convencido, al escuchar los razonamientos obtusos y la falta de altura intelectual de los sacerdotes del colegio, de que si Dios existía de verdad no podía haber elegido a esa gente tan brusca y retorcida para transmitir su mensaje de paz.

Yo los sábados no perdono, a menear con el reguetón aunque no tenga ganas. ¿Conoce Azúcar, cerca de Atocha?, me preguntó Jairo. Pues ahí me meto hasta el amanecer, a bailar. Y tuve que imaginar su tremenda cabeza de pelo oscuro en el meneo del baile en medio de una discoteca, haciéndole la competencia a la bola luminosa del techo. Usted no sabe lo que es pasarse el día entre muertos, me dijo. Con perdón, eh, pero es que es muy duro. Y los familiares son lo peor, porque tienes que acompañarlos en el sufrimiento, aunque sólo sea con la cara de pésame, y te pasas el día con un mal cuerpo... Cara de pésame, me gustó esa expresión, tendría que usarla en alguna letra. Aunque permítame que le diga que yo, pese a contravenir todas las normas que te dan en la empresa, de tanto en tanto suelto unas risas y trato de quitarle dramatismo a la situación. Hay veces que los familiares te lo agradecen. El mes pasado en un entierro había una corona de flores que no llevaba bien estirada la banda y, en vez de leerse «Tus familiares nunca te olvidaremos», el «nunca» no se leía, así que, si te fijabas bien, lo que leías, pero perfectamente, era «Tus familiares te olvidaremos», y allí el cura dale que te pego, y cuando se hace una pausa me acerco para estirar el letrero de la banda y que se leyera completo y les digo mejor que se lea bien, que tampoco es el día para ponerse sinceros. Oye, qué risotadas soltaron, pero, claro, si me oye mi jefe me cae una buena. Porque yo a esto llegué por accidente. Se me murió un amigo íntimo en Madrid que trabajaba en una obra, bueno, una historia complicada, porque era la casa de una gente de mucho dinero, pero la obra era ilegal, el caso es que los tipos para quitarse el muerto de encima, pero literalmente quitarse el muerto de encima, se comprometieron a pagar el entierro y, claro, lo que había era que repatriar el cuerpo al Ecuador, y que el muerto no puede viajar solo, y que hay que ponerlo en la caja y encima una talla de la Churona y el lío de la funeraria, el caso es que yo me ofrezco a hacer el viaje y organizar todo allá para que no se arme revuelo con la familia. Y salió todo bacán, tanto que el jefe de la funeraria, al volver, me dijo que si yo quería tenía un hueco para mí, aunque me advirtió que no es un oficio para todo el mundo, hay que tenerlos bien puestos, y no le voy a engañar, es duro, pero más duro es camellar o poner ladrillos a cuarenta grados.

En Estrecho no nacen artistas, zanjó mi padre aquellas ínfulas, la ostentación nada sutil con la que yo pretendía dejar claro que iba a ser especial. Por más que hubiera nacido en un callejón sin salida, nunca me atrajeron los entornos laborales convencionales, de oficinas, empresas, talleres, carecía de interés por los coches, la mecánica, la fuerza, la cordura. Mi padre, aunque le costara reconocerlo, también había huido de antiguos empleos sometidos a horarios, jefes y disciplina. Pateaba las calles como un vendedor puerta a puerta desde que logró ser su propio patrón. Independiente, ¿se hereda eso?, a la búsqueda de clientela, armado de seducción, dotado para la relación personal directa.

Aunque no nacieran artistas en Estrecho, según mi padre, a la altura de la salida del metro hacia la calle Navarra había una tienda de enorme escaparate que vendía instrumentos musicales. Los vendía sin lírica, con una exposición diáfana e impersonal, allá un teclado eléctrico con patas plegables, aquí dos vulgares pianos de pared, al fondo las guitarras colgadas como jamones, y en un pesebre hecho de cojines y telas reposaba un clarinete abrillantado y un saxofón sujeto en su pie de reposo.

En Bravo Murillo, esa calle de zapaterías para pies feos, las aspiraciones musicales se vendían así, como una decoración de rinconera. Años después vendría la inflación desmesurada de niños que tocaban por el método Suzuki violines diminutos, y me sorprendía la burbuja musical, con escolares asfixiados, sin poso, una especie de pelotazo de conservatorios donde se torturaba a los niños para ser futuros integrantes de la sección de cuerdas de la Filarmónica de Berlín cuando en realidad, como mucho, tan sólo llegarían a tocar el claxon de su coche en los atascos de regreso al adosado en Torrejón de Ardoz. Un país analfabeto musical, salvo excepciones regionales dignas de aprecio, que de pronto se despertaba con legiones de Menuhins de ocho años rumbo a sus tristes academias.

En aquella tienda de instrumentos descubrí una tarde el cartelito de tres clases gratuitas de guitarra sin compromiso de compra. Entré a preguntar. El encargado, que se llamaba Mendi, por Mendieta, nos espantaba cada vez que asomábamos por allí como uno espanta las moscas molestas del verano. Era el vendedor ideal para una tienda que no quisiera vender nada, pero nosotros le hacíamos rabiar rozando al pasar las cuerdas de la guitarra, tocando con el dedo tres notas del piano en exposición. Niño, ¿por qué no te metes el dedito en el culo? Decían que había sido músico, pero más bien parecía un ascensorista con claustrofobia.

A mi madre le comenté al volver a casa el anuncio de las clases de guitarra de la tienda de instrumentos. No te fíes, que luego te obligan a comprar algo. Trató de quitarme la idea de la cabeza, pero yo ya entonces había cerrado una cita con Mendi para las clases. No había nada que me sonara a engaño. ¿Por qué regalan las clases?, le había preguntado en su tienda. Es una promoción, ¿entiendes? A ver si algún zoquete del barrio le coge afición a la música, ni más ni menos, me aclaró Mendi. Tenía verrugas en el cuello, como si le hubiera caído una lluvia de bolitas de piel, y era imposible hablar con él sin mirarlas. La verruga es bella, bromeaba Animal cuando alguna vez nos echaba de la tienda por curiosear. ¿Te apunto entonces? ¿Guitarra o piano?, me preguntó el dependiente. Piano lo doy yo, y guitarra un profesor aquí al lado en la calle Lérida. Miré las verrugas, los niños son muy impresionables con los defectos físicos. Recuerdo que mi hija, cuando era pequeña, dejó de saludar a Animal, al que siempre adoró, porque tuvo un accidente y llevaba cosida la ceja. En realidad era lo que Animal siempre describió como accidentes laborales, tropezó en una borrachera tras un concierto y se abrió la cabeza con el filo de un lavabo. Bueno, ¿te decides o no?, me urgió Mendi.

Elegí guitarra para no estar con él. Y el jueves siguiente di la primera clase a las seis y media. Le dije a mi madre que iba a hacer los deberes a casa de Villacañas. Ella le tenía cariño a Villacañas porque cometía errores al hablar y decía cocletas en lugar de croquetas y me se y te se. Me se ha caído un diente, te se nota que estás mintiendo, decía. A mi madre le gustaba pensar que yo le ayudaba a ser una persona más civilizada, pero era imposible que Villacañas se civilizara. Dos años después dejé de tratarlo porque esnifaba cola de carpintero en los baños del colegio. Pero si quería ir a su casa, o fingir que iba a su casa como aquella tarde, bastaba con que le contara a mi madre algo de él, ¿sabes lo que dice el muy bruto?, que no se dice tijeras sino estijeras. Tú ayúdale, recuerda siempre que no todo el mundo ha tenido las mismas oportunidades que tú, me reconvenía mi madre.

Cuando subí al piso donde se impartían las clases, sonaba un desgraciado acorde de guitarra perpetrado por el alumno que me precedía. Era un niño gordo de mi edad al que conocía del barrio pero que iba a otro colegio, con un uniforme azul que le hacía parecer un perro salchicha matriculado en un internado británico. Me asomé y vi al viejo profesor, medio inclinado, casi vencido por la desolación ante aquellas manos amorcilladas que sacaban a la guitarra un sonido similar al de un arpa tocada con los codos. Quizá fuera providencial que me precediera un alumno así, lo he pensado a menudo. Es lo que pienso cuando me dan un premio de esos musicales, siempre amañados a cambio de

53

favores a una emisora o a una revista. Si ganas es porque los otros son peores, no por un mérito. Vicente siempre lo explicaba. Uno triunfa no por su genialidad, sino por su menosmalidad. Por ser menos malo que los otros.

El profesor de guitarra me recibió con desánimo. Me preguntó la edad y cuando dije doce años, él lo puso en duda. ¿Seguro? La oferta era sólo a partir de esa edad. Ya Mendi me lo había recalcado y hasta me había dicho que trajera a la clase un documento acreditativo. Yo saqué el carnet de la biblioteca del colegio, donde figuraba mi año de nacimiento, 1970, pero el profesor no quiso ni mirarlo. Deja, deja. ¿Has tocado alguna vez la guitarra? No, nunca, confesé con cierta aflicción. Mejor, dijo él.

Don Aniceto resultó ser dulce y paciente conmigo. Me explicaba las posturas y me recolocaba los dedos sentado frente a mí. Noté su simpatía cuando hacia el final de la primera clase tomó la guitarra entre sus manos y dejó caer tres acordes que sonaron a gloria tras mis torpes escalas iniciales. Las guitarras son como las personas, después de tres horas de castigo agradecen una caricia. Dejó escapar una sonrisa de conejo y aún tocó otro acorde con sus manos artríticas. A tocar la guitarra uno no deja de aprender jamás. Tú has empezado hoy, pero si te gusta de verdad, no vas a acabar nunca. Andrés Segovia aún aprende cosas de la guitarra, porque tú sabes quién es Andrés Segovia, ¿verdad? Negué con la cabeza. Pues lo deberías saber, pero, claro, como tenéis el cerebro carcomido por esa murga del Naranjito.

A la semana siguiente di clases el martes y el jueves. Para entonces ya sabía quién era Andrés Segovia. Su biografía, que leí en la Larousse del colegio, me remitió a la mía. Cuando yo nací mi padre tenía cincuenta y un años, así que todos mis compañeros de colegio, si le veían llegar,

54

me decían ha venido tu abuelo a buscarte, y yo, que no es mi abuelo, es mi padre. Andrés Segovia tuvo su último hijo el mismo año en que nací yo, sólo que en lugar de cincuenta y un años, como mi padre, él tenía setenta y siete. Sus espermatozoides, en vez de nadar, se arrastraban hasta el óvulo. Al acabar la última sesión de clases gratuitas le dije a don Aniceto, ya que no me preguntaba y cabía la posibilidad de que no volviera a verlo, que ya sabía quién era Andrés Segovia. Entonces se levantó de la silla, fue al tocadiscos y me dejó escuchar el segundo movimiento de la *Fantasía para un gentilhombre,* del maestro Rodrigo, tocada por Segovia. Antes de que terminara, habló por encima de la música. Si te lo propones, puedes llegar a tocar muy bien.

¿Ves como te han timado?, me respondió mi madre cuando le pregunté si podría comprarme una guitarra. Le expliqué que nadie me había engañado, que las clases habían sido gratis como prometía el anuncio. Sí, claro, pero juegan con los niños, os meten caprichos en la cabeza. Pero yo quiero tocar, me gustaría aprender a tocar. Me revolvió el pelo, que sea la última vez que haces algo así sin mi permiso. Asentí con la cabeza, luego relajó el gesto y regresó a sus faenas. Cuando vuelva papá, hablamos con él. Pero mi padre se echó a reír con aire engreído, puede que ya entonces dijera eso de que en Estrecho no nacen artistas. Lo que sí recuerdo es que me señaló con el dedo y desbravó mi soberbia. ¿De verdad quieres aprender algo útil? Estudia mecanografía. Eso te va a servir siempre.

Mi madre me acompañó a la primera clase de pago que di con don Aniceto. Puede que quisiera ver la cara de aquel viejo que recibía en su piso, con una esposa discreta a la que apenas traté. Por entonces no se hablaba de los abusos infantiles, y algunos curas de nuestro colegio te susurraban muy cerca de la oreja, te acariciaban el antebrazo para apreciar cómo musculabas, nos invitaban a vino a solas en sus despachos y si alguno entrenaba a los chicos de fútbol no era raro que se quedara a verlos ducharse desnudos tras el partido con una mirada apreciativa. De uno se decía que lo habían repatriado de Bolivia por escándalos con niños, pero lo llamativo era su brutalidad al abofetearnos. El resto de los profesores no alcanzaba la intensidad de sus cachetazos y bofetones, a buen seguro fruto de años de entrenamiento sobre las caritas de niños bolivianos.

La guitarra llegó el día de Reyes, después de un mes largo durante el cual mis padres se esmeraron por convencerme de que jamás la tendría. Olvídate de la guitarra, ni lo sueñes. Aprecié su crueldad, porque un par de años antes, las navidades más tristes de mi vida, mi madre me había hecho acompañarla a una juguetería, venga, busca tú algo que te guste para el día de Reyes. Y elegí cosas que luego desenvolví sin ningún encantamiento. Pero aquel año en que descubrí la guitarra inesperada junto al árbol, viví de nuevo esa ilusión del amanecer del día de Reyes, que quedaría difuminada para siempre con la enfermedad de mi madre.

Don Aniceto era autoritario, inflexible y puntilloso, se indignaba cuando yo corría para aprender otro acorde o sacaba alguna canción de oído con errores porque la precipitación era el mayor enemigo de su parsimonia rigurosa. Pero era tal la pasión que concedía a la clase, la devoción con que se refería al instrumento, que te esmerabas por complacerlo. Durante tres años nos vimos los martes y jueves del curso, en una clase de tres alumnos a los que nos mantenía en actividad constante. Era efusivo cuando reprendía, herido por nuestra torpeza para ejecutar un detalle como si le hubiéramos escupido en la cara. Desplegaba tal ánimo que fue doloroso verlo desfallecer una vez que enfermó. Se apagó a la espera de un hígado sano que nunca llegaba, en sesiones de diálisis que lo dejaron delgado y verdoso, hasta el límite de anunciar sin sentimentalismos un día, aquel día, tres años después de nuestro primer encuentro, que aquélla sería la última clase juntos.

Fui a visitarlo dos tardes, la segunda ya no me dejó subir después de que su esposa le consultara mientras yo esperaba junto al telefonillo del portal. La anterior me cogió las manos y me acarició las yemas de los dedos, como hacía a la vuelta de vacaciones, para saber si había practicado lo suficiente. Está bien, me dijo, tú sigue tocando. No me regaló una frase especial ni reconfortante, como acostumbraba durante las clases, cuando le gustaba decir que la guitarra era la mejor amiga del hombre. Si la golpeabas al sacarla de la funda o posarla en el suelo, te reprendía, oiga, que todas las amistades tienen un límite. Tampoco aquella tarde de despedida me contó alguna de las anécdotas de Narciso Yepes y su guitarra de diez cuerdas o su cuento de cómo Niño Ricardo inventó el doble arpegio.

Sus manos y las de mi padre, con aquella herida de guerra que nunca quiso aclararme si se debía a la gangrena causada por la astilla de un azadón mientras cavaba una trinchera en Tremp, versión ramplona, o la metralla de una descarga de antitanques, versión épica, me inspiraron la canción «Manos de viejo»,

alguna vez tendré manos de viejo

que contarán quién soy mejor que yo,

con aquellos dedos rígidos que rozaban las cuerdas y remontaban el mástil como ramas retorcidas de un arbusto. En el segundo año de clases se sumó Almudena, que iba a un curso por delante del mío. Cuando se sentaba, la falda tableteada de las salesianas dejaba ver el muslo y las rodillas desnudas hasta el tosco calcetín verde que ella se bajaba como los futbolistas con personalidad hacían por entonces. Luego me dijo que en su colegio la llamaban Gordillo, por el futbolista que jugaba con las medias caídas, no por el culo, eh. Tenía labios de algodón y el pelo liso y castaño, aunque lo que se me aparecía en las pajas precipitadas que me hacía invocándola eran sus muslos. Algunas de mis poluciones nocturnas, que trataba de borrar de las sábanas con un secador de pelo antes de que llegara la señora que limpiaba, se debían a sueños en los que aparecía ella, casi siempre dentro del agua de una piscina donde me aprisionaba con sus muslos. En clase, don Aniceto siempre insistía en que debíamos lograr la armonía del agua para tocar bien, sumergirnos, pero a mí lo que me provocaba la erección era percibir la blanca cara interna del muslo de Almudena con la onda del aro de la guitarra posada en un rozar leve y cadencioso que acompañaba el esfuerzo musical. Eran los primeros destellos de sexualidad que alumbraban mis catorce años, hasta entonces a la sombra en un colegio sólo de chicos y con la única propuesta erótica chabacana de los anuncios de películas de destape, *Sueca bisexual necesita semental, No me toques el pito que me irrito,* que publicaba *Pueblo,* el periódico vespertino que compraba mi padre.

Don Aniceto no sabía tratar a Almudena, le incomodaba. Había dejado bien pronto atrás a la niña, quizá demasiado pronto, y eso a él, a veces, le hacía ser hosco con ella. Un día que le corrigió con destemplanza algunos movimientos, Almudena me habló por las escaleras, me voy a desapuntar, estoy harta, y me invadió la pena. No lo hagas, es un buen profesor, aunque a veces sea duro. Mi madre había enfermado y yo buscaba nuevos hogares, y aquella clase, con ella dentro, era algo así. El miedo de no volver a verla me llevó a seguirla hasta su casa a escondidas y frecuentar la salida de su colegio, en la calle Villaamil, por ver si nos cruzábamos. Si alguna vez reparaba en mí, me devolvía un gesto con la cabeza desde la acera de enfrente.

Villacañas me dijo que lo más eficaz era que le hablara a las claras. Si te mola, tú simplemente me se ocurre que le digas: tía, ¿quieres ser mi piba y yo tu pibe? Pero yo no hablaba así, y declararme, aunque fuera con una fórmula algo más adecuada, estaba fuera de mi alcance. Ni siquiera me atrevía a llamarla Almu, como hacían los demás. Para mí era siempre Almudena, porque me imponía un respeto catedralicio. Cuando dejamos las clases con don Aniceto me hice el encontradizo en la ruta de su colegio. Le pregunté a Almudena, allí parados en la calle, si iba a apuntarse con algún otro profesor. Se encogió de hombros y no dijo nada, pero yo descubrí que se había pintado a boli en el antebrazo un corazón junto a dos iniciales que no se correspondían ni con mi nombre ni con mi apellido. No creo que volviera a verla nunca, a Almudena, pero aquellos muslos, robustos de comba y correría de patio, me acompañaron muchos años.

Es cruel decirlo, pero las desapariciones también traen algo liberador. Almudena desapareció de mi vida, y aunque seguía encerrándome en el baño con las imágenes más pornográficas que encontraba, ya no las asociaba al deseo por una persona concreta. Era más ventajoso masturbarse en abstracto sin aspirar a un amor real. Además, el peligro se había multiplicado desde que mi padre quitó el cerrojo para que mi madre no volviera a quedarse encerrada, y uno no podía ceder a ensoñaciones. Había que lograr correrse sin relajar el oído, alerta, porque cualquiera podía abrir de pronto la puerta y que me pasara como a un compañero del colegio al que su madre le había descubierto cascándosela y que se había justificado con un miserable mamá, en mi clase todos lo hacen, que nos valió una reprimenda general del tutor del curso. Yo ya sabía que me iba a quedar ciego por las pajas, como aseguraban en el colegio, pero era un precio que estaba dispuesto a pagar. Ahí estaba Ray Charles para demostrar que los ciegos tenían una sensibilidad especial para la música. Pero cuando ya no distinguía el número de autobús de lejos ni alcanzaba a leer la pizarra de clase, se lo conté a mi padre y me llevó a un óptico amigo que me prescribió las primeras gafas de mi vida. Tenía quince años. Fue Fran, tiempo después, el que me tranquilizó con sus conocimientos médicos. Mis pajas no habían tenido nada que ver con las divergencias de mi punto focal.

Almudena quedó en presencia fugaz, muslos con guitarra, mi plato preferido. Pero alimentó mi fascinación por las ocasiones perdidas, los encuentros fallidos, los cruces de miradas, las líneas sin continuación. Se sumarían más tarde a ella otras presencias fugaces. Una chica de pelo mojado que me vino a saludar tras un concierto en la Complutense, la fotógrafa de un periódico de Logroño, la joven que atendía la farmacia de Aoyama donde compré un chupete para Maya el día que lo lanzó al río tras convencerse de que ya era mayor y al rato volvió a pedirlo entre lágrimas, la holandesa que alquilaba bicicletas en Ámsterdam y que posó abierto el libro que leía para hablarme y resultó que yo lo acababa de leer en castellano, la cantante mexicana Valeria, que me sonrió tras cantar con ella dos canciones en la boda de la hija de Bocanegra, la última boda a la que decidí asistir. A todas ellas les sumé una bellísima mujer que atendía aquel peaje de la autopista en Behobia y la camarera de Ibiza que me invitó a las tres cervezas que había tomado en su terraza porque me aseguró que una de mis canciones le había salvado la vida, aunque no recuerdo ya si era «A favor de luz» o «Alberto Alegre». Todas esas chicas y algunas fruto de mi invención protagonizaron la canción «Fugaz»,

fugaz,

y te cambia la vida sin cambiar nada,

y te pasa de todo sin pasar nada.

Pero lo más cruel fue sentir que la muerte de don Aniceto también me liberaba de su disciplina y la jerarquía exacta de sus avances técnicos. Le prometí a mi padre que seguiría las clases en el colegio, pero me deprimía apuntarme con aquel profesor de cara de cebolla y cuerpo de escombro que nos había dado música hasta hacernos detestar la flauta dulce y a Bach y a Mozart, porque nada remontaba su tedio. A mi madre le gustaba que ensayara a su lado y pasaba las tardes con partituras de canciones que me gustaban y que conseguía baratas en un puesto del Rastro de Marqués de Viana. Quería tocar la guitarra eléctrica, pero mientras vivía don Aniceto ni me atreví a sugerirlo. Fue, es curioso, en otra Navidad cuando mi padre, puede que más espléndido que nunca porque era incapaz de idear nada para regalarme, me dejó en los zapatos dinero suficiente para completar mis ahorros y sacarle a Mendi, a mitad de precio, una Fender Stratocaster de la serie E, fabricada en Japón, y un diminuto amplificador. La primera vez que sonó esa guitarra en la soledad de mi cuarto noté crujir las paredes, no las reales, sino las que me separaban de ese otro mundo al que ya aspiraba.

no te juntes con ése, que no es trigo limpio

No te juntes con ése, que no es trigo limpio, me dijo don Luis en alguno de los primeros recreos en que no me

61

separé de Gus. Don Luis había dejado de pegarnos porque lo ordenaron las leyes del ministerio, pero en la primera media hora de clase nos freía a cachetes y tirones de pelo y en la segunda se dedicaba a decir que lo hacía por nuestro bien y que no les contáramos nada a nuestros padres. Para mí la transición siempre fue eso, del pegar al no pegar de los profesores. Don Luis sacaba la bandera de España con el águila franquista cada 20 de noviembre para llevarse a un grupo de alumnos fieles a la plaza de Oriente. También la desempolvó para celebrar el 12-1 a Malta, pero entre horas, zas, siempre otro bofetón para acompañar las lecciones de historia. No te juntes con ése, me dijo, y yo me junté porque Gus era luminoso aunque vestía como un vampiro, con ropa negra y el cuello de las camisas o las cazadoras levantado. Ávila está llena de vampiros, me decía para describirme la ciudad de la que procedía.

A ver, el nuevo, ¿cómo se llama usted? Así lo retó don Abdón. Gus, dijo Gus. Primero levántese cuando se le pide hablar, se encaró con él el sacerdote que nos daba lengua en primero de BUP. ¿Cómo ha dicho que se llama? Gus. Gus, gus, gus, gus, la clase fue un rumor burlón reiterado, que parodiaba además el deje afeminado que Gus ponía en las eses finales. Gus, gus, gus, ay gush, gush, repetían todos para mofarse de él, yo incluido porque tardé en disentir de la burla mayoritaria. Eso no es un nombre, que yo sepa, dijo don Abdón para divertir al resto de los alumnos. ¿De dónde viene Gus? ¿De Gusano? El aula recibió con regocijo estruendoso el chiste del profesor de primero de crueldad. Ocurría siempre, si un profesor decía algo supuestamente gracioso lo celebrábamos para fugarnos de la disciplina, del silencio, de la severidad. Cállense. A ver, el nuevo, explícate. Hasta entonces todos nosotros le llamábamos el Nuevo. El mote de el Nuevo podía durarte años en el colegio, hasta que llegaba otro más nuevo. De hecho, Margi, de marginado, pasó a llamarse así y no el Nuevo el día en que llegó Gus, que era más nuevo. La costumbre de llamar el Nuevo a todos los nuevos daba pie a confusiones: al terminar un concierto en Siroco una noche se me acercó un tipo de mi edad, ¿te acuerdas de mí?, fui a tu clase dos años, me llamabais el Nuevo.

Me llamo Gus, señor, me gusta que me llamen Gus. Don Abdón sonrió, rebuscó entre los papeles de su mesa, miró las listas de alumnos y dijo está bien, puedes sentarte, Agustín. Pero que sepas que Agustín es un nombre precioso, insistió. San Agustín lo llevó y llegó a santo, cosa que dudo que hubiera logrado si se hubiera hecho llamar San Gus. De nuevo la carcajada general alborotada. Don Abdón era ingenioso, siempre y cuando el ingenio estuviera al servicio de lo malvado. Miré los ojos brillantes de Gus y, aunque se resistió a reír, supe que se divertía con la situación. Agustín era un nombre que Gus detestaba, luego lo supe. Cuando me enfadaba con él, o, mejor dicho, cuando quería que él pensara que iba a enfadarme con él, yo mismo le llamaba Agustín. Agustín, no jodas. Durante su carrera, incluida la prensa a la que él no desmentía, todo el mundo pensaba que Gus venía de Gustavo, pero era de Agustín. San Gus, como me decía él alguna vez, tras guiñarme un ojo en recuerdo de los tiempos del colegio.

A Gus muchos lo llamaron Gusano, sobre todo al principio, en el patio, cuando las burlas contra él eran comunes, antes de que lograra vencerlos a todos. Su tía lo llamaba Agus. Y él se lo permitía, pero sólo a ella. Nos encantaba la tía Milagros. Una de las singularidades de Gus es que no vivía con sus padres en Ávila, sino que se había trasladado a Madrid a vivir con su tía. Fue muy complicado encontrar un colegio tan horrible como éste, pero al final dieron con él y mis padres me enviaron a Madrid para que lo disfrutara, bromeaba Gus.

La tía Milagros tenía una pensión en la calle de los Artistas, junto a la glorieta de Cuatro Caminos, aún entonces con su paso elevado de coches, que todos llamábamos el Scalextric. Gus vivía en una habitación de la pensión de su tía, lo cual le revestía de interés, al menos a mis ojos. Había otras seis habitaciones, casi siempre destinadas a estudiantes universitarios y opositores de provincias. La tía Milagros cocinaba para todos, lavaba la ropa, iba a la compra, pero sobre todo los protegía y los besuqueaba si se dejaban besuquear tanto como Gus. A mí me besaba con cariño cuando comencé a hacerme habitual en sus dominios. Me colocaba al lado de Gus y nos medía a ojo, ¿ves como Dani está más alto que tú, Gus? ¿A que tú sí que tomas mucha leche?, me preguntaba, indignada porque Gus detestaba los lácteos.

La pensión tenía una salita común que a la tía Milagros le gustaba que fuera de estudio. La llamaba incluso la habitación de estudiar, y estaba presidida por una foto de su ídolo y paisano Adolfo Suárez, ya entonces en decadencia. Cuando queríamos verla feliz, Gus y yo le cantábamos a dúo, vota CDS, vota libertad, Suárez es tu líder democrático y social, y ella nos pegaba manotazos entre bromas, no os riáis, ahora nadie le hace ni caso, pero la historia pondrá a cada uno en su sitio. Mientras la historia le ponía en su sitio, ella reservaba a aquella quijada tan atractiva el mejor en su saloncito.

Gus eludía volver a Ávila incluso en los puentes festivos. Su tía le insistía, tus padres te echan de menos, pero él prefería quedarse en Madrid, venir a mi casa. Ávila le parecía antigua, carca, pastosa como las yemas de Santa Teresa. A Gus le encantaba ser exuberante, se colocaba el pelo rubio hacia arriba con fijador, se marcaba las cejas y si no se maquillaba era porque la normativa estética del colegio prohibía a los alumnos contagiarse de los disfraces que poblaban la calle a esas alturas del año 1984, el año en que Gus se sumó a nuestra clase. Los dos o tres punks del colegio tenían que plancharse un poco la cresta al cruzar el patio y cubrirse con una chaqueta de chándal los imperdibles con los que se atravesaban el brazo y dar vuelta a las camisetas de los Dead Kennedys, los Kennedys Muertos, como los llamaba Gus. Estaba fascinado por artistas que yo evitaba como Elton John, Freddie Mercury, la Velvet, los grupos femeninos de la Motown o Bowie, al que yo detestaba sólo porque un nazi del colegio que iba dos cursos por encima de nosotros lo adoraba. Batallaba conmigo cada artista que admirar, desataba una guerra hasta que alguno de los dos cedía. Te acepto a Bob Dylan con su ridícula armónica, si tú me aceptas a Stevie Wonder, que al menos sabe tocarla bien. Le gustaba provocarme, decir por ejemplo que su componente favorito de los Beatles era Yoko Ono, y que Van Morrison, cantante al que yo veneraba, era el Raphael de Irlanda. Se burlaba de que yo viera tantas veces *El último vals,* que él llamaba la reunión esa de tramperos de Connecticut. Poseía una cultura musical que me desarmaba, capaz de hacerme ver que yo era un estúpido prejuicioso porque adoraba a Cindy Lauper pero detestaba a Whitney Houston, ignorante de que «True Colors» la escribieron los mismos tipos que «So Emotional», canción que él cantaba a voz en grito cuando estaba de humor,

I get so emotional, baby,

ain't it shocking what love can do?,

porque si algo caracterizaba a Gus era su deseo de llamar la atención. Envidiaba de las mujeres los juegos con el pelo y las combinaciones de ropa, el maquillaje, los colores atrevidos, los zapatos de tacón, frente a la uniformidad de los chicos con vaqueros, camiseta y zapatillas de deporte. Parecéis todos soldados de un ejército secreto, me decía. Todo valía para atrapar la atención de los demás y así lo expresaba, mira qué zapatos, ¿no te gustaría ir subido ahí arriba?, comentaba al paso de una chica por la calle. Algún día llevar tacones será cosa tan de hombres como de mujeres, vamos, de todo el que tenga culo, si es que menuda diferencia. Si asistíamos juntos a alguna actuación, yo no levantaba los ojos de las manos del guitarrista, pero él estaba a otra cosa, ¿no te encantaría ser una de las chicas del coro? Aseguraba que de pequeño siempre que alguien le preguntaba qué quería ser de mayor contestaba que corista o azafata del *Un, dos, tres*. Pero en Ávila, eh, que ser un chico y contestar eso en Ávila no es lo mismo que contestarlo en San Francisco, me aclaraba.

Su irrupción escolar fue un escándalo. Y él lo utilizó de pasarela. No se retrajo, aceptó el castigo de los primeros días, los insultos, pero se los ganó a casi todos con paciencia, con respuestas ingeniosas a cada provocación. Marica, le decían los fuertes de clase. Maricona, julay, julandrón, bujarra. El riesgo que asumió en ese espacio condensado y grumoso de alumnos violentos, sudorosos y amazacotados fue la gran demostración de personalidad. Algún día lo único que recordaréis de vuestro BUP es que me conocisteis a mí, se vanagloriaba en clase. Yo tardé poco en darme cuenta de que no exageraba. Si los profesores lo sacaban a la pizarra, la clase empezaba a chistar, a hacer ruiditos burlones y a acompañar su paseo hasta el encerado con gestitos de mofa. Pero él llegaba al frente de la clase y respondía con un zapateado alegre. Recuerdo que uno de los profesores, don Ángel, alarmado ante las chanzas, detuvo la clase. Era el sacerdote que nos daba latín y con su mejor

66

intención formativa le preguntó a Gus, allí de pie en la tarima, ¿usted por qué cree que sus compañeros montan esa escandalera cada vez que le toca salir a la pizarra? Sinceramente..., y Gus saboreó la pausa antes de terminar la frase, creo que es porque les encanto.

Las manos le aleteaban con cualquier explicación, pero nunca perdía los nervios si lo retaban o le insultaban a costa de su pluma. Muchos prefirieron dejarlo en paz antes que convertirse en diana de los dardos envenenados; si alguien le empujaba o golpeaba, y teníamos catorce años, una edad en que te relacionas a empujones, sabía que le correspondería soportar la réplica de Gus, siempre imprevisible, jamás violenta. Cuando los dos matones de la clase le tiraban el bocadillo por la ventana a la hora del recreo, se limitaba a responderles, algún día dejaré que me atéis los cordones de los zapatos. Me costó ponerme de su lado, pero cuando lo hice fuimos inseparables. Animal, que para entonces ya se había convertido en mi aliado principal, se extrañaba de mi nueva amistad. ¿Por qué te cae bien este tío?, me preguntó al notar que le frecuentaba, cuando vio que charlábamos en los descansos entre clases y le extrañaba que yo no le dejara al margen como hacían todos. ¿Por qué?, le contesté. Basta mirarle. Mírale a él y luego mira a los demás.

Gus no jugaba a ser el marica del cole sino el artista, el ser especial, el extraterrestre. Sabía dibujar con gracia, sacaba los estudios con facilidad, pero jamás participó en la clase de gimnasia. Siempre fingía una cojera o un tirón muscular. Pintó una A de anarquía en la pared de la iglesia, aunque sólo me confesó que había sido él una vez que estuvimos ya fuera del colegio. Volvíamos de un concierto en Sevilla y yo le consolaba porque se había puesto triste al enterarse de la muerte en un accidente de coche de Tino Casal. Yo fui el que hizo la pintada de la iglesia, me dijo, que lo sepas, estoy marcado para siempre. Retaba a los profesores con preguntas que nos hacían reír a todos y lograba ventajas para el colectivo. ¿No le parece que hace demasiado calor para dar una clase? O cuando el profesor de física amenazó con un suspenso colectivo, él suspiró, menos mal, así tendré compañía. En una ocasión en que el cura que nos daba lengua se quejó del olor que flotaba en la clase y preguntó retórico ¿pero es que alguien me puede explicar a qué huele aquí?, Gus contestó, secamente, huele a colegio, a lo mejor ha elegido usted una profesión demasiado dura para su sensibilidad olfativa. Cuando el profesor de música nos preguntó qué canción queríamos preparar para cantar en la iglesia el día de María Auxiliadora, él propuso, con total seriedad, «Like a Virgin». Le encantaba esa canción y en la pausa entre clases, sentado en el pupitre, exhibía aquella ambición rubia que guardaba dentro mientras meneaba la cabeza y los hombros y hacía pompas con los labios para entonar,

no sabes lo perdido que estaba
hasta que te encontré.

no sabes lo perdido que estaba hasta que te encontré

Había un profesor por el que sentíamos una oculta debilidad. Era un sacerdote que se apellidaba Neila pero al que todos llamábamos Niebla porque uno de los cristales de sus gafas era opaco. A veces, en clase de religión, nos adentraba en la educación sexual, y la tarde en que nos hablaba de métodos anticonceptivos, esmerado en explicarnos lo que era el DIU, y decía dispositivo intrauterino y a nosotros nos sonaba a barrera intergaláctica, Gus levantó la mano y pidió permiso para hacerle una pregunta. Claro, dígame. Lo que yo me pregunto, profesor, es ¿cómo puede usted saber todo eso siendo cura? Superado, otra tarde memorable, se enfadó con Gus porque hablaba demasiado en clase. Sabe, Gus, porque a esas alturas ya todos los profesores le llamaban así, Gus, le voy a decir lo que pensé de usted el primer día en que llegó a este colegio, y le aseguro que no me equivoqué ni una pizca. No hace falta que me lo diga, ya lo sé, le interrumpió Gus, sé perfectamente lo que pensó nada más verme. ¿Ah, sí? Pues dígame usted qué pensé, se rindió el profesor. Gus se puso de pie con su aire teatral reservado para estas ocasiones. Lo que pensó nada más verme fue A Star is Born. Que traducido quiere decir ha nacido una estrella.

El día en que le hicieron poner de pie y le preguntaron por el asesinato que desencadenó la Primera Guerra Mundial, respondió con agilidad, comprenderá que una guerra mundial no se desencadena sencillamente por una causa, es un conjunto de causas... No trate de escabullirse, Gus, y responda. ¿Cómo se llamaba el archiduque austrohúngaro que fue asesinado en Sarajevo? Y mientras buscaba la respuesta, el alumno que se sentaba tras él en la clase murmuró bujarrón, comepollas. Y Gus, a tono, respondió creo que se llamaba Bujarrón Comepollas, pero para ser justos me lo ha soplado Ventura. Cuando lograba que el conjunto de botarates que formábamos la clase y también el profesor, a menudo distante y despreciativo, compartiéramos una carcajada, fabricaba nuestros mejores recuerdos escolares. Pronto se alzó como alguien mítico en el colegio de quien se recreaban anécdotas divertidas y desplantes que los profesores hubieran querido sofocar, pero vivíamos unos años en los que estaba mal visto recurrir al autoritarismo franquista, y ese estado de culpa permitió lo más cercano a la libertad que hemos conocido. El resto de los alumnos acabó por dejarlo en paz y nosotros nos dedicábamos a pasear durante el recreo, ajenos a los partidos cruzados que se jugaban en el campo de tierra inclinado, donde necesariamente un equipo atacaba siempre cuesta arriba y el otro cuesta abajo. Nadie mata al bufón, me explicaba a veces. El bufón siempre se salva en las tragedias.

Fue, sin duda, el alumno de quien más aprendimos. Nos ayudó a entender la injusticia que encerraba ese maltrato que aceptábamos con naturalidad. A lo largo de los años, su aire de vedette desinhibida confundió a muchos. No era guapo ni femenino, tenía la barbilla muy pronunciada, lo que le restaba atractivo, orejas grandes y una piel pálida con marcas de acné que se deshidrataba con facilidad dejándole pellejos entre las cejas o en los pliegues de la nariz. La Majorette, así lo llamaba mi padre, divertido por sus aspavientos. No le preocupaba que fuera mi compañía habitual, quizá porque a nuestro lado siempre estaba Animal y entre ambos el contraste era evidente. A mi padre se lo ganaba cuando hacía el payaso delante de mi madre y le cantaba «Ojos verdes» con la cadencia exacta de Miguel de Molina y los brazos en jarras. Gus llamaba Villatontos a ese país en el que vivíamos entre el final laborioso de un régimen católico y autoritario y la nueva moral del consumo masivo. Primero hay que triunfar en Villatontos y luego dar el salto al mundo. Me sorprendía en mitad de las entrevistas cuando contaba que el maletín de maquillaje de la señorita Pepis de sus hermanas había sido su juguete favorito en la infancia, o que el mayor avance de los derechos de la mujer lo habían provocado las folclóricas, Rocío Jurado, Lola Flores, Marifé de Triana o María Jiménez, porque le cantaban al macho español fóllame, pero fóllame bien de una puta vez. Ése es el único tema de sus canciones, decía, y con ello lograron que el orgasmo femenino alcanzara la misma consideración que el masculino.

Nunca me dijo quién le pegó en el callejón del cine Europa la noche en que se presentó en casa con la cara rota, baja, Dani, que no quiero asustar a mi tía Milagros, y le curé en la calle con agua oxigenada y algodones para que tampoco mi padre lo viera, mientras le repetía ¿no sería mejor que te hicieran una radiografía?, y él no paraba de explicarme que no era grave, que lo de que te dieran una paliza elevaba tu prestigio, mira, los actores de Hollywood lo imponen a los guionistas. ¿No has visto a Marlon Brando? *La jauría humana, La ley del silencio,* si no le pegan en alguna escena no hace la película. Y James Dean. James Dean era igual. Lástima que no estuvieras allí conmigo, Dani, me dijo con media sonrisa mientras le limpiaba la sangre de una ceja, habrías estado orgulloso de mí. Pero aunque le golpeé en el hombro para que se callara, yo ya me sentía orgulloso de él a diario y orgulloso de mí por haberme atrevido a ser su amigo entre tanto miserable que dictaba las normas.

Es bonito cumplir esas promesas, me dijo Jairo, el conductor del coche fúnebre. Supongo que es una promesa que usted le hizo a su padre, ¿no?, esto de trasladar el cadáver a su pueblo natal. Yo me encogí de hombros. No estaba seguro de que fuera una promesa. Recordaba haberme sentado delante de mi madre uno o dos días después para decirle papá ha muerto y que mi madre me mirara con un intento de expresión. Vaya, se limitó a decir, porque ya no le importaban las noticias, ni distinguía lo nimio de lo esencial. Le acaricié las manos, quizá todos estábamos muertos para ella, nada existía de verdad, porque sin emociones no hay existencia. Fue meses después cuando regresé para contarle que a lo mejor era buena idea enterrarlo en

71

el cementerio de su pueblo, me parecía que quedaba solo y abandonado en aquellos altos de Carabanchel sin que nadie lo visitara, sin un familiar que limpiara la lápida o llevara flores el día de difuntos. ¿Crees que es buena idea?, yo aún le preguntaba a mi madre sin esperar respuesta, sólo para preguntármelo a mí mismo en voz alta. A él yo creo que le gustaría, ¿verdad, mamá?

No, yo no le prometí nada. Si lo hice fue por sentirme mejor, por corregir en algo la mediocridad de su entierro, lo discreto y deslucido de su despedida. Por concederme a mí mismo una segunda muerte de mi padre cuando ya me había dado cuenta de la trascendencia que aquello cobraba en mi vida y por concederle a él una pizca de esa épica que lo hacía tan feliz. Jairo había vuelto a poner el aire acondicionado pese a mi insistencia en quitarlo. Así flojito no te molesta, ¿verdad? ¿Qué es, por la voz?, me preguntó. Afirmé con la cabeza. Los aires acondicionados y el agua fría son mis peores enemigos, tanto que llevo siempre unos fulares horrendos anudados al cuello incluso en verano. Trataba de dormir, pero Jairo insistía en hablarme. Lo que resulta raro es cómo alguien se hace cantante, perdone mi curiosidad, se excusó el chófer, y sacudió su abrumadora cabeza. Yo entiendo cómo uno se hace ingeniero o profesor o albañil, pero cantante... ¿Eso se estudia, hay carrera, algo?

todo empezó en un váter

Todo empezó en un váter, en el váter del colegio. Los llamábamos meaderos y apestaban a orines, humedad y desinfectante. En el tejadillo exterior ponían a secar cáscara de plátano para fumársela los porreros y en uno de los cubículos nos escondíamos durante la clase de gimnasia.

El profesor nos obligaba a dar veinte vueltas al campo de fútbol, y él las corría también, empeñado en ganar siempre. En el techo de los urinarios alguien había escrito con un mechero El fin del mundo te espera, y luego una fecha que habíamos rebasado hacía años. Quizá el mundo se había acabado entonces de verdad, pero ni nos habíamos enterado. O como decía don Eulalio, el profesor de lengua y literatura, ante la insistencia de algunos por predecir un fin del mundo cercano, puede que se acabe el mundo, pero mañana tienen que saberse la conjugación del pretérito pluscuamperfecto. Me gustaba ese profesor, que era también sacerdote, y de él aprendí el recitado cadencioso de los sonetos, la brutal humorada métrica de *La Celestina*. Incluso gané un mes el concurso literario de clase, que no era algo demasiado prestigioso ni notable, el premio se limitaba a que colgaran en un tablón del pasillo tu poesía y te subieran un punto en la evaluación. Un día don Dionisio, el profesor de gimnasia, me llevó a un aparte, pensé que iba a felicitarme por el poema, otros profesores lo habían hecho, pero fue al contrario. ¿Qué tienes tú contra la bandera española? Yo nada, le dije. El poema se titulaba «La bandera» y era un canto contra las guerras y el patriotismo, contra la imperiosa necesidad de derramar sangre por un trapo. Era una alegoría pacifista provocada por los intensos debates sobre el ingreso en la OTAN. Ese poema es una mierda y lo mejor que puedes hacer es arrancarlo y avergonzarte de haberlo escrito. A don Eulalio le gustó, me justifiqué yo. Don Eulalio es gilipollas y tú lo que te mereces es que vengan los moros o los franceses a invadirnos y violen a tu madre y a tus hermanas. No tengo hermanas, me defendí. Venga, a correr con los demás, me despidió con ese aire marcial que identificaba con su asignatura, pero que sepas que estás cateado esta evaluación.

¿Y si montamos un grupo nosotros?, me propuso Gus, una mañana escondidos en el váter mientras don Dionisio corría destacado por delante de la clase. ¿Un grupo? Sí, para el concurso. En la fiesta de María Auxiliadora, a finales de mayo, don Jesús, el cura más enrollado, que llevaba el centro de estudiantes y las actividades juveniles, que vestía vaqueros y las camisas por fuera y se esforzaba por ser buena persona y tolerante, organizaba un concurso de grupos musicales. Actuaban en el gimnasio del colegio y las votaciones eran abiertas. Siempre ganaba su grupo de misa, cuatro chavales que amenizaban la eucaristía con versiones del «Sounds of Silence», de Simon & Garfunkel, transformado en Padre nuestro tú que estás, y el «Blowin' in the Wind» de Dylan, ajustado a la letra de Saber que vendrá, saber que estará, partiendo a los pobres su pan, y que Gus y yo variábamos al cantarlo en las misas obligatorias de los jueves como Saber que vendrá, saber que estará, jodiendo a los chicos su plan. Todo el mundo conocía el concurso como el festival del Mono, porque el Mono era el mote con que llamábamos a don Jesús por su parecido con el monito que protagonizaba una serie popular en la tele. Tenían la misma frente despejada y los mismos brazos largos que nacían de los hombros vencidos.

¿Y nosotros qué pintamos ahí?, repliqué con escepticismo a Gus. Nosotros ya ni siquiera participábamos en las festividades escolares ni en las olimpiadas deportivas. Pero él ya era presa del entusiasmo. Sí, tenemos que formar un grupo. El camino lo teníamos abierto, porque Animal era el batería del conjunto que tocaba en misa. El Mono había logrado domesticarlo, y aunque en alguna de las misas juveniles se arrancaba con unos solos de batería que habían levantado las protestas de los feligreses más mayores y con sonotone, él siempre defendía a Animal. No es ruido, her-

74

manos, es la rabia juvenil, que es la misma rabia de nuestro señor Jesucristo cuando expulsó a los mercaderes del templo. Si Jesús regresara a la Tierra, no lo duden, tocaría en un conjunto rock, había llegado a explicar en misa el Mono para pasmo general. Gus lo tenía claro, bastaba con lograr que Animal se uniera a nosotros y abandonara la formación oficial de misa, ese grupo bienintencionado de pop beato que se autodenominaba Ponte las Pilas, pero que el colegio en pleno llamaba Los Meapilas.

Animal mostró sus dudas. No puedo dejarlos, toco con ellos desde hace dos años. Gus me había pedido que le convenciera, a ti te sigue como un borrego, dile que le retiras el saludo. Le insistí. Con esa gente sólo tocas mierda, vamos a hacer la música que nos gusta, joder, no me digas que no tienes ganas. Y Animal cedió. Yo le había puesto el mote de Animal, que no era nada original, la mitad de los baterías del país se apodaban así, por el personaje que tocaba la batería en la banda de Los Teleñecos. Su padre regentaba una tienda de colchones y mi padre había encargado allí los de la cama especial de mi madre, cuando tuvieron que dejar de dormir juntos y atarla con cinchas por la noche. ¿Pero Gus qué va a tocar, si no sabe tocar apenas?, me preguntó. Animal había pasado muchas tardes en mi casa, me ayudaba a sacar los acordes de canciones de los Kinks, los Beatles, de Buddy Holly y Eddie Cochran mientras untaba el dedo para comerse las latas de fuagrás. A ver, yo podría tocar el bajo, que no es tan complicado, y cantar, dijo Gus en la primera reunión oficial para formar la banda. Más o menos lo que hace un líder en cualquier grupo, añadió sin inmutarse.

El Mono se sorprendió de que pretendiéramos participar en el concurso. ¿Vosotros formar un grupo? Eso hay que oírlo. Nos dijo que tendríamos que superar una audición en el local de ensayo del colegio, cuando estuviéramos preparados. Tenía que ser un tema original, no valían versiones, aunque fue flexible con las reglas para permitir que Animal tocara también con el grupo de misa y no tuviera que abandonarlo. No os voy a regalar a nuestro batería así como así, dijo. Escribir la canción se convirtió en una tortura. Nos íbamos los tres a la pensión de la tía Milagros y mareábamos las rimas. ¿No sería mejor tener la música antes?, sugirió Animal. Así hacemos en el otro grupo. Pero Gus zanjó la discusión. Me señaló con el dedo. Tú eres el que ganó el concurso de poesía el año pasado, ¿no? Escribe algo.

En un recreo, en los meaderos, dibujando circulitos con el pis, me asaltó una melodía. Empleé la clase de física en sacar una letra que le fuera al traje musical. Con el bolígrafo marcaba el ritmo sobre la hoja de papel. Gus me miraba de lejos, entendió lo que sucedía y yo le levanté, optimista, el dedo pulgar. Gus había conseguido convencer a un estudiante de Medicina que se llamaba Fran y vivía en la pensión de su tía Milagros para que le enseñase a tocar el bajo. Al menos a sostenerlo y sacarle algún ritmo. Cuando le pasé la letra a Animal, comenzó a leerla en voz baja mientras se daba golpes con la mano en el muslo,

la hija del bedel está pensando en ello,

el sobrino del juez está pensando en ello,

mola, dijo Animal al terminarla. ¿Qué ha dicho Gus? Pero yo aún no me había atrevido a mostrársela. Necesitaba la aprobación de alguien con algún criterio musical y en eso Animal nos sacaba a nosotros varios cuerpos de distancia. Al menos sabía tocar. Yo le metería mucha batería al final, cuando se repite el estribillo, mucha batería, concluyó,

la chica sin recreo está pensando en ello

el guía del museo está pensando en ello,

pero Gus la leyó de modo muy distinto a Animal. Desde el primer momento se puso a cantarla, sin saber siquiera cuál era la melodía, aunque dada la métrica repetitiva no le fue difícil adivinarlo,

la recién casada está pensando en ello

su cuñado parado está pensando en ello,

y agitaba la cabeza arriba y abajo con gesto de aprobación. Cuando la terminó de leer levantó los ojos hacia mí y me tendió el puño para que lo chocara. Luego hizo el mismo gesto hacia Animal y chocaron sus nudillos. ¿Cómo va el final? ¿Cómo es? No sé, le dije, muy bestia, muy acelerado. Sí, me gusta, me gusta mucho. Yo metería un par de frases tipo,

la profe de inglés está pensando en ello

mientras pasea al perro is thinking about it,

genial, dijo Animal. Pero yo puse alguna pega. La señorita Angelines era nuestra profesora de inglés y todos sabíamos que tenía un perro, porque nos hablaba de su perro a todas horas. Hasta mi perro es más inteligente que muchos de ustedes, nos decía. Le teníamos manía y nos horrorizaba con sus zapatitos apretados que la obligaban a ponerse tiritas color carne en el talón. Pero de ahí a mencionarla en la canción, no sé, dije. Los versos se quedaron porque eran brillantes y Gus los defendió con convicción. A los chicos les encantará, añadió. Puede que fuera la mejor idea de la canción, tan monótona que cualquier variante ayudaba. Cuando nos levantamos del banco en el cruce de Francos Rodríguez cada uno enfiló hacia su casa, pero Gus dijo desde la distancia: chicos, tenemos nuestra primera canción. Y además ya sé cómo nos vamos a llamar. Las Moscas. ¿Acaso no empezó todo en un váter?

ven, vamos a hacerlo,
tanto pensar en ello no puede ser bueno,
ven, vamos a hacerlo ya,
estallábamos en el estribillo, para unir al estruendo de Animal en la batería todo el ruido que podíamos formar con la guitarra y el bajo. Entregamos media tarde a ensayar en el cuartucho que el Mono nos había dejado en los sótanos del colegio. Yo había sacado un ritmo reggae para la parte tan repetitiva de la canción, en esos días me pasaba las tardes oyendo el *Legend* de Bob Marley, pero el final tenía que ser guitarrero. Sí, ya usábamos esa jerga semiprofesional. Animal marcó los ritmos y enseñó a Gus lo que debería puntear el bajo durante gran parte de la canción. Son dos cuerdas y dos cambios, ¿vale, tío?, no tiene pérdida. Yo tenía libertad para añadir con la guitarra todas las improvisaciones que quisiera en cada puente entre los dos versos. De una forma natural, en el primer ensayo, Gus y yo comenzamos a doblarnos con las voces. Una frase uno, otra el otro. Eso funciona, advirtió Animal. No lo cambiéis. Así de sencillo, sin ninguna premeditación, nos convertimos en un dúo vocal para el resto de nuestra carrera juntos. Yo no tenía pensado cantar, pero a Gus no pareció molestarle y la canción ganaba velocidad. Era de una monotonía hiriente, que yo intentaba salvar con la guitarra, y Gus introducía interjecciones y saltos rítmicos con la voz, lo que luego se convirtió en su sello inconfundible, fascinado como estaba por James Brown o Fats Domino.

La sala de ensayos tenía la batería desplegada y tres pequeños amplificadores, pero era un taller y almacén, donde se amontonaban pupitres sobrantes y varias figuras de escayola de santos y mártires en reparación o que no ha-

bían encontrado ubicación en el colegio. El Mono se asomó para preguntar si estábamos listos. Para no desvelar ni
un detalle de nuestro tema comencé a tocar la entrada de
guitarra de una canción de los Rolling que jamás decep-
ciona,
    if you start me up,
    if you start me up, I'll never stop,
pero si sabes tocar, vaya sorpresa, dijo el Mono con aprecio. Oye, tío, tú tocas de puta madre, me había dicho Gus
cuando me oyó desenvolverme con la guitarra. Qué va,
me defiendo, pero en sus ojos brilló la admiración y me
contagió de una euforia que me duró el ensayo completo,
hasta que llegó el momento mágico de nuestra primera actuación para nuestro primer y único espectador.

Nunca olvidaré la cara del Mono cuando Gus y yo comenzamos a entonar los versos. Animal tocaba con seguridad, pegándole con fuerza a la batería. El Mono delató con
su mirada una mezcla de sufrimiento y rubor que, bajo el
ardor del estribillo,
    ven, vamos a hacerlo,
    tanto pensar en ello no puede ser bueno,
le provocó sudores en las mejillas y la calva. Empezó a ges-
ticular para que nos detuviéramos, pero el estribillo se
prolongaba en variaciones intensas. Animal cerró con un
espectacular redoble para el que se puso de pie y descargó
a placer toda la energía de su cuerpo. A eso le siguió un silencio tenso y de pronto, al fondo, donde se apiñaban las
figuras de alabastro y escayola, a la escultura de Santo Domingo Savio se le desprendió el bracito levantado. Chocó
contra el suelo y se rompió en pedazos. Santo Domingo
Savio, ¿si es tan sabio por qué escribe mal su nombre?,
bromeábamos para cabrear a los profesores, era el modelo
de nuestra formación, alumno de don Bosco muerto ape-

79

nas con quince años, después de una vida entregada a la fe, y cuyo lema, antes morir que pecar, afeaba a diario nuestra falta de entrega y dignidad de escolares.

Estáis locos si creéis que os voy a dejar cantar una canción pornográfica en la fiesta. Ésa fue la reacción del Mono. Creo que nunca lo vi tan serio y decepcionado. Su frase favorita solía ser, pronunciada con un énfasis relamido, yo no me enfado *con* vosotros, me enfado *por* vosotros. Nos enzarzamos en una discusión interminable sobre qué era lo pornográfico, si nuestra canción no contenía una sola palabra soez ni se mencionaba nada indecoroso. Ello, pensar en ello, todos piensan en ello, se indignaba el Mono, ¿creéis que soy tonto y no sé lo que quiere decir ese ello, lo que queréis decir con ello? Gus trataba de justificarnos. Ello no significa nada, es abstracto, puede ser cualquier cosa.

No me vais a engañar, que no me chupo el dedo, repetía el Mono. Dejad los amplificadores desenchufados e iros a casa, ¿vale? Mi decisión es definitiva. Las Moscas no tocan en el concurso. Así nos despidió el Mono. Le había hecho gracia nuestro nombre. ¿Cómo os vais a llamar?, preguntó antes del ensayo. Las Moscas, dijimos, y él se burló. ¿Las Moscas?, ¿no habéis encontrado nada más desagradable? Cuando un rato después el Mono salió del cuarto de ensayos tras boicotear nuestro nacimiento, Gus meneó la cabeza. Me temo que Las Moscas vuelven a la mierda. No sabíamos aún que esa frase la repetiríamos en bastantes ocasiones a lo largo de muchos años. Las Moscas siempre vuelven a la mierda.

las moscas siempre vuelven a la mierda

Yo nunca soñé con ser cantante. Ni siquiera, como creía Jairo, el conductor del coche fúnebre empeñado en que le contara el modo en que alguien se convierte en profesional, era yo quien cantaba en las fiestas familiares. Pocas fiestas hubo en casa después de que enfermara mi madre. Fui yo el que convenció a Gus para que diéramos clases de voz aunque para entonces ya teníamos un primer disco en el mercado y más de cien actuaciones a nuestras espaldas. Nos quedábamos afónicos y nos rompíamos la voz con cualquier exceso en garitos poco idóneos para albergar actuaciones musicales. Parecía ridículo dar clases de canto, rodeados de grupos que salían de los institutos, alérgicos a cualquier detalle que desvelara que te tomabas en serio la carrera. Saber tocar era algo negativo, cuidar la voz algo vergonzante. Gus me dijo vale, ya que te empeñas hagámoslo, pero entonces vamos a los mejores, nada de cualquier patán.

El señor Robert Jeantal era un cantante melódico francés que se había afincado en España y daba clases de voz a algunos artistas famosos. No sé por medio de quién logramos contactarlo, pero recuerdo que nos recibió en su casa cerca de la Plaza de España con el pelo apelmazado por los fijadores y unos dedos retorcidos por la artrosis. Era encantador y amable, pero también sincero. Nos colocó en una punta del pasillo a cada uno y él se puso en medio. Canten, canten algo que sepan, nos dijo. Alguna de sus canciones, por ejemplo. Nos obligó a ponernos en cuclillas. Arrancó Gus y luego yo, entonamos no recuerdo cuál de nuestras primeras composiciones, allí, a grito pelado desde cada lado del pasillo. El profesor nos detuvo con un gesto de la mano. Echad la voz atrás, que notéis que viene de dentro, del agujero más profundo. La voz os tiene que salir del ano, no de la garganta. Parecíamos dos gallinas cluecas y nos dio un ataque de risa al mirarnos entre nosotros, un ataque de risa que no podíamos atajar, con carcajadas que nos agitaban de la punta del pelo a los talones. El señor Robert nos obligó a continuar, con gestos exagerados. Sube, sube, sin miedo, que lo oigan los vecinos, vamos.

Pero no nos aceptó. Tengo mucho trabajo, muchos alumnos, gente seria que quiere y puede convertir la canción en su profesión, ustedes tienen algo maravilloso, son jóvenes, descarados, listos. Pero cantan ustedes fatal, tienen un timbre feo y, además, el que tiene buena pose y carisma, y señaló a Gus, no llega a los altos, y el que podría cantar bien, y me señaló a mí, me temo que carece de las virtudes imprescindibles para triunfar en este oficio con esas gafas y esa pinta de opositor aplicado. Pero no lo dejen, pueden divertirse durante unos años y luego lo recordarán toda la vida cuando trabajen en una oficina y se limiten a cantar en la ducha por las mañanas. Pese a la humillación, nos dio el teléfono de una alumna suya que había comenzado a dar clases particulares para ganarse un sueldo. Con los años, su diagnóstico dejó de parecernos una ofensa. Para Gus, que el señor Robert nos hubiera asegurado que carecíamos de las virtudes imprescindibles para triunfar en la música y que, sin embargo, hubiéramos terminado viviendo de ello, sólo podía convencernos del enorme mérito de nuestro esfuerzo.

Elisa se convirtió en nuestra profesora de canto. A Gus no le cayó bien desde el primer instante. Le irritaba que desacreditara su voz, incapaz de sonar con brillo, de cumplir con los ejercicios tediosos de afinación. Para él, Elisa seguía instalada en las clases de canto del siglo pasado. Pero Elisa era agradable y no parecía cansarse de corregirnos y retarnos. Era esbelta, con una sonrisa llena de dientes. Gus la llamaba Sunsilk, como el champú, para burlarse de sus cabellos relucientes y su peinado con volumen. Elisa se reía con las bromas de Gus. Solía ocurrir.

Gus tenía esa cualidad de insultar y caer simpático, cruel-dad entrañable. Elisa cantaba canciones de Barbra Strei-sand en el piano de su piso donde nos daba las clases y su-brayaba los alardes vocales de «Tal como éramos»,

si tuviéramos la oportunidad de hacerlo todo de nuevo,
dime, ¿lo haríamos?, ¿podríamos?,

y dos noches a la semana actuaba en un local nocturno cuya moqueta contenía información personal de clientes fieles y ajados, tipos de provincias de paso por Madrid con su puta o su secretaria amante. Mis clases con Elisa se pro-longaron durante años. Gus la evitaba. Puede que por eso nunca le contara que también me acostaba con ella, con la misma informalidad con que acudía a las clases, salteán-dolas entre conciertos. Me impactaba, eso sí, que al alcan-zar el orgasmo soltara una nota agudísima de soprano líri-ca de coloratura.

Aquellas clases y el cuidado de la voz fueron siempre para mí una manera de compensar el éxito temprano. Los años de colegio religioso me inculcaron que sólo con sacri-ficio puedes aspirar a la recompensa. Nosotros encontra-mos la recompensa en el primer instante, así que me pasé la vida empeñado en agregar el sacrificio. Gus no, para Gus un regalo era un regalo, y la única obligación era fes-tejar tu fortuna. Animal había tenido la buena idea de gra-bar en una cinta de casete nuestra audición para el Mono, y los compañeros de clases la escuchaban divertidos. ¿Es verdad que no os van a dejar cantar?, preguntaban. Para empeorar el agravio, al Mono se le había ocurrido invitar al concurso a las alumnas de las salesianas. La perspectiva de que el colegio se llenara de chicas enfebreció al personal. Estábamos habituados tan sólo a las que cursaban COU por las tardes, que atravesaban el patio azoradas por las bu-rradas que les soltaban las hordas de chavales formados en la exclusión sexual. Les tiraban balonazos, puñados de tierra, les salpicaban desde la fuente, les regalaban obscenidades, los más atrevidos les tocaban el culo en las escaleras o les llenaban de lefa en un descuido su botecito de típex.

Gus hizo correr por todo el colegio la noticia de que el Mono nos había censurado. Animal participó con su grupo de misa y la canción que interpretaron salió ganadora entre los seis grupos que concursaban, uno de ellos de chicas que se llamaban Las Pumas aunque sonaban como hienas. Así que los componentes de Los Meapilas regresaron al escenario para interpretar de nuevo la canción ganadora, como si aquello fuera el festival de Eurovisión. Al cantante de Los Meapilas le llamábamos el Educadito porque parecía formado en una placenta distinta a la del resto de los alumnos del colegio, con su flequillo californiano y sus camisetas de nudos marineros. El Mono subió al escenario del gimnasio para entregarle el premio y entonces fue cuando sucedió algo inesperado.

Primero los chicos de nuestra clase, los más amigos, comenzaron a gritarle censura, censura, censura. Un año atrás habían cancelado el único programa musical potable de la tele pública porque un grupo de punk de chicas vascas había salido a cantar una versión de los Stooges, y el Niebla había intentado puntualizarnos, sin lograrlo, las diferencias entre libertad y libertinaje. Las Moscas, Las Moscas, Las Moscas, gritaban los compañeros de clase, censura, censura, censura, y Animal, que aún permanecía sentado a la batería con el grupo ganador, acompañó los gritos con golpes de sus baquetas alzadas en alto. Gus lo llamó después nuestro momento Espartaco. Puede que tantos que habían hecho la vida de Gus bien difícil en el colegio quisieran así tributarle una compensación. Era hermoso pensarlo como un gesto de desagravio.

84

Si algo no podía soportar el Mono era verse señalado por los jóvenes. Aquel borrón en su intachable estampa de complicidad con la chavalería le arruinaba el personaje de abierto y solidario con la causa juvenil. Así que tomó el micro y trató de acallar los gritos, aquí no censuramos a nadie. Lo que pasa es que Las Moscas no tenían el nivel exigido para actuar en este concurso. Los abucheos fueron rotundos. Censura, censura. Y los alumnos coreaban el nombre de nuestro grupo, ayudándolo a nacer. Las Moscas, Las Moscas. El Mono se rindió y nos invitó a subir a escena.

Puede que en otros recintos, y conquistada cierta profesionalidad, cosecháramos un éxito de mayor rotundidad. Puede que en el momento en que fuimos más populares tuviéramos alguna noche de abrumadora comunión con la gente que había venido a vernos. Pero el ambiente de aquella tarde anochecida del 24 de mayo en el pabellón del gimnasio del colegio fue inolvidable. Arrancamos lento y con muchas inseguridades. La guitarra me la había prestado el Educadito, y Gus perdió la comba del bajo, también cedido por un integrante de Los Meapilas. Animal escondió cualquier desfase con su golpear intenso, y yo sumaba fraseos a la guitarra crecido por la respuesta del público. Hasta las chicas saltaban, y los más osados aprovecharon el desordenado pogo para contactarlas, rozarlas, pegarse a ellas, hambrientos de carne femenina. El Mono, abajo del escenario, compartía con otros profesores un balanceo de cabeza reprobatorio, sin perder la sonrisa de condescendencia. Pero echábamos fuego y Gus se olvidó del bajo para contonearse por el escenario, arrastrar el pie de micro como una pareja de tango y caer de rodillas frente al público. Acababa de encontrar su hábitat natural, había atravesado infancia y juventud para trepar a ese sitio del que ya jamás querría volver a bajar. Sacó la bestia de escenario que llevaba toda una vida agazapada dentro. En el saludo final se limitó a agarrarse la entrepierna con la mano y agitarla en un gesto de aprecio y desprecio simultáneo. Y, pese a los gritos de otra, otra, Animal movía las manos y voceaba no, no, si no tenemos otra.

Usted debe ser un poco como el grupo Verde 70, indagó el conductor del coche fúnebre sin importarle un carajo que yo hubiera cerrado los ojos en el asiento, intentando dormir por enésima vez. ¿Los conoce? A mí me gustan mucho. No, confesé, no los conozco. «Muriendo por tu amor», «No es tan fácil», «Irremediablemente tarde», Jairo se sintió obligado a repasar los títulos más conocidos de sus canciones y a entonar la última,

porque mi llanto habrá borrado
la tinta de lo que fue ayer
y será tarde, irremediablemente tarde,

y yo dije, para acallarlo, ya los escucharé, lo prometo. ¿Y su grupo cómo se llama? Las Moscas. Bueno, se llamaba. Jairo negó con la cabeza. No me suena. A mí todos me llaman Dani Mosca porque la gente me identifica por el anterior grupo.

¿Y ya no están juntos? Supongo que se deshizo por lo de siempre, peleas, egos, pasa mucho, ¿verdad?, continuó Jairo con el interrogatorio. Me encogí de hombros, no iba a contarle la historia de Gus. El conductor terminaría como todos los demás, sin entender casi nada de él, con un juicio apresurado y superficial sobre Gus. Yo sabía, en cambio, que jamás me habría atrevido a subirme a un escenario si no hubiera sido por él. Un gracioso nos adelantó a toda velocidad sin ahorrarse pitar al coche fúnebre con sorna. Veeesijueputa, le gritó Jairo, y luego recuperó la compostura. ¿Puedo tutearte? Sí, sí, claro. Tú eres un hijo como Dios manda, porque la exhumación y todo esto no tiene que ser barato. ¿Te puedo preguntar cuánto te cobraron por la exhumación y el traslado? Raquel había llevado los trámites, después de sorprenderse ella también por mi acto necrófilo. ¿Quieres desenterrar a tu padre casi un año después de muerto?, me preguntó con cierta burla. Tú, que jamás vas a un entierro ni a un funeral, que siempre sostienes que la muerte es una excusa para hacer negocio con la gente hasta cuando deja de existir. Ése era yo, el hombre más inconsecuente del mundo.

Seguro que te habrá costado un billuzo. Jairo comenzó a desglosarme el proceso de traslado del cuerpo, los permisos, las técnicas de exhumación con la naturalidad de quien hablara de cualquier otro trabajo. Cerré los ojos, pero no podía dormir. Cuando se tiene que hacer algo por un ser querido se hace y punto, claro que sí. Le entiendo de maravilla, me repetía. No conseguía acomodarme en el espacio amplio del acompañante, la cabeza se me caía hacia los lados, me molestaba el sol por la ventanilla y de fondo la conversación del chófer jamás se interrumpía. Si tienes tanto sueño puedes echarte una ruca ahí. ¿Una qué? Una siesta, atrás. ¿Atrás?, la propuesta de Jairo me sorprendió. Sí, atrás. Entrábamos en el túnel de peaje, otra de esas infraestructuras construidas con fondos europeos, de cuando cambió el mapa de los desplazamientos de mi juventud y modernizaron los tramos interminables de curvas ascendentes, las rutas secundarias con sus bares de carretera, gasolineras y puestos de socorro. ¿Atrás? Sí, sí, atrás. Échate atrás.

mi primera canción de amor

Mi primera canción de amor se escribió sola. Nos habíamos implicado en las manifestaciones contra la entrada en la OTAN y llevábamos la carpeta llena de pegatinas de Bases Fuera para escándalo de algún profesor. Toda la música que oíamos era norteamericana, el cine también y en la televisión sólo seguíamos las series que nos llegaban de allí, pero nos invadió un antiimperialismo feroz. Frecuentábamos a Fran, que seguía en la pensión de la tía Milagros mientras preparaba sus exámenes de fin de carrera antes de presentarse a las pruebas del MIR. Había pasado de darle clases aceleradas de bajo a Gus a convertirse en nuestro mejor consejero musical. Se pasaba el día delante de los apuntes de Medicina, pero en su tocadiscos nos descubría músicos de los que ni habíamos oído hablar. Me enseñaba a sacar en la guitarra las canciones de James Taylor o Paul Simon, que yo practicaba cada tarde, con mi madre sentada al lado sin dejar de repetir qué bonita es la guitarra, es un instrumento precioso,

bueno, soy una apisonadora, baby,

estoy obligado a pasarte por encima,

y me regalaba un aplauso de rato en rato si regresaba de una de sus miradas al infinito,

si nunca hubiera amado, nunca habría llorado

soy una roca, soy una isla,

y era también Fran quien nos llevaba a Gus, a Animal y a mí a las protestas antimilitaristas y nos señalaba quién era quién entre los políticos y artistas. A veces los actos terminaban en un concierto, y esa relación de música y discurso antibelicista me condujo de manera natural a escribir «Buscaba amor y encontré guerra», canción que carga con el dudoso honor de ser mi primera pieza romántica, por llamar de algún modo a aquel engendro mal digerido de Pablo Milanés y los Clash.

Fran era de León y quería especializarse en neurocirugía porque le retaba el mayor nivel de precisión. Un error diminuto y dejas tonto al paciente, nos explicaba. Hablaba de irse a Estados Unidos y dejar nuestro país, aquí siempre los cojones estarán por encima del cerebro. Fran era atractivo, se rascaba la barbilla con cuatro dedos de la mano derecha y llevaba el pelo partido en dos mitades por una raya perfecta que repasaba y repasaba incansable en un gesto estudiado. Se mostraba tan seguro de sí mismo que a veces resultaba engreído. Tenía un humor quirúrgico, que practicaba con bisturí de dos filos, por una cara el desapego, por otra el desprecio. Nos sacaba seis o siete años, pero actuaba como si nos aventajara en cincuenta de experiencia vital y musical. Tenía un amigo piloto de avión que le traía discos de Estados Unidos y en su cuarto de la pensión escuchábamos a Grateful Dead o a Alice Cooper. Fumaba porros, decía que todos los médicos fumaban porros para bajar la implicación emocional antes de las operaciones, pero nunca nos ofrecía ni una calada. El cerebro no termina de formarse por completo hasta los dieciocho años, así que antes de esa edad cualquier elemento psicotrópico puede heriros las neuronas, nos decía. Fijaos en la gente que fuma tabaco desde muy pronto, se queda enana y se avejenta más deprisa, como los que hacen demasiado deporte o los que toman el sol.

Animal no le encontraba el encanto a Fran. Siempre dijo que un tío que se peinaba con secador cada mañana no podía ser de fiar. Consideraba excesiva su influencia sobre nosotros. Quizá le irritaba también la devoción que Gus y yo empezábamos a mostrar por Fran. Si le acompañábamos a las manifestaciones, Animal ponía de excusa su trabajo en la tienda de colchones de su padre. Total, a nosotros qué mierda nos importa el referéndum si aún no podemos votar, se justificaba, pero yo sabía que no quería venir para no juntarse con Fran, que se sentía traicionado por nuestra cercanía con él. Y era mutuo ese desprecio, porque Fran sonreía cuando nos veía con Animal, comprendo que salís con alguien así para parecer más inteligentes, como las chicas que salen con una amiga fea para aparentar ser más atractivas.

A veces Fran nos presentaba a compañeros de universidad. Así conocí a Olga. Le faltaba un curso para terminar la carrera en el nocturno y trabajaba por las mañanas de recepcionista en la clínica de un dentista. Tenía el pelo rubio y la cara llena de pecas, lo que le daba un aire infantil, y los dientes blancos le brillaban alineados por la mano de un sabio. Sus labios eran finos y dejaba escapar carcajadas con las rimas que yo inventaba para gritar durante las manifestaciones. Menos policías y más heladerías, era su favorita entre las que inventé secretamente para ella. Aunque se sorprendió del éxito que tuve una mañana de sábado en que todo el paseo de la Castellana, del Bernabeu a María de Molina, coreó mi consigna ¡Nos vamos a fumar, nos vamos a fumar el presupuesto militar! Olga, según me informó Fran, estaba liada con el dentista para el que trabajaba, pero esa información no impidió que me enamorara de ella.

A veces Olga se quedaba a tomar cervezas con nosotros. Fran nos obligaba a beber la cerveza salteada con agua. La cerveza tiene la dosis de aminoácidos perfecta, pero deshidrata, así que conviene combinarla con vasos de agua, nos aleccionaba. Mis acercamientos a Olga no fructificaban y yo lo interpretaba como un signo inequívoco de que era imposible que una chica de veintitrés años se fijara en un chico de dieciséis. Llevaba desde la enfermedad de mi madre sin pasar una revisión en el dentista y me pareció buena idea pedirle hora a ella en su clínica. Era la manera de verla a solas, por fin, sin Fran y sus amigos de Medicina. El dentista me encontró tres caries que celebré alborozado porque significaban dos mañanas más de consulta. Mi padre costeó la reparación no sin antes asegurar que me iba a vigilar para que me cepillara los dientes tres veces al día o cuatro, vaya precio que tienen los dentistas. Cuando salí de la última visita, hundido porque mis caries habían sido sanadas sin complicaciones, Olga me propuso tomar algo juntos, hoy entro más tarde a clase.

¿Y cómo va vuestro grupo?, me preguntó Olga cuando nos acomodamos en la cafetería frente a la clínica. Ahí vamos, ya tenemos tres o cuatro canciones. Vamos a tocar en un bar y queremos participar en algún concurso de ésos a ver si sacamos algo de pasta, le conté. Me hacía el adulto con ella, pero aun así la dueña, una señora oronda que nos trajo las cañas y unas patatas bravas algo blandas, le preguntó a Olga si yo era su hermano pequeño. No, es mi novio, dijo ella. Qué jovencitos te los buscas, mejor, porque los hombres se estropean rápido. Y señaló a su marido, que atendía detrás de la barra. Mira ese cascajo de hombre que tengo que aguantar yo ahora, y eso que de joven era resultón.

Mi padre le lleva catorce años a mi madre, informé a Olga con toda la intención de limar nuestra diferencia de edad. ¿Y se llevan bien, tus padres? Mi madre está enferma. Oh, vaya. Había visto a mi padre sacar rendimiento de su papel de víctima con las visitas y los conocidos, no sabe lo duro que es esto, se me parte el alma, pero hay que aguantar. Le conté nuestra vida cotidiana a Olga, los problemas en casa. Mi madre aún no estaba ingresada en aquel tiempo. De pronto la mirada de Olga se humedeció mientras me escuchaba contarle detalles de la enfermedad de mi madre y de la vida en casa. Debes de pasarlo mal, ¿no? Me encogí de hombros. Lo peor es no saber si adentro te escucha, si se entera de algo, si siente algo, le confesé. Ella pidió un café, luego tenía que ir a la universidad, pero yo preferí otra caña. Cuando revolvía el azúcar en la taza entró el dentista y nos ubicó con la mirada. Se acercó a nuestra mesa y la besó en los labios. Nueve de cada diez dentistas me parecieron odiosos. Me tomo un café con vosotros, dijo,

buscaba amor y encontré guerra,

siete años luz de diferencia,

y aunque se sentó y fue divertida su conversación, yo ya no escuchaba las anécdotas sobre pacientes con dientes pochos y los cómicos efectos de la anestesia, sino que miraba a Olga lejos, lejos, tan lejos como esos siete años de edad que nos separaban y que, como escribí en la canción, eran más bien siete años luz. Oponerme a la OTAN había sido una obligación fisiológica para verla a ella en las manifestaciones, los dos con el puño arriba y yo bajo la estela de su antebrazo pálido, en el esfuerzo de provocar con los lemas estúpidos su sonrisa y el baile de sus pecas en la cara. Consciente de mi fracaso, no me quedaba otra cosa que sentarme a componer mi primera canción de amor,

no hay trinchera

en las batallas del corazón,

buscaba amor y encontré guerra,

y aunque a Gus y a Animal la canción les pareció lo suficientemente digna como para acabarla conmigo, nunca les conté cómo había nacido ni cómo Olga me había enseñado el campo de batalla regado de cadáveres que deja el amor. Temía, si se lo contaba, el desprecio irónico de mis amigos o de Fran con su superioridad facultativa. Porque Fran parecía hablar desde el cielo, aunque la mayoría de las veces lo hiciera recostado en el sofá del saloncito de la tía Milagros mientras echaba el humo del pitillo por la ventana que daba al oscuro patio interior. Su tono de voz era lejano, difuso, algo gangoso en la pereza por rebajarse al mundo de los mortales. Lo endiosamos, Gus y yo, porque habíamos perdido al otro Dios, aquel que nos vendían en el colegio. Y por ese enorme agujero vacío entró Fran, adulto, cultivado, ingenioso, sabio. Le tocábamos nuestras primeras canciones, son infantiloides pero están muy bien, por algo hay que empezar, dictaminaba. Nos daba consejos, nos ponía ejemplos de músicos que le gustaban, me pedía la guitarra con un gesto y desgranaba varios acordes. Aunque tocaba peor que yo, le reconocía el gusto y la cultura musical que a mí me faltaba porque nunca había tenido, nadie que me orientara más allá de las revistas musicales que leía como evangelios de mi nueva iglesia.

Me gustaba estar con él, salir con él, ir con él de cinestudios y de bares donde me sentía tratado como un adulto. Con Gus y Animal era diferente. Hablábamos del grupo, de nuestros planes. Logré escapar a un instituto para mis dos últimos años antes de la universidad. Allí había chicas, nuevos amigos, cervezas en el bar de enfrente, un mundo más variado que el del colegio. A Gus le gustaba salir de otra manera, se ocultaba, se mantenía lejos de mi entorno y era usual que nos plantara a Animal y a mí con una cerveza en la mano, harto de tanta barra. ¿No os cansáis? Le gustaba bailar y a nosotros no, salir a locales con más encanto que nuestras bodegas de barrio de mesas de madera y huesos de aceituna rebozados en el serrín del suelo. Gus se distanciaba de nosotros cuando colgábamos los instrumentos tras el ensayo, hasta ahí era un cómplice entusiasta y firme, pero luego desaparecía hacia su propia noche.

Compartíamos por horas un local del ayuntamiento en la calle Tablada y a veces después de los ensayos nos sentábamos en la Dehesa de la Villa con la guitarra y susurrábamos algo que se parecía a una canción al nacer. Animal tenía talento para imponer los ritmos. Gus era más creativo. Recuerdo que en una de aquellas tardes me convenció de que el inicio de todas nuestras composiciones tenía que ser una línea de guitarra ambiciosa, sorprendente, que fuera una declaración de principios. Tienes que demostrarles a todos que no eres un cualquiera, que tú sabes tocar, Dani. Aún hoy, cuando me siento a completar las canciones, me empeño en encontrar esa línea de inicio que Gus consideraba marca de fábrica.

Entre ratos nos contábamos episodios de nuestra vida y Animal nos divertía con anécdotas de la colchonería o nuevas vilezas del colegio. Allí Gus nos contó, por fin, su huida de Ávila. Porque fue una huida. A veces Gus guardaba silencios largos, él, que lo llenaba todo de ruido y alegría, pero aquel día se lanzó a contar las circunstancias que lo alejaron de la ciudad donde había nacido. Iba a un colegio de curas, nos dijo, en esa ciudad que mucha gente cree que está rodeada de muralla para que nadie entre, pero la realidad es que la muralla está ahí para que nadie salga. Los niños del colegio eran por lo general unos salvajes, rústicos, brutales. Yo tenía un amigo que se llamaba Moncho, que era hijo del gobernador militar de la provincia, y a Moncho le gustaba mucho estar conmigo, me perseguía a todas partes. Me regalaba sus juguetes, me daba hasta apuro cuando le oía justificar su pasión por mí, si es que tú, Gus, eres mi mejor amigo y siempre lo serás. Era un chaval raro, aplastado por el padre, el caso es que hacíamos guarradas a solas y en clase nos sentábamos uno detrás del otro y él se bajaba el pantalón y yo le metía el bolígrafo por el agujero del culo. Me eché a reír y Gus también pero no dejó de contar la historia. Gente de clase lo veía, pero a Moncho nadie se atrevía a chistarle, la autoridad del padre calaba hasta en los profesores. A veces se corría en sus propias manos, con los pantalones abiertos, y lanzaba hacia delante el semen si el profesor no miraba, era una especie de cerdada medio erótica y asquerosa. Lo que contaba Gus le hubiera parecido imposible a alguien que no conociera nuestros colegios, que no hubiera visto, por ejemplo, mear a un alumno en una botella sostenida entre las manos o lanzar mocos para que se pegaran al techo o masturbarse debajo del pupitre mientras el profesor escribía en la pizarra. Un día, en mitad de la clase, me pasa su boli Bic y yo se lo meto por el ojete, con tan mala suerte que se queda la caperuza dentro, ¿sabes la caperuza del boli?, seguía contando Gus ante nuestro pasmo. Y me quedo blanco y le tiro lo que queda de boli encima de su mesa y le digo se te ha quedado dentro la capucha y Moncho se pone pálido y trata de sacarse la caperuza del culo y cuando no alcanza, comienza a dar gritos y se pone de pie con el culo al aire. Y el cura, alarmado, pero ¿qué pasa?

Era abril y ya no me dejaron volver al colegio, siguió explicando Gus. Me expulsaron de tapadillo. Era como si tuviera el sarampión o una enfermedad infecciosa, cosa que a mí me la sudaba. Pasé unas semanas feliz en casa sin hacer otra cosa que oír la radio con mi madre y espiar los cajones de mis hermanas mientras ellas estaban en el cole. Ese curso me lo aprobaron sin presentarme a los exámenes, pero les dijeron a mis padres que me buscaran otro colegio. Entonces a mis padres se les ocurrió mandarme a Madrid para el siguiente curso, porque en Ávila no me podía quedar, no os podéis hacer idea del escándalo que fue aquello, y claro, la tía Milagros se puso feliz y yo también porque toda mi vida soñaba con Madrid. Para un cateto de Ávila como era yo, Madrid sonaba a Nueva York. Así, Gus se instaló en la pensión de su tía en la calle de los Ar-

95

tistas, nombre premonitorio, como le gustaba decir a él. Siempre quiso ver en la excitada modernidad de aquellos años en Madrid la explosión de un montón de reprimidos llegados de provincias que en la capital podían arrancarse la máscara sin que sus padres, ni sus parientes, ni sus vecinos del pueblo pudieran verlos y juzgarlos. El anonimato de la gran ciudad es lo único que nos permitió ser libres, le escuché explicar en una entrevista en la radio que dábamos juntos. Pero yo entendía que aquella potencia que desarrollaba en los escenarios, por mugrientos que fueran, prolongaba su fuga adolescente, la costosa liberación, y que cuando traía una letra de canción, por simple, fallida o frívola que sonara, había que mirarla con toda la admiración del mundo porque contenía la historia de su vida, la única venganza posible.

la única venganza posible

En cada grito de ánimo, de aliento, en cada vamos, en cada venga, en cada fiesta, en cada locura y cada entusiasmo desmedido, en cada desbarre, Gus se cobraba la única venganza posible contra su mundo. Ahí os quedáis, parecía decirles a los años oscuros de su infancia. Lo siento por Moncho, me decía recordando al chico aquel de su colegio en Ávila, él se quedó allí y seguro que le reformaron a hostias y ahora es lo que se considera un hombre normal, probablemente la cosa más triste que alguien puede llegar a ser en la vida.

En una ocasión mi hijo Ryo se fijó en una foto que tenía colgada en el estudio, con Gus a mi lado en mitad de una actuación en nuestra primera época, y la imagen de ambos provocó su curiosidad. Papá, ¿de verdad que eras tan amigo del chico que sale en la foto contigo cantando?, me preguntó. Sí, era mi mejor amigo. ¿Y por qué se peinaba así y se pintaba los ojos? Gus llevaba en la foto el pelo cardado y los ojos bordeados con rímel. Porque le gustaba salir así al escenario, le contesté a mi hijo Ryo. ¿Y tú por qué no te peinabas como él si erais tan amigos? Porque a mí me gustaba que él fuera así y a Gus le gustaba que yo fuera como era yo. Mi hijo se quedó un rato pensativo después de escuchar la respuesta. Pero luego volvió a preguntar. ¿Y a ti qué te gustaría más, que yo fuera como tú o que fuera como él? Desvié un instante la mirada de la vieja foto con Gus y sonreí hacia mi hijo. ¿A mí? A mí me gustaría que tú fueras como tú.

Cuando conocí a la familia de Gus me parecieron discretos y delicados. Les he hecho sufrir tanto, me explicaba Gus, para ellos yo era como un accidente de la naturaleza, una desgracia. Nos acercábamos a comer a su casa si tocábamos en alguno de los dos locales de Ávila que programaban música en directo o si cerrábamos una actuación en las fiestas de El Escorial, Arévalo o Las Navas del Marqués, y a Gus le encantaba presumir ante ellos del éxito del grupo, pese a la perplejidad que provocaba en su familia, convencional y desconfiada, el mundo del espectáculo. Nuestro secreto, les explicaba mientras la madre nos llenaba los platos de comida rica y el padre masticaba en silencio, es que Dani y yo nos complementamos. Las parejas de éxito necesitan ese contraste, lo malo es que a vosotros os hubiera gustado que vuestro hijo fuera Dani, tan modosito y educado, les aseguraba convencido mientras me señalaba, y no yo, pero ya ves, mala suerte. Tuvisteis mala suerte.

A Gus lo adoraban sus dos hermanas mayores y se escapaban a vernos en conciertos de cualquier ciudad. Gus me las señalaba, ellas, ellas fueron las que fabricaron este monstruo de amigo tuyo, porque me disfrazaban y jugaban conmigo como si fuera su muñeca. Si ellas se encontraban en la sala, era obligado que Gus incluyera en el repertorio una versión de «Las chicas sólo quieren divertirse», que él les dedicaba con una pequeña introducción, para las dos chicas más importantes de mi vida,

I want to be the one to walk in the sun,

oh, girls they wanna have fun,

y las hermanas de Gus, en cuanto encontraban un instante de intimidad conmigo, me preguntaban por su hermano. ¿Se ha echado novia? Y cuando yo les decía que no, insistían, ¿y novio? Tampoco.

La sexualidad de Gus era una incógnita. Pulcro, a veces te invitaba a pensar que el sexo era algo demasiado untuoso para enzarzarse en ello. Picoteaba de un lado y de otro para saciar su gusto tan ecléctico, pero, al menos ante nuestros ojos, los de Animal y los míos y los de cualquiera que frecuentara al grupo, no terminaba en la cama de nadie. Pese a lo aparatoso de algunas de sus poses y vestuario, jamás se disfrazaba de mujer, sino de una especie de dandy barroco y glamouroso, que los más amables definían como nuevo romántico. Solía repetirme una frase de Boy George, quizá inventada a la medida de su ídolo, tomarse una taza de té es más entretenido que practicar sexo, decía. Lo divertido es siempre lo de alrededor. Gus mantenía un erotismo envuelto en la incógnita, al menos hasta que apareció Eva.

Por eso cuando trajo la letra de una canción que tituló «Táchame» supe que consumaba su idea de venganza. Me limité a sumarle la guitarra saturada y dejar que el sonido envolviera su voz cuando cantaba,

táchame de tu lista negra,

táchame de tu siniestra esquela,

98

y pedirle a Animal que no bajara nunca la intensidad de sus baquetazos sobre la batería y añadirme en la segunda voz, en una armonía más alta, que arrancaba en el estribillo,

porque yo seré la única estrella
que tú verás
en la larga noche de tu vida de mierda.

todas las familias tienen un secreto

Todas las familias tienen un secreto. Un secreto que lo explica todo. La mía también. Yo lo descubrí un día, mientras ayudaba a mi padre a ordenar sus recibos. Mi padre preparaba unos recibos mensuales para pasar a cobro a sus clientes. Las cantidades eran ridículas, pero correspondían al préstamo que les adelantaba para que pudieran comprarse ropa, muebles de cocina, relojes, pulseras de comunión, máquinas de escribir, algún electrodoméstico. Yo le decía a mi padre que su trabajo tenía algo de usurero judío y él se ofendía. Tú no sabes cómo me quiere a mí la gente, me retaba. Pero creo que lo que más le molestaba era la ironía sobre su origen judío. Aunque su fisonomía le emparentaba a unos orígenes judíos evidentes, había vivido bajo el antisemitismo dominante en la España nacional católica. Papá, te apellidas Campos, que es uno de los nombres que adoptaron los sefardíes en la zona donde naciste, trabajas de vendedor a domicilio y tienes una nariz de rabino, que por cierto yo he tenido la suerte de heredar, y él me detenía con autoridad. Deja de decir bobadas que has leído en cualquier librucho, en mi familia hemos sido todos cristianos desde el arca de Noé.

Había sido el cristianismo lo que le llevó a participar en la guerra. La amenaza comunista sobre el mundo reducido de las tierras de su padre, de la iglesia del pueblo, de la ley y el orden imperantes, le bastó para convertirlo en falangista con el estallido de la guerra y ser enviado al frente de Lérida. Un día me regaló su viejo carnet de militante con un papel doblado dentro, para que te acuerdes de mis errores de juventud. A mi padre no le gustaba hablar de la guerra, pero en su regreso del frente conoció los horrores de la matanza en la retaguardia y sintió traicionados sus valores. Si alguna vez venía algún amigo del frente o del hospital militar donde pasó varios meses, le irritaba que sacaran el asunto en la conversación. Yo acumulaba pequeñas anécdotas gracias a diálogos interrumpidos.

Oí hablar del hambre, del frío, de la crueldad, de la inocencia, de la cobardía. La guerra le sirvió para viajar, para conocer lugares fuera del pueblo, para ya nunca querer regresar y ser de nuevo el campesino que parecía condenado a ser. Le enfrentó con la muerte de una manera salvaje. Una tarde un pariente le recordó la costumbre de su mando, aquella por la que, cuando un soldado intentaba desertar en el frente, el pelotón de fusilamiento lo tenían que formar los compañeros del pueblo, los más cercanos, los amigos. ¿Te acuerdas aquella mañana?, pero mi padre le dirigía un gesto para que se callara y me señalaba con la cabeza. Hay ropa tendida, que era la forma de decir que había niños escuchando a los que era mejor ahorrar ese infierno.

En la guerra mi padre también vio a una mujer desnuda por primera vez. Y no fue en un espectáculo de revista, sino muerta entre los pinares de una cota donde se estableció el frente de guerra. El cadáver de la mujer aún parecía fresco, y uno de los compañeros gritaba, mirad, mirad, os dije que estas putas iban sin bragas, y abrió la cremallera del mono para dejar al aire el cuerpo blanco, ensangrenta-

100

do y desnudo de una muchacha que no tendría, me dijo mi padre, más de veinte años y que era hermosa como no te puedes imaginar. Tenía el vientre reventado por un balazo.

Se desquitó seguro en lupanares y con novias de guerra o con las muchas mujeres que quedaron solas y desdichadas tras la masacre, las viudas, las caídas en desgracia, las arrinconadas, hasta que conoció a mi madre. Todos los que sobreviven a una guerra necesitan remontarse en el amor a un tiempo anterior y no contaminado. Mi madre tenía dos años cuando la guerra terminó, pero aún viviría un capítulo dramático al morir sus padres y sus hermanos en el incendio de la casa familiar al que ella sobrevivió, con doce años, porque había salido a un recado. Fue recogida por unas monjitas en Valladolid y mi padre la conoció cuando servía en una pensión. Siempre estuve seguro de que mi padre encontró en la juventud virginal de mi madre algo de esa pureza para siempre corrompida por la guerra brutal y sucia, algo que le ayudaba a salvarse y recuperar todo lo perdido y sacrificado. Mi padre terminó por traerla a Madrid después de un cortejo intenso y breve, con prisas de él por casarse y de ella por tener un hogar de nuevo, aunque fuera en un piso modesto en un callejón sin salida. Cuando les preguntaba por qué no habían tenido más hijos me contaban que mi madre había pasado etapas de enorme debilidad, muy delicada desde el trauma familiar. Un médico les aseguró que nunca podría tener hijos, así que mi nacimiento había sido una sorpresa tardía y feliz. Y yo me quedaba tan contento con la explicación de que mi origen se debía a un milagro de la naturaleza. La leyenda casaba con esa fragilidad de mi madre, y muchos parientes me lo recordaban en cuanto me veían, anda que no te costó nacer, vaya sorpresa que nos diste a todos. Esa heroicidad tan precoz mía de nacer por cabezonería disipaba la amargura de no saber lo que era un hermano, ni tan siquiera un abuelo, porque los padres de mi padre habían muerto al poco de nacer yo y tan sólo recuerdo una casa de adobe a medio quebrarse en el pueblo que mi padre me señaló un día. Ahí nací yo.

Nunca sospeché de la versión oficial, hermosa y tierna a la vez, hasta la tarde en que ordenábamos papeles y mi padre me envió a su dormitorio a buscar alguna carpeta que le faltaba. Me entretuve en curiosear en el fondo de su armario donde guardaba una pequeña caja de caudales y el papeleo de escrituras y recibos bancarios. Allí es donde descubrí una carpeta con un sello oficial y dentro el certificado de adopción con fecha muy próxima al día de mi nacimiento. Me golpeó ver el nombre de mis padres a continuación de las mayúsculas que decían ADOPTANTES, así que cerré la carpeta y la lancé a su escondrijo sin husmear más.

Durante dos días anduve sonámbulo, un niño de once años que sospechaba de todo y de todos, que escudriñaba por primera vez a sus padres y se estudiaba la cara en el espejo para intentar disipar las sombras. ¿Adoptado? Si el parecido con mi padre era tan evidente que a veces me saludaba por la calle algún desconocido, dale recuerdos a tu padre, es que sois clavados, igualitos, cómo te pareces. Reparaba en las fotos de infancia mil veces vistas, parte natural del mobiliario de casa, enmarcadas en la pared o plantadas sobre el tapete que cubría el cajón de madera de la máquina de coser. Las examinaba de nuevo como si fuera la primera vez que las veía. Yo en brazos de mi madre, yo en la palangana donde me bañaban en verano, yo a hombros de mi padre. En la que presidía el salón junto al cuadro de su boda se me veía con apenas cuatro o cinco meses rodeado por ambos. Pero ¿y antes?, comparo tus rasgos con los que tengo,

no sé dónde voy ni de dónde vengo,

¿y si mis padres no eran mis padres de verdad? Esperé que salieran de casa una tarde de domingo, que se entretuvieran en alguna visita, y regresé al fondo del armario, bajo la ropa de mi padre, a buscarme. Leía a menudo novelas de espías, pero me parecía que ese oficio sólo podía desempeñarse lejos de España, porque en nuestro país el crimen carecía de sutileza y misterio, siempre consistía en un tipo que la emprendía a golpes de azadón con su vecino o a hachazos con su esposa o era otro de los atentados terroristas que se sucedían cada semana. Revisé el resto de los papeles y allí estaba el documento conciso y directo que les otorgaba la custodia de un varón nacido, ahí relumbraba la fecha de mi nacimiento exacta, y detrás el nombre de una mujer, Lourdes María, y sus dos apellidos. Uno de ellos también era Campos, como el de mi padre. Más adelante el documento añadía otro rastro desasosegante: de padre desconocido. Era yo entonces quizá el hijo natural de una pariente cercana, un hijo del pecado adoptado por unos padres generosos y desesperados por tener un niño. Ahora entendía el milagro de mi llegada al mundo, la edad de mis padres, tan mayores, el que no tuviera hermanos.

Desde ese día pronunciar papá o mamá, cosa que hacía cientos de veces al día, se convirtió en una extrañeza dolorosa, en un instante de trascendencia casi febril. ¿Y ellos? ¿Qué sentían al oírlo? Mamá, papá. No podía fantasear con la posibilidad de sentarme con mis padres a charlar pausadamente. El más profundo diálogo sucedía con mis notas del colegio, cuando se detenían a leerlas con atención. ¿Qué es esto que dice aquí, aunque aprueba, trabaja poco? Se lo ponen a todos, papá, para fastidiar. El pudor que me transmitieron ambos se extendía hasta lo físico. Una mañana me levanté de madrugada para hacer pis y empujé la puerta del baño y los sorprendí desnudos. El grito de ambos, su cierra la puerta, su pánico, su angustia me devolvieron a la cama de un salto. Lo físico les intimidaba, quizá mi madre rompía ese pudor por la noche, con el rezo, con el beso, el arroparme, pero siempre con esa distancia higiénica. No pertenecían a los que manosean las demostraciones de cariño hasta convertirlas en bolas de pelusa. Querer, amor, eran verbos que se conjugaban en cada acción, pero no se nombraban en voz alta.

¿Si yo fuera adoptado tú me lo dirías, mamá? Fui capaz de dejar caer esta pregunta como un trueno en la cocina de casa, cuando mi madre espolvoreaba de canela los tres platos de arroz con leche. Trasladé mi angustia a su rincón, lo noté, pese a que contestara claro que sí, ¿por qué lo preguntas?, sin siquiera levantar el rostro para mirarme. No, por nada, dije. Ser adoptado no tiene nada de malo, al revés, son padres que le dan a un niño lo que de otra manera no tendría, pues claro que no te lo ocultaría, me mintió mi madre de manera piadosa. Pasado el tiempo me he sentido culpable de ese instante, porque después comenzó la degradación de su memoria y su pérdida de identidad. Le dolía la mentira adentro, quizá, y por eso no dijo nada. En cuántas ocasiones, después, me culpé de su estado y me eché en cara no haberme callado, no haber esperado,

no haberte dicho que no importaba,

que la vida es sombra, que todo pasa,

que sólo tenía lo que tú me dabas,

escribiría veinte años después en una canción para ella, porque las canciones son cartas nunca enviadas, que se pudren en el bolsillo, como las cosas sin decir se pudren en el corazón y te hacen daño.

No tardé en iniciar una investigación discreta sobre mi

caso. El nombre de Lourdes y sus apellidos no eran difíciles de rastrear. En el pueblo, en tres preguntas la siguiente vez que viajamos hasta allí, supe que no era otra que Lurditas, la hija de unos parientes a los que conocía de sobra, por la que habíamos rezado en casa. Habíamos rezado por ella porque estaba muerta y su aventura se explicaba en frases sueltas, en menciones de uno y de otro en cualquier conversación. Siempre la pobre Lurditas, cuando lo de la pobre Lurditas, ¿te acuerdas?, fue el año del drama de la pobre Lurditas. Un padrenuestro por Lurditas, claro, la misma prima, la pobrecita. En mis viajes al pueblo para acompañar a mi padre buscaba la casa de la familia de Lurditas y me colaba en el salón con cualquier excusa, aunque no tenían hijos de mi edad y a la puerta siempre canturreaba sentado el abuelo Hermógenes, que era tío de mi padre, en ese laberinto genealógico que yo trataba de resolver en vano. Si entraba en la casa a tomar un vaso de agua, la madre de Lurditas, que nunca recordaba si se llamaba Jacinta o Juana, me señalaba la foto enmarcada donde se veía a una joven hermosa y sonriente, con los ojos negros abiertos de entusiasmo, ataviada de monja. Ésta es Lurditas, tú ni la conociste. Ya sabes lo que le pasó, ¿verdad? Murió haciendo lo que más le gustaba, cuidando a los niños más pobres del mundo, me explicaba esa señora que era por tanto mi abuela biológica. ¿Y cuándo se hizo monja?, preguntaba yo, intentando completar el rastro de su biografía. Uy, muy jovencita, casi una niña.

Antes de que mi madre estuviera ingresada a mi padre ya le invadía la impotencia de no poder comunicarse apenas con ella. Una noche la habíamos acostado y al regresar juntos al salón me aventuré a quitarle de encima ese otro lastre de mi origen. Yo ya sé que mamá y tú no sois mis padres de verdad, le dije. Mi padre permaneció allí sentado, mudo, terminamos de cenar con la vista clavada en el

105

televisor y sin intercambiar otra frase. Advertí que su mandíbula se crispaba, como si quisiera gritarme. Termínate esa croqueta, me dijo, y señaló la bandeja en el centro de la mesa con la última pieza de nuestra triste cena. Yo tendría entonces dieciséis años y me consideraba quizá autorizado para conocer la información sincera de mi origen, del mismo modo que Gus semanas antes me había contado la historia de su fuga forzada de Ávila.

Tu madre siempre quiso que te contara algo, pero yo me resistí, comenzó mi padre a explicar. Por ella, por ti. Había entrado en mi cuarto un rato después y había divagado sobre mis cuadernos, tienes que mejorar esa letra, la caligrafía es el mejor tesoro que te llevas del colegio. Me posó la mano en el hombro, sin atreverse a hablar. Durante años conservó el pudor de cerrarse en el baño para lavar a mi madre sin dejar de avisarme, no entres, que la voy a duchar. Conservó esa distancia para no preguntarme jamás cómo estás, cómo la ves, qué piensas de esto que nos está pasando. Mamá, decíamos con total normalidad para referirnos a ella. A veces bastaba una mención lateral para que se le quebrara la voz, ahora no podemos estar tan pendientes de ti, no pienses que no está orgullosa de las cosas que haces bien. Mi padre me enseñó que un padre puede llorar delante de sus hijos, que eso otorga un valor a las lágrimas que los niños no conocen, porque los lloros infantiles son siempre caprichosos, intrascendentes, oportunistas. Pero las lágrimas de un padre son de plomo. Y aun así bastaba mirarle de lejos secarse con el pañuelo o apartar la vista, porque no había más, nunca una confesión directa de dolor, de tristeza. Jamás un arrebato sentimental, un abrirse y compartir la herida. ¿Eso se hereda?

Me quedé callado, sin levantar los ojos de la mesa. Mi padre hablaba a mi espalda, recorría con la mirada los adornos de la pared, tres medallas de balonmano, la foto de Van Morrison, la de Nastassja Kinski enredada en una boa, el cartel de *El planeta de los simios* y el retrato de fotomatón con Animal, Gus y yo en cuatro gestos a cual más imbécil. Todos cometemos errores en esta vida, tú también los cometerás, y lo único importante es levantarse y enderezar lo que dejaste torcido. Nadie es infalible, añadió, y me hubiera gustado ayudar a mi padre, decirle no importa, no hace falta que me cuentes nada, está bien como está, pero la curiosidad era más fuerte que la compasión. No supe interrumpirle. Tu madre me sacó del error, tu madre me ayudó a enderezar lo que hice mal, continuó.

Tú has oído hablar de Lurditas, ¿verdad? Claro, dije. Me contó que esa sobrina lejana del pueblo, lejana fue el adjetivo que usó para atenuar la carga, pasó una temporada en nuestra casa, aquí, dijo, cuando era muy joven, dieciocho, diecinueve años, y bueno, a veces pasan cosas, la carne... Intuí que quería decir que la carne es débil, pero él mismo se contuvo ante el comentario. Nos enamoramos, si se puede decir así, cuando no eres capaz de controlar tus instintos, y tú naciste de aquella relación breve e incorrecta. He ahí yo, vuelto a nacer en la confesión de mi padre. No era pues el niño adoptado, no del todo al menos, que había imaginado. Era un hijo de eso que los culebrones de la televisión vestían como el deseo pecaminoso, el incesto, vete a saber. A mi padre le costó añadir cada palabra, cada detalle, era una confesión sacada a la luz como si sacara un cuchillo de sierra por su garganta. Aquella relación, por supuesto, era imposible. Lurditas estudiaba para monja. Mi cabeza iba por delante de las palabras de mi padre, la imaginación incapaz de aguardar para trenzar las piezas del puzle. Mamá no podía tener hijos, lo intentamos de mil maneras, teníamos a su doctor buscándonos un bebé, algún niño sin padres que acoger, pero los trámites eran complicados y de pronto lo teníamos en casa. Y Lurditas estaba de acuerdo en que tú te convirtieras en nuestro hijo tan deseado, porque ella..., ella era un ángel. Entonces me volví en la silla para ver la cara de mi padre. Necesitaba llegar a través de su expresión a aquella joven que nunca conocí.

Mi madre biológica había entregado a mis padres el fruto de un embarazo secreto, furtivo, vivido dentro de nuestra casa en lo que tuvo que ser un ambiente viscoso y asfixiante para los tres. Todo legal, todo de espaldas a familiares y conocidos, a ese magma amenazante que siempre llamábamos el pueblo, los del pueblo. A ellos, Lurditas les decía que estaba ingresada en el convento y que era imposible salir, viajar, cuando en realidad aplazó, durante los meses en que más evidente era su embarazo, sus cursillos de formación y les dijo a los de la congregación que tenía que cuidar de un familiar enfermo. Así, entre mentiras y ocultaciones enrevesadas, fui gestado con los tres protagonistas puestos de acuerdo, los tres comprometidos en un pacto de sangre que mi padre resumió con un hijo, siempre con la verdad por delante. ¿La verdad?

Nunca podré saber qué filos de su conciencia mi padre había limado para que sonara a plácido y cabal, casi una aventura entrañable, un tropiezo. Nunca podría conocer las versiones de aquellas dos mujeres, piezas fundamentales en la trama. Una muerta y la otra sin recuerdos. Sí presencié durante años la ternura con que mi padre envolvía a mi madre, y sólo en aquella confesión pude apreciar el brillo de sus ojos cuando se refería a la otra madre, a Lurditas, aquel nombre estúpido que rebajaba su verdadera personalidad hasta la vulgaridad de un diminutivo grotesco.

Y ella se fue, añadió mi padre, y siempre estuvo pendiente de ti y agradecida por lo que tu madre hizo por nosotros, por todos, porque fue tu madre la que nos salvó a todos, la que nos devolvió al camino correcto que habíamos perdido, la que supo perdonar, perdonarme a mí, que era el culpable de todo lo que había pasado, el que puso en peligro la familia. ¿Y a ella la mataron, a...?, era imposible para mí pronunciar su nombre. Sí, la mataron cuando se fue al África, a trabajar allí de misionera. Mi padre, con los ojos enrojecidos, trataba de no llorar. ¿Qué edad tenía yo cuando la mataron, papá? Tres años, más o menos. Fue en el Zaire, así se llamaba entonces lo que ahora es el Congo. No quiero que pienses que la decisión que tomamos fue forzada o que fue algo sucio, tu infancia fue preciosa, tu madre siempre te ha adorado y te adora, para nosotros fuiste... Pero yo le interrumpí de nuevo. ¿Y me vio alguna vez? ¿Me conoció?

Mi padre tomó aire, de pronto parecía relajado, liberado de una presión que no le dejaba respirar. Llevaba tu foto siempre encima, nos escribía, era nuestro secreto. De los tres. Ahora de los cuatro, dijo mi padre allí entre las sombras de mi cuarto, que sólo estaba iluminado por el flexo de la mesa de estudio. Supe que quería implicarme en el secreto para que no revolviera las cosas, para que no comentara nada, para que no se me ocurriera ir al pueblo y entrar en la vida de aquellas gentes con la torpeza de un elefante sentimental. ¿Pero me vio? ¿Ella me vio después?, pregunté con inquietud. Sí, una vez, aún no andabas, pasó una tarde contigo, aquí en casa. ¿Y qué dijo? ¿Qué dijo de mí? ¿Qué os dijo? Mi padre me traspasó con la mirada, se introdujo a través de mis ojos hacia un lugar muy distante y que no juzgaría del todo infeliz ni doloroso, un lugar que quizá sólo le perteneciera a él. Desde allí me respondió. Dijo que parecías un niño muy feliz. Eso es lo que dijo.

Me moriré como se mueren los pájaros, anunciaba mi padre para quien quisiera oírle, sin decir ni pío. Y así se murió. Tumbado a su lado, separados tan sólo por la madera del ataúd, yo era una especie de vampiro amenazado por la luz del día. Jairo había insistido en que me tendiera en la parte de atrás, si yo me echo la siesta muchas veces ahí. Paró en una gasolinera de la autopista y junto a los manómetros del aire y el agua, algo alejado de la mirada de los empleados, me mostró cómo echarme junto al féretro, el cuerpo extendido, y me lanzó dos cojines de adorno, que terminaron de darme el aire de Bela Lugosi. Miré las cortinillas en las ventanas y el techo acolchado de la limusina. Ha habido pocas limusinas en mi vida. La estúpida vez aquella en los Grammy Latinos en Las Vegas y la noche que tocamos para una discoteca en Pozuelo, creo que nunca más subí en limusinas. Ah, sí, cuando nos invitaron al mercado de la música en Los Ángeles. Recuerdo la expresión arrobada de Animal, pero si es un puto bar de putas rodante. A nuestro lado iba un dúo de Compostela, ella se descalzó y subió las piernas al asiento de cuero, pero él, que tenía una enorme conciencia social, se revolvía incómodo y preguntó todo el rato si habría fotógrafos al llegar al anfiteatro griego del Parque Griffith donde estaba programado el concierto. No quería que le retrataran disfrutando de la limusina, pero Animal le pegó una palmada en la pierna, ya estoy oyendo tu próxima canción, «Que les den por culo a los pobres».

Tumbado era fácil ser atrapado por el sueño. Y, en el sueño otra vez, se confundían los tiempos. Recordaba que mi más larga estancia en el pueblo fue durante el verano de mis trece años. Luego lo supe, pero no fue el empeño de mi padre por que echara raíces en el pueblo lo que le llevó a enviarme a pasar allí todo el mes de agosto. No. Iban a someter a mi madre a pruebas más serias para determinar el alcance de la enfermedad y yo molestaba por casa.

La vendedora de la panadería del final de la calle, doña Manolita, fue la que mejor describió los efectos sobre mí de la larga estancia en el pueblo. Ha vuelto hecho un cafre, le dijo a mi padre cuando notó que mi tono de voz había subido varios decibelios. Iba armado con un tirachinas y saltaba los escalones del portal de siete en siete. Los recuerdos del pueblo eran gratos, no fui consciente de que se me notara tanto el baño de brusquedad selvática. Los tíos cariñosos, con lazos familiares que nunca llegaba a entender, el saludo de todos, cómo te pareces a tu padre. Era familia de todos los que me cruzaba, primo, sobrino, ahijado. Me gustaba la cercanía de las cosas, la libertad, las bicis, la naturaleza, la ausencia de peligros reales más allá de la carretera nacional. Las mañanas subido al tractor, la siega del cereal, la tarde de acarreo de sacos al silo, la longaniza frita en el desayuno, ¿querrás otro torrezno?, sí, las mirindas con el cerco de óxido que quedaba en la boquilla al quitar la chapa el encargado del casino, que pese al nombre rimbombante era una sala desangelada con dos mesas y la barra.

Durante el rezo del rosario y las misas inacabables, el cura promovía consignas políticas, hablaba contra los socialistas y exigía el voto para Blas Piñar. Era habitual que interrumpiera una carta de San Pablo a los Tesalonicenses para arengar contra Carrillo. Aunque ya empezaba a perder intensidad el combate político y se había reducido la sopa de siglas de partidos posibles a los que votar, aún las añoranzas del cura le hacían defender un orden perdido. Él aspiraba a recuperarlo por las bravas, pero para seguir al mando era imprescindible una mutación y recuperar el poder con otras formas más sutiles. Gritaba a los quince viejos congregados que se abstuvieran de usar métodos anticonceptivos, el condón es un invento de Satanás, que si entra en tu casa la destruirá. Los ancianos, algo escépticos, murmuraban en voz alta, arrumbados en los bancos de atrás de la iglesia, anda que estoy yo para condones, y me provocaban la risa con sus gestos burlones, la boina arrebujada en la mano.

El jolgorio y la vitalidad de algunos chavales del pueblo me ayudaron a olvidar la preocupación por mi madre. Uno de mis primos lejanos se llamaba Alejandro, aunque todos le llamaban Jandrón. Era robusto, poderoso y sostenía que usar los frenos en la bici era de mariquitas, así que para detenerla provocaba un derrape que levantaba el polvo rojizo y se lanzaba al suelo a cuerpo limpio. Llevaba, pues, los codos y las rodillas en carne viva, pero Jandrón me protegió bajo su ala, o mejor sería decir alerón, y una tarde nos emborrachamos juntos con una botella de anisete que despistó del casino y me llevó al corral de su casa para que nos enseñáramos las pollas. La suya era rojota y de cabeza aboinada y se echaba el pellejo hacia atrás del prepucio con la delicadeza con que otro le da un puntapié a una piña. Sostenía que hacerse una paja consistía en meterse una paja del campo por el orificio de la uretra y que los niños salían por el culo de las mujeres. Cuando naces, te cagan, me explicó. Y aquellos conocimientos fisiológicos suyos me sumían en una confusión profunda.

Esa tarde, con la confraternidad que proporcionaba la borrachera, nos quedamos un rato allí sentados sobre dos maderos con las pollas tiesas, mientras Jandrón se escupía en las manos y le sacaba brillo al prepucio, hasta que las gallinas vinieron a picarnos el culo. Lo hacían también cuando cagábamos en el corral y se acercaban a picotear en la mierda descargada entre la paja seca, por eso al lado del papel recortado del diario *Ya* que servía para limpiarte había siempre una vara de roble para apartarlas mientras hacías tus necesidades. Jandrón agarró con un movimiento ágil a una de las gallinas, la inmovilizó con sus manazas y en medio de las protestas del animal, que se agitaba y perdía el plumaje, le introdujo el pene por su orificio trasero. La gallina, que era marrón y blanca, con el pico anaranjado, guardó un silencio intrigado cuando se sintió sodomizada. Ves como se calla, eso es que le gusta, y Jandrón la movía adelante y atrás. Hoy no me corro porque no tengo ganas, pero así practico para follar, me dijo él. Con una chica es igual, me aleccionó.

La camiseta le tapaba medio trasero y la gallina ensartada en su entrepierna fue una imagen que nunca pude borrar de mi cabeza. Le voy a decir a la Luci, me prometió Jandrón, que esta noche te enseñe las tetas. A mí me deja tocarlas y se le ponen los pezones como garbanzos. Pero la prima Luci, que con nuestra edad ya lucía unos pechos bien desarrollados, no accedió. Era fornida y sin dobleces, a ti no te enseño las tetas ni en sueños, a uno de Madrid, para que luego vayas por ahí riéndote de las del pueblo y mirándonos por encima del hombro.

Ser el único chaval al que la Luci no enseñaba las tetas no fue traumático. Mi pasión la reservaba para la prima Ignacia, que era la hermana pequeña de Jandrón. Ella sí me atraía con sus ojos verdes y el pelo negro muy seco y rizado, de una belleza inusual. Cuando se reía le brillaban los ojos y accedió a que nos besáramos un día que jugamos a algo parecido a las prendas todos sentados en corro. Fue un beso corto, aunque en el momento de darlo Jandrón nos sujetó las cabezas una contra la otra y nuestros labios mantuvieron el contacto, pero ya perdida toda magia y entre mugidos del resto. Fue el primer beso de mi vida, allá en el pueblo, un momento que muchos relacionan con la delicadeza, la ternura infantil y el pudor, pero que para mí se confunde con la vileza del grupo, las risas socarronas y la tosquedad con la que Jandrón empujaba nuestras cabezas.

Otra de mis prendas fue obligarme a que cantara delante de todos, y allí de pie canté de corrido «Escuela de calor», que era la canción que más se escuchaba aquel verano,

deja que me acerque a ti,

quiero vivir del aire,

quiero salir de aquí,

con la cara incendiada de vergüenza y la vista clavada en Ignacia y su pelo pajizo. Me silbaron y abuchearon, pero Ignacia me dijo luego que cantaba muy bien. Fue en un descuido de los demás, esa tarde, y al tiempo me dejó una nota dentro de la mano, escrita en un papelito de renglones cuadriculados. Oreiuq Et, sólo decía eso. Cuando conseguí quedarme a solas con ella me explicó que era un mensaje escrito del revés y que para leerlo bastaba enfrentarlo a un espejo. Sirve para que nadie se entere de lo que escribes, lo hacemos en el colegio en Valladolid con mis amigas, me explicó. Me había llevado a un lugar escondido en la trasera de casa, pasado el corral. Entre la paja de un altillo estaba guarecida una gata que daba de mamar a cinco diminutas crías. Nacieron esta mañana. Y antes de volvernos hacia la casa donde esperaban Jandrón y los demás, me dijo, en confidencia, yo te he enseñado mi secreto, así que tú me tienes que enseñar algo a cambio. ¿Qué quieres que te enseñe? No miró siquiera un segundo cuando me separé la cintura elástica del calzoncillo, se echó a reír y se alejó de mí con un susurro espantado, qué feo, parece un rábano pocho.

El padre de Jandrón no tardó en descubrir a los gatitos. Expulsó a palos a la madre y nos arrastró a Jandrón y a mí hasta el altillo. Nos culpaba de haber sido nosotros los que habíamos llevado un platito con leche a las crías. ¿Qué pretendéis? ¿Que se me llene el corral de gatos?, nos dijo mientras metía a los gatitos en un saco de grano. Luego echó dos piedras pesadas dentro y ató la boca con un cordel. Yo sabía que era Ignacia quien había llevado el plato de leche hasta allí, pero no dije nada. Hala, ahora vais y tiráis el saco al río, nos exigió el padre de Jandrón, y como me entere yo de que los dejáis escapar, os pego una paliza que os escostrabazo.

Jandrón y yo llevamos el saco hasta la riera. Los gatitos maullaban dentro, pero eran las piedras lo que más pesaba. Yo me eché a llorar, y Jandrón se burló de mí. No seas niña. Golpeó el saco tres o cuatro veces contra un pedrusco de la ladera y luego lo lanzó al río. Así no sufren. Si los soltamos, mi padre nos mata. Pero le debió de contar el crimen a la prima Luci, que al día siguiente me llamó asesino de gatos delante de todos. Desde ese instante, Ignacia dejó de dirigirme la palabra y me evitaba. No sólo no volvió a escribirme mensajes secretos en un papel, sino que pensaba que yo había delatado a la gata parturienta y su escondite y me mostraba un rencor evidente. Durante años, siempre que me he cruzado con algún gato he notado su mirada cargada de recelo y desconfianza, como si lo supiera todo de mí.

Fue la única sombra de un verano sin sombra en el que lo mismo reparabas una pared de adobe que espantabas las moscas de la longaniza puesta a secar. La misma longaniza que luego dejaba un cerco de grasa roja color sangre en el pan de hogaza que duraba sabroso la semana entera. El día que mi padre vino a recogerme me despedí de todos, incluso de Ignacia, que me retiró la cara cuando fui a besarla. En el camino de vuelta, al coche se le estropeó el chiclé en los repechos de Guadarrama y tuvimos que esperar a un mecánico amigo de mi padre que supo desatascarlo con un soplido. ¿A que te ha gustado mi pueblo?, me preguntó mi padre durante la espera. No hay nada más bonito que crecer en un pueblo. Entonces, ¿tú por qué te fuiste?, le pregunté. Se alzó de hombros. Quería ver mundo, y para lo que hay que ver, mejor me hubiera quedado, dijo con un gesto de fatalismo. Puede que en ese instante yo le creyera, pero no lo decía en serio. Había necesitado él también fugarse de ese entorno cerrado, buscar la libertad, a su modo, en un tiempo en el que ansiaba ser independiente, autónomo, dueño de su destino. ¿Se hereda eso?

Ya nunca regresé al pueblo por tantas semanas. De año en año iba con mis padres para las fiestas, apenas un par de días, y en cuanto pude elegir preferí quedarme en Madrid a solas que acompañarles. Jandrón seguía ejerciendo de líder de la manada, la Luci me ignoraba o me llamaba el señorito de Madrid, y si volvía a ver a Ignacia no nos atrevíamos más que a intercambiar un saludo con la cabeza, convertida ya en inalcanzable tras reafirmarse como la chica más guapa del pueblo hasta el punto de que la llamaban así, la Guapa.

Me desperté al notar el leve frenazo del coche fúnebre. Entrábamos en alguna ciudad para tomar la carretera comarcal. Puede que estuviéramos ya en Medina de Rioseco. Me incorporé y asomé la cabeza por la ventana trasera después de apartar con las manos la cortinilla. El coche que nos seguía estuvo a punto de estrellarse contra una farola al ver mi cara surgir de entre los muertos. ¿Qué? ¿A que sienta bien pegar una ruca?, me preguntó Jairo con el entusiasmo de siempre. Ahora paramos a tomar un cafeci-

116

to y te instalas otra vez aquí delante. Bostecé sin recato. ¿Sabes lo que decimos a los niños en mi pueblo cuando bostezan así?, que en otra vida fuiste león.

hay que saber entrar y hay que saber salir

Hay que saber entrar y hay que saber salir, en eso el escenario se parece a la vida, nos dijo Sergio cuando decidió que se iba a ocupar de nosotros, de movernos por locales, de conseguirnos actuaciones. Nos había visto tocar en un local subterráneo detrás de la plaza de España y nos preguntó por la siguiente actuación. No tenemos. Nos invitó a las cervezas. Yo no firmo contratos, aquí las cosas se hacen con un apretón de manos. Luego supimos que a Sergio lo llamaban el Capullo. La segunda actuación nos la había conseguido el Educadito, que iba a participar con Los Meapilas en un concierto organizado en los salesianos de Atocha para fin de curso y nos invitó a que tocáramos tres o cuatro canciones. La rivalidad con ese centro era feroz, en las finales de voleibol no era raro que se acabara a bofetadas entre los dos colegios hermanos, así que el concierto se esperaba caliente y Los Meapilas buscaron un aliado en nosotros.

Recuerdo que destrozamos el vestuario que nos dieron para cambiarnos porque el abucheo final de los alumnos del colegio fue estruendoso. Animal se colgaba de las perchas y arrancó los grifos de los lavabos. Los alumnos locales nos escupían durante la actuación y Gus los desafiaba con el puño agarrado a la entrepierna. El sonido era espantoso, se acoplaba la guitarra y en la segunda canción yo ya caí desmoralizado. Teníamos cuatro canciones y tocamos las cuatro, con idéntico resultado. Nuestras letras eran demasiado primarias, y el único aliciente era que acabaran en una especie de éxtasis en el que Animal dejaba a todo el mundo boquiabierto con su descarga brutal sobre los toms. Escuchábamos a los Doors y queríamos sonar de modo similar, pero nuestras letras se quedaban en un fárrago pretencioso. El abucheo de Atocha fue sonoro pese a que Gus nos obligó a tocar una versión del «Heroes» de Bowie que algunos corearon. Hasta el Educadito nos dejó caer su reproche, aquí no tenéis al colegio de vuestra parte, ¿eh?, pero de allí nos invitaron a tocar en los salesianos del paseo de Extremadura en otra fiesta que organizaban los chicos del club juvenil y en cinco días preparamos un nuevo tema y corregimos algunos de nuestros defectos más bochornosos. Teníamos que montar tanto ruido que los abucheos quedaran sepultados.

Desde entonces me gusta que la primera canción sea rabiosa y tenga algo del niño que rompe a llorar, de expandir los pulmones. Siempre temo al inicio, al público, al ambiente, al sonido, a las luces, a las sensaciones, y cuanto más impetuoso sea el despegue, más fácil se me hace continuar. El camerino es un lugar extraño, frío, desabrido. La mayoría de las veces es un almacén guarro y húmedo, con cajas apiladas de bebidas, que compartes con otro grupo en el que alguien lleva los calcetines sucios y rotos. Dejas las bolsas en el suelo y cuando faltan segundos para salir estás hundido y desmoralizado por conocer algo que el público no ve, lo abajo que estás, lo poco que importas. Por eso el arranque sirve para tomar moral, para creerte lo que haces, para llenarte de escenario sin importar lo de alrededor.

En algunos locales ni tan siquiera hay camerino, vas de la barra al escenario entre la gente, pero esos dos pasos finales que te alzan hasta el micro son terribles, delimitan una transformación que no siempre eres capaz de creerte y

118

sales a tocar como un estafador o un niño que se presenta al examen sin haber estudiado. Me gusta que la sala tenga algo de iluminación y yo pueda ver al público, no sólo un foco cegador contra mis ojos. Me ayuda a sentir que no estoy en el local de ensayos, sino que toco para espectadores particulares, aunque en ocasiones sea deprimente el panorama, antros medio vacíos, gente desperdigada en charlas particulares, borrachos. Muchas veces te preguntas qué hago yo aquí y cómo voy a salir de ésta. Cómo empezó todo. Pero antes de contestarte ya estás tocando, y cuando tocas, todo funciona.

Jairo pidió un café largo con leche en el bar de la calle principal de Medina. Detesto el café con leche, su olor, y aunque es una de las bebidas nacionales me provoca arcadas. Para mí representa el olor de los días laborables. Por eso me quedé apoyado en la puerta lejos del tufo a leche recalentada. Sin embargo, Jairo interpretó ese gesto como un detalle de melancolía. Se vino con su vasazo en la mano para charlar conmigo. ¿Y pasabas siempre los veranos acá, de niño? No, no siempre. En realidad sólo pasé un verano aquí. Pero fue suficiente. Era un lugar extraño para pasar el verano, el pueblo de mi padre no tenía árboles, ni piscina, ni cancha de juegos. Te bañabas en el calor.

Tierra dura. Yo vengo de humedales, crecen árboles como edificios. ¿Tú conoces aquello?, Jairo hablaba de su tierra. Poco, de algún viaje. Toqué en Quito en un concierto organizado por el Ministerio de Exteriores y me gustó mucho. Pues es bonito el país entero, te lo recomiendo. Y luego habló sin pausa de orquídeas y magnolios, de zanahorias del tamaño de un pepino, parecen la verga de un gigante, dicho sea con perdón. Con lo rica que es nuestra tierra, decía el conductor, y que tengamos políticos que se lo roban todo. Bueno, como aquí, de eso no se libra nadie.

119

Son todos unos chuchamadres. Y me invadió la pereza, hablar mal de los políticos es parecido a comentar el frío cada vez que llega el invierno.

Preferí llamar por teléfono a mis hijos, salir a la curva de la carretera y dejar que Jairo volviera a acomodarse en la barra. Al final de la calle había un prostíbulo, cerrado a esa hora, con un cartelón en tonos rojos que decía Borgia 2. Quizá no existía un Borgia 1, pero así daba aire de franquicia a esa fachada de ladrillo, rancia y decaída, que se ofertaba a la carretera con la promesa de putas baratas. Cuando contestó Maya desganada al otro lado de la línea le expliqué que seguía de viaje. ¿Tan lejos de Madrid nació el abuelo?, me preguntó ella con curiosidad. Bueno, se tardan unas tres horas, es una zona que llaman Tierra de Campos. ¿Y por qué la llaman así, porque hay muchos campos?

se acabaron los veranos

Se acabaron los veranos, me comunicó mi padre cuando la enfermedad de mi madre ya nos impedía movernos y salir de la ciudad. Condenados a pasar en Madrid los veranos, en nuestro callejón sin salida parecía concentrarse todo el calor de la ciudad. Mi padre se hizo con un carnet de la EMT que me permitía el acceso a la piscina cercana a la plaza Castilla. Él había trabajado algunos años al llegar a Madrid en la empresa de autobuses, pero en el carnet figuraba otro nombre, Ricardo Morales Conde, y mi padre me explicó que si alguien me preguntaba yo debía decir que era Ricardo Morales. No es nada ilegal, es que no he tenido tiempo de renovar el mío y me lo ha prestado un amigo. Había clases de natación y salto de trampolín, con dos piscinas de distinto tamaño y un bar donde me quedaba a veces a comer un bocadillo. Hice conocidos en las instalaciones, chicos con los que jugaba al balón un rato, pero nunca nos veíamos fuera de allí. Si al pasar por la calle alguien me llamaba Ricardo, yo me volvía con naturalidad y ya sabía que era gente de la piscina.

Jugábamos al futbolín en bañador, entre chapuzones, y una chica llamada Elena, a la que todos apodaban la Coneja por sus dientes de excavadora, me perseguía y aseguraba que yo le gustaba mucho. No quiero novias, le decía yo, que me moría de ganas de echarme novia, y más aún después del fracaso con Almudena, de los escarceos inconclusos con Ignacia y de la negativa de Olga, que completaban una hoja de servicios lamentable para mis dieciséis años. Elena ignoraba mi actitud reacia. Tú ya lo sabes, que te quiero, te quiero y te quiero. Lo repetía tres veces y así daba más pánico. Se lanzaba al agua pegada a mí mientras yo nadaba, era insistente, terca, y si trataba de librarme de ella se me sentaba enfrente, enfadada, y me amenazaba con un mohín, tú haz lo que quieras, pero yo estoy superenamorada de ti y tú vas a ser mi noviete.

Mi amigo Enrique, que era hijo de un conductor de línea y mi más íntimo en la piscina, me aconsejó que la llevara a las duchas para probar hasta dónde era capaz de llegar. Ya verás como se acojona y te deja en paz, cuando son tan descaradas es lo mejor que puedes hacer. Me pareció una solución bastante razonable, así que un día, junto a la barra de bocadillos, acepté su saludo. ¿Qué, solete, hoy tampoco me vas a hacer caso? Su descaro me importunaba, porque ponía a todos al corriente de su supuesto amor, que a mí me caía encima como le cae a un viandante un trozo de cornisa. Me gusta Ricardo, ya lo sabéis, se justificaba Elena cuando hablaba con los demás amigos de la piscina, qué le voy a hacer si él no me da ni bola. Por eso le sorprendió que esa tarde acercara mi boca a su oído y le susurrara que me esperara en cinco minutos en la ducha del fondo del vestuario femenino. Nervioso, me encaminé hacia allá y logré colarme sin ser visto. Elena desbarató las teorías de Enrique, no huyó despavorida, sino que me abrazó con fuerza y comenzó a frotarse contra mí. Mi erección desbordaba el bañador, pero si yo trataba de sacarme la polla o de desnudarla, ella se resistía, no, así, con los bañadores puestos, me decía, da más morbete. Metí mis manos bajo la parte superior y le acaricié los pechos adolescentes y noté su sexo frotado contra el mío hasta que me corrí dentro del bañador y abrí el grifo de la ducha, que nos empapó. Ella escapó a la carrera de mi lado.

Repetimos aún dos tardes más el mismo rito de magrearnos sin quitarnos las prendas bajo las duchas. Ella me daba besos apasionados y mis dientes chocaban sin remedio contra sus paletas excavadoras. Oye, Ricardo, ¿tú esto lo haces porque me quieres o sólo porque eres un guarrete?, me preguntó el segundo día. Hablaba así, decía chavalete, solete, cuidadete, majete, pero nada era más desagradable que cuando en medio de nuestro frotar erótico me acercaba los dientes a la oreja para susurrar, ponme las manos en el culete, así no, tonto, por dentro del bañador, ahí, venga, pellízcame en el culete. Tras el tercer encuentro furtivo bajo las duchas, Elena se aventuró a esperarme a la salida de la piscina y cogerme de la mano. Bueno, Ricardo, ahora ya somos novietes, me dijo. Me solté de su mano sin disimulo. Yo no quiero novias, ya te lo advertí. Me miró muy seria, con la barbilla tremblequeante y a punto de llorar. Era uno de esos morosos atardeceres del verano y se alejó por la calle, ofendida, con un chancleteo estruendoso. Temí que volviera a buscarme o insistiera en su amor en los días siguientes, pero ya nunca volvió a diri-

122

girme la palabra, me evitaba, lo cual me provocaba un enorme alivio por más que echara de menos los asaltos bajo la ducha y ese magreo húmedo. Mi amigo Enrique lo resumió con ironía precisa, te quedaste sin polvete.

Cuando montamos el grupo ya no iba a diario a la piscina durante los veranos. Prefería quedarme con Gus, que evitaba regresar a Ávila, y Animal, que robaba algún pellizco de la caja de la colchonería de su padre para beber por la noche. Prefería incluso pasarme la tarde encerrado en casa frente al ventilador con la guitarra en la mano. Mi padre se indignaba, si no tuvieras el carnet de la piscina andarías protestando, pero como lo tienes, lo desprecias. Así es la humanidad, qué triste, se desesperaba. Y tenía razón, años después grabé para un disco de rarezas y versiones la canción de Irving Berlin,

after you get what you want you don't want it,

que siempre me ha parecido uno de los más bellos resúmenes del carácter de las personas y que yo interpretaba con una cadencia lenta, para no restarle ninguno de los valores filosóficos, en contraste con la lúbrica versión inimitable de Marilyn,

when you get what you want,

you don't want what you get,

que hablaban de nuestro empeño en perseguir el amor y el éxito y el sexo y el lujo y la gloria, esclavos del capricho infantil y la ilusión más fatua. Del mismo compositor, «There's no business like show business» era una melodía que Gus solía silbar cuando nos metíamos en problemas profesionales o detectaba que alguien nos quería timar en un pago, en una liquidación, en el porcentaje de las consumiciones que nos correspondía o en la comisión por repartir. También la silbaba cuando entrábamos en camerinos que olían a pies o meados o exhibían hongos de humeda-

123

des en las paredes, cristales rotos en el terrazo y fluorescentes parpadeantes o lavabos oxidados y roña en los grifos,

there's no business like show business,

like no business I know,

y cuando en las fiestas de Jumilla los mozos nos tiraron al pilón, uno tras otro, a todos los componentes del grupo, Gus no se enfadó como Animal, que pagó la resistencia con tres puntos de sutura en la barbilla, sino que salió del agua sucia del abrevadero y se puso a entonar tan hermosa melodía como una Venus surgiendo de la fontana,

there's no people like show people

they smile when they are low.

Tardé casi un año en volver a estar con una chica tras las zafias escenas de ducha con Elena. Fue el día que actuamos en el patio de mi nuevo instituto para celebrar las fiestas del Dos de Mayo. Comprendí entonces que el escenario podía ser un aliado interesante del sexo. Mis nuevos compañeros de clase se enteraron de que tenía un grupo y nos propusieron montar un concierto en el instituto para recaudar fondos para el viaje de fin de curso. Ya juntábamos casi diez canciones más alguna versión que nos atrevíamos a destrozar como el «Alison» de Elvis Costello o el «My Generation», que Gus cantaba sin resistirse a imitar cada inflexión y detalle del vídeo que había visto mil veces de un concierto de los Who, y que a mí me dejaba espacio para lucirme a la guitarra.

Puede que verme actuar ayudara a que Sonia reparara en mí. Hasta ese momento se había pasado las clases sentada al fondo, con la mirada perdida en la ventana. Si salíamos a tomar algo apenas hablaba, concentrada en liarse un porro, y cuando nos sumábamos a las manifestaciones contra la reforma estudiantil, que eran divertidas y casi siempre acababan con carreras y destrozos, ella prefería escabullirse entre los grupos más violentos que lanzaban cócteles molotov. Tenía los dedos largos y a mí me gustaba verla desechar algunas hebras toscas de tabaco y liar el papelillo de manera hábil con el filtro de cartón que recortaba de la cajetilla de cigarrillos o el billete de metro. Fumaba con ella para darme aires de interesante, aunque me sentaba mal y disimulaba para no tragarme el humo. Tienes carita de bueno, me decía ella, que pretendía pasar por la chica más dura del instituto. Pero la noche del concierto me escapé con ella al parque del Oeste y nos tumbamos en la hierba a hacer el amor de una manera torpe, incómoda y algo ridícula. Tú no tienes mucha experiencia en esto, ¿no?, me dijo sonriendo, con los pantalones bajados hasta las rodillas y encharcados los dos en mis prisas de primerizo.

Técnicamente perdí la virginidad veinte minutos después, entre aquellos aligustres del parque. Sonia tenía los labios rosas, pero le gustaba mostrarse áspera, y a veces se ponía una boina de guerrillera cubana para venir a clase, lo que le daba un aire de rebeldía de postal. Creímos estar enamorados y alguna noche me acompañó a conciertos, yo empezaba a conocer a gente en los locales y no era complicado que te colaran sin pagar o te invitaran a cervezas. Sonia vivía con su madre separada, que trabajaba de secretaria de un ministro socialista, y disponíamos a placer del piso vacío, así que me invitó a su cuarto y me enseñó a follar. Paso a paso descubrí que no teníamos nada de lo que hablar, que nuestros gustos y nuestras personalidades eran, si no incompatibles, indiferentes, que la atracción no era suficiente para mantenernos juntos. Gus fue más duro con ella la primera tarde en que la llevé al ensayo y se tomó con nosotros unas cervezas. Tiene unos ojos muy bonitos, pero es como esas casas con las ventanas iluminadas pero sin nadie dentro. Toc, toc, toc, y mimó el gesto desdeñoso de llamar a su cabeza al igual que harías en la puerta de una casa deshabitada. Gus podía ser demoledor. Que no le gustara Sonia influyó en que lo dejáramos a final de curso.

En el último año de instituto, con Nuria, otra chica de clase, probé todas las variantes de hacer el amor sin quitarnos los pantalones. Acabábamos todas las noches empapados en el fondo oscuro de su portal cerca de Quevedo. Hasta que propuse reservar una habitación de hotel. Fue por recomendación de Fran, al que divertían mis primeras aventuras sexuales, que él denominaba la llamada de las gónadas, con su lenguaje doctoral. Me sugirió la habitación del Hotel Mónaco, cerca del centro, la número doce, que aún tenía el baño visto y unos frescos pintados en el techo y se alquilaba por horas. Pese al ambiente propicio, a Nuria no le dilataba la vagina y la situación nos sumió en una impotencia algo absurda, en la que lo máximo que llegué a ahondar con mi pene entre sus piernas fueron unos milímetros descorazonadores. Ella repetía, acosada por la culpa, soy un desastre, soy un desastre, y yo dejaba que me masturbara a modo de compensación por el gasto hotelero. Por entonces yo era incapaz de entender a una chica, acogerla, ayudarla, sólo aspiraba a una satisfacción unipersonal, saciada y urgente.

Lo peor, animal triste, era descubrir que la plenitud siempre quedaba más allá. Que persistía el hambre. Que el hambre era mayor que el bocado. Que el hambre era de otra cosa,
	after you get what you want,
por más que Gus insistía en que la culpa era mía, que yo era un ególatra romántico, enamorado del amor, y que para mí el amor era un sueño, y Dani, me repetía, los sueños se sueñan, pero no se viven. Puede que entonces ya se

126

fraguara mi confusión entre deseo y realidad y que lo único cierto era lo que se decía en aquella canción que tanto me gustaba en esos días de altibajo emocional, que podíamos engañar y mentir, y también probar, pero que en lo que nunca fracasábamos era en fracasar.

en lo que nunca fracasábamos era en fracasar

Mi padre tardó en distinguir el sonido del amplificador, y casi un año después de que tuviera la guitarra eléctrica en casa se asomó a mi cuarto, pero ¿ésa es la misma guitarra? Se quejaba del escándalo que denunciaba una vecina casi a diario, y me pedía que bajara el volumen y me recordaba que todos esos excesos me dejarían sordo y tarado. Ya sabes lo que decía Napoleón, que la música es el arte de hacer ruido. A mi padre le gustaba aquella frase, que puede que manipulara para sus fines, pero ¿acaso no manipula todo el mundo a su favor las frases ajenas y la historia común? Mi padre no concedió demasiada importancia a las actuaciones escolares ni a que tocara en un grupo, al fin y al cabo lo integraban Gus y Animal, así que le sonaba a pasatiempo entre amigos. Si nos encontraba alguna tarde en casa alrededor de mi guitarra nos recordaba que, según Napoleón, la música era el arte de hacer ruido. Y Napoleón era un tipo inteligente, que no lo digo yo.

Las rarezas de mi padre se añadieron a su resolución de seguir radiante pese a la situación dolorosa que vivíamos en casa. Fregaba los platos sin jabón, bah, si apenas están sucios. Limpiaba con la misma bayeta la taza del váter y el lavabo, por ese orden. No usaba el mando a distancia del televisor porque así hacía ejercicio al levantarse y sentarse, y lo peor es que no me lo dejaba usar a mí porque así evitaba que me anquilosara. Hablaba con los locutores de televisión, incluido el parapsicólogo Jiménez del Oso, que tanto le interesaba con sus fantasías de ovnis, y después de pasar la vida entera sin leer un solo libro se compró la serie esotérica de *Caballo de Troya*. Regaba los geranios que tenía mi madre en las ventanas y provocaba cascadas de agua sobre la calle, sin ahorrarse mojar los papeles que yo tuviera sobre la mesa. Se calzaba los zapatos con la paleta de servir el flan y la volvía a dejar con toda naturalidad en el cajón de los cubiertos después de usarla. Se tiraba pedos en el pasillo y anunciaba parece que hay tormenta entre risitas de corneja. Decidió que para evitar tener que planchar su ropa bastaba con meterla bien estirada debajo del colchón antes de dormir.

Pero su reacción a la enfermedad de mi madre fue una reacción física. La gimnasia, la salud, se expresaban en su prisa al andar. ¿Se hereda eso? A mí me gusta andar a toda prisa, evita en ocasiones que me pare la gente a pedir un autógrafo o a hacerse una foto con el móvil, me ven andar tan aprisa y entienden que acudo a alguna urgencia. Mi padre, en cambio, adoptó la velocidad al andar como una forma de exhibicionismo. Si iba a la compra, regresaba por la calle con las bolsas del supermercado arriba y abajo como las pesas de un gimnasio. Era tal la velocidad a la que caminaba que no era raro que arrollara a gente a su paso. Una mañana pisó al perro de doña Manolita, que se tumbaba delante del comercio. En otra ocasión atropelló a un colegial y en una de sus gloriosas caminatas le vi derribar una papelera con el hombro y tirar la escalera de un empleado de la Telefónica que había trepado a un poste. Su caminar huracanado causaba tantas víctimas que terminó por andar por la calzada. Cuando no tenía otro remedio que utilizar la acera recurría a imitar con la voz el

128

sonido del claxon y pitaba a los peatones para que le abrieran paso. Pi, pi, paso, paso, decía.

Su forma de caminar era un desafío. Sostenía una carrera contra el mundo. Nadie podía adelantarle, aunque fuera un desconocido. Él los había de batir a todos y le bastaba fijarse un objetivo, aquella esquina, el semáforo, la boca de metro, para proponerse llegar antes que los demás. Esta competición secreta no le reportó otro galardón que un brazo roto. Una mañana, bien temprano, se empeñó en adelantar a una joven que iba camino de la facultad a buen paso, quizá llegara tarde, y eso la llevó a acelerar y rebasar a mi padre, lo cual, para él, era una afrenta. Así que se empleó a fondo en recuperar su primer puesto en la carrera invisible, aceleró y logró superar a la chica con tanta autoridad que se volvió para compartir con ella el gesto de triunfador olímpico. Pero en ese instante mi padre trastabilló en un desnivel de la acera y se cayó al suelo. Colocó el brazo en mala postura y se lo partió. La chica, buena deportista, se detuvo para ayudarle, pero mi padre disimuló el dolor y sólo cuando ella se marchó, no es nada, guapa, un tropezón, se fue directo al hospital.

Yo acababa de cumplir dieciocho años y mi paciencia con él se agotaba a la velocidad de su zancada. Mi padre me abrasaba. No podía más. Nuestra relación estaba en carne viva y un mero roce nos despertaba la ira. Hubiera necesitado doce hermanos para repartirnos el agobio al que me sometía. Cuando comencé la universidad, había crecido tanto la actividad con el grupo que faltaba a clase o me acostaba a las cuatro de la mañana sin darle explicaciones. Para él era una afrenta personal. Acabarás en el arroyo, me recriminaba cuando me sorprendía en la cama a las once o las doce del mediodía. Habíamos tenido un tremendo conflicto el día que le pedí dinero para matricularme en la autoescuela y se negó a dármelo. Presa del entusiasmo, me llevó a la Ciudad Universitaria un domingo y me aseguró que en tres lecciones me enseñaría a conducir como un maestro. En cuarenta años de carnet, ni un rasguño, repetía como tarjeta de presentación de sus dotes al volante.

Acomodamos a mi madre en el asiento trasero, con el cinturón puesto, y yo me coloqué de conductor. Suave, embraga, venga, dale más garbo, ánimo, con soltura, el coche es un caballo, hay que manejar las riendas, escucha el motor, la palanca de cambios no es una batidora, se acaricia, vamos, dale un poco de gas, y mete segunda, que te lo está pidiendo, pero no ves que tienes que ir frenando antes, tira de motor, escúchalo, sus instrucciones me agotaban. Yo quería conducir porque eso nos daría libertad para aceptar conciertos fuera de Madrid, pero aquella lección era demasiado insufrible. Mi madre de tanto en tanto repetía ¿y dónde dices que vamos? Las correcciones de mi padre no tardaron en alcanzar un grado insultante, de verdad que eres un negado, no pareces mi hijo, serás cabestro, que no, que no, pero es que no te entra en la cabeza, oye, que hay gente que no vale y no vale, válgame Dios del amor hermoso, tú eres un incapaz, tanta música y no tienes oído para escuchar el motor, pero no ves que estás quemando el embrague, desde luego si llegas a ir a la autoescuela nos arruinas, pero qué leches haces, inútil, frena, pero es que no ves.

Harto, detuve el coche en el aparcamiento desierto de la Facultad de Biológicas y me bajé rabioso y eché a andar hacia casa. Mi padre se puso al volante y alcanzó mi altura y me habló por la ventanilla, sin dejar de conducir. Si tuvieras la misma pericia que orgullo otro gallo cantaría, si es que para aprender hay que ser humilde. Y luego, al ver que le ignoraba, rebajó un poco el tono petulante para tornarse cariñoso. Hijo, venga, sube, perdona mi carácter, que es por enseñarte. Sabes lo que te digo, papá, que no voy a conducir jamás en mi vida, te lo juro, me encaré con él. Anda, ésta sí que es buena, ahora resulta que le has cogido asco a la mecánica, claro, por culpa de tu padre, que es un monstruo, menudo estás tú hecho, y, más herido que yo, aceleró para dejarme atrás.

Me recuerdo aquella tarde de domingo, caminando a solas hacia la calle Paravicinos, sin prisa por volverme a encontrar con mi padre en casa. Entretenido, silbaba una melodía y poco a poco creció hasta convertirse en una canción. Sucedía así casi siempre, cualquier estado de ánimo desembocaba en una idea musical, podía ser una canción. Y llamaba a Gus y a Animal y nos juntábamos y terminábamos de escribirla o la desechábamos si no alcanzábamos a sonar como soñábamos sonar.

sonar como soñábamos sonar

Me sorprendió que vinieras solo en este viaje, me confesó Jairo, pero la señorita Raquel ya me avisó de que no esperábamos a más familiares. El coche fúnebre se deslizaba por los primeros pueblos diminutos que ya anunciaban la estela de trigales y campos de cebada. Lo normal es organizar una caravana de coches con la familia, siguió diciendo Jairo, que no callaba nunca, pero ya me informaron que tú no conduces. No, no conduzco. ¿Y cómo lo haces? El coche es fundamental en nuestra vida, dijo con grandilocuencia. ¿Tú crees? A ver, yo creo que se puede vivir sin coche, pero se vive peor, justificó. Pues yo vivo muy bien, le contesté algo herido. Fue Animal quien ese mismo año se sacó el carnet y se convirtió en conductor oficial del grupo, por más que sus borracheras nos compli-

131

caran el plan de viaje. A Gus, aunque la tía Milagros se ofrecía encantada para costearle la autoescuela, conducir le parecía una vulgaridad. Empiezas por sacarte el carnet y acabas casado y con hijos, afirmaba.

Jairo me hablaba de las familias en los entierros, de la caravana de coches, de lo complicado de conducir hasta el cementerio sin perder a alguno, de una vez que le chocaron por detrás los hijos de un difunto, imagínate el papelón, todo por no guardar la distancia de seguridad. Suerte que chocaron flojo y el ataúd ni se rompió. ¿Y tomas taxis?, me preguntó Jairo sin cejar en su empeño de saberlo todo de mí. Sí, tomo taxis. Ah, no, eso yo no lo hago. Cuando recién llegué a España tuve que tomar alguno y no me paraban, sabes, porque me veían extranjero, pobre. Y luego es una ruina. Yo que vivo en Mejorada del Campo, imagínate. ¿Y crees que no te paraban por ser extranjero?, pregunté con fingido interés. No le conté que a mí a veces tampoco me paran si voy con algún amigo músico gitano muy cantoso o con alguien del grupo que tenga aspecto desastrado. Sí, insistió Jairo, los españoles presumen de no ser racistas, pero porque ni se dan cuenta. A veces entro en un café y noto cómo las señoras agarran más fuerte el bolso. Es muy curioso, me acerco a la barra y, paf, los bolsos todos a la mano. Eso es racismo, no hace falta que te llamen sudaca de mierda. Y luego, discúlpame, a mi novia, que es una mujer bastante atractiva, con sus formas y su cuerpo bonito, le ha pasado un montón de veces que la han tomado por prostituta y hasta le han hecho proposiciones. Dime si no es racismo que, por ser latina, los españoles ya se piensen que es puta.

Mariana era latina, aunque entonces nadie usaba esa palabra. Fue la tercera mujer que empleó mi padre para los cuidados de mi madre en casa. La segunda había sido la

132

señora que limpiaba las escaleras del portal. La despidió el día que la encontró tirando del pelo de mi madre. Primero me ha arañado ella, se justificó delante de mi padre, y le mostró el brazo con la marca de las uñas. Mi madre podía ser violenta en algún momento de crispación, raro, pero mi padre acompañó a la señora hasta la puerta y le dijo mañana no vuelva. No está usted preparada para un trabajo tan delicado.

De Mariana le habló doña Manolita. Hasta que vendió la panadería-frutería a unos chinos que le dieron veinticuatro millones de pesetas dentro de una bolsa de basura fue nuestra gran aliada en el barrio. Yo la adoraba porque me regalaba chuches cada día que bajaba a comprar el pan. Doña Manolita tenía una nieta de la que yo estuve prendado durante años. En los días sin clase ayudaba a su abuela, que la obligaba a elegirme cada pieza de fruta como si fuera un tesoro. Llévate estas peras, no te lleves hoy melocotones. Pero yo sólo miraba el nacimiento de los pechos de su nieta cuando se agachaba a manosear el género expuesto, aquélla era la fruta que yo anhelaba disfrutar. Un día, Manolita me dijo que avisara a mi padre, conozco a la mujer que necesitáis para ayudar en casa.

Mariana era colombiana y tenía una niña de cinco años. Llegó una tarde a charlar con mi padre, con su pelo negro y el gesto tímido. Mi padre quedó seducido por el tono dulce con que Mariana le habló a mi madre y decidió ponerla a prueba durante un mes. Mariana era delicada y detallista, con paciencia natural para lidiar con los bucles irracionales de mi madre. Todos nos frustrábamos con ella, porque el retroceso era evidente, había empeorado su humor, padecía de alucinaciones nocturnas y en ocasiones le arrebataba una furia física en detalles como

133

cerrar un cajón o una puerta, de pronto repetía el acto treinta, cuarenta veces, sin dejar de aumentar la velocidad y la violencia. Mariana llegaba temprano, a las nueve, y en las labores de casa sentaba a mi madre delante en una silla para tenerla siempre bajo vigilancia. Era mi padre quien sacaba a la calle a mi madre. Podía ser peligroso. Una vez se vio reflejada en un escaparate y echó a correr y cruzó entre el tráfico sin ninguna conciencia del riesgo, mientras gritaba desconsolada. Yo dejé de pasearla porque se empeñaba en dirigir el tráfico con la mano, ahora, pase, eso es, adelante, y me invadían la vergüenza y el desánimo.

Seguro que a tu novia le encanta que le cantes esas canciones, me dijo Mariana una tarde en que se asomó a mi cuarto y me vio ensayar a solas con la guitarra. Puede que llevara un par de meses empleada en casa y nuestro contacto se había limitado a algunas frases corteses. Era una época en que corría a encerrarme en mi cuarto el poco tiempo que pasaba en casa para evitarme trifulcas con mi padre. Al mirarla aprecié sus ojos grandes y rasgados. El tiempo había pasado por encima de ella sin borrar a sus cuarenta años el rastro de la belleza de muchacha espectacular que había sido. No sabía entonces que el tiempo no era nada comparado con la dureza de su peripecia vital. En realidad la niña de cinco años no era su hija sino su nieta, la hija de su hija. Una joven madre que en la adolescencia había caído en asuntos de drogas junto al padre de la niña y había muerto pocos años después. El rastro más visible de aquellas tragedias puede que fuera la serenidad con que Mariana se enfrentaba al trabajo de cuidar a mi madre.

No tengo novia, nunca he tenido, le contesté. No mentía del todo. Ya llegarán, ya, vaticinó ella con su mejor intención. Pasaba el trapo por la suciedad acumulada sobre los libros y las fundas de VHS. Dos de ellas tenían títulos extraños escritos en el lomo a rotulador: Filosofía presocrática y Paralelepípedos. En realidad contenían antologías de películas pornográficas, una selección cuidada y escogida de grandes momentos y felices interpretaciones que Animal me había preparado a partir de su vasta colección. Le había escrito esos rótulos para que no despertaran la curiosidad de nadie, aunque el efecto era el contrario. Mi padre se detenía atraído por títulos tan absurdos. Un día tengo que verme estas películas de filosofía que tienes aquí, me decía.

¿Presocrática?, leyó Mariana. Esto sí que no sé lo que es. Son filósofos anteriores a Sócrates y eso. Ah, ni idea, respondió ella a mi imprecisa explicación. ¿A ti te gusta la filosofía? Tragué saliva. Ésa sí, y me sonrojé. Es divertida. Ah, pues un día me la prestas a ver si entiendo algo, dijo Mariana, y se volvió hacia mí y me encontró turbado. Yo le miraba la ropa ajustada sin dejar de percibir sus ojos brillantes y vivísimos clavados en mí. ¿Presocrática, se dice así?, me interrogó con vaguedad tras dejar la cinta en su sitio y seguir con la limpieza. Sí, exacto. Paralele..., paralelepípedos, completé yo su lectura esforzada. ¿A que con eso no haces una canción?, vaya palabreja. Al revés, todas mis canciones tratan de los paralelepípedos o los presocráticos. Recordé la canción de Les Luthiers dedicada a Tales de Mileto y se la tarareé. Mariana se rió con naturalidad, eres un caso. ¿Te puedo limpiar los papeles de la mesa o prefieres que no te revuelva las cosas? Me señaló el desorden, me avergoncé de la ropa sobre la silla, había un calzoncillo sucio que asomaba entre las camisetas. Puedes revolver lo que quieras, y nos volvimos a mirar, más bien a rozar los ojos como dos brazos que se tocan al pasar.

Comencé a echarle una mano en el trabajo, entretenía a mi madre con frases absurdas que hacían reír a Mariana mientras ella arreglaba las camas o fregaba el suelo del baño, entraba en la cocina y me comía a mordiscos una pieza de fruta si ella andaba por allí, ayudaba a la pequeña Belinda con algún dibujo cuando la traía a casa porque no tenía colegio o estaba con décimas de fiebre, porque la niña siempre tenía frío y la madre, en realidad abuela, la forraba y la sobreabrigaba con ropa de lana. Era una niña despierta, con respuestas para casi todo, y yo, que hasta entonces jamás había tratado con niños, encontré en ella una sorpresa inesperada. Me señalaba a su madre, tócale a ella una de Julio Iglesias, que es su favorito, y yo arrancaba con voz burlona, fuiste mía, sólo mía, mía, mía, cuando tu piel era fresca como la hierba mojada, y Mariana se volteaba para mirarme con una sonrisa abierta y cuando creció la confianza a veces me lanzaba a la cara el trapo del polvo o me dedicaba un manotazo distante.

Se instaló algo retador entre nosotros. Ella me miraba como a una especie de huérfano solitario, incomprendido por un padre excesivo y visceral. Un chico sensible en mitad del caos de esa casa que parecía el piso de dos estudiantes. No podía, o sí, imaginar que yo dejaba crecer la fantasía sexual, que observaba de lejos su culo ceñido en la ropa, enorme para los parámetros del gusto juvenil, y que me fascinaba su piel gris y tersa. Un día posé la mano en su hombro y se dio la vuelta para mirarme y nos besamos. Sucedió a la puerta de la cocina, en el pasillo. Fuera de la vista de mi madre. No hicimos más, nos separamos y cada uno prosiguió su labor.

No fue un arrebato. Pasamos dos o tres semanas así, robándonos un beso al cruzarnos. La intensidad del beso crecía, la duración también. Me daba su lengua y yo le daba la mía, pero nos separábamos y yo me iba a la calle o ella entraba en el salón para decirle algo cariñoso a mi madre, ahora vuelvo, ¿vale?, ¿estará bien?, y escucharle a ella contestar lo de casi siempre, fenomenal, sí, fenomenal. En mi cuarto nos llegábamos a empujar contra la pared y acercar los cuerpos con las manos posadas en la espalda. Era un derroche de besos, pero nunca nos dejábamos ir. Entraba a despedirse por la tarde, cuando llegaba mi padre, me marcho ya, y nos besábamos quince segundos en silencio absoluto. Yo sospechaba que no podía pasar de ahí sin violentarla. Pero el ardor iba en aumento, pese al riesgo, y ella empezó a cerrar los ojos cuando nos besábamos y a relajar el cuello. Yo colocaba la mano en su nuca, bajo el pelo negro, áspero y endurecido por los tintes. Tengo canas, me dijo una tarde que me notó acariciar su pelo con curiosidad, no te vayas a creer.

Una tarde en que mi padre sacó a mi madre a dar el paseo, da pena que se pierda un día tan bueno, introduje las manos bajo la ropa y comencé a desnudarla con violencia. Desabroché el sujetador, bajé sus pantalones elásticos a mitad de muslo, repté por debajo de su camiseta. Ella me detuvo, pero permitió que me restregara contra su cuerpo. Me corrí con estrépito en su mano, pero ella no la retiró, sino que me acarició con energía y deseo a través del pantalón. Pese al pánico, besé cada zona de su cuerpo que había quedado al descubierto, de pie los dos en medio de mi habitación, los pechos suculentos, el culo que rebosaba bajo sus caderas, los muslos acogedores.

Costaba encontrar el momento idóneo, pero si mi madre daba una cabezada en el sofá, yo llevaba a Mariana de la mano a mi cuarto y nos entregábamos a la pasión apoyados contra mi puerta. Nuestras manos encontraban bajo la ropa humedades apasionadas. Siempre eran momentos precipitados, furtivos, urgentes, sin desnudez, pero de frotamientos eléctricos. La primera vez que alargué el brazo hacia el cajón y saqué la caja de preservativos ella negó con la cabeza y me empujó para salir de la habitación mientras se componía la ropa. En otra ocasión mi madre abrió la puerta de la cocina y nos encontró en mitad de un beso, perdón, me he equivocado, y Mariana me miró con un gesto de reproche y salió a buscarla al pasillo.

Mis padres salían de paseo y eso nos concedía al menos veinte minutos de soledad. Un día desnudé a Mariana por completo y la tumbé en mi colchón. Hicimos el amor con algo más de pausa y delicadeza. No apurábamos la hora de vuelta de mis padres, porque una tarde nos había sorprendido la llave en la cerradura y corrimos a vestirnos en una escena entre cómica y terrorífica. Pensé que te habías ido ya, Mariana, le dijo mi padre sorprendido al verla. He aprovechado para ordenar un poco el cuarto, señor. Mariana llamaba siempre señor a mi padre. Está tan mal lo que hacemos, me confesó un día, tan mal, no te puedes imaginar lo que lloro algunas veces al volver a casa. Yo trataba de convencerla de que era adulto, responsable de mis actos, que no debía sentirse mal. Nos hablábamos entre besos cortos. La niña hacía imposible que nos viéramos en su casa, además compartía piso con otras dos parejas de colombianos en La Elipa. Una vez le propuse que fuéramos a un hotel cercano, pero se negó. ¿Estás loco, un hotel? Al menos los encuentros cortos tenían algo de improvisado, de accidental.

Hubo dos o tres días mágicos, cuando mis padres tenían que ir a revisiones al hospital o a alguna visita, y eso nos regalaba dos o tres horas para nosotros. Mañana tengo médico, le oía decir a mi padre, así que no estaremos en toda la mañana. Muy bien, señor, le respondía Mariana, aprovecharé para dar cera al suelo. Y al día siguiente la ayudaba a terminar la faena para que pudiéramos tumbarnos en la cama estrecha de mi cuarto y disfrutar de su car-

138

ne y su mirada asustada. No tan fuerte, despacio, me guiaba, notas ese huesito ahí, justo a la entrada, acaricia ahí despacito, suave, pon la mano aquí, y dime alguna cosa bonita, tienes que aprender a no ser brusco ni ir con prisas.

Puede que Mariana me maleducara para siempre, eterno adolescente glotón, llaminer, como me llamó una cantante catalana, que describía mi apetito sexual como el de un niño al que dejan cinco minutos a solas en una pastelería. Pero Mariana también me concedió la seguridad en mí mismo que tanto precisas en el precipicio al final de la adolescencia. Me reafirmó en que los cruces generacionales son los únicos cruces interesantes, también en la amistad, en la vida, y me enseñó que las últimas pasiones de una persona son el mejor complemento a las primeras pasiones de otra. Que unir final de camino con el principio ayuda a atisbar el recorrido completo de la carretera, el argumento del cuento.

A las colombianas nos gusta demasiado el sexo, me dijo un día mientras echaba las sábanas a la lavadora, para bien y para mal. Yo trataba de que nuestros encuentros no se convirtieran sólo en un intercambio sexual de casa de socorro, pero ella notó y yo noté que poco a poco fueron un recurso utilitario y superficial. Yo la gozaba como un juguete de niño que ya no juega con juguetes. Se empezó a distanciar de mí y al terminar me decía nunca más, ¿lo entiendes?, no va a pasar nunca más. Pero mi insistencia, mis bromas, mi descaro vencían su resistencia en la siguiente oportunidad. Hasta que una noche mi padre me anunció en la cena que Mariana se había despedido. Le miré con curiosidad por si insinuaba algo más de lo que decía. Pero se limitó a menear la cabeza y levantarse del sofá para cambiar de canal. Yo he intentado retenerla, hasta le he ofrecido más dinero, pero no quiere seguir, que necesita cambiar de paisaje, eso me ha dicho, paisaje. Claro, menudo paisaje tiene aquí la pobre, añadió, y yo bajé la cabeza avergonzado. Me ha dicho que aguanta el tiempo que sea hasta que encontremos a otra persona. Y se levantó de nuevo para cambiar a otro canal. Con la llegada de los canales privados, sus paseos del sofá al televisor aumentaron de frecuencia.

Hablé con ella, le insistí en que por mí no tenía que dejar el trabajo, que prescindiríamos de nuestros encuentros. Me besó con cariño en la mejilla, me acarició el pelo. No lo dejo por ti, lo dejo por mí, ya lo entenderás. El día en que se fue, cuando mi padre dio con una mujer del barrio que tenía experiencia de enfermera aunque ya estaba prejubilada, les vi despedirse y a mi padre darle el dinero que le debía. Y una propinilla para que te compres algo. Creo que a mi padre también le gustaba Mariana, no podía ser ajeno a ese olor sensual y a esa mirada anhelante. Puede que mi padre sospechara algo porque el resto de las mujeres que cuidaron de mi madre ya sólo fueron mayores y sin erotismo. También Kei contrataba para nuestros hijos empleadas poco atractivas, que encarnaban la antilujuria. Lo que importa es que hagan bien su trabajo, me contestaba sin bromear. Pero no, mi amor, son niños, le decía yo, hay que familiarizarlos con la belleza desde pequeños, hazlo por ellos.

He tenido después aventuras con compañeras de trabajo, con una ingeniera de sonido que llevábamos a los conciertos, la *roadie* de la compañía en una gira, la secretaria de Bocanegra, la regidora cuando interpreté a un guitarrista al fondo de la escena en un montaje de *El jardín de los cerezos* que dirigió mi amigo Claudio en el María Guerrero, la encargada de prensa de la compañía, una bajista de Alejandro Sanz, la higienista en la consulta de mi dentista, una madre del curso de mi hija, dos o tres periodistas especializadas en liarse con sus entrevistados, y fueron casos en que era inevitable proceder con ocultación, pero la urgencia furtiva y el evidente fatalismo venían contaminados por mi aventura con Mariana. En los meses que estuve con ella me quedé tan delgado que el profesor de latín me sacaba a la pizarra a analizar una frase y se alarmaba, ¿usted ya come?

Alcancé a Mariana en el rellano el día de su despedida. Toma, le di mi guitarra infantil, la que compré en Mendi con doce años, que se conservaba desafinada pero útil. Para tu niña. La pequeña se sentaba a acariciarla en mi cuarto y yo le colocaba los dedos en algunos acordes sencillos y le enseñaba los primeros compases de una canción infantil. A ver si aprende a tocar, le dije en la escalera a Mariana aquel último día. Nos besamos un instante, con un beso limpio que quería borrar todo lo que de sucio pudiera haber tenido nuestra relación precipitada y desigual. Quería borrar la culpa seca y que sólo recordara la húmeda pasión y el cariño sincero en ese instante en que se alejó con los ojos llenos de lágrimas escaleras abajo.

Perderla de vista me provocó un vacío culpable. Convencí a Gus y Animal para que me dejaran intentar una versión casi punk de «Lo mejor de tu vida», que tocamos en el local de la calle Libertad donde actuábamos una vez al mes. El éxito de nuestra versión residía en que subrayábamos la potencia rencorosa de su mensaje. Es una canción que aún rescato de tanto en tanto y que una vez toqué en un programa de televisión a deshoras y me valió una tarjetita cariñosa y amable de su autor, Manuel Alejandro, que guardo como un tesoro. Muchos años después, en la estación de Atocha, mientras esperaba a Animal y Martán para algún viaje de concierto, se me acercó

141

una chica joven, de rostro muy fino, con una barbilla casi ingrávida. Gracias por la guitarra, me dijo. Yo en aquel momento no entendí y reaccioné extrañado. ¿Cómo? Soy la hija de Mariana, que trabajó en casa de tus padres. Claro, la miré de arriba abajo. Belinda, dije, y puede que pusiera demasiado ímpetu al abrazarla. Me contó que había terminado Derecho y trabajaba para una firma de coches alemana. Muy aburrido, por desgracia nunca aprendí a tocar la guitarra. Vaya. ¿Y tu madre? No supe si ella sabía o al menos sabía que yo sabía que su madre no era su madre, ella también, como yo, en aquella extraña conjugación familiar. Está mayor, se volvió a Cali cuando estalló la crisis, que le va mejor para los pulmones, tiene un principio de enfisema. Torcí los labios, calculé que debía de rondar los setenta años, y recordé cómo se fumaba un cigarrillo precipitado en casa y disipaba el humo con la mano para que nunca lo oliera mi padre al volver. ¿Le sigue gustando Julio Iglesias? Belinda me miró a los ojos, los tenía rasgados pero no tan hermosos y enormes como su madre que era su abuela. Le gustas más tú, siempre me pide que le compre tus discos, los tiene todos. Y creo que si no hubiera aparecido Animal y saludado con un tosco vaya, preséntame a este cacho de preciosidad, le habría intentado explicar el recuerdo agradecido que su madre dejó en mis dieciocho años.

la canción de tu vida nunca es la canción de tu vida

La canción de tu vida nunca es la canción de tu vida, o al menos no es esa canción que a los demás les llega más adentro, asocian a sus recuerdos y comunica por un túnel secreto con sus sentimientos más íntimos. Para un músico

142

la canción de su vida es la canción que le hace músico. Y esa canción para nosotros fue «La canción más tonta del mundo», concebida en aquellos ratos en casa en que tocaba la guitarra para divertir a Mariana mientras trabajaba y se ocupaba de mi madre.

Recuerdo la cara de Gus cuando me la escuchó la primera vez. Aún cambiaría parte de la letra con él y sumaría su coro fundamental y truncaríamos el ritmo en la estrofa final como propuso Animal, lo que la convirtió, sin duda, en una canción de los tres. Pero recuerdo que al posar la guitarra acústica en el local de ensayo tras tocársela esa primera vez, aún a la espera de que llegara Animal, Gus levantó la mirada hacia mí. Ahora sí tenemos una canción, tío,

el crío más tonto del mundo

se convirtió en el señor más tonto del mundo

y de la manera más tonta del mundo

quiso enamorar a la mujer más tonta del mundo,

porque era una canción de verdad, que iba más allá de nuestra pánfila combinación de tres acordes. Quiso repasarla conmigo para poder cantarla juntos cuando llegara Animal, hasta ese bestia se va a quedar boquiabierto, ya verás,

compuso la canción más tonta del mundo

con la emoción más tonta del mundo

desde el agujero más hondo del mundo

en el barrio más feo del mundo,

y cuando llegó y nos oyó cantarla, dijo no seamos gilipollas, vamos a presentarla al concurso,

con el ritmo más tonto del mundo

y el estribillo más tonto del mundo

pero que nunca podrás olvidar,

y allí Gus se puso a improvisar su du-dá, du-dá, parabí, padudá, que era lo que siempre había querido cantar porque, según él, la letra más hermosa de una canción es aquella que no dice nada y el verso más importante de la humanidad es dubidubidú o tralalalalá, y si se llega a eso se está llegando a la esencia de lo musical. Según él, por eso me gustaba a mí tanto cantar «The Night They Drove Old Dixie Down», para soltarlo todo en el na, na, na del estribillo, del resto de la letra no entiendes ni una puñetera cosa, pero ese na, na, na lo dice todo, lo cuenta todo. Era una teoría disparatada, pero no me merecen respeto las teorías que no son disparatadas. Ya teníamos suficiente experiencia de conciertos en directo para saber que el público conecta con las cosas más directas, menos alambicadas,

du-dá, du-dá, parabí, pa-dudá,

lo que te acerca a las disciplinas circenses, y te regala en ocasiones el mayor reconocimiento de una audiencia, que suele consistir en nada más ni nada menos que verles mover el pie al mismo tiempo que tú lo mueves en escena.

Cuando decidimos presentarnos a concursos y actuar de manera más profesional, reclutamos a Cuerpoperro, un bajista que venía del heavy, algo mayor que nosotros. Era evidente que Gus jamás le sacaría al instrumento una mínima armonía. Cada vez cantaba mejor y era mayor el espectáculo que desplegaba en escena, pero Animal y yo nos mirábamos cuando el bajo desaparecía en mitad de la canción o se iba de compás. Cuerpoperro tocaba en estado de electrochoque y llevaba mucho tiempo acompañando a dos hermanas de Pamplona que habían formado grupo en Madrid. Las peleas entre ellas eran brutales, pese a que eran casi idénticas, las dos con narices ganchudas, barbillas de cucharón y flequillo a ras de ceja que se cortaban ellas mismas la una a la otra. Compartíamos local de ensayo y algunas noches Cuerpoperro nos invitaba a presenciar sus refriegas. Durante años coincidiríamos con ellas en conciertos y festivales, siempre peleadas y en riña, pero nunca nos guardaron rencor por robarles al bajista y sí en cambio compartíamos la franqueza y la fidelidad de cuando arrancábamos juntos.

Un bajista acreditado nos daba otra envergadura musical. Cuerpoperro no era creativo pero sí muscular. Gus lo trataba con la autoridad del capataz, convencido de que todas las decisiones importantes del grupo las tomábamos él y yo. La presencia de Cuerpoperro hacía que Gus huyera de nuestra compañía de manera aún más radical. Ya veo que comienza la Zoquete Night, nos gritaba cuando las cervezas corrían por la mesa y se fugaba a buscar cosas un poco más sofisticadas que nuestra deriva descerebrada, llena de episodios nocturnos excesivos. Cuerpoperro nos contaba que un amigo suyo, un marica, decía, se cruzaba muchas noches en la discoteca Arlequín con Gus, que era una discoteca de ambiente con un sótano reservado donde follaban y se la chupaban unos a otros en bandadas, pero Animal y yo no le dábamos demasiado crédito y le dejábamos claro que estar en el grupo consistía en someterse a las instrucciones de Gus. Porque Gus no sabía de música, y puede que fuera a veces un corista con pandereta dando saltitos por el escenario, como Cuerpoperro sostenía, pero casi siempre acertaba en sus intuiciones, esta parte mucho más lenta, ahora sube un poco el ritmo, vamos a doblar ahí, no, no, ahora deja al bajo solo, y sobre todo era magnético para la gente, y por más que yo tocara la guitarra y cantara, siempre tenía la vista clavada en él, a la espera de sus indicaciones de director de orquesta.

Cuando Fran vino a vernos tocar con Cuerpoperro, chocó su cerveza contra la mía, bienvenidos a la primera división. Todo cuerpo se sostiene gracias al músculo, me dijo. Ésta era la gran decisión. No quedarnos en el grupo escolar de divertimento, sino intentar dar el paso adelante. A Gus le molestó que yo me matriculara en Historia del Arte, ¿vamos a ser universitarios o músicos?, me preguntó ofendido. Era cierto que yo no veía claro que pudiéramos vivir de aquello, por más que algún local ya nos diera de beber gratis a cambio de tocar y que hubiéramos aceptado que Sergio, al que aún no sabíamos que todo el mundo llamaba el Capullo, nos moviera por salas y festivales. No puedo decirle a mi padre que me voy a dedicar sólo a la música, me defendí yo. ¿Ah, no? ¿Cuándo vas a dejar de ser un niño muerto de miedo, Dani?, me retó Gus.

Yo no me atrevía a darle ese disgusto a mi padre en un periodo en el que sufría tanto con la enfermedad de mi madre. Me pareció buena idea acudir a la convocatoria del ayuntamiento, serviría para probarnos y establecer el lugar que ocupábamos de verdad. En el concurso el premio era grabar cuatro canciones en estudio y editarlas en un minielepé. La primera eliminatoria la pasamos sin problemas con una actuación de todos los grupos en un desangelado polideportivo. «La canción más tonta del mundo» gustaba, esa melodía se te pega como un chicle al zapato, nos dijo el locutor que presidía el jurado. Se hacía llamar el Crack, y pese a lo chusco del nombre de guerra tenía un éxito masivo en la radiofórmula. Manejaba a varios grupos y controlaba el sistema de listas con las discográficas, bajo el pacto de inversión publicitaria a cambio de situar más o menos semanas a los grupos en la clasificación de la emisora. Nosotros aspirábamos a entrar por carriles menos malolientes, pero sus elogios nos dieron seguridad para encarar la fase final.

El problema era que nosotros habíamos gastado, por mera inseguridad, nuestro mejor cartucho para lograr avanzar en la eliminatoria y los otros finalistas sacarían entonces su artillería pesada. Nos refugiamos en la pensión de la tía Milagros a ver si éramos capaces de componer otra canción. Las anteriores ya nos parecían infantiles y superadas. ¿Y si componemos un himno?, propuso de pronto Gus. ¿Un himno? ¿Qué quieres decir?

Una canción que no sea una canción, sino algo más, una declaración de principios, me explicó Gus. Un canto a cómo nos gustaría que fuera el mundo, joder, la puta letra del himno del país al que nos gustaría pertenecer. Creo que te has vuelto loco, ¿cómo vamos a hacer un himno? Gus, embalado, me quitaba la palabra de la boca. Agarró la grabadora que teníamos posada sobre la mesa por si se nos ocurría algo interesante y comenzó a cantar la canción, lo hizo de un tirón, transportado,

sé mi casa y mi estación,

mi barra de bar y mi hospital,

mi cama, mi refrigerador,

mi banda favorita, mi bandera de la paz,

levantaba la voz como si ya existiera la melodía debajo de sus palabras, se puso de pie con la grabadora cerca de su boca como un micrófono,

sé mi voz y mi altavoz,

mi primera comunión

sin las hostias de rigor,

cerraba los ojos y sonreía, como siempre decía que había que cantar, con una sonrisa,

sin desfiles, sino bailes de disfraz

sin multas por exceso de felicidad,

y cuando terminó me tendió la grabadora como un torero pliega la muleta con su ahí queda eso, y dijo yo lo llamaría «Mi país», pero se aceptan sugerencias. Era infantil y arrebatada, pero cuando la grabamos en el estudio, después de ganar el concurso, en una mañana feliz para nosotros, en la que quisimos probarlo todo, aprenderlo todo, tocarlo todo, no

147

sabíamos aún que esa canción nos iba a colocar en el mapa. Sergio había llegado a un acuerdo con el Crack, trámite que fue imprescindible para salir ganadores en el concurso, ya que el locutor manejaba las decisiones del jurado. Luego se convertiría en nuestro mayor propagandista entre el gran público, ese al que nunca habíamos aspirado a conquistar y que de pronto se presentaba ahí, al alcance de la radio.

Nunca debimos confiar en dos tipos que eran conocidos como el Capullo y el Crack. Estábamos tan prevenidos ante las historias de explotación, discográficas vampiro, cláusulas trampa, secuestros de grupos, vetos y contratos leoninos, que caer en el error significó un rito establecido. «Exceso de felicidad», que fue el título con el que se quedó la canción, abría el disco que grabamos bajo el patrocinio del concurso. Actuábamos en locales más grandes, para un público más abierto y fiestero, y allí una discográfica importante se interesó por grabar nuestro primer álbum. No tardamos en descubrir que nuestro nombre le pertenecía a una empresa propiedad del Crack, así como los derechos editoriales de las canciones y la exclusiva de nuestros dos primeros discos, según las leoninas bases del concurso. Aquello nos curó para el futuro de enfermedades graves en el mundo de la música como la ingenuidad o la confianza ciega o las competiciones desinteresadas. El adelanto de la discográfica se esfumó en comprar nuestra carta de libertad y nunca recuperamos los derechos de aquellas dos primeras canciones. Tuvimos además que indemnizar al Crack para mantener nuestro nombre, Las Moscas. Así fue como Tony Bocanegra se convirtió en nuestro nuevo consejero y guía profesional. Su nombre parecía más bien el mote de un mafioso italiano, pero correspondía a un jocoso andaluz al que varios veteranos de la música nos recomendaron con una frase esclarecedora: digamos que es lo malo conocido.

148

La carretera se dibujaba en una recta infinita y gris que cortaba los campos a ambos lados. Campos que exprimían la paleta de toda gama de amarillos y ocres. Ese paisaje cobraba una familiaridad asociada a los viajes con mi padre. Su alma era eso, quizá. Mucho más significativo que el cadáver en la parte de atrás del coche fúnebre, en el absurdo cajón de pino. Su territorio era aquél. El cereal listo para la siega que llegaría unas semanas después, vencida la espiga por el peso de la cabeza nutrida. Un buitre devoraba las vísceras de un ave atropellada y sólo levantó el vuelo cuando el coche fúnebre se convirtió en un peligro evidente. Mi padre solía bromear con esa recta infinita, decía que de niño veían los carros acercarse al amanecer y no llegar hasta media mañana. La silueta del burro del herrero o del vendedor de quesos o miel en el horizonte anunciaba en el pueblo la visita. Entonces el tiempo corría lento.

La panza del camino, dije. Jairo se rió. Habíamos pasado una de esas ondulaciones de la carretera que me revolvían el estómago cuando era niño con su subida y bajada precipitada, mi padre siempre repetía lo mismo, la panza del camino. Jairo golpeó el mapa digital que marcaba la ruta por satélite. Chuta, perdimos la señal, se quejó. Recordé que mi padre siempre se perdía en el mismo punto del camino. Ya me han cambiado otra vez las carreteras, se desesperaba. Cómo demonios han escondido tanto el desvío, pero será castigo que le han cambiado la numeración a la pista otra vez, antes se tomaba aquí a la derecha, qué ganas de jeringar la puñeta, eran frases que soltaba porque era incapaz de reconocer que se había perdido de nuevo donde siempre se perdía. Un día les conté a Gus y a Animal que mi padre había gritado, en su desesperación tras extraviarse del camino, me cago en el MOPU, que era en aquel tiempo el Ministerio de Obras Públicas. Desde entonces en el grupo se convirtió en un juramento habitual, me cago en el MOPU, decía Animal para maldecir cualquier circunstancia. Cuando yo era niño mi padre me obligaba a anotar todos los pueblos que atravesábamos desde Madrid hasta llegar al suyo en una libreta que pretendía que memorizara como si fuera una lección de anatomía. De cada pueblo en el territorio de Tierra de Campos conocía alguna leyenda o alguna coplilla, que entonaba con puntualidad en cuanto aparecía el nombre en un letrero. De allí eran los más brutos, de acá el mejor queso, en otro le vendieron a su abuelo una burra ciega. El viaje era para él un retorno al pasado, ¿y para quién no?

Cuando nació mi padre, la vida era como había sido los seiscientos años anteriores, y sin embargo cuando murió, el mundo era irreconocible para él. El arado tirado por bueyes, la ausencia de teléfono y de agua corriente, de luz eléctrica, los pozos, los corrales para aliviarse, las cochiqueras pegadas a la casa, las tablas de lavar en el río, los carburos y los burros de carga. Le habían robado la piel y el hombre no tiene la capacidad de las serpientes para fabricarse una nueva, por eso el hombre es melancólico y la serpiente es pragmática.

Si se me ocurría preguntarle a mi padre cómo había vivido una transformación tan profunda, se alzaba de hombros, déjate de zarandajas, tiras adelante con lo que te echen. Yo nací en los días en que el hombre pisaba la Luna, mi padre había nacido mientras los europeos se mataban en trincheras, cuando aún, ingenuos, no numeraban las guerras mundiales. Para mí, el reto era emprender un camino profesional que respondiera a mi vocación juvenil. Para mi

150

padre, en cambio, nacido aún en época medieval, soñar era un rasgo de locura, un delirio. ¿Cómo podría yo juzgarlo? ¿Cómo podría no entender su racanería, su prudencia, su sumisión, sus certezas, sus miedos y su fatalismo?

Heredé su capacidad para ser amable con gente que no apreciaba. Nunca le niegues el saludo a nadie, me explicaba, no les concedas la ventaja de que sepan lo que piensas de ellos. Lo percibo dentro de mí cada vez que alguien se me acerca con la monserga de que mis primeras canciones le gustaban más que las nuevas o que sin Gus el grupo ya nunca ha sido lo mismo, o que nuestros directos no son tan buenos como antes. Siempre reciben una sonrisa y una respuesta amable, puede ser, quizá, me lo dice mucha gente, ya me fijaré, gracias. Reacciones dictadas por mi padre, un vendedor de raza, un hombre tan seguro de llevar razón que en ocasiones ni tan siquiera luchaba por imponerla.

Cuanto peor te traten, tú sé más amable con ellos, y creo que este consejo algo disparatado me ha servido para limar sospechas, malas relaciones, a veces incluso para gozar del desconcierto ajeno. Mi padre era el mejor jefe de prensa de sí mismo.

Mi trabajo es política, decía, yo llamo de puerta en puerta, a mí no me regalan nada.

El único escollo en su carrera hacia el título mundial de la simpatía generalizada lo tenía en nuestro propio portal. Sus años de presidente de la comunidad dejaron un reguero de vecinos agraviados. Su empeño en arreglar personalmente las goteras del tejado o pintar la escalera a su gusto le enfrentó con los vecinos. Terminó por llamar bruja impertinente a la del segundo A, zampabollos paleto al del primero B y payasos con pretensiones al matrimonio del primero C. Al vecino de enfrente de nosotros, el del segundo C, le abrió la ceja de un zapatazo el día en que le enseñaba cómo era capaz de elevar la pierna gracias a la gimnasia diaria. Hubo una oportunidad de hacer amigos cuando otra familia sustituyó a la pareja de ancianos del primero A, pero mi padre pilló al nuevo vecino tirando una colilla de cigarrillo por la ventana, la recogió de la calle y se la entregó en mano después de llamar al timbre de su casa. Creo que se le ha caído esto, se limitó a decirle con orgullo quijotesco.

Mi padre redactó su propio libro de historia, con una versión dulcificada de su peripecia vital. Le molestaba discutir conmigo a cuenta de algo que yo leía en los libros. Eso lo he vivido yo, no vas a contármelo tú, me replicaba. Dejó de irritarme esa postura cuando también yo empecé a enfrentarme a las versiones oficiales sobre la música española de mi tiempo y pensaba, de esos relatos simplistas, no fue así, no fue así. A todos nos gusta adornar el repaso de la vida propia de aquello que fue luminoso, para morir entre luces y no en la oscuridad del desengaño. Si yo le replicaba: papá, ¿cómo dices que te llevas bien con todo el mundo si no te hablas con nadie en la escalera?, o me enfrentaba a él en cualquier discusión doméstica, siempre recibía la misma respuesta contundente. Tú ya verás, ya verás, los hijos aprenden a ser hijos cuando se convierten en padres.

los hijos aprenden a ser hijos cuando se convierten en padres

Puede que yo nunca comprendiera mejor a mi padre que en aquellos quince días en que me quedé a dormir junto a él en la habitación del hospital. Tuve que suspender todas mis actividades, Raquel me liberó de cualquier obligación, incluso vino a ayudarme alguna mañana, para

152

quedarse con mi padre y que yo saliera a comer o a pasar por casa o a visitar a mi madre en la residencia. Me contó que en uno de sus ratos a solas mi padre le preguntó por mi vida con Kei, seguro que están pasando una crisis y volverán a estar juntos, porque las japonesas dicen que son muy fieles, ¿no? La verdad es que no sé mucho de las japonesas, le respondió Raquel, pero me temo que su hijo no es muy fiel. No, mi hijo tiene un problema, me contó Raquel que le dijo mi padre, desde niño es un inconformista. Pero eso no es necesariamente un defecto, le dijo ella, erigida en mi defensora. Y tanto que lo es, en este mundo hay que conformarse, hay que conformarse si quieres ser feliz, le aseguró mi padre con absoluto convencimiento.

La peor consecuencia de la vejez es que los demás invaden tu intimidad. Ya nadie respeta las manías, las costumbres, tu forma particular de hacer las cosas, desde la higiene a la organización del día. Alguien, con la intención de ayudar, se ocupa de ti. Pero ocuparse de ti es ocupar tu territorio íntimo. La independencia perdida de mi padre le transformó en un señor malhumorado. La incapacidad para valerse solo le enfrentó con los demás. Una noche me habló de su trabajo, de cómo había dejado un empleo más seguro para echarse a vender por la calle. Tendrías que haberme visto de casa en casa, a mi modesto entender fui bueno en lo mío, yo no sé si tú te consideras bueno en lo tuyo, pero yo era bueno, muy bueno. No hace falta que me lo cuentes, le interrumpí. ¿No te acuerdas cuando te ayudé durante el mes que tuviste el brazo escayolado?

Cuando se rompió el brazo, yo tenía planeadas unas vacaciones muy distintas. En septiembre entrábamos a grabar nuestro primer disco y queríamos empaparnos de conocimiento para evitar que nos manejaran desde la discográfica. Bocanegra nos aseguraba que él velaría por nosotros dentro del sistema, que nos buscaría un productor razonable y con gusto. No os engañéis, nos decía, yo os he fichado a vosotros para que seáis vosotros. Y nosotros queríamos ser nosotros, liberados ya del Capullo y el Crack no queríamos caer en las redes de otros tiburones. Así que Animal, Gus y yo planificamos un viaje a Londres. Durante un mes trataríamos de escuchar toda la música posible, colarnos en los estudios de grabación, estudiar cómo se disponía una producción profesional y después decidiríamos sobre el nuevo disco. Gus dijo que necesitábamos anglosajonizarnos, despaletizarnos, salir de Villatontos y sacudirnos la mugre. Por una vez las moscas irán a la miel, no a la mierda, nos animó Gus.

Reservamos los billetes para salir el 7 de julio, según Gus era preciso abandonar España en su día más representativo. Por eso cuando ayudé a mi padre a ponerse el pijama recién llegados del hospital con la escayola en su brazo, tras la caída en la calle, sospeché que mi programado verano corría peligro. Abrirle la bragueta para ir al baño se había convertido en un aquelarre. ¿Se puede saber qué encuentras tan complicado en cuatro botones?, hijo, que me lo voy a hacer encima. Ya va, papá, pero no era tan fácil desabotonarle, maniobrar con los dedos a escasos centímetros de la polla de tu padre.

Esperé a meterlo en la cama para informarle de mi viaje. No, tú tranquilo, vete a Londres sin problemas. Yo sé lo desagradecido y egoísta que puedes llegar a ser. Traté de convencerle de que se tomara vacaciones, que pasara más ratos con mi madre. Lástima que exista una cosa llamada dinero gracias a la cual tú comes y te vistes y te vas de viaje, me echó en cara. Papá, yo me voy de viaje con mi dinero. Claro, olvidaba que en esas tonterías del viajecito gastas lo poco que tienes. Cuando le dije a mi padre que habíamos fichado por una discográfica, sonrió con desdén, a mí ese negocio me pilla muy lejos, ya sabes lo que dijo Napoleón, que la música es el arte de hacer ruido. El día en que coloqué el pequeño trofeo que nos dieron tras ganar el concurso en la diminuta estantería del cuarto de mi madre, suspiró, tampoco es cuestión de que engañes a tu madre haciéndole creer que te han dado el Premio Nobel, es un concursito de nada por ser los mejores metiendo ruido.

Si no cobro a la gente antes de que termine julio, olvídate. En agosto se van de vacaciones y, aún peor, en septiembre llegan arruinados porque se lo han gastado en veranear. No sabes lo que es el veraneo, para la gente es como una religión, si no veranean se les cae el mundo encima. Éste es un país de despendolados y derrochadores, se lamentaba mi padre. Pensé alguna solución. No sé, quizá pueda encontrar a alguien que te ayude por un pequeño sueldo, un amigo. Pero mi padre me detuvo con un gesto seco. Déjate de organizarme mi vida, tú vete y yo me las arreglaré como pueda en estas seis semanas de escayola. Sin conducir, sin poder cargar las carteras, sin poder cocinarme y ni siquiera desabotonarme para mear, buen panorama me espera, pero son las pruebas que nos manda el Señor, clamó en su papel de víctima.

Esa noche hablé con Gus. Que le den por culo a tu padre, no me jodas, es Londres. Quizá podamos retrasarlo a agosto, propuse. En agosto tenemos que ensayar para meternos a grabar y aquello estará lleno de turistas, yo no me voy a Londres para encontrarme a la señorita Angelines en Piccadilly. Parecía claro que Gus no iba a cambiar las fechas del viaje. Y decidí que aquello no podía ofenderme. Está bien, id vosotros dos, yo tengo que quedarme con mi padre.

155

Gus y yo éramos íntimos al margen de las demostraciones de fuerza y las discusiones. La amistad no nos exigía, sino que nos relajaba. Nunca nos sentíamos agraviados por un gesto del otro o reclamábamos demostraciones de complicidad. No le pidas a tu amigo algo que tu amigo no puede darte y tendrás amigo durante muchos años. Nunca intercambiamos la sangre de nuestros pulgares. Creo que Gus y yo aprendimos a tratarnos como profesionales que trabajaban juntos antes de que llegáramos a ser profesionales. Nos unía una pasión y eso era suficiente. Cuando alguien nos felicitaba por «Exceso de felicidad», sobre todo después de ganar el concurso, siempre había un interés mezquino por saber si la canción era de Gus o mía, pero él corregía el disparo, la canción es de todos. En este grupo todo es de todos menos el glamour, que es sólo mío.

Cuando Gus murió pasé años enredado en la culpa. Estaba convencido de que si yo hubiera impuesto una convivencia más estable, un vínculo más profundo, nada de eso habría pasado. Durante años pensé que si cuando el Crack sacó la primera raya de coca para celebrar nuestra victoria no me hubiera limitado a rechazarla como hice, si hubiera insistido a Animal y Gus para que la rechazaran también, en lugar de decir a éstos les gusta probar de todo y desentenderme del asunto, quizá nada de lo que ocurrió después habría ocurrido. Yo habría podido ejercer mayor control sobre su entorno, sus sentimientos. Nos marcamos aquel respeto cómodo, la distancia pudorosa, y se me escapó. Olvidaba que una amistad más intensa y dependiente seguro que nos habría alejado antes al uno del otro, habría causado una ruptura abrupta. Pero no podía evitar la culpa, la misma que experimenté cuando sus hermanas me abrazaron en el entierro, pero ¿tú sabías en lo que andaba metido? O la mirada que me clavó la tía Milagros en

156

el tanatorio, Dani, tú tenías que cuidar de él, me lo prometiste, que tú cuidarías de él.

Gus y yo nos admirábamos. Una noche, después de un concierto penoso que dimos a pocos días de encerrarnos a grabar el primer disco, Bocanegra nos sometió a una curiosa prueba de fe. Habló a solas con cada uno de los dos. A Gus le dijo que yo no tenía ni encanto ni sentido del espectáculo, que era aburrido en escena, y que quizá fuera bueno que pensara en volar por sí mismo. A mí me explicó que había conocido a muchos artistas del pelaje de Gus, son divertidos, excesivos, simpáticos, pero están vacíos, en lo musical no aportan nada, y se convertirá en un lastre para tu carrera. Ambos le contestamos lo mismo, que nuestro único proyecto era estar juntos. Gus y yo lo comentamos entre nosotros, pero, en lugar de indignarnos con Bocanegra, su juego nos divirtió. Es el hijodeputa que necesitamos, ¿no? Sí, es el hijodeputa que estábamos esperando. Sí, es el hijodeputa que nos guiará a la tierra prometida.

Me disgustó que Gus y Animal se fueran sin mí a Londres. Durante años desgranaban anécdotas del viaje, esa extraña pareja que sin mí supo llevarse bien. Animal fue feliz entregado a las pintas de cerveza y las chicas borrachas. Y Gus fascinado por el glam y los locales de moda. Nunca abandonaron la influencia musical adquirida en aquel viaje, que más o menos resumían al indicar al ingeniero de sonido cuando algo no sonaba suficientemente *british*. ¿Y eso qué quiere decir?, preguntaban los técnicos. Alcohol, suciedad, grasa, niños abusados por padres pederastas, cintazos en la escuela y cerveza agria, resumía Gus. Y chicas borrachas, añadía Animal.

La aventura de su viaje contrastaba con el vía crucis que yo pasaba junto a mi padre. Verle trabajar era un es-

157

pectáculo. Llamaba a los porteros automáticos y jamás se presentaba con su nombre. Un hombre honrado, decía. Gente de paz, otras. Un buen cristiano, alguna. De inmediato era reconocido y la puerta se abría. Aceptaba el café o las pastas si se le ofrecían, a veces un vaso de agua o pasar al servicio. Opinaba sobre las cortinas nuevas, el reloj de pared, el método más práctico para mantener las casas frescas, las obras de la calle o la misa tan estupenda que había pronunciado el cura en el funeral de Alfonso, el de la gasolinera. Era confiado y hablador, sacaba el recibo y procedía a cobrarlo y devolver el cambio exacto sin mencionar en ningún momento el feo asunto del dinero.

Mi padre ejercía de supermercado ambulante, prestamista y consejero en aquel vecindario de la periferia. Le devolvían en pequeños plazos el precio total de una licuadora, un reloj, dos sortijas o un despertador. Para aquella gente humilde era alguien apreciado. Nunca trabajes para ricos, me advirtió. No conocen el sacrificio que cuesta ganar dinero. En cambio, la gente humilde jamás dejará de pagarte con puntualidad, para ellos es una cuestión de orgullo. En tal filosofía mi padre asentaba su negocio, y con el tiempo supe lo certero de su diagnóstico.

Tardé en entender que el verdadero mérito de mi padre no estaba sólo en entrar en las casas y cobrar una letra pese a carecer de un contrato legal o más compromiso que la palabra del comprador. Tampoco en vender el producto de la manera más hábil. La verdadera belleza de su labor residía en la manera de ganar la confianza ajena, su dedicación a cada cliente, por miserable que fuera el interés comercial. Ofrecía el lujo, el privilegio, la plenitud de un hombre de visita entregado y feliz. Años después comprendí que no había otra manera de entender la carrera en el negocio musical. El privilegio que te concedían al escu-

158

charte, al dejarte entrar en sus vidas, en sus casas, en sus coches, en su mañana de ejercicio, en su escucha nocturna antes de dormir, era un favor que debías devolver con pura entrega. Mi oficio era una prolongación del oficio ambulante de mi padre. ¿Eso se hereda?

La clientela le comentaba sus problemas familiares, laborales, escolares. Y mi padre no dejaba un hogar sin solución ponderada y a la medida. Regalaba consejos cargados de sentido común. Era capaz de indicar los estudios correctos para una hija, la carrera con más salidas, de tomarse la molestia de preguntar en la obra cercana o en el mercado si alguien podía emplear al hijo o la hija de alguna clienta que se había quedado en paro, recomendar moderación en un conflicto familiar, solidarizarse con el doliente en un descalabro sentimental, consolar después de una desaparición y establecer una tregua entre partes enfrentadas. Era el evangelista de una religión en la que todo podía resolverse con el tino de una sabiduría humilde. Era un quijote sanchopancificador, la mezcla exacta de las dos complejidades españolas, el hombre perfecto, el mito de visita. Ah, si mi marido fuera como usted. Ah, si mis padres pensaran como usted. Ah, si mi difunto esposo hubiera sabido lo que sabe usted.

Pero ésa no, calamidad, la otra cartera, me reprendía a mí, en cambio, durante cualquier visita en la que yo tenía que abrir el muestrario de pequeña joyería portátil. Más que ayudar, me entorpece, tardo el doble con él hasta para abrirme la bragueta, les decía a las clientas. Tanto estudiar y luego resulta que de la vida real no saben ni de la misa la mitad. Pero si es un encanto, terciaba alguna, menudo chaval más bueno le ha salido. No me quejo, no, no me quejo, que mi trabajo me ha costado llevarle por el camino recto y ya si se cortara el pelo sería fenomenal, pero no me va a dar esa alegría. Si ahora a los chavales les gusta llevarlo así, no se enfade por eso. Ayuda a recoger esas tazas, me gritaba para dejarme en evidencia en otra casa donde nos habían invitado a un café. Esto me pasa por haber sido padre tan tarde, explicaba en un quinto sin ascensor al que yo llegaba arrastrándome tras otra exhibición de su poderío físico consistente en trepar las escaleras de dos en dos y llegar antes que yo como si le fuera la vida en ello. Me ha nacido cansado el muchacho. Era la rutina con la que me mortificaba desde por la mañana. Vamos, que parece que has nacido cansado.

Hacia la una del mediodía ya aceptábamos los refrigerios con que nos agasajaban en las casas y terminábamos en algún restaurante de la zona, donde mi padre daba una cabezada hojeando el *ABC,* con sus portadas de escándalo por la deriva de un país sin timón autoritario. Eran jornadas insoportables que mi padre podía prolongar hasta las diez de la noche sólo para castigarme a mí, porque cuando yo no le acompañaba siempre regresaba a casa más temprano para cumplir con el paseo a mi madre. Había algo de marcarme a fuego, de desbravarme como a un caballo salvaje. Ahora ya sabes lo que cuesta ganar cada peseta que tú malgastas, me decía de vuelta a casa.

Andábamos y desandábamos barrios feos de edificios sin lustre ni armonía. Acostumbrado a trabajar en solitario, sólo sabía ser conmigo autoritario, caprichoso e impertinente. A ratos cruzar los semáforos en rojo era una obligación, vamos, que aún nos da tiempo a pasar, pero no ves que no viene nadie, ¿a qué esperas, a que nos den las uvas? En otro momento era un delito, ¿pero no te das cuenta de que está rojo, qué crees, que los semáforos están de adorno? Si no se respetan las señales de tráfico te juegas la vida, ¿sabes cuánta gente muere atropellada al mes en Madrid?

160

El momento culminante tuvo lugar con la visita a Concha, la prima de Consuelito la de Vargas el bodeguero. La manera tradicional de referirse a los clientes era por ese método aproximativo. Petra, la del segundo encima de la panadería; los Arroyo, donde la finca del Gumersindo; la coja del ventero, frente a los Corrochano; la del ojo tuerto esquina con la mercería. Nadie tenía un nombre a secas, hasta Clotaldo, el del bar de abajo de casa donde comíamos a menudo, era Clotaldo el del bar de abajo, aunque dicho por mi padre sonaba mejor, Clotaldoldelbardeabajo. A veces yo me imaginaba que se referiría a mí como el inútil del cuarto al fondo del pasillo o el abotargado de la hora de comer.

Concha, la prima de Consuelito la de Vargas el bodeguero, sufría una gripe de verano cuando mi padre y yo llegamos a su piso. Nos recibió en bata de felpa algo deshilachada. Es sólo un constipado de verano, se excusó ella. Pero mi padre también ejercía de visitante médico. A ver, hágame caso, ponga agua a hervir y tráigame dos dientes de ajo. Ay, déjelo, de verdad, insistió la mujer, si ni ajos tengo, que no he podido hacer la compra desde anteayer. Y ya me estoy tomando las medicinas. Déjese de medicinas y zarandajas, mi padre se sacó mil pesetas y me mandó al mercado para que trajera ajos y cualquier otra cosa de primera necesidad que a la señora le hiciera falta. Bueno, ya que va, que me traiga media docena de huevos, tres tomates, dos pepinos rojos y una lechuga, dijo Concha, la prima de Consuelito la de Vargas el bodeguero.

Pero, papá, me iba a quejar yo, cuando fui cortado al instante. Ni pero papá ni pero popó, te vas ahora mismo, ¿no ves la sudada que tiene esta pobre mujer encima?, si debe rondar los treinta y ocho de fiebre. Caía un sol de martirio y nadie se había tomado la molestia de indicarme dón-

161

de estaba el mercado, así que vagué por las calles hasta preguntar a alguien. Aquí mercado no hay, a lo mejor se refiere al súper, pero está un poco lejos para ir andando. Consideré que, pasado un tiempo prudencial, podía regresar al portal aunque fuera con las manos vacías. Mi padre sospechó, si no traes los ajos o vas a poner cualquier excusa mejor ni se te ocurra volver. No es eso, es que no sé dónde ir a comprar. Por el telefonillo de la calle se podía oír con claridad la voz de mi padre, pero este chico es bobo, de verdad, qué desesperación, me está dando el mes con lo de la fractura. Concha, la prima de Consuelito la de Vargas el bodeguero, habló por encima de la voz de mi padre para indicarme una pequeña tienda cercana. Bajo la bofetada plana del calor de mediodía enfilé según sus indicaciones. Me imaginé a Gus y a Animal sentados a tomar unas pintas de cerveza en el fresco acogedor de un pub mientras charlaban con Elvis Costello o Joe Strummer o Nick Lowe o comían acelgas con Morrisey.

Pero tú eres tonto de capirote, así me recibió mi padre cuando le entregué la ristra de ajos y el resto de la comanda para Concha, la prima de Consuelito la de Vargas el bodeguero. Desgraciado, si has comprado toda la cosecha de ajos del año, qué me traes aquí, si te dije que con una pizquinina me bastaba, y además éstos son malos y no valen nada, mira tú, velay, si están huecos, calamidad, de verdad que para hacer las cosas a mala gana mejor no hacerlas, si lo llego a saber voy yo.

Pues haber ido tú, joder, que estoy hasta los cojones.

Y salí del domicilio de Concha, la prima de Consuelito la de Vargas el bodeguero, tras dar un portazo de indignación. Esperé a que bajara mi padre después de administrarle su brebaje milagroso para el constipado a la pobre clienta. Luego, desde allí iríamos a ver a la del ojo tuerto esquina con la mercería, que era una anciana con el ojo de cristal.

162

Mi padre se demoró en bajar. Pisó la calle con la cartera de los muestrarios sin volverse hacia mí. Así que me levanté y seguí sus pasos. Deja, papá, ya llevo yo las carteras.

Te parecerá bonito humillarme así delante de la gente que me conoce. Tragué saliva. ¿Y a mí sí, a mí sí puedes humillarme cuando te dé la gana?, le recriminé. Yo no te humillo, me respondió encarado conmigo, que me había vuelto a colgar en los hombros las pesadas carteras con los muestrarios. Lo que me desespera es ver lo inútil que eres, que no sabes ni manejarte ni comportarte. Estoy intentando que aprendas algo en estos días a mi lado y lo único que veo es una cara de amargado y triste. Venga, papá, déjalo, de verdad. ¿Que lo deje?, eres tú el que lo tienes que dejar, que no vales para nada, que eres un gañán y un vividor, un vago y un farsante, con tu musiquita y tus memeces de aficionado, que me tienes hasta la coronilla, ¿qué te crees? Papá, no seas coñazo, bastó que dijera eso para que mi padre me diera un bofetón con su mano firme y rocosa.

Lo que más dolió no fue la bofetada. Dolieron los dieciocho años aguantándole, estar muerto de calor mientras mis dos mejores amigos andaban en Londres, donde yo tendría que haber estado con ellos. Dolió porque yo soñaba con estar subido a un escenario, convencido de que mi destino estaba frente a un público entregado que coreara mis canciones y no comprándole ajos y pimientos a Concha, la prima de Consuelito la de Vargas el bodeguero. Dolió porque fueron testigos de la bofetada tres chavales que cruzaban en bici y se rieron con un toma hostia. Dolió porque me obligaba a alejarme de él, tenía que hacerlo, así que eché a correr en dirección contraria tras abandonar sus carteras en la acera. Y lo que más dolió fue saber que ya no habría más broncas entre nosotros, que aquélla había sido la última.

Agua, sé cuerda de mi guitarra, era un verso de Darwish que musicamos para un proyecto solidario que se regalaba con algún periódico durante la enésima crisis humanitaria en Oriente Medio. Hubo un momento en que disfrutaba con las colaboraciones, produje a algún artista nuevo y me prestaba a festivales y encargos por el placer de conocer gente, tocar con desconocidos, recaudar fondos o prestar voz a causas perdidas. El agua aparece de manera natural en muchas de mis canciones, y si echo la vista atrás es un elemento decisivo en mi vida. Surgió muy temprano en mis fantasías, no ya sólo referido al empeño de don Aniceto para que nos sumergiéramos en la guitarra como en el agua, sino asociado al placer, el erotismo, la sabiduría, el paso del tiempo. Dicen que la experiencia anfibia dentro del vientre de la madre se revive cada vez que nos relacionamos con el líquido. La envoltura de la placenta tiene fama de ser el paraíso perdido, y así lo creía hasta que nació mi hija con tortícolis muscular congénita, por haber estado forzada a una postura incómoda en el vientre de su madre. Ese día comprendí que no hay lugar perfecto para el ser humano. Su destino es acomodarse a las circunstancias por penosas que sean.

También del agua surgió Oliva. Tras la discusión con mi padre me fui a vivir con Fran. Uno de sus compañeros de piso no volvería en todo el verano y allí podía quedarme sin problemas. Cogí algo de ropa y rescaté el carnet falso para colarme en la piscina de la EMT, y así los días en que apretaba el calor me escapaba un rato a media tarde. Mi amigo Enrique ese año estaba fuera estudiando un máster en Ingeniería, aunque acabó por montar un bar, pero yo agarraba la toalla y el bañador, a veces la guitarra, y me iba a la piscina a estar solo, a pasar el rato dentro del agua y tirado al fresco del césped, en el rincón más solitario del recinto. Elena había encontrado una víctima sobre la que verter su generoso amor, y aunque el resentimiento le impedía saludarme, la veía de lejos besuquearse con un noviete.

Oliva dirigía los cursillos de natación para chavales. Antes de descubrirla, escuché su nombre gritado una y mil veces por las voces infantiles. Oliva, Oliva, Oliva. La solicitaban para todo y la busqué entre los bañistas, en el espacio acotado de la piscina para las clases infantiles. Cuando la vi por primera vez me pareció tan firme, tan poderosa, tan segura de sí misma que preferí mantenerme distante. Paseaba con su pelo negro y rizado recogido en una coleta firme. Llevaba un bañador de nadadora que dejaba ver el cuerpo atlético con hombros robustos y brazos poderosos. Siempre iba descalza, incluso por la hierba o el suelo de terrazo del bar, y arrastraba los elementos de corcho flotante que necesitaba para las clases. Alguna vez me vio mirarla y siempre tuvo la misma respuesta, una sonrisa confiada, la misma que les dirigía a todos en la piscina. No coqueteaba, su compañía eran siempre los niños a los que dirigía desde el borde de la piscina. Sus pies se estiraban de puntillas, sus piernas se alargaban firmes para terminar en los muslos poderosos. No se colocaba pareos ni pantaloncitos como las demás chicas, no parecía importarle que el bañador se fugara hacia los pliegues de su cuerpo y regalara de tanto en tanto un glúteo a la vista de todos, en especial a la mía, que festejaba el instante con alborozo. Se sacudía el pelo después de un baño soltándose la coleta y en ese gesto irrumpía la primavera en pleno verano. Se secaba siempre al sol, aunque exhibía un bronceado sin los desmanes de otras mujeres. Se deslizaba alrededor de las instalaciones

165

con naturalidad, como un pez de colores en su elemento natural.

Sus cursillos tenían tanto éxito que daba clase a otro grupo de niños a última hora de la tarde, cuando el sol empezaba a bajar. Al terminar y sacarlos a todos del agua se daba un último baño a placer, casi para ella sola, a modo de premio de final de jornada. Yo planificaba mis tardes para coincidir con esa última hora. Uno de los niños a los que Oliva daba clase era un gordito voceras al que todos llamaban Foskitos. Una tarde se resbaló delante de mí y se hirió la rodilla. Había salido a comerse uno de los bollos que tragaba a todas horas y comenzó a chillar, asustado por la sangre. Me levanté a recogerlo y le mojé la herida con mi botella de agua, ya verás, no pasa nada, le consolé. Duele, duele mucho, gritaba él. Al llorar, un enorme moco verde le caía de la nariz y se prolongaba eterno casi hasta el suelo. Oliva vino hacia nosotros. Cuando se acercaba, se quitó las gafas de sol y sentí un escalofrío. Descubrí unos ojos brillantes y tan especiales que no parecían hechos para mirar sino para ser mirados. Examinó la herida de la rodilla y calmó al chaval antes de soplar con levedad. Vuelvo en un segundo, dijo, y se alejó.

Regresó con unas gasas y el bote de alcohol yodado que dejó la rodilla de Foskitos de color ladrillo. Es sólo un refrotón, le dijo, venga, no llores más. Y le arrancó el moco enorme como una liana con sus propias manos y luego se limpió en una de las gasas del botiquín. ¿Cómo había sido capaz de hacer eso con tal naturalidad? Y no te bañes hasta mañana, eh. Nos levantamos del suelo y me dio las gracias. De nada. Los demás niños la llamaban desde la piscina, le gritaban para que volviera con ellos. Y yo, que también hubiera querido gritar, pero lo contrario, quédate conmigo, no te vayas, no podía competir con ellos y su vocerío.

166

Menos mal que tienes un nombre bonito, le dije. Te lo van a gastar. Era cierto. A todas horas se escuchaban los gritos de los niños, Oliva, Oliva, Oliva, Oliva esto, Oliva lo otro, Oliva me dice, Oliva no quiere, ahí viene Oliva, que era para mí la mejor noticia de la tarde. Oliva se rió y se rascó cerca de la nuca bajo los rizos. En el cole se reían de mí, no creas. Luego se alejó y volvió con los niños al agua.

Cuando terminó su clase volvió a pasar cerca de mí y sonrió de nuevo de manera más amplia que otras veces. Descubrí una ligera diastema en sus incisivos superiores, una auténtica obra de arte. Antes de irse, se acuclilló frente al gordo Foskitos y le dijo algo al oído. Se quedó mirando sin moverse mientras el niño caminaba hasta mí y me hablaba. Que dice Oliva que te diga que muchas gracias por curarme antes. Dile a Oliva que es la mujer más hermosa que he visto en todos los días de mi vida y que si por favor haría el favor de enamorarse de mí inmediatamente, eso es lo que quería decirle. Pero no lo dije. La miré a ella, que comprobaba si el niño había cumplido el encargo. A mí también me gustaría tener una profesora de natación así, le dije. El niño, descarado, volvió corriendo hacia ella mientras gritaba, dice que quiere que también le des clases de natación a él. Era una broma, me excusé con torpeza desde la distancia. Por mí cuando quieras, gritó ella antes de irse.

Al día siguiente se quedó después de la clase para darse el baño a solas. Yo leía un libro sin enterarme de nada, cada línea me llevaba de vuelta a Oliva con una mirada furtiva hacia su estela dentro del agua. Cuando pasó por delante de mí camino del vestuario bromeó. ¿Y la clase de natación, cuándo la vamos a dar? Me quedé allí sentado con la mano posada en la planta del pie desnudo en un gesto que me pareció de tipo interesante. La clase no hace falta, pero si quieres nos tomamos algo. Si me esperas, me doy una ducha y salgo. En aquellos quince minutos eternos desfilaron por delante de mis ojos todos mis anhelos futuros. Fue el reverso a la experiencia de la muerte. Quizá la experiencia de la vida. La intensidad, las ilusiones, las fantasías, el deseo, los escenarios, la más agradable formulación del paso del tiempo. La frenética iluminación del amor. La atómica potencia de enamorarse.

la atómica potencia de enamorarse

Si hubo seducción, si es que alguna vez la hay, la mía con Oliva avanzó lenta y ceremoniosa. Cuando Gus y Animal regresaron del viaje a Inglaterra ni les hablé de ella. Oliva era otro mundo que no quería mezclar con ellos. Animal lo reducía todo a algo ramplón. Sólo vibraba con las películas de kung-fu, en las que llegó a ser un experto. Las coreografías de brincos y estacazos por todo Hong Kong contrastaban con la pasividad panzuda de Animal desplomado en el sofá para degustarlas. Gus era capaz de despellejarlo todo, feroz crítico. No quería correr el riesgo de presentarles a Oliva y que demolieran mi fascinación. A Fran, en cambio, le había hablado de ella desde el día en que la descubrí y se reía de mis afligidos lamentos. Es todo dopamina, no le busques misterios al amor, me dijo, tu corazón está drogando a tu cerebro, me explicó con su fría cultura médica. Pero yo sólo evitaba acercarme a la piscina los fines de semana, cuando ella no daba clase y las instalaciones se abarrotaban de gente entregada a las estridencias estivales. El resto de los días robaba instantes para sentarnos juntos algún rato bajo los árboles, tomábamos una cerveza en la barra, a veces yo me bañaba para coincidir con ella en el último chapuzón. Me corregía la forma de dar los impulsos, imagínate que es una cuerda, que al nadar trepas por una cuerda, sólo eso. Luego me decía hoy no te has traído la guitarra, la verdad es que tienes una pinta con la guitarra, y se echaba a reír. ¿Sabes cómo te llama Foskitos? Asurancetúrix, tiene gracia el tío.

Oliva era física, tenía respuestas desconcertantes, un contrapunto descreído con todo, podía burlarse de ti después de decirte algo hermoso. Hablaba con todo su cuerpo como si el lenguaje fuera una demostración atlética, desde la punta de sus pies poderosos a sus dientes algo separados. A pesar de que me había puesto el mote del bardo pelmazo de Astérix, empecé a utilizar a Foskitos para mis nobles fines. Le daba un chicle y le decía pregúntale a Oliva si quiere otro. Dile a Oliva que si tiene un rato después me quedo a esperarla. Foskitos era mi mensajero, mi ángel de la anunciación, mi gordito relleno, glotón, gritón y torpe, pero tomé tanto cariño a ese niño que un día su madre, que era su fotocopia con treinta años más, me lo agradeció. Te ha cogido un cariño tremendo el chaval. Y yo a él, señora, yo a él. Era tanta mi cercanía con él que si llevaba la armónica que andaba tratando de aprender a tocar, le dejaba babeármela sólo para que Oliva viniera a buscarlo, Foskitos, no te distraigas que estamos en clase y vuelve a la piscina.

Me largo ya, hoy me he desencajado el hombro, no me tengo en pie, me agotan los niños, bastaba cualquier frase para que ella estirara todo el cuerpo al hablarme como una gata hermosa. Oliva tenía esa costumbre, que luego identifiqué en las bailarinas, de hablar contigo mientras hacía estiramientos. Pero ella se estiraba y todo era armonía atlética. Empujaba la puerta del bar, alcanzaba la cerveza, caminaba con su bolsa de deporte con la aeróbica belleza de un felino. Decía jo, hostias, guay y vale, y lo decía muchas veces. Pero se lo perdonaba porque en ocasiones se tocaba el labio superior con la punta de la lengua y me asaltaban unas ganas irreprimibles de besarla.

Hacía crujir las articulaciones de los dedos y yo le decía no hagas eso, por favor, me da grima. Y entonces se reía de mí y arañaba el yeso de la pared con la uña o pasaba un tenedor por el vaso de cerveza, y si alguna vez yo afeaba sus latiguillos al hablar, es horrible decir guay, me tomaba la mano, la ponía dentro de la suya y apretaba hasta que tenía que disculparme. Eran los instantes en los que se rompía la distancia física, pero yo no sabía interpretar nada de lo que sucedía entre nosotros, estaba convencido de que no me consideraba importante, amenazante, sólo era un encuentro de verano, un chaval de la piscina. Tenía sólo un año más que yo, pero conocía, después de mi experiencia con Olga, la enorme distancia que eso podía significar.

Oye, Foskitos, ¿tú sabes si Oliva tiene novio?, me atreví a preguntarle un día al gordito correveidile mientras se zampaba mi bolsa de patatas fritas a manotadas. ¿Novio? Tenía uno el año pasado, un chulo. Pero ahora ya no viene. Se quedó callado, sin proporcionarme más información. Estuve a punto de sacudirle un guantazo para que soltara todo lo que sabía. Pero de pronto me sonrió con esa sorna infantil de crío libre. Ahora le gustas tú. Me atraganté con mi propia saliva. Le quité la bolsa de patatas y lo atenacé por el cuello. Cuéntame ahora mismo qué te ha dicho. El chaval se defendió, a mí no me ha dicho nada, pero la oí hablar con sus amigas. Sus amigas eran un grupo de chicas con las que a veces merendaba en la barra, ruidosas y sin demasiado interés. Una le preguntó, no sé, se burló de ella porque le dijo que últimamente charlaba mucho contigo, confesó el niño. Quise que me reprodujera exacta

170

aquella conversación entre Oliva y su amiga. Yo qué sé, no oí bien porque me estaba tomando el Cacaolat. Pero ¿qué dijo ella? Foskitos, por favor, haz memoria. No, es que la otra le preguntó que si tú no le habías entrado o tirado los tejos, no sé. El caso es que Oliva contestó que tú seguro que tenías novia, porque nunca le pedías salir ni nada.

Aún tardé dos días en besarla en la calle. Y necesité seis cervezas para cobrar el valor. Antes le dije que no tenía novia, que tocaba en un grupo, que íbamos a grabar nuestro primer disco, que todo había empezado en el colegio, que me había fugado de casa porque no soportaba a mi padre, que mi madre estaba enferma y sin memoria, que vivía instalado en el piso de un amigo, que pensaba alquilarme un sitio para mí, que tenía grandes planes para el futuro, que nadie iba a pararme, que algún día tocaría dos noches seguidas en la plaza de las Ventas llena a rebosar, que en dos semanas cumpliría diecinueve años, le conté todo eso, le conté mi vida entera, y cuando ya no me quedaba nada más por decir, añadí que era la mujer más hermosa que había conocido en mi vida.

No será para tanto, me respondió con una mirada luminosa pero burlona. Era para tanto.

la gata que juega al ajedrez

La gata que juega al ajedrez, me dijo Gus. A eso me recuerda Oliva. Hacía meses que los había presentado y se cayeron bien, pero ésa fue la primera vez que me comentó algo sobre ella. ¿Sabes lo que quiero decir?, me preguntó. Mis hermanas tenían una gata en casa y a la gata lo que más le gustaba era saltar sobre el tablero de ajedrez cuando estaban jugando. La gata al principio caminaba entre las piezas, cuidadosa, sin derribar ninguna, como si supiera introducirse en el secreto del juego, me explicó Gus. Hasta que se adueñaba del tablero y con dos zarpazos y el latigazo de su cola les tiraba todas las fichas y tenían que cancelar la partida. Negué con la cabeza y sonreí. ¿Qué quieres decir, Gus?, le pregunté. Pero yo sabía lo que quería decir. Entendí que su miedo, que también era el mío, le llevaba a pensar que más pronto que tarde también Oliva rompería nuestro juego, desordenaría nuestro damero, impondría el capricho de sus propias reglas, que el amor era una amenaza para el grupo. La gata que juega al ajedrez, recordaba yo siempre la imagen de Gus.

Oliva me acompañó a preparar una maleta para trasladarme a vivir con ella. ¿Vives en una calle sin salida?, se sorprendió al llegar al portal. Ahora lo entiendo todo. Mi padre se encontró con nosotros porque volvió de trabajar un poco antes de la hora para sacar a mi madre en su paseo de la tarde. Oliva y mi madre se habían mirado, nada más, no supe entonces cómo hacer las presentaciones. Estábamos a principios de noviembre, yo ya me había reconciliado con mi padre aunque guardábamos una distancia de precaución parecida a la que se interpone entre los graderíos rivales en el fútbol. Llevaba cuatro meses saliendo con Oliva. Fue ella la que me propuso que alquiláramos su piso entre los dos, una de sus compañeras lo dejaba y yo disponía de dinero irregular que entraba con las actuaciones y ella trabajaba los fines de semana de camarera en el Friday's. Era un piso pequeño en Aluche del que no tardaríamos en mudarnos, pero sería ya siempre nuestro primer y cochambroso hogar memorable. Papá, te presento a Oliva. ¿Vais juntos a clase?, preguntó él. Mi padre ignoraba que yo apenas pisaba la facultad. No, soy su novia, dijo Oliva a bocajarro. ¿Su novia?, mi padre se echó a reír con cierto escepticismo. ¿Querrás decir otra cosa, una amiguita especial, no sé, un ligue que decís ahora? No, quiero decir su novia. Le había hablado lo suficiente a Oliva de mi padre, de su carácter, de mis peleas con él como para que ella adoptara ese tono basado en el principio estratégico de que no hay mejor defensa que un buen ataque.

Mi padre la adoró desde aquel momento inicial. Era fácil que sucediera. Tenía todo lo que él podía admirar en una chica. Era alegre, descarada, deportista y hermosa. Lo más sorprendente es que Oliva encontró a mi padre encantador, tierno y afable. No tienes más que escuchar cómo le habla a tu madre, me dijo cuando protesté por haberse dejado engatusar tan fácilmente por él. Y a ti te adora, no hay más que verlo, se ha puesto celoso conmigo porque cree que te voy a robar de su lado, me dijo Oliva con inocencia. Yo ladeé la cabeza, me parece que ha sido al revés, se ha puesto celoso conmigo, ¿no te has dado cuenta de cómo te tiraba los tejos? No seas bobo, ha sido un sol de hombre, Oliva usaba expresiones así de absurdas. Y tu madre es bellísima, aunque tú te pareces a tu padre.

Oliva y yo sometíamos a nuestras familias a una cierta competición de males. Ella era la única hermana de cinco chicos que le hicieron la vida incómoda pero que la habían endurecido, la habían liberado de cualquier atisbo de cursilería, y con los que compitió toda la vida en cada juego y en cada batalla infantil hasta que se fortaleció y logró esa mezcla de feminidad y virilidad que la hacía irresistible. Ganarles en las carreras, en la piscina, con la bici, fue la única manera de conseguir que me respetaran, me explicó. Me espiaban cada cajón del cuarto, ahuyentaban a los chicos que me gustaban, les pintaban bigote a mis muñecas y me rayaban mis vinilos porque no eran de AC/DC o de Led Zeppelin, la única música que permitían en casa. Tú eres hijo único y no tienes ni idea de lo que es vivir rodeada de hermanos. Para ella, en cambio, mis padres eran un maravilloso ejemplo de amor resistente al tiempo y la enfermedad. Los suyos no se soportaban. Mi madre llama a mi padre el señor ese, te lo juro, pregúntale al señor ese que si quiere más lentejas.

Esas conversaciones nos susurrábamos Oliva y yo en la cama incómoda de nuestro cuarto. El piso disfrutaba de las vistas más feas de Madrid. Por el lado interior daba a un patio mustio, húmedo y con malos olores donde tendían la ropa los vecinos en tan poco espacio que las bragas de una inquilina acariciaban los calzoncillos del de enfrente si se levantaba corriente. Por allí pasaban las bajantes de agua, que a veces con el ruido interrumpían la conversación. Había que callarse mientras se descargaba la cisterna del tipo del tercero. El resto de las ventanas daban a una vista desoladora de la boca de metro elevada de Aluche y la carretera entre el secarral. Me encantaba bromear y decir que aquellas vistas no eran más que una obligada compensación a la gloriosa experiencia de vivir con vistas a Oliva. Una de sus amigas, que estudiaba INEF con ella, se trasladó a vivir en uno de los cuartos que estaba libre cuando se peleó con su novio. Vera se convirtió en una especie de carabina nuestra. Había jugado durante años al balonmano, era bajita, muy fibrosa, y llevaba unas gafas de montura endiablada que le daban un aire definitivo de fea asumido sin pelea. Era simpática y habladora, y tenía un historial de lo más desgraciado en amores que enunciaba con gracia: salvo descuartizarme, los hombres me han hecho todas las maldades que conocen.

Oliva hacía el amor como nadaba. Con impulsos largos y atléticos, sustentados en la fuerza de sus brazos y de sus piernas. Era poderosa también en la intimidad. A veces con

174

la sola fuerza de los muslos me inmovilizaba y no me dejaba moverme de la cama para acudir al ensayo o las grabaciones del disco. Podría haberme robado toda la energía, tenía capacidad para ello, y sin embargo me la daba, la multiplicaba. Con ella al lado hice más cosas y a mayor ritmo que nunca en mi vida. Activaba un motor dentro de mí. No era contemplativa ni le gustaba reposar, estaba siempre en marcha, pero le enseñé a tumbarse boca abajo en el colchón y dejar que mi mano la acariciara en cada centímetro de la piel. A ratos pasaba la punta de mis dedos sobre las curvas de su perfil y le susurraba frases que nunca pensé que diría en voz alta. Hasta que se colocaba encima y enjugaba mi deseo con la sola fuerza de sus abdominales. Celebraba mis erecciones adueñándose de ellas con sus dedos firmes y terminaba por hacer conmigo lo que se le antojaba.

Venía a vernos a los conciertos de lanzamiento del primer disco, donde ya sonábamos, gracias a la contribución de Cuerpoperro en el bajo, como un grupo de fuerza. Cuando tocábamos se quedaba de pie apoyada en la barra del bar, y me sonreía en la distancia si yo la ubicaba con la mirada. ¿Sabes que eres muy distinto encima del escenario?, me dijo. Le cedes todo el protagonismo a Gus, pero te mantienes ahí como lo único sólido que sostiene al grupo, y esa definición de Oliva me llenaba de seguridad. A Gus le empezó a gustar Oliva, le sorprendía su fuerza y el enorme margen de independencia que me concedía. No es pesada ni se te sube encima, no es como esas novias mochila, te deja vivir, y tiene cuerpo de hombre, me parece que saca tu lado más gay. ¿Cuerpo de hombre?, me escandalizaba yo. Sí, mucho músculo, hombros grandes, piernas de atleta, es una chica fuerte, nada femenina. Tendrías que verla desnuda antes de decir gilipolleces así, me indignaba con él. Bueno, me encantaría que me invitaras, y luego corría hacia Oliva, tu novio me ha prometido que me va a invitar a hacer un trío con vosotros en la cama. Le divertía la vida de los conciertos, aunque no le gustaba trasnochar, era madrugadora. Cuando la llevaba al cine se dormía en mi hombro y se justificaba, eres el primer novio intelectual que tengo, que me lleva a conciertos, al cine, con los otros todo era descender en kayak por ríos salvajes, escalar en la Pedriza y planear rutas de senderismo en vacaciones. Y yo sentía una puntada de celos retrospectivos y de pánico a aburrirla con mis costumbres sedentarias, yo, que jamás tendría chándal ni botas de escalada y que nunca usé mis zapatillas para hacer deporte.

Cuando Gus me dijo es de esa clase de chicas que te pueden hacer sufrir mucho, lo tomé como un elogio, tantas veces nos decíamos él y yo que si una canción no podía terminar siendo un disparate vergonzante no merecía la pena comenzarla. Como todo en la vida, sólo lo que puede salir mal merece la pena intentarse. Había una seducción establecida entre ellos, un combate en el que ambos eran demasiado fuertes como para intimar, así que se observaban mientras guardaban la distancia. Animal en cambio la adoraba con transparencia. Compartían hasta la pasión por Bruce Lee, y ella trataba impenitente de enseñarle a golpear con el pie por encima del hombro de un rival imaginario. Bebe como un hombre, decía de ella Animal, sin ahorrarse la coda, aunque seguro que la chupa como toda una mujer.

Con ella al lado empecé a tantear la escritura de otro tipo de canciones. Quería hablar de mis nuevos sentimientos. Era tal la torpeza ingenua de mis versos que comencé a leer poesía de manera desordenada y febril. Primero, todo aquello que sonara a poesía moderna y transgresora, desde Rimbaud a Ginsberg, pero luego, recuperada la humildad de quien sólo pretende hacer canciones, me aficio-

176

né a rebuscar entre la poesía rimada, la solvencia de los antiguos clásicos castellanos para domar la lengua dura. Descubría rimas e imágenes que engendraban en mi cabeza versos propios. Me afrentaba que nuestras letras fueran infantiles y toscas, que carecieran de valor literario, por lo que, con rubor, entraba en las librerías de viejo y hojeaba entre los versos qué escritores podían abrir alguna senda más interesante que nuestro ombligo de jóvenes fiesteros. Carecía de referencias y de cultura tras una educación deficiente. Cuando me sentaba a escribir, las palabras me pesaban como el plomo. El castellano era complicado para la música, y muchos grupos preferían el inglés para no lidiar con esos chasquidos de nuestro idioma y sonar más parecido a los grupos que oían a diario.

Las lecturas me ayudaron a comprender que la rima, la métrica exigida por la melodía, el corsé de una canción no eran restricciones, sino los márgenes de la parcela donde tenía que desarrollar la labor. Los límites creaban ese espacio concreto donde meter mis impresiones, las dimensiones de mi campo de batalla. Elegía para leer a Oliva, que apenas leía, los más hermosos fragmentos de otros, al tiempo que le transmitía mi desesperación para lograr escribir letras decentes. Tú tienes que encontrar tu forma de decir las cosas, me consolaba ella, al final la forma de hablar es como la forma de follar, da igual cómo lo hagas si haces disfrutar al otro.

A Oliva no le podía decir te quiero, porque se burlaba con una musiquilla romántica de banda sonora cursi mientras mimaba violines desaforados. Decías te quiero y se ponía a tararear la melodía de *Love Story*. A Oliva no le podía decir te echo de menos o me gusta mirarte, porque se llevaba las dos manos al corazón como un personaje de Disney. Si elogiaba sus ojos únicos, se echaba a reír, eso son las lentillas, idiota. A Oliva no podía acariciarla sin que se lanzara sobre mí a someterme. A Oliva le gustaba zanjar las discusiones con un pulso. El que gane tiene razón. El que gane decide lo que hacemos esta noche. El que gane elige el postre. El que gane no friega los platos. Ganaba siempre ella. Ganaba siempre ella todos los pulsos. Le gustaba morderme el cuello y los brazos y dejarme una marca o un morado, que luego fingía descubrir cuando estábamos con amigos y señalaba con un grito, ¿quién te ha hecho eso? A Oliva le gustaba hacer, siempre hacer, le daba miedo que el mundo se detuviera por nuestra inactividad. En eso me llevaba la contraria, mi deporte era dejar para mañana lo que podría hacer hoy. A Oliva le gustaba que al correrme gimiera en voz alta, pero ella no gritaba jamás. Si se lo reprochaba se justificaba. Está Vera al lado, no es de buen gusto disfrutar mucho cuando tu amiga anda sin novio. A Oliva le gustaba apretarme fuerte el escroto cuando me corría y sacarme hasta la última gota de semen, pareces la dueña tacaña de un banco de esperma, le decía yo. A Oliva no le gustaba el sexo oral, no sé, tío, ya sé que da gusto, pero no es para mí, ¿te molesta? A mí me daba todo igual, porque me gustaba todo de ella. Cuando le escribí la primera canción,

   todas las cosas que no te dejas decir
   te las digo cuando no estás escuchando,
se sintió honrada, pero no pudo evitar añadir, con un suspiro, ésa no soy yo. Le molestaba acaso mi invención del amor, en la que ella fue pieza sustancial. Era tan inteligente que se adelantaba a mi drama, Dani, lo malo de idealizar las cosas es que un día desfallezcas en tu empeño,

   todas las cosas que no te dejas hacer
   te las hago cuando estás soñando,
y aunque fue la primera canción sincera escrita sin miedo a que se rieran de mí cuando la interpretara en público,

178

ella balanceaba la cabeza y bromeaba, dura como le habían enseñado a ser desde niña. Dani, eres un cursi incurable,
eres todas las cosas,
todas las cosas que existen,
y también aquellas que nadie ve,
y Gus doblaba la segunda voz, muy nítida y aguda repitiendo el eres todas las cosas, y funcionaba tan bien entre el resto de las canciones, más divertidas que atinadas. Así que nos ponemos tiernos, dijo Animal la primera vez que la ensayamos, y apartó las baquetas para tomar las escobillas, lo que en él fue un gesto emocionante. A mí me gusta, añadió Cuerpoperro, que acababa de dejar embarazada a su novia y pasaba por vaivenes entre el pavor y el éxtasis. Aún retocábamos las canciones en el estudio y manejamos «Todas las cosas» como si fuera un material inflamable y peligroso. Al terminar de mezclarla para que sonara como nuestro «Neil Jung», Gus se volvió hacia mí desde el multipistas, ¿le gustará a tu fiera? Así llamaba a Oliva a menudo, mi fiera.

mi fiera

Jairo apreció el paisaje que nos rodeaba. Es feo pero es bonito, no sé si me entiendes, dijo. Claro que le entendía. En algún pueblo polvoriento que habíamos dejado atrás al pasar con el coche fúnebre pensé que si un paisaje así hubiera gozado de la potencia propagandística de las películas de Hollywood, ahora sería una estampa icónica, mitificada por todos. Pero sólo había tierra dura. No había llaneros solitarios, sino tractores con remolque. Miré por la ventanilla. Los palomares y los silos derruidos, otro pueblo fantasma, incluso la fina ironía de un río llamado

179

Seco y de otro llamado Sequillo, con el cauce poblado de juncos salvajes. Ésos son los ríos más traicioneros, me explicaba mi padre, que recordaba alguna inundación por la zona, porque los meandros se atoran y cuando llueve no corre el agua y se desbordan los galachos. Era otra demostración de que el pasado vuelve a fluir por su cauce aunque esté borrado en la superficie.

Mi padre decidió que había llegado el momento de ingresar a mi madre y que fuera atendida por profesionales, vigilada a toda hora, protegida de sí misma. Superó la culpa de condenarla a la reclusión cuando ella se causaba daños que mi padre ya no era capaz de refrenar. Amar no era suficiente. A su manera, mi padre me recriminaba las ausencias. Ya no vivía con ellos, pero tampoco cumplía con las visitas semanales, volcado en las actuaciones, los viajes, la convivencia con Oliva. Era ella quien más me insistía en que pasara a ver a mi madre, pero mi egoísmo ya estaba fabricando su catedral, y con veinte años recién cumplidos empezaba a navegar en la ola más alta de mí mismo. Mi padre quiso consultar conmigo la decisión, aunque la conversación sirvió más que nada para echarme en cara el abandono, tan feo es una madre que abandona a un hijo como un hijo que abandona a una madre, me dijo. Cuando yo falte, Dani, tú tendrás que ocuparte de ella.

Los últimos días que mi madre vivió en su propia casa, antes de que hiciéramos efectivo el ingreso en una residencia, fui a pasar con ella tardes enteras. Le daba la cena a cucharaditas y sentía la extrañeza del niño que da de comer a su madre y la limpia y la cambia para ponerla a dormir. ¿No tenía que ser al revés? Me llevaba la guitarra y tocaba, como había hecho durante horas en la adolescencia, cuando ya sus ojos eran una atenta desatención. Casi de manera intuitiva mi madre sabía fingir aún estar escuchando, la apariencia de normalidad. Le ponía la música que le gustaba. Canciones de Amália Rodrigues, de Concha Piquer o de María Dolores Pradera. En la última tarde sonaba «Extraña forma de vida», puede que una de las canciones más hermosas nunca escritas, y Oliva se sentó junto a nosotros, para escucharla por primera vez en esa voz prodigiosa y elegante,

si no sabes adónde vas,

¿por qué insistes en correr?

Cada vez que mi padre nos visitaba en el piso cerca de la glorieta de Bilbao adonde me mudé con Oliva, era ella la que se entretenía en comentar con él hasta la marcha de su negocio mientras yo huía a aislarme. Ambos convenían en que los grandes almacenes hundirían al pequeño comercio y con ellos se liquidaría una forma de vivir. Eso y las tarjetas de crédito, mi padre odiaba las tarjetas de crédito, sostenía que no ver físicamente el dinero condenaba a las personas a gastarlo sin prudencia. A ella le venía el odio al gran comercio por los meses en que había trabajado en Galerías Preciados, donde tuvo un jefe muy devoto que, sin embargo, la acosaba. También lidió con un exhibicionista que la llamaba a los probadores para mostrarse desnudo ante ella. Daba más lástima que asco, recordaba ella con ternura.

El deporte nos distanciaba, pero acabé por ganar yo la batalla con mi pereza, nuestras bicicletas se oxidaron en el pasillo junto a la entrada, apenas utilizadas. Oliva dejó de estudiar INEF y se matriculó en educación especial, aunque trabajaba de monitora de deportes durante el año. Entrenaba a un equipo de baloncesto de niñas y varias mañanas de sábado me acerqué a verla dirigir el caos al pie de cancha. Antes de comenzar los partidos, con todas las niñas reunidas a su alrededor en una piña, proferían el grito de motivación y guerra: ganar, ganar, ganar. Cuando regresaba a casa después de los partidos, si yo no había ido con ella, le preguntaba ¿qué habéis hecho hoy?, y siempre decía, con media sonrisa, perder, perder, perder.

Nosotros también gritábamos juntos antes de salir a escena. Poníamos las manos sobre las manos de Gus y él gritaba cada noche una consigna distinta. Para mí era suficiente deporte subirme al escenario y aguantar el ritmo de Gus, los saltos en medio del humo y el calor, la parte festiva y circense del grupo. A veces perdía hasta dos kilos en un concierto, sudado y vencido al terminar.

El segundo disco, *Chicas raras,* tomaba el título de una canción que habíamos compuesto entre Gus y yo, en la que se sentenciaba que las chicas raras eran cada vez más normales. Bocanegra se mostraba convencido de que ser un grupo para público femenino era una fortuna. Ellas consumen, son fieles, no se pasan de listas, sólo ofrecen ventajas frente al cainismo de los hombres. Nos empujaba a disfrutar de la última bocanada del fenómeno fan y a dejarnos querer por nuestras seguidoras. Era improbable que alguien con la exuberancia de Gus pudiera satisfacer los ideales de las chicas, pero las canciones eran ligeras y al mirar afuera del escenario encontraba una abrumadora mayoría femenina que bailaba feliz. Gus quería que tocáramos siempre vestidos de traje y corbata y en ocasiones señaladas lo lograba, salíamos convertidos en una versión desastrada de Ultravox o Roxy Music.

Gus, sin embargo, sabía enfrentarse a Bocanegra y a nuestro mánager, Renán. Se había negado a que actuáramos en la televisión, sostenía que era cierta la superstición de que ser grabado te robaba el alma. Y si además hay que salir haciendo playback, te roban el alma y la dignidad al mismo tiempo, decía. Habíamos aceptado en varias ocasiones, y era tan ridícula la puesta en escena que, en un programa de aire juvenil, Animal se empeñó en tocar con dos barras de pan en lugar de con las baquetas. Bocanegra no lo entendía, salir en la tele era un caramelo demasiado deseado, por lo que impusimos la condición de que si alguna vez nos invitaban tendría que ser en directo y con toda la banda. Así que aparecimos en un programa llamado *La tarde* y cantamos «La canción más tonta del mundo» porque era la que nos pedían en el canal, que prefería reafirmar un éxito seguro. Gus presentó la canción tras advertir que las cinco y media de la tarde no era hora de rock and roll y se la dedicó a todos los tontos que nos estuvieran escuchando. Yo ni hablé, muerto de pánico. La repercusión de salir en la tele a esa hora fue inmensa, de pronto nos reconocían en el portal o en algún bar, y las hermanas de Gus llamaron desde Ávila emocionadas. Mi padre lo vio sentado junto a mi madre y dijo que no entendió mucho la letra, estaban muy fuertes las guitarras, y tú cantabas demasiado lejos del micro, y además con ese pelo que te tapaba la cara, pero, bueno, Napoleón estaría orgulloso de vuestro arte para hacer ruido.

Se ampliaba el mapa de ciudades donde llegábamos a tocar, sumábamos fieles que asistían firmes a cada nueva actuación. Aunque fuimos insumisos al servicio militar obligatorio y participamos en protestas y conciertos para recaudar fondos por la causa, la política había perdido peso frente al dinero, así que el discurso promocional tenía que ser lúdico y sin sombras, pero Gus regalaba titulares como esa vez que dijo que la música española había sido el champú anticaspa de la nación. Las canciones le quitaron la mugre a este país, clamaba el periódico y debajo nuestra foto, con esa falsa naturalidad, saltando desde la barandilla de la terraza de un hotel de Valencia. En una radio le preguntaron por nuestras influencias y contestó que lo importante no era quién nos había influido a nosotros, sino a quién íbamos a influir nosotros. En un periódico nacional fuimos portada del suplemento juvenil, más tontaina que con fundamento, con esta frase de Gus: antes no sabíamos tocar pero ahora disimulamos mejor.

Me molestaba que entre tanta propaganda la música careciera de importancia. Me empeñaba en que las canciones sonaran cada vez mejor, en sofisticar los arreglos, encontraba en Animal un aliado, pero Gus estaba en el otro lado, inventando poses, declaraciones, posturas. Él comprendía mejor que nosotros el caldo en el que se cocinaba el nuevo país al que pertenecíamos. Siempre es fiesta en Villatontos. Gus nos recordaba las razones que nos habían llevado a tocar. Pasarlo bien, sacudirse el aburrimiento, no vamos a cambiar la historia de la música, Dani, me gritaba si me veía encerrarme en la cabina del estudio a mejorar un detalle, a regrabar un fragmento o retocar la mezcla. Si me atascaba con una rima se burlaba de mí, Dani, no te rompas la cabeza, que hasta Bob Dylan rimaba tango con Durango. Era extraño lo que el éxito hacía con nosotros, por un lado nos daba fuerza, nos reafirmaba, pero por otro nos conducía, nos empujaba sutilmente hasta un lugar bien ajeno al de partida. Bocanegra hablaba de meter más gente en los locales, tirar más copias, dar más conciertos, un día me rebelé, a lo mejor no es bueno pensar tanto en más y más. Pero Gus me cortó con uno de sus sarcasmos. En cobrar más estamos todos de acuerdo, dijo.

Gus repetía, muchas veces, hay que aprovechar antes de que todo se acabe. Pero yo nunca pensaba en que se acabara algo a lo que quería dedicarme toda la vida. Bocanegra insistía, lo que tenéis que hacer es grabar un buen videoclip, que llame la atención. Grabamos uno con nuestro

184

tema más popular del segundo disco. Vinieron al rodaje Bocanegra y tres tipos de la discográfica a controlar que todo saliera según sus planes. Parecía un momento más importante en nuestras carreras aquella filmación que cualquier concierto, lo cual era todo un síntoma. El realizador era un chico que trabajaba en publicidad y rodaba para la discográfica las piezas de más presupuesto. Se empeñó en meternos en cuatro bañeras llenas de agua que dispuso en el plató. Obedecimos, con los instrumentos por suerte desenchufados, y filmamos durante un día en el que escuchamos por los altavoces la canción mil veces. Ten cuidado con lo que grabas porque te hartarás de escucharlo, pensé. El encargado de vestuario era un chico guapo y espigado que nos había vestido para estar dentro del agua con ropa elegante prestada por alguna marca cara, y que nos ayudaba con los albornoces en alguna pausa de rodaje. Se llamaba Carlo y era argentino. Gus y él se hicieron amigos íntimos, salían de bares, Carlo siempre se ocupaba de vestirlo, de acompañarlo a buscar ropa novedosa para las actuaciones. ¿Es tu novio?, le pregunté un día en que lo trajo a cenar con Oliva. Sí, pero aún no se lo voy a presentar a mis padres, ¿no te parece?

Recuerdo que en el rodaje del vídeo, después de las risas de inicio cuando vimos a Animal desbordar el agua de su bañera y a Cuerpoperro mojado como un chucho abandonado, el agua se enfriaba y era incómodo permanecer allí dentro. La ropa empapada era molesta, y quitártela mientras se filmaban planos de otro o nos volvían a calentar el agua era trabajoso. Me hizo pensar en que nuestra carrera era algo similar. Agradable mientras el agua está caliente. Puede que aquello me enseñara una lección de prudencia, al menos de escepticismo frente a la euforia general. O tan sólo aprendí que el agua caliente también se enfría.

A partir de que Gus empezó a salir con Carlo ya nadie dudaba de su homosexualidad. Con nuestra sensibilidad embrutecida por años de colegio de chicos, los homosexuales eran una secta oscura cuyos miembros se citaban en váteres apartados y se conocían por medio de los anuncios por palabras de revistas guarras. Aprendimos a ser respetuosos por cercanía, pero Cuerpoperro era más despreciativo. En una ocasión le faltó a Carlo al respeto con la excusa del alcohol. Él se ofrecía a cambiarnos de aspecto y vestirnos de maneras más llamativas que no casaban con la rigidez de ex presidiario tatuado de Cuerpoperro. A mí nadie me disfraza de maricón, le gritó.

Gus esperó a que estuviéramos solos en el nuevo local de ensayo para decirle a Cuerpoperro me cansas, no me interesa nada de lo que dices, no aportas nada, eres previsible y vulgar. En este grupo estamos para pasarlo bien, pero también para poner en escena las canciones como mejor sepamos y podamos, aquí nadie es más que el otro, pero tú eres menos que ninguno y eres tan poco que no te quiero aquí. Coge tus cosas y lárgate, vete a tomar por el culo, porque ya no te aguanto más. Animal y yo guardábamos silencio, acobardados pero alerta por si Cuerpoperro decidía pegar a Gus, lo cual no era improbable. Pero se limitó a mirarnos con un gesto de estupor. Animal y yo bajamos la cabeza y él recogió sus cosas. Cuando salió nadie dijo nada en un rato. Animal se pasaba las baquetas por la pernera del pantalón, era el que más relación tenía con Cuerpoperro. Gus comenzó a silbar la melodía del «There's no Business Like Show Business» y yo pensé que había hecho bien, pero no dije nada. Animal admiró siempre la contundencia de su discurso, y me lo recordaba años después, cuando yo no era tan

186

valiente como Gus entonces para tomar alguna decisión desagradable o decir en voz alta lo que pensaba. Cómo echo de menos a Gus ahora, se limitaba a decirme. A él no le importaba nada mandar a quien fuera a tomar por culo, rememoraba, como hizo con Cuerpoperro, ¿te acuerdas?

Fue a Gus al primero al que le oí utilizar el término vainilla para definirme a mí y a aquellos que no querían aventurarse en experiencias sexuales o lisérgicas atrevidas y novedosas. Vainilla es el que entra en la tienda de helados y elige siempre el mismo sabor, conservador y previsible, vainilla. Para Gus yo era eso, un vainilla, me recriminaba cuando me negaba a embarcarme con él hacia una noche distinta. Me terminaba mis cervezas, siempre tres o cuatro de más, y volvía a casa, donde me esperaba la paz de Oliva. Animal bebía hasta derrumbarse, pero Gus frecuentaba otros ambientes, en la madrugada. Las más abiertas tentaciones tenían que ver con experiencias sexuales que yo siempre rechazaba con ironía, no me gusta hacer el amor con gente que no conozco.

Mis recelos hacia la cocaína tenían algo de complejo de clase. En Estrecho presenciamos la decadencia de los yonquis, gente del barrio, machacada, los coches cundas que a cambio de su dosis transportaban a otros enganchados a los barrios de chabolas donde se podía comprar barato, todos habíamos llevado a la hermana de alguna amiga a los suburbios a visitar a un camello que se la follaba a cambio de la dosis o conocíamos a alguien en lista de espera para algún programa novedoso de desintoxicación. Ya no pertenecíamos a la generación anterior, cuando se ignoraban las consecuencias, nos habíamos criado con las campañas del condón y las madres contra la droga, con las consecuencias en primera plana. Yo había visto sufrir a unos amigos de mis padres, golpeados y humillados por su hijo,

187

que volvía por casa para pegarles y robarles y así costearse la heroína. Pero detestaba aún más ese sudor rezumante de los cocainómanos, siempre tipos resueltos, que trabajaban en el negocio y eran potentes, poderosos, de opiniones contundentes, y que te señalaban el baño o la mesita de cristal donde te habían dejado la raya preparada. Gus no, Gus aceptaba cualquier invitación, ya viniera de directivos, representantes, empresarios de locales, periodistas musicales, de pipas bien surtidos, de aficionados o de amigos.

Puede que la música proporcionara un espacio abierto para la experimentación, pero las más de las veces lo que encontré fue impostura, poses fotogénicas de tipos de éxito que asumían el papel de rebelde autodestructivo, pero por cada mártir había cien con la suficiente garantía de saber parar a tiempo y no estrellarse. Siempre podían vender historias de recuperación y reinserción, mientras que algunos de sus seguidores se habían tirado por el precipicio que ellos dibujaban tan atrayente. Ni siquiera el alcohol me ayudó nunca para trabajar, siempre lo consumí como una recompensa más que como un estímulo. Cuando le enseñé a Gus la canción «Fotogenia» pensó que era un mensaje cifrado para él,

te sienta bien portarte mal,
lo sabes tú, lo saben los demás,
¿a quién pretendes engañar?,
yo sé que todo es fotogenia,

y aunque le gustó y la cantaba con rabia en el escenario, siempre me dijo es tu canción moralista, podríamos volver a cantársela a los curas del colegio y seguro que esta vez nos dejan participar en el concurso. Detecté demasiado temprano el ambiente que nos esperaba y Oliva, sana, saludable, era mi refugio al que volver cuando me asqueaba la escena musical. Junto a la parte buena, formada por

188

chicos y chicas que montaban un fanzine o abrían un local para traer a sus grupos favoritos a tocar en un poblacho de tres mil habitantes, que grababan cedés con antologías piratas hechas a su gusto, que se pasaban la tarde haciendo fotocopias de los carteles para empapelar la ciudad o se mataban por conseguir una subvención del concejal de cultura y juventud, había también una serie inacabable de impostores, de falsos amigos y falsos fanáticos, de falsos músicos, de falsos entendidos, hasta falsos falsos, a quienes lo único que interesaba era el ambiente, la epidermis, la corteza divertida del asunto y pegar algún sablazo.

No era raro que tras las actuaciones, cuando era imposible rebajar la adrenalina del concierto, agarrara unas cogorzas monumentales con Animal. Gustaba mucho mi número en el que saltaba de coche en coche junto a las aceras donde estaban aparcados. En Zaragoza me terminé acostando con una chica obesa y gritona que conocimos tras tocar en las fiestas del Pilar y que juraba que se casaba a la semana siguiente. ¿Quién podía negarle a alguien en esa situación un polvo precipitado en la pensión? Pero la culpa me hizo huir del lugar del crimen con la temprana luz del amanecer y sentarme en la vieja estación del Portillo esperando que me llevara a Madrid el primer tren. Para tratar de animarme, Animal razonaba con su modo oblicuo, eso no se puede considerar ponerle los cuernos a Oliva, más bien te has sacrificado por la humanidad, hay gente que deja su fortuna y se va de voluntario a Médicos sin Fronteras, tú has hecho tu buena obra.

Los ciegos de después del concierto formaban parte de una liturgia establecida. Por eso me gustaba que Oliva nos acompañara en algunos viajes, que se sumara a los conciertos. Prefería que ella me retirara a dormir o al menos presenciara las borracheras como algo ineludible. Es cierto

189

que la noche ofrecía siempre personajes y atracciones imposibles de abandonar, encuentros a deshoras, locales que te abrían con contraseña para darte de cenar a las cinco o las seis de la mañana, dueños que echaban el cierre y te ofrecían un último chupito o te plantaban la botella en la mesa para que cada uno graduara el nivel de borrachera, pero también había noches tan vacías y laboriosas como un día gris.

Alguna pelea nos tocó sortear. A Gus le vi darle un cabezazo a un tipo en Requena, y Animal se enzarzó a puñetazos en Granada. Nunca regresamos a Jumilla tras el bautismo del pilón, y a la vuelta de la primera actuación en Cazorla, Animal no dejaba de repetir una frase que se convirtió en mítica entre nosotros, pues no les veo yo la gracia a los andaluces. En Andoain nos adoptaron los músicos vascos locales, pero tuvimos que salir por piernas cuando Animal trastabilló y rompió la urna en la que se dejaban donativos para los presos etarras. En Llanes nos quisieron pegar durante el concierto dos tipos que se subieron a exigirnos que dijéramos una frase en bable. Interrumpieron el concierto y trataron de que Gus se la aprendiera de memoria, barriga farta quier gaita, pero Gus se acercó al micro, a ver, ¿alguien sabría traducir iros los dos a tomar por culo, pedazo de gilipollas? En nuestra primera actuación en Santiago, alguien nos tiró una botella de cerveza y cayó encima de la batería, y tuvimos que frenar a Animal para que no se lanzara contra el público.

esa cosa llamada éxito

Esa cosa llamada éxito cayó sobre nosotros cuando aún no estábamos preparados, si es que alguien puede prepa-

190

rarse a conciencia para un accidente así. Para Animal el éxito quería decir que no faltaría dinero para cerveza. Gus había fantaseado tantos años frente al espejo con ser una estrella, que le resultaba natural serlo. Descargó en mí la mochila del sentido común. Yo tenía que ocuparme de todo lo aburrido, contratos, acuerdos, fechas de conciertos, planificación, promoción. Ocúpate tú, a mí me supera, lo que decidas me parecerá bien. Renán nos empezó a considerar entre los cuatro o cinco grupos más rentables de su oficina y manejaba la agenda y las aguas procelosas del negocio, expresión que le gustaba utilizar con prosopopeya, y nos dispensaba un trato más atento y cuidadoso. Lo tratábamos con ese desprecio del artista por la gente del dinero, pero él también detectó rápido que era conmigo con quien tenía que discutirlo todo. Para la gira contratamos a un bajista provisional, Ramiro, que llevaba una ordenada vida de profesor y se sacaba un sobresueldo participando en los playbacks de la tele. Entre el teclista, la sección de vientos de Nacho y los técnicos, llegábamos a movilizar en cada actuación a diez personas.

Nuestro segundo disco había sido un compendio de canciones de amor, hechas al calor de Oliva, canciones de fiesta, creadas para ser tocadas en directo con el disfrute que ya imaginábamos, y las canciones que Gus y yo sacábamos en tardes entregadas a experimentar y complicar un poco lo que nos salía fácil. El tercer disco quiso ser demasiadas cosas a la vez. Y resultó tan confuso como confusos estábamos nosotros.

A diferencia de las dos primeras grabaciones, en las que el productor se limitó a ser un ingeniero de sonido eficaz y rápido, en el tercer disco pudimos trabajar en serio con él, darles la vuelta a las canciones y fabricar sonidos intensos, por más que también fueran muestra en muchas ocasiones de nuestra errática dirección. Ramón tenía experiencia suficiente y un estudio propio donde se echaban las horas que fuera preciso. Tenía un hijo con parálisis cerebral que traía al estudio algunas tardes, y Oliva se lo llevaba a pasear por el barrio de Puerta del Ángel, donde estaba situado. Nos sonreía con una mirada torcida que nos hurgaba dentro. Todos le llamaban Bambi, pero no por el cervatillo huerfanito de Disney, sino porque daba palmas y se agitaba en la silla cuando le cantabas

ay, Bambino Picolino,

tienes el color cetrino de la gente canastera,

y la portada de aquella tercera entrega fue precisamente una foto que Oliva le había hecho a Bambi en los altos del parque de Caramuel, con una vista de Madrid tras él. Estaba desenfocada, pero era una cara infantil, con esa sonrisa infinita, desinhibida. Que nos gustara tanto a Gus, a Animal y a mí indignó a Bocanegra, cómo vais a vender discos con el careto de un niño con parálisis cerebral en la portada, ¿estáis locos? Pero el disco se titulaba *Toca para mí*, y la mezcla de los dos conceptos lograba una rara sensación de libertad y de desapego. La pelea duró hasta la mañana en que un asistente lanzó encima de la mesa de Bocanegra el nuevo disco de Nirvana, con un bebé en la piscina persiguiendo un billete de dólar, y de pronto ya tenía algo con lo que compararlo. Se llevan los niños en las portadas, dijo el tipo, se lleva descontextualizar al grupo, la foto no profesional, la vida real frente a la sofisticación, la imagen casera que no huela a marketing elaborado. Y con esa explicación profesional superamos las reticencias de los ejecutivos.

no te rindas, no te apartes,

no te borres, no te escapes,

toca para mí, toca para mí, toca para mí.

192

Éramos disco de ya no sé qué metal antes de un mes, y nos concedieron el premio de una revista femenina siempre y cuando nos comprometiéramos a tocar dos temas en la fiesta de entrega en los salones del Palace. Lo hicimos y en la mesa de los premiados Gus no levantó sus ojos de la chica, no debía de tener más de diecisiete años, a la que le habían dado el premio a la modelo joven del año. Se llamaba Eva, en realidad Genoveva, pero nadie la llamaba así, y había nacido en Alicante de padre español y madre belga. Delgada como una hoja al viento, poseía esa fragilidad lánguida de algunas modelos, tenía los ojos claros y las líneas de la cara parecían trazadas por un arquitecto aplicado. Gus me la señaló. Mira, es una chica de las que se dejaron de fabricar en los setenta. Consiguió llegar hasta ella y le habló toda la noche a pesar de la vigilancia estrecha de los dos tipos que manejaban sus relaciones. Al rato ella se reía con las bromas de él, y cuando me acerqué para que nos presentara, se limitó a decir éste es Dani y ésta es Eva, y ella dijo me encanta esa canción «Toca para mí», y se rió con una fila de dientes infantiles, y al besarla la tomé de la muñeca, que era fina como la rama de un árbol.

A Animal nunca le gustaron las modelos, decía que sólo le gustaban las mujeres que olían a tortilla de patata. A Gus le encantaba ese ambiente de chicas de moda y jóvenes guapos, empresarios con gomina y periodistas vestidos con ropa regalada, ambiente al que tardaron poco en incorporarse los futbolistas una vez cumplido el trámite iniciático de depilarse el entrecejo. Yo regresaba con Oliva, que era una mujer que no estaba diseñada por la moda y la publicidad, sino por el aire del monte, la vida de barrio y las peleas a brazo partido con sus hermanos. Animal y yo habíamos dejado a Gus en compañía de Eva y a la tarde siguiente Animal le espetó a bocajarro, ¿te has follado a la

193

chica de ayer? Gus meneó la cabeza, tío, lo dices como si hubiera violado a los Nacha Pop.

Nos habíamos trasladado a vivir todos al centro de la ciudad, ya sólo volvíamos a Estrecho a visitar a los padres o a la tía Milagros, que festejaba nuestra llegada con comilonas bárbaras de alubias y cordero. Dimos casi cien conciertos en la gira del tercer disco y aprendimos a tocar por la insistencia en hacerlo, a graduar el directo, a escuchar al público respirar. Participamos en un festival en Split tocando entre los pinares junto a la playa y Renán nos cerró un raro concierto en Belgrado, y así pasamos una semana sin dormir una sola noche, en un ambiente tan festivo que la guerra posterior nos dejó una sensación de vivir dos realidades paralelas. Estábamos tan ocupados en tocar las mismas canciones en distintos lugares que el tiempo parecía detenido, dispuesto sólo para nosotros. Cada noche el mismo rito, las mismas introducciones, los mismos chistes, las mismas borracheras, los mismos seguidores, la misma compañía y los mismos bises de regalo. Creo que hasta en las comidas teníamos siempre la misma conversación, y si follábamos, cosa que yo empecé a hacer en salidas variadas y lejanas sin la culpa de las iniciales infidelidades, sentía que nos follábamos a la misma chica con distinta cara y distinto acento, pero la misma siempre. Gus cambiaba de traje y camisas, pero yo ni eso, porque mantenía mis gafas de tres años atrás y no había manera de sacarme de la camiseta oscura sin logos ni dibujos, los pantalones vaqueros y el pelo largo. A Oliva le gustaba deslizar la mano entre mi cabellera mientras ella fingía estar harta de sus rizos salvajes, pero yo la amenazaba con que si se cortaba uno solo la denunciaría a Medio Ambiente.

Animal era glotón con la felicidad. Daba gusto verle sin problemas ni complejos. El hombre más satisfecho del mundo, que podía combinar sus cervezas con esas chicas que se sienten atraídas de una manera irracional por el tipo del fondo del escenario que aporrea la batería y orina en una botella de plástico en mitad del concierto. En cuanto a Gus, su historia con Carlo se desvaneció en una amistad inconstante y su relación con Eva creció hacia lo platónico, mientras ella se convertía en modelo famosa, con viajes por todo el mundo.

Tocamos tantas veces en Valencia que fundamos una colonia de amigos allí y Gus me presentó a una diseñadora de ropa, apenas algo mayor que nosotros, que tenía un nombre pegadizo, Marina Miralta. Marina venía a vernos a los conciertos y por encargo de Gus nos surtía de ropa, hasta que diseñó un par de trajes para nosotros que se convirtieron en una especie de uniforme oficial, en una época en la que yo soñaba con sonar como The Style Council, cantaba muy lento en escena «My Ever Changing Moods», y Gus aspiraba a ser visto como un dandy. Marina había sido la descubridora de Eva. Con quince años se la había cruzado en la calle y le había propuesto que posara para un catálogo de sus nuevos diseños, y de ahí Eva había dado el salto a revistas profesionales. Marina llevaba siempre unas gafas grandes de diseño espectacular que realzaban su nariz renacentista y completaban un rostro que no podías dejar de admirar. Parecía una Anjelica Huston valenciana, pero muy delgada, casi transparente.

Tras uno de nuestros conciertos en Valencia Marina nos preparó en su taller una fiesta nocturna especial para Gus y para mí, que nos quedamos un día más en la ciudad. La fiesta resultó ser una orgía íntima en la que Gus y yo fuimos invitados a entremezclarnos con chicas y chicos guapos que parecían elegidos con cuidadoso rigor estético en una especie de decadente desfile sensual. No era la primera vez que acabábamos en alguna celebración así, pero ésta al menos era sofisticada y sin putas ofertadas por algún paleto con dinero que regentaba locales de concierto. De entre todos los excesos sexuales que cometimos en esos años, quizá aquella noche en el taller de Marina fue lo que más se asemejaba a la mítica ilusión de la lujuria en el mundo de la música. Se habían preparado fuentes de un ponche de éxtasis y a la media hora yo me habría follado a la profesora Angelines si se hubiera cruzado por allí. Marina nos condujo hacia el jacuzzi hirviendo de su terraza, protegida de la vista del vecindario pero abierta al cielo de Valencia. Todos allá dentro, revueltos y desnudos, hicimos el amor y sus variantes hasta el amanecer. Esto es el éxito, ¿no?, me preguntó Gus desde el otro lado del agua. Yo le sonreí. Me gustaba Marina, que participó esquiva entre las caricias generalizadas, con su cuerpo de alambre sin pechos, tan sólo dos pezones que se erizaban de gusto al rozarlos. Las demás chicas eran ruidosas y algo plásticas, varias modelos y aspirantes y sus correspondientes gemelos masculinos, a los que Gus dedicó sus mejores atenciones.

Una de las chicas, me explicó Marina, había sido chico hasta apenas un año antes, y pude apreciar sus rasgos masculinos ocultos bajo la sofisticación adoptada con mimo. Manuel ahora era Manuela. Casi al amanecer, en una de las tumbonas cómodas de la terraza, Gus se acercó a mí acompañado por Manuela. Marina se había quedado dormida a mi lado, mientras yo era incapaz de recuperar las fuerzas para largarme al hotel. Gus y Manuela comenzaron a acariciarme y me quitaron entre los dos la toalla que me había enrollado en la cintura. Parecían divertirse con un juego pautado entre ellos para ofrendarme. Un instante después comenzaron a chuparme la polla en una rara alternancia. Yo tenía la cabeza entre embotada y fe-

196

bril. Ver a mi amigo allí, agachado y lamiendo con una sonrisa la cara interna de mis muslos, entrelazando su lengua con la de aquella chica, me excitó y me perturbó al mismo tiempo. Con el pie desnudo y sin ninguna delicadeza, lo aparté de mí empujándole en el hombro. Cayó al suelo, se rió a carcajadas. Vainilla, dijo, y se alejó de mí. Manuela se colocó en mi regazo y pronto estábamos haciendo el amor, o algo parecido, sobre la tumbona. En la distancia Gus nos miraba de tanto en tanto sin perder la sonrisa. Recuerdo que aquella noche observé el cuerpo desnudo de Gus como no lo había hecho nunca. Delgado hasta el extremo, con una piel fina y blanca, casi femenina, los huesos marcados de la cadera y las costillas.

Sonó el móvil y Jairo me miró. Seguía hablando sin soltar el volante, pero yo hacía tiempo que había dejado de escucharlo para concentrarme en los recuerdos que me despertaba el paisaje exterior. Saqué el teléfono de mi bolsillo. Era un mensaje escrito de Raquel. ¿Cómo vas? ¿Estás llegando? Te mando el móvil del alcalde, acuérdate de que le tienes que llamar cuando estés a cinco minutos del pueblo para que os guíen hasta el cementerio. Así era Raquel, tan lejos como en Brasil y tan diligente para ensillarme y disponer los detalles de mi viaje absurdo.

¿Cuánto queda?, le pregunté al conductor. A ver, déjame que mire en la maquinita. El chófer desatendió la ruta para consultar su guía digital. Asomé la cabeza por la ventanilla, los desvíos ya apuntaban hacia pueblos que añadían siempre la coletilla De Campos. Villamuriel de Campos, Villamayor de Campos, Morales de Campos, Montealegre de Campos, Boada de Campos, Celnos de Campos, Meneses de Campos, Belmonte de Campos, Cuenca de Campos, Tamariz de Campos, Gatón de Campos, Villafrades de Campos. Quizá esa distribución por parcelas, donde cada pequeño propietario sobrevivía con su explotación, no estaba tan lejos de mis aspiraciones en la música, de crear un terreno propio con el que sostenerme. En labrar mi campo era en lo que yo persistía, incluso al imponerse la tremenda concentración de los grandes latifundistas de la Red.

Estamos a unos quince minutos según la pantallita, pero si tienes prisa aprieto un poco y lo reducimos a la mitad. No, no hay prisa, le dije. Con el móvil en la mano, repasé los últimos correos electrónicos recibidos. Había un par de mensajes de la oficina de Raquel con las condiciones de un concierto y también un breve correo de Kei desde Alemania. Para recordarme que esa mañana tenía el traslado de los restos de mi padre a su pueblo natal. No te olvides, no te acuestes tarde. Me lo había mandado la noche anterior. Y no te pongas triste. Ella siempre tan atenta, tan preocupada por mí. ¿Por qué no te llevas a los niños?, a ellos les gustará conocer un pueblo así. ¿O a lo mejor crees que será demasiado siniestro llevarlos a un entierro? Kei me hacía en su mensaje las mismas preguntas que yo me había hecho esa mañana, cuando dudé si llevarlos conmigo al pueblo. Un viaje demasiado fúnebre. No quería que mis hijos heredaran la estúpida obsesión de los españoles con todo lo que tiene que ver con la muerte. Me gustaría que para ellos la muerte significara lo mismo que para mí, un minúsculo trámite de despedida al final de la inabarcable aventura de vivir. Que aprendieran a dedicarle sus mejores esfuerzos al hecho de estar vivos.

nadie se hace viejo en la música

Nadie se hace viejo en la música, me dijo Vicente una tarde en su casa. Vicente era un veterano locutor de Radio

Nacional al que había conocido en una entrevista de lanzamiento del segundo disco. Gus soltaba sus habituales pedradas cargadas de impertinencia. Cuando nos preguntó si representábamos a la juventud actual, Gus dio una respuesta que me gustó. Si me miro en el espejo no veo a la juventud actual, me veo a mí, sólo a mí, y a menos que toda la juventud actual esté escondida detrás, yo no alcanzo a verla. Pero al terminar la entrevista Vicente me dijo que le había interesado yo, que no me veía tan forzado a interpretar un papel como a Gus. A mí me había parecido que, mientras Gus era chispeante e ingenioso, yo me limitaba a soltar las soserías de siempre. Así se lo confesé a Vicente, pero él negó con la cabeza. También el champán pierde las burbujas, me dijo.

Vicente fue la primera persona con la que hablé, tiempo después, de la posibilidad de romper con Gus. A ratos me imaginaba una carrera más solitaria, sin estar pendiente en cada canción de cómo sonaríamos juntos, de encajar la segunda voz, de ajustarme a sus gustos y a sus escenificaciones, a las exigencias del grupo y a la intendencia que exigía cada actuación. A Gus le habían ofrecido trabajar de actor en una serie, representar en cierto modo el mismo papel que representaba en la vida real. Le dije que hiciera lo que más le apeteciera, pero al mismo tiempo me parecía un riesgo innecesario para el grupo cuando mejor nos iba. Él lo aceptó y aquel papel le reportó aún mayor popularidad.

Con Vicente me veía de vez en cuando. Organizó un concierto en la Ciudad Universitaria para celebrar no sé qué aniversario de su programa y me convenció para que tocara en dúo con otra cantante, quería que las actuaciones fueran novedosas, únicas. Le dije que sí, aunque la chica me pareció el día del ensayo demasiado forzada, poniéndose y quitándose el mismo jersey cincuenta veces con la duda de si era mejor salir con él o sin él a escena. Lo mejor de aquella colaboración fue que Oliva estuvo una semana celosa, te vas a enamorar de ella, es guapísima, tiene una voz muy bonita. Era algo inusual en nuestra pareja, en la que los celos no existían salvo para gastarnos bromas o para que yo me lamentara por sus novios anteriores, a los que odiaba sin conocerlos. Descubrir que albergaba el temor de que otra mujer me apartara de su lado me enseñó una cara desconocida de Oliva, más insegura y frágil de lo que aparentaba. Cuando se enteró de que la chica cantaría conmigo una versión de «Todas las cosas» se atrevió a decir, afrentada, pero si esa canción la escribiste para mí. Oliva vino al concierto y al acabar me preguntó con su sinceridad rotunda, ¿qué?, ¿te has enamorado de ella? Me divertía tanto verla celosa que no quise explicarle que mi apetito de amor estaba saciado con el bocado que ella me regalaba cada día.

Cuando a Vicente lo prejubilaron en la radio, donde los odios se cruzaban como espadas entre los locutores estrella, quedábamos de tanto en tanto en su casa de Tirso de Molina y me regalaba discos de su inmensa colección, que ocupaba todos los rincones del piso. La relación entre músicos y críticos musicales no es fácil, me avisó. Sólo hay alguien que tiene más ego que un músico, y es la gente que habla de música. Junto a Fran, era de las pocas personas con las que podía discutir sin entrar en competencia, que me daba a escuchar canciones desconocidas y me orientaba cuando más perdido estaba. Me descubrió a T-Bone Walker, ¿cuántas veces habré tocado mi guitarra encima de la suya en «Mean Old World»?, y me regaló todos sus vinilos, feliz de que se convirtiera en uno de mis ídolos después de tantos años de ignorancia. Algunas tardes me acompa-

200

ñaba Animal, que le preguntaba en exclusiva por los mejores baterías de la historia y se decepcionaba cuando Vicente prefería a Art Blakey o Max Roach por encima de Ginger Baker, John Bonham o Keith Moon. A mí me abrió las orejas a la música brasileña, que hasta esos días despreciaba, fatigado de la obligatoria festividad de la samba y de la ubicua bossa nova, la bossa vieja, como la llamaba Gus si la detectaba en el hilo musical cargante de cualquier restaurante o ascensor.

No era músico, pero Vicente lo sabía todo de la música a fuerza de transformar el coleccionismo frenético de tesoros en escucha pausada y concienzuda. Gus decía de él que era un viejo maricón solitario, creo que a Vicente no le hubiera importado la definición, aunque tampoco lo que yo respondí a mi amigo, ¿acaso tú serás mejor? A mí me enseñó a escuchar a mujeres fuertes como Etta James, Nina Simone, La Lupe, Mina, Billie Holiday, Maria Bethânia, Elis Regina, Dinah Washington o Eartha Kitt y a hombres frágiles como Roy Orbison, Sam Cooke, Nick Drake o Chet Baker. Para él, en la música era imprescindible formar tu propia familia, un árbol genealógico de influencias y legados que asumir de manera incondicional.

Cuando grabé mi primer disco en solitario, Vicente fue bastante duro. No eres tú, te estás escondiendo. Puede que tuviera razón, la muerte de Gus planeaba sobre lo que quería o podía hacer. La música está llena de muertos, no seas de los que cargan toda la vida con uno encima. Siempre tuvo consejos lúcidos para mí, aunque era muy crítico con los caminos que había tomado la música popular en España, esclavizada por el mercado de la imagen televisiva. El escaparate está manipulado, pasa en el mundo entero, me explicaba, con lo cual todo resultado es fruto de un artificio interesado casi siempre dependiente de la inversión publicitaria. Pero nadie te dice que tengas que vender tu libertad, así que toca resistir por complicado que sea. No hay que marginarse, hay que pelear por una cierta visibilidad que no vaya contra tus principios. Los rincones públicos para presentar la música van a desaparecer a pasos agigantados, pero a vosotros os toca cambiar eso, inventar nuevas ventanas. Si Vicente hubiera visto hasta qué punto hemos sido incapaces de variar su predicción, sumisos y enredados en la suerte del superviviente, del francotirador, del que hace la guerra a solas y en espasmos.

Vicente representaba para mí el viejo sabio, en contraste con mi padre. Supe tarde que había sido él quien le habló de mí a Serrat cuando yo aún andaba a la deriva tras la muerte de Gus. Cuando Vicente se quitó la vida me invadió una tristeza extraña, casi culpable. Llevaba tiempo sin verlo y podría haberlo ayudado, pero yo vivía en Japón por entonces. Hacerse viejo y enfermar es una estupenda manera de llegar a desear morirte, en lugar de temerlo, me decía. Donó su colección al archivo de la radio y días después se lanzó por la ventana de su casa a la plaza. Fue en plena madrugada, y unos días antes le habían quitado toda esperanza de superar una metástasis. Tenía miedo de no dominar el final de su vida. Se bajó de un saltito de la vida como quien se baja del tren antes de que se pare del todo en la estación.

Hay gente que tiene una relación extraña con la muerte, me dijo Jairo. Me debió de notar serio y quizá quiso sacarme de mis pensamientos, convencido de que una de las obligaciones del conductor de un coche fúnebre es aliviar las tristezas de los familiares del difunto. En mi trabajo se nota mucho, dijo. ¿Y sabes qué?, que la mayoría de las veces tiene que ver con la familiaridad con la muerte. Es que hay gente a la que se le han muerto muchos seres queridos y gente para quien es la primera vez, y notas mucho esa diferencia. En esto, como en todo, la experiencia ayuda a sobrellevarlo un poquito mejor. ¿Tú te acuerdas de cuál fue el primer muerto en tu vida, el primer muerto de verdad?, me preguntó Jairo.

Claro, claro que me acuerdo.

cuando ese perro de la calle eres tú

Cuando ese perro de la calle eres tú, cuando lo miras, abandonado, perdido, flaco y sucio, con el hocico gastado de rebuscar en las basuras y el lomo herido de dormir al descubierto, y te ves a ti mismo en él, cuando no puedes más que acercarte y pasarle la mano por el cuello y eres incapaz de resistirte a la manera en que te frota la cabeza y las orejas contra la pierna y agacha la cola para rogarte que lo aceptes a tu lado, entonces sabes que dos solos no se curan la soledad pero la aligeran.

Vi a ese perrillo una mañana temprano en la glorieta de Quevedo. Yo venía de no sé dónde, de tratar de arrancarme sin éxito un dolor negro que llevaba clavado dentro desde la separación de Oliva, y lo traje al piso. No tardó mucho en tumbarse en el suelo sobre el dibujo que el sol brindaba por las tardes al entrar por la ventana. Un sitio que elegía siempre Oliva para sentarse a revisar los apuntes en época de exámenes. ¿Y cómo te voy a llamar yo a ti?, le pregunté.

Clon, se llama Clon. Pero no había manera de que mi padre lo pronunciara correcto. ¿Clos? ¿Col? ¿Plon?, chico, qué nombre más feo. Lo llevaba conmigo cuando visitaba a mi madre, que había prohibido durante años que entraran animales en casa, un piso no es sitio para un animal. A mi padre le encantaba el perro, y lo dejaba a su cuidado cuando me marchaba varios días de conciertos. Lo llevaba en su coche con él al trabajo. El perro no ensuciaba el coche, porque el coche ya estaba ensuciado a conciencia por mi padre. Otra de sus rarezas era la de llevar su coche hecho una pocilga. Los asientos estaban cubiertos por sacos y atrás dejaba cajas de fruta vacías. Para él se trataba de una fórmula perfecta de disimulo, así nadie te lo roba. Le protegía de quienes sospecharan que por ser, entre otras cosas, joyero a domicilio transportaba materiales valiosos. Era un disfraz de pobre, cochambroso, que completaba la imagen de humildad que le gustaba dar. Clon estaba feliz de poder contribuir al camuflaje del coche de mi padre con sus patas sucias y sus pelos rebozados en barro.

Así que has cambiado a la novia por el perro, dijo mi padre con una crueldad hiriente. Exacto. Pero por más distancia irónica que pusiera, yo sabía que él lamentaba mi separación de Oliva, y si nunca quiso indagar en los motivos era porque estaba convencido de que su hijo no quedaba bien parado en el relato. Le bastaba ver mi cara y mi delgadez extrema para intuir ese dolor profundo. Clon, nos vamos, y el perro movía la cola cuando me acercaba a la puerta. Lindo, decía mi padre, yo lo llamaré Lindo, que es un nombre que le va mucho mejor que Pon. Y así mi perro pasó a tener dos nombres. Lindo Clon,

lindo clon, espejo triste de la calle,
hoy ladras con mi voz,
¿dónde estoy?, ¿adónde voy?,
¿cómo me llamo?, ¿quién soy?

Estaba acostumbrado a que Oliva despertara la fascinación de la gente. Era atractiva y extrovertida, poseía ese don social de irradiar confianza sin esforzarse por hacerse ver, era una especie de playa donde todas las olas querían terminar, pero no por ello dejaba de imponer cierto misterio. Mostraba su sarcasmo y su ternura sin miramientos, pero siempre había algo más lejano y más profundo a lo que nadie llegaba. Y era una sorpresa encontrarme a mí a su lado. Yo era, le recordaba, su rasgo más desfavorecedor. Su lado malo. Me quedaba en la cama admirado de que pudiera levantarse tan temprano para correr o en invierno madrugar para patronear un club de esquí para chavales en Cotos. Son las seis, Oliva, tiene que haber métodos menos crueles para ser feliz. Pero no los había.

Ella necesitaba la actividad, entregarse a los demás, mientras yo volvía de los conciertos y los viajes y aspiraba a la paz íntima, al aislamiento. Apenas pasó un mes desde que terminara los cursos de educación especial para que se colocara de prácticas en un centro de niños discapacitados. No me di cuenta de hasta qué punto aquel primer trabajo nos alejaría. Su día y mi noche. Vivir de la música, ponerte a cantar y al pasarlo bien que lo pasen bien otros te aísla en un paraíso artificial nocturno. A Oliva le gustaba el sacrificio, cuanto más difícil era el niño que aterrizaba en la escuela cargado de problemas, más motivada estaba, con más entusiasmo lo contaba en casa al volver. Hoy me escupió, pega y grita, es un bicho malo, pero te juro que lo vamos a sacar adelante. Que se hubiera especializado en educación para discapacitados me daba tranquilidad, bromeaba con ella y su nuevo empleo, así sabrás tratar a alguien como yo, adecuarte a las necesidades de un tarado, un retrasado, un descerebrado.

Cuando Fran conoció a Oliva percibí el mismo agrado y la atracción que provocaba en todos. ¿Acaso no lo había provocado en mí? De todos mis amigos fue con quien mejor sintonizaba. Fran era médico y trabajaba a disgusto en un hospital privado, deseando reunir el dinero para irse a Estados Unidos a estudiar la especialidad. Era ambicioso y terco, lo que quería lo conseguía. A Oliva le gustaba que lo frecuentáramos porque con él hablaba de sus decepciones y de su experiencia laboral, asuntos que con Animal y Gus apenas se podían tratar. La vida cotidiana de la gente normal los aburría hasta el bostezo. La música, nuestra carrera, se comía todo el interés. Fran era más maduro, más asentado, y por ello había sido una pieza fundamental en mi formación, un consejero, un amigo, un profesor de verdad. Me encantaba verlos entenderse porque yo era el vínculo necesario entre ambos, mi amigo más maduro con el que tantas cosas había aprendido y mi novia más deseada. Cuando estábamos juntos, Animal, Gus y yo éramos independientes del mundo real. Y más aún si salíamos de gira, donde era tan fácil olvidarte de la almohada de casa. Es muy posible que dejara de prestar atención y cuidados a Oliva a partir de que el grupo despegara y, con él, yo me despegara del suelo que pisaba.

Entre Oliva y yo la comunicación fue siempre fallida. Cuando nos enamoramos necesitamos a Foskitos para hacer de mensajero entre nosotros. No habíamos sido capaces de desentrañar lo que sentíamos de verdad en los ratos de paseo, de juntarnos en la piscina y tomar algo. La ruptura fue idéntica, tampoco supe interpretar los signos de decadencia, distancia y alejamiento en la relación. Estaba demasiado ocupado en la gira, en sacar otra canción o, y esto lo he pensado después muchas veces, yo mismo dejé caer la pasión porque me convenía, me importunaba vivir con alguien, el necesario pacto de todas las mañanas, la sombra de lo convencional, la dificultad para afinar dos notas distintas y que en el esfuerzo no sintiera el mordisco de la insatisfacción. Quería tocar, hacer música, la vida en pareja me secuestraba, a ratos me hacía sentir que traicio-

206

naba a mi vocación real, que cercenaba mi ideal de plenitud. Yo no distinguía los domingos de los jueves, madrugar de trasnochar, el trabajo del placer, no quería sumirme en lo convencional, en lo viejo, en todo aquello que me apartaba de la novedad, del riesgo.

Que todo había terminado lo descubrí por accidente, tan incapaz era de leer ya en los ojos de Oliva. Había vuelto de dos conciertos con una canción dándome vueltas en la cabeza y tenía pendiente visitar el estudio de Ramón, nuestro técnico. Muchas veces grababa maquetas a la guitarra en su local, si no estaba ocupado con algún encargo. Se contrataba como técnico de mesa en las producciones a la italiana que copaban las listas de venta en el mercado, canciones pueriles a las que unos arreglos pomposos convertían en algo así como mujeres poco interesantes cargadas de maquillaje. Oliva me acompañaba a veces y entretenía esas horas con Bambi, tenía el detalle siempre de llevarle una camiseta o los caramelos que le encantaban, y el hijo de Ramón celebraba sus visitas con la sonrisa feliz de sus mejores ratos. Algunas veces ella se acercaba al estudio sin mí para ver al chico y darle un paseo por el parque o comprarle un helado. Hoy pasé por el estudio de Ramón, me decía, y me contaba quién andaba grabando por allí y si le había tirado los tejos tal o cual cantante de éxito. Ramón y Oliva eran las dos únicas personas que sabían de mis dudas, de mis tentaciones de probar a grabar algo a solas, sin el grupo. Ramón me dijo, con su habitual inteligencia, hasta que no te oigas cantando solo no vas a saber si puedes o si quieres hacerlo. La mera idea me parecía una traición a Gus y a Animal. Pero aquel día Ramón me dijo vente al estudio y probamos algo, tengo la tarde libre.

Le canté los pedazos de esa canción que no tenía terminada. Él lanzó una base rítmica y yo me dejé ir con la guitarra eléctrica mientras acababa de improvisar el resto de la letra. Es curioso, con la perspectiva, que yo anduviera dándole vueltas a una canción llamada «Días sin ti», que no era tanto un presentimiento como una anticipación, de esas que a veces te suceden con las canciones. No escribes algo que te ha ocurrido, sino que escribes algo y después te ocurre,

pronto llegarán días sin ti,

calendario triste, porvenir,

y para mí era una sorpresa oír mi voz sin la voz de Gus al lado. Era otra tesitura, otra gravedad. Ramón elaboró lo que llamábamos una guarrimezcla, una escucha algo arreglada y aguardamos a que volviera Oliva con Bambi para tener otra opinión. Ella me miró con gesto aprobatorio, funcionar, funciona, dijo. Si entonces descubrí una tristeza profunda en su mirada sólo lo achaqué a la canción. Bambi se entretenía por allí y nos ignoraba mientras trabajábamos. En algún momento se acercó a la máquina de bebidas y le trajo una botella de agua a Oliva y a mí me tendió una lata de Coca-Cola. ¿Coca-Cola?, me extrañé. Si sabes que no bebo Coca-Cola. Todo el mundo sabía que yo jamás probaba la Coca-Cola, era un boicot fundamentalista que me quedaba del antiimperialismo de mi adolescencia. Ramón negó con la cabeza para aclararme que la traía por Fran, como a veces viene con Oliva. Miré a Oliva y comprendí por su gesto demasiadas cosas. Fran, al revés que yo, era un adicto a la Coca-Cola. Traté de disimular ante Ramón y ante Bambi, que me miraba sin entender por qué no cogía la lata de bebida. La idea de que Oliva saliera algunas tardes con Fran a mis espaldas o vinieran juntos al estudio para visitar a Bambi me sembró la inquietud. Los ojos de Oliva me confesaron el resto.

A veces me pregunté si no se trató de un mecanismo de compensación por el éxito del grupo, tanto tomas, tanto has de dejar. Nos habíamos convertido en niños grandes a los que nos pagaban por nuestro juguete, aturdidos por las ventas, por los seguidores. A lo mejor tenía razón mi padre cuando nos veía reírnos a carcajadas y festejar con risotadas alguna ocurrencia estúpida, disfrutad, disfrutad, que ya lo pagaréis, nos decía. En una décima de segundo repasé los últimos meses con Oliva y establecí el contraste con tiempos más felices e intensos de nuestra vida. Ya no compartíamos tantas cosas, ni hacíamos el amor en cualquier roce, ni yo le consultaba cada detalle, ni ella me asediaba con sus dudas profesionales. Ya no volvía de las noches de concierto con tanta prisa por recuperar su compañía. Fui, del mismo modo que lo había sido tras descubrir los papeles de mi adopción, el espía de mi propia vida que trataba de esclarecer quién era yo a través del comportamiento de los que me rodeaban. A través del caos, del puzle, juntar las piezas que me conformaban. Y lo que encontré me desarmó.

Oliva no tardó en echarse a llorar en el sofá en cuanto volvimos a casa esa tarde y contestar no es eso, no es eso, sin acertar a explicarse lo que sentía por Fran. En los días siguientes me dediqué a consolarla, yo, que era inconsolable. Quien no ha perdido a quien quiere mientras le dice todo está bien, no pasa nada, no sabe lo que es el amor. Traté de que el final tuviera la delicadeza que había conservado nuestra relación y ni me preocupé por Fran, ni lo llamé, ni quise hablar con él. Qué más da perder un amigo cuando pierdes el amor, puede que pensara. Yo no quería a nadie que me explicara o me consolara o me sacara de mi propia película. Me imaginaba el vacío sin Oliva, pero carecía de los códigos patéticos de posesión que en otras parejas transforman el desamor en odio. A mí el desamor me valía, era tal mi pasión por Oliva que perderla era otra forma de quererla, de gozarla, una perversión mía, un placer oculto y malsano que me provocaba satisfacción incluso en la infelicidad más absoluta. Era otra liberación. Ya era entonces sólo un tipo que hace canciones y sabe que puede convivir con el dolor si lo mira desde fuera, si lo percibe como un asunto ajeno. Sucedía, estaba sucediendo, y pronto todo se extinguió. Nos besamos el día que se fue con sus cosas y cambié el mensaje del contestador que habíamos grabado a dos voces el día lejano en que llegamos a instalarnos al piso recién comprado. Les comuniqué la noticia a los amigos más íntimos, sin darle la trascendencia que tenía, ya no estamos juntos. Como si el corazón roto hiciera menos ruido que el jarrón que se rompe por accidente en la casa.

Gus fue el primero en recolectar información sobre Fran y ella, tras los primeros meses en que me aislé de una manera enfermiza. Se iban juntos a Boston, y por más que Gus se sentía culpable porque Fran había entrado en nuestra vida a través de la pensión de la tía Milagros, yo no tenía espíritu de afrenta. Le dije no importa, son cosas que pasan. Tenía ganas de estar solo, de terminar la historia con orden y en cierta paz, sin aderezarla con rencores. Había algo de dolorosa reclusión. Me ayudaron los conciertos, estar obligado a colocarme una máscara, salir a escena a divertir al público y cantarle las canciones de amor que ahora eran canciones de dolor. Me salvó la delicadeza de Gus y también, a su manera brusca, la de Animal, anda que no hay coños en el mundo, dijo, y luego se quedó callado. Los dos se tomaron el esfuerzo de tirar de mí todas las noches, de proponer nuevos proyectos, de venga, tenemos que grabar pronto, hay que hacer más canciones, mañana tocamos en Cartagena, pasado en Murcia. Yo atravesé el duelo gracias a ellos y descubrí que los amigos nunca se apenan del todo en tu desgracia, porque les ofrece la más hermosa oportunidad para demostrarte cuánto les importas, cuánto se preocupan por ti, cuán generosa es su disposición.

Y entonces me convertí en cantante, sí, en esa época me convertí en cantante, quizá porque no tenía nada más. La persona que había creído ser estaba rota, no importaban tanto las circunstancias como las ideas traicionadas, ya no había ilusiones ni fantasías, sólo quedaba subirse al escenario, terminar otra canción, responder a la entrevista siguiente. Por grande que fuera el agujero, había que sostenerse en el aire. El oficio me había arruinado la vida, pero ahora quizá me salvara la vida. Hay quien dice que en el cuarto disco con el grupo están las mejores canciones que he hecho nunca. Nacieron inspiradas por la ausencia y luego se sumaba la parte de Gus, en otra deriva completamente distinta, trastocado como yo por la suerte del destino, pero sin mi tristeza. Compusimos juntos «Ca-ra-me-los», así, separando las sílabas, había que cantarla así, insistía Gus, y puede que fuera una canción de ritmo alegre y festiva, pero estaba hecha sobre los retales de la melancolía,

como los niños que saltan a cogerlos,
así soy yo
cuando la vida lanza ca-ra-me-los,
levantada con las fuerzas que nos daba el grupo. Embarcados en nuestra furgoneta, la romántica VW que nos dejaba tirados en cada viaje, nos reíamos de las noches sin tregua, de las anécdotas que compartíamos de empresarios chalados, de colegas enloquecidos, de lo que sucedía en el concierto, de los delirios de una fan,

como los perros que lamen del suelo,
así soy yo
cuando la vida lanza ca-ra-me-los,
de la chica que se había acostado con Animal la noche an-

terior, de la burrada que Gus se había atrevido a decir en una radio de provincias a una locutora remilgada, de la vez en que intenté romper la guitarra eléctrica en escena y no hubo manera de partirla por más golpes que le daba y se me quedó una cara tan ridícula que se la lancé al público y le abrí la cabeza a un chico de Logroño. Se trataba de no dejar de moverse, de avanzar, de dar pedales, de estar convencido,

    devoré mi dulce tan aprisa

    que ahora yo

    tan sólo espero que la vida lance ca-ra-me-los,

    más ca-ra-me-los,

de que merecía la pena hacer otra canción antes que rendirse. Y no nos rendimos.

150 mil copias de mi infelicidad

150 mil copias de mi infelicidad fueron vendidas en tiendas autorizadas. «Ca-ra-me-los» se alzó con el título de nuestra canción más famosa, más querida, más escuchada, más aplaudida. «Ca-ra-me-los» nos abrió puertas de recintos que hasta entonces sólo frecuentaban grupos masivos. Nos trajo el patrocinio de una marca de refrescos que yo detestaba, y nos llovieron ingresos que no podíamos ni intuir que alcanzara gente como nosotros. Me fascinaba la idea de que tantas personas convirtieran nuestros dolores en dolores compartidos y nuestras esperanzas en esperanzas compartidas. Fuimos un grupo sincero cuando podíamos habernos limitado a la solvencia profesional. Gus, Animal y yo nos pusimos a cantar lo que sentíamos. Ausencias, ilusiones rotas, esperas sin recompensa, soledad, humor de supervivencia. Con el tiempo supe que la tristeza, que me

duró tantos años, era un motor para la música. Que los de afuera necesitan percibir que les hablas de ti para encontrarse contigo en el espejo. En una entrevista de radio, Gus dijo algo que me emocionó, y lo dijo mientras clavaba sus ojos en mí, somos el grupo menos cínico del mundo. Somos transparentes. Hacíamos canciones para sanar las heridas, porque no conocíamos otra medicina. Regalábamos caramelos porque necesitábamos caramelos.

Mi padre tomó la costumbre de sacar a mi madre al campo, le sienta bien el aire, me dijo. La acomodaba entre los sacos del coche y las cajas de fruta y conducía hasta los montes de El Escorial o los pinares de Peguerinos. Caminaba con ella por los merenderos y las rutas de excursión. Mandó a comprarle un chándal a la señora que limpiaba en casa, una evangélica brasileña que cuando le pregunté por su país y la belleza de su música, me contestó que lo que necesitaban eran menos canciones y más dictadura militar. Mi padre venía a recoger al perro, aparcaba el coche sobre la acera y llamaba al portero automático de mi piso con su desmesura habitual. A Lindo le encanta pasear por las montañas, está harto de tu barrio y tu piso, me decía cuando mirábamos al perro meterse de un salto a su coche. Alguna vez los acompañé y disfrutaba con la energía de mi padre, capaz de lanzar mil veces la misma piña a Clon y robársela de entre los dientes con un forcejeo autoritario, mientras no soltaba del brazo a mi madre, a la que zarandeaba y obligaba a caminar a un paso endiablado. Me preguntaba si no pensaba echarme otra novia, lo decía así, echarte otra novia, creo que con la esperanza secreta de que Oliva se borrara de mi cabeza. Pero Oliva no se borraba. Cuando ya vivía en Estados Unidos, me llamaba puntual el día de mi cumpleaños, que no olvidó jamás, y en navidades, si venía a ver a sus hermanos. Cuando irrumpió el móvil en nuestra vida sustituimos el doloroso timbre de su voz por un intercambio cariñoso de mensajes escritos. Jamás nombraba a Fran y yo nunca preguntaba por él, podría haberle arrollado un tren en Boston y yo ni me habría enterado, aún no sabía que es más fácil perdonar a los enemigos que a los amigos.

Animal me preguntó un día si todo el dolor por la ruptura con Oliva no era también útil. Puede que hasta para las canciones, todo esto te servirá, me dijo. ¿Para las canciones? Me invadió una cierta rabia. Sabía que lo decía con su mejor intención, pero un minero no necesita que su vida se hunda en un pozo oscuro para mejorar en el trabajo. Ni un barrendero será mejor si vive entre basura. Ni un doctor aprende más medicina por padecer todas las enfermedades. Ni un agente de seguros es mejor vendedor de su producto si se le quema la casa o ve constantemente morir a familiares. No necesito que la canción más triste del mundo me caiga encima para hacer una canción.

Cómo decirle que echaba de menos los dientes separados de Oliva, cada gesto, cada centímetro de su piel, mi mano en sus rizos, su fuerza, la tensión de sus músculos, la conversación resuelta con un pulso, la imposibilidad de escapar de sus muslos de tenaza. Que echaba de menos lo que era y más aún lo que había significado para mí, la certeza de un amor posible, de una convivencia natural, de alguien a quien contarle las ideas según nacen, la casa compartida y un futuro en común. Todo eso se había venido abajo. No se trataba de sustituir a un personaje y que la función pudiera continuar, sino de ver esfumarse el argumento. Lo complicado no es sobreponerse al abandono de una mujer, lo complicado es sentarte a reescribir tus sueños.

Acompañé a Gus a una sesión de fotos de Eva. Quería convencerme de que el fotógrafo era el perfecto para la portada de nuestro cuarto disco, tienes que conocerle. Era un joven exagerado y febril, que pronunciaba *Ingalaterra,* para decir Inglaterra, con un tono delicioso y autoparódico. La excusa de Gus era perfecta para pasar un día con Eva, que cambió de vestido casi cincuenta veces, sin importarle que miráramos su cuerpo delgado y escuálido pero con senos retocados para mantener esa ingravidez que apreciábamos cuando le colocaban otra camiseta o un salto de cama de satén. Todo le caía bien a aquel cuerpo de percha. Fumaba sin parar, con coquetería, más bien dejaba que los cigarrillos se le consumieran entre los dedos y aceptaba, como Gus, las invitaciones a cocaína del fotógrafo, los tipos de la revista y una serie de representantes y empleados que pululaban por allí fingiendo aconsejar o decir algo inteligente.

A Eva nos la topábamos medio desnuda en campañas de publicidad en paradas de autobuses o en las revistas. Tan pronto era lencería como una tienda de ropa o un perfume. En Gijón Gus besó un cartel suyo colocado en una cabina de teléfonos y un tipo que pasó en un coche le gritó borracho, y Gus respondió qué sabrás tú, si es mi novia.

¿Y qué idea tenéis de *porotada?,* nos preguntó el fotógrafo en un receso de la sesión con Eva. Aún no teníamos fecha de lanzamiento para el disco y nosotros queríamos titularlo *Escafandra para días de diario,* imagen que nos gustaba de una canción, pero la discográfica impuso *Ca-ra-me-los,* con mejor criterio. Al final el fotógrafo sugirió una idea. Los tres apareceríamos de espaldas, se verían nuestras nucas solamente, y con la mano ofreceríamos fuego a una mujer bellísima con un cigarrillo en la boca. Yo lo hago, se entusiasmó Eva. ¿Puedo ser yo la chica? En el instante en que ella se sumó, la idea con la que Gus no se había mostrado muy de acuerdo pasó a parecerle maravillosa.

215

Finalmente no daríamos fuego a la chica, sino que cada uno le tendíamos un caramelo. Bocanegra, ilusionado, repetía que cada canción del disco era un caramelo, de verdad, tíos, va a pegar muy fuerte. Nunca olvidaré a Gus en la sesión de fotos para aquella portada. En un momento el fotógrafo dejó la cámara en el suelo del estudio y se vino hacia nosotros, que posábamos contra un fondo blanco. Alza la *barabilla,* dijo, y levantó el mentón de Gus y lo colocó en la perfecta posición de luz, Gus comentó conmigo que aquél era el sueño de su vida. Y era cierto. Le gustaba lo artificial y hasta lo hortera, con tal de que no se pareciera en nada a su infancia reprimida. A ratos me daba la sensación de que incluso se había quedado algo antiguo en su pasión desmesurada por ser moderno.

Había algo doloroso en la indolencia de Eva, en su dejarse llevar por los demás. Gus aguantaba a su lado en los reservados de las discotecas y luego la veía irse del brazo de cualquier golfo con dinero que dejaba una buena propina al aparcacoches. Gus conocía las intimidades de Eva, me contó que la había acompañado a abortar cuando se quedó embarazada de un modelo holandés. La noche en que tocamos para presentar el disco a los medios, ella actuó de madrina del grupo y chica de la portada. Nos quedamos a solas un instante entre los invitados del cóctel y me atreví a hablar con ella. No creo que encuentres a nadie en el mundo que te quiera más que Gus, le dije. Eva me mostró la espléndida dentadura y se echó detrás de la oreja un mechón de su pelo liso. ¿A que no? Yo también pienso lo mismo, es mágico.

El adjetivo me hizo temblar. Porque no era terrenal ni carnal y llevaba la relación entre ellos a un lugar etéreo e indefinible. Gus se había empeñado en que grabáramos nuestra propia versión de «Muchacha ojos de papel» para dedicársela a ella. Me explicó que se la cantaba algunas

216

noches, como una nana. ¿Pero dormís juntos? Al parecer Eva le llamaba a veces desesperada y hundida y él le cantaba por teléfono. Eva está mal, me dijo Gus, aunque está rodeada de gente, en el fondo está muy sola. Por eso él le cantaba algunas noches por teléfono,

muchacha ojos de papel
¿adónde vas?, quédate hasta el alba

¿adónde vas? quédate hasta el alba

Creo que me equivoqué al confundir la fascinación de Gus por Eva con algo parecido a un fuego artificial. Nunca entendí del todo aquella historia que no me pertenecía. Gus mostraba más actividad sexual con hombres que con mujeres, así que Eva no podía ser más que un capricho casi estético, y él para ella una mascota que acariciar en ratos de soledad. Pero imaginarlo junto a ella, en la urgencia de la noche desolada, arrimándose a cantarle una nana preciosa y delicada,

sueña un sueño despacito entre mis manos
hasta que por la ventana suba el sol,
me hacía confundir su arrebato con amor. En la belleza de Eva, en su zozobra frágil, había algo peligroso. Eva era el perfecto ejemplo de la modelo de costura que satisface una sexualidad de mercado que obliga a ser chico y chica a la vez. Gus disfrutaba de aquel mundo de brillos, pero a mí la ambición me había desaparecido tras perder a Oliva. No quería confesarlo, pero de pronto me incomodaba el éxito, me resultaba un ropaje externo y sin importancia. Me identificaba con el alfarero que ante una vasija terminada sólo disfruta si empieza otra. Yo no quería que el público nos poseyera y junto a Gus peleábamos para no re-

217

petirnos, para darle a cualquier canción un brochazo libre, inútil y saboteador.

Queríamos lo opuesto a feligreses. Por eso nunca reproché a Gus que se llevara la mano a la entrepierna siempre despreciativo en los aplausos, que llamara cabrones a los espectadores que le jaleaban. Cabrones, buenas noches. No queríamos la devoción, ese ritual de los grupos de éxito que adoran verse adorados, queríamos la libertad, llevar las riendas, ser nosotros. Eso nos obligaba, como sucede siempre, a detestar a aquellos que más se nos parecían y nos costaba mezclarnos con otros grupos afines. Eso nos obligaba a estar incómodos, a vivir insatisfechos.

y ya para siempre fuiste sólo futuro

Y ya para siempre fuiste sólo futuro, escribí de Gus en una canción. Porque le recordaba con la vista adelante, sin interés por el pasado, quizá por lo mucho que le había costado llegar donde llegó, ser como era. Gus siempre fue optimista. En los momentos de angustia, de dudas, de no saber por dónde avanzar con el grupo, él siempre se imponía. Mañana es lo que importa. Había que pensar en el concierto siguiente, en la canción siguiente. Había que fabricar lo contrario a un museo, donde todo está ordenado y datado, donde el tiempo se ha posado. El gesto favorito de Gus era el salto. Le gustaba hacerse fotos así. Hagámosla saltando, proponía. Para él, ese instante en el que te sostienes en el aire era la felicidad. Ni el impulso inicial lleno de buenas intenciones, ni el aterrizaje, cargado de plomo y frustraciones. Quería ser el vuelo, el movimiento perpetuo, la ingravidez. A Gus le encantaban las fotos movidas. Era la desesperación de los fotógrafos, saltaba siempre cuando

218

los veía disparar. Era alguien inquieto y visceral a quien nada podía detener.

Por eso cuando murió rechacé los conciertos de homenaje y me negué a participar en los ritos necrófilos, pese a que en los días de luto nacional su muerte gozó de una resonancia que le habría encantado. Fue noticia de telediario y de varias crónicas periodísticas que hablaban de una vida de excesos, de una personalidad problemática, de dependencias. Salieron historias bastante sórdidas, la siniestra esquela retocada para dar sentido a un suicidio que no era tal. Hasta el Crack aparecía en los medios para arrogarse el papel de su descubridor y aseguraba que Gus llevaba la muerte prematura pintada en la cara. Cuando lo descubrí me recordó a James Dean, soltó sin pudor en una entrevista, con aquello de vivir deprisa y dejar un cadáver bonito.

Tuve ganas de vomitar ante esas vilezas. Me di cuenta de que a la muerte prematura de alguien conocido había que encontrarle un sentido para calmar los ánimos de la gente. Míralo, siempre lo predije, tenía que ocurrir, yo ya lo advertí. A la muerte hay que someterla a una lógica para tranquilizar a los vivos, para que no se asomen a la verdad, esa que confirma que nada tiene lógica. Hoy estás vivo y mañana estás muerto, le dijo en mitad de una clase de religión Gus al sacerdote que llamábamos Niebla, ¿explíqueme cómo se puede vivir con eso y no pensar que Dios es un sádico? Ninguna explicación lo dejaba satisfecho. Sabe qué le digo, profesor, que la religión está equivocada, el Cielo es esto, estar aquí, ahora. Ahora, esa palabra que tanto usaba cuando desde joven tomó partido por la vida,

morirse ya no es lo que era,

prefiero dejarlo para cuando me muera,

y así se transmitía en muchas de sus letras, en todas ellas había la misma apuesta por no dejar escapar el regalo de la vida. Gus no era un suicida. Por eso cuando me llegaron los detalles de la muerte nunca me convenció la versión oficial. Salvo para Animal y Martán, nuestro nuevo bajista, mi negación tenía que ver con la frustración, con mi estado de ánimo. Ya se le pasará. Tendrás que aceptarlo, me dijo Bocanegra. Me llevó a cenar para consolarme y tratar de conocer cuál sería el futuro del grupo sin Gus. No hay grupo, le dije, sin Gus no hay grupo. Piénsatelo, no seas absurdo. Pero cómo iban a volar Las Moscas sin Gus, hacia dónde, desde dónde. Para cumplir con el tópico discográfico, la compañía sacó un grandes éxitos. Una selección de las mejores canciones de los cuatro discos y algunas rarezas, maquetas, actuaciones compartidas. Se vendió bien. La muerte es una buena propaganda, no hay quien dé más. Pero eso dura unas cuantas semanas, luego llega el vacío. La muerte es una estafa, solía decir Gus. Es una foto fija, lo que él más odiaba en el mundo.

Gus murió en un portal de la calle Orellana, cerca de Alonso Martínez. Según la policía había sido transportado a ese lugar por alguien cuya identidad nunca llegamos a conocer. En el camino había perdido un zapato. La lógica les llevaba a pensar que había visitado una casa cercana o un lugar de venta de drogas en la zona y que la pureza de algún componente o la mera mezcla de varias sustancias le había causado la parada cardiorrespiratoria hacia las cinco de la mañana. Pastillas, anfetaminas y alcohol. Le pregunté al policía que llevaba la investigación si creía que era una muerte azarosa o un suicidio. Eso no lo puedo decir, pero cuando me entregó el informe final reconoció que mi pregunta era pertinente. No había nada que delatara un consumo masivo, una intoxicación voluntaria. Para entonces había pasado casi un mes de la muerte y nadie tenía interés en refutar la historia de otro músico muerto por sobredosis. Un año antes la muerte de Kurt Cobain había recuperado esa percepción. En la música, si te mueres joven, sólo estás siendo puntual con la leyenda. Y yo me peleaba contra esa versión boba y previsible, que negaba la personalidad real de Gus. Pero no se puede luchar contra los mitos. No merece la pena gastar las energías en esa batalla.

Un atardecer, aún desolado por la muerte de Gus, me fui a esas calles. Me colé en el portal en el que murió y dejé que cayera la noche. Me senté cerca del sitio exacto donde lo encontraron, al fondo oscuro de las escaleras, hacia los cajetines de la luz y el gas. Cuando entró algún vecino no me vio. La policía había investigado a los ocupantes de cada piso, pero nadie oyó ni vio nada, ni había constancia de ningún piso de trapicheo. Repasé los nombres en los buzones. ¿De dónde lo trajeron hacia las cinco de la mañana? De un local cercano, de la calle, de otro piso de la zona. ¿Dónde había perdido el zapato? La policía no se preocupó demasiado en indagar. Qué más daba. Era obvio que Gus había consumido lo que había consumido esa noche sin que nadie lo forzara. Me quedé un rato apoyado en una pared, frente a la fachada hermosa del edificio. Veía a la gente pasar. Aún quedaban algunas flores que fanáticos del grupo habían dejado apoyadas en la pared el día después de la muerte. Unos chicos al pasar las apartaron de una patada. Gus habría hecho lo mismo.

Fue una muerte sucia que no le correspondía. Yo le había visto consumir drogas y lo hacía de manera habitual, pero con medida, sin afectar al grupo, en sus ratos de diversión, con sus amistades ajenas a nosotros. No era un adicto. Para todos los cercanos a Gus yo había descuidado la vigilancia, le había dejado volar demasiado lejos, sin ocuparme de él. ¿Era tu amigo y no sabías en lo que anda-

221

ba metido?, pues buen amigo estás hecho, fue el comentario de mi padre. No contesté. En el tanatorio su madre me cogió de las manos y me dijo, con los ojos clavados en mí, Gus te quería mucho, pobre, él no era como tú, él no sabía... No acabó la frase. ¿No sabía? ¿Qué sabía yo que él no supiera? Pensé mucho tiempo en esa frase de su madre. Él sabía vivir. Yo quizá sencillamente tuve más talento para la supervivencia.

Aquel día en el tanatorio también me encontré con Eva. Se abrazó a mí con su cuerpo de alfiler, estaba preciosa aunque lloraba sin consuelo. Nos habíamos visto unos días antes, me contó entre sollozos. Yo no, yo no le había visto en casi cuatro días. Nos íbamos a Sevilla y Córdoba a actuar a la semana siguiente, así que hablaríamos de las nuevas canciones, nos reiríamos, nos separaríamos después de cenar para recurrir cada uno a sus contactos en la ciudad. Miré a Eva cuando se alejaba. El viento le movía el pelo hacia todos lados y uno de sus acompañantes, al que yo ni recordaba, le sujetaba el abrigo sobre los hombros. Parecía una condesa descalza. A Gus le habría gustado.

Oliva me había llamado desde Boston. Hablamos por teléfono, estaba triste por mí. ¿Necesitas algo? Yo le dije que no, no necesitaba nada. Aún no podía imaginar que iba a necesitar toda una vida para proceder a la reconstrucción, a volver a edificar las columnas en las que me sostenía. ¿Vais a hacer algo, de homenaje? me preguntó ella. Si hacéis algo avísame. Me imaginaba una reunión de viejos amigos, de compañeros de oficio, de antiguos amores, todos en tributo al fallecido. ¿Podía odiar algo más Gus? El pasado, ¿para qué?, si él ya era completamente futuro.

CARA B

No se había dejado destruir por
la destrucción de sus esperanzas.

THOMAS BERNHARD

el pueblo de mi padre

El pueblo de mi padre se extiende en el margen de la carretera nacional. Hay que desviarse de un volantazo y vas a dar al cauce del riachuelo. En esa humedad enfangada entre los juncos nació todo. Antes de habitarlo ningún ser humano, estoy seguro de que lo habitaban los mosquitos y luego las moscas. De niño recordaba las moscas en cada mantel de las casas que visitaba, avivadas y molestas. Las perseguía en los ratos libres, matándolas a palmetazos, y a veces las veía ahogarse en la nata de la leche y cómo alguien las apartaba con el dedo para servirte un vaso. Le señalé a Jairo el cartelón de Garrafal de Campos, con la marca de las pedradas en la chapa, y luego la avenida principal, que era la calle de las Escuelas, aunque decir avenida y decir principal falsean el tamaño real del pueblo. No recordaba los árboles plantados en la vereda y tampoco unas fincas de regadío con girasoles, pero hacía tantos años que no entraba en el pueblo que me sorprendía todo, incluso algunas casas rehabilitadas con ladrillo en lugar del adobe original. También habían asfaltado la calle, que antes levantaba un polvo rojizo cuando los coches daban la curva de acceso.

Me sorprendió la gente que de inmediato se arremolinó en torno nuestro. El coche fúnebre abrió un pasillo entre ellos, como en las etapas de montaña de la vuelta ciclista, pero temí que no iba a llegar mi triunfo en la meta, sino mi perdición. Sobre todo cuando los chavales más jóvenes comenzaron a golpear la ventanilla y a gritar, eh, el famoso, el famoso, rendidos ante el coche fúnebre como frente a la limusina de la estrella que llega al recinto del concierto. Nunca saboreé el triunfo popular ni toqué dos noches seguidas en Las Ventas, en mis conciertos los mejores seguidores se pueden acercar en la barra para charlar o que les firme una funda de disco, no sé lo que es una barrera de seguridad, por suerte. La voz de la guía por satélite anunció certera que habíamos llegado al término de la ruta, pero la forma de decirlo, ha llegado usted al final de su destino, me sonó a premonición fatal. No suelo tomar notas, porque sólo creo en las ideas que sobreviven al olvido, pero «El final de tu destino» podría ser un buen título de canción.

Un hombre enorme, que más que un hombre era un edificio con traje beige y corbata encarnada, se interpuso delante del coche y el chófer frenó para no arrollarlo. Llevaba en la mano un bastón de mando adornado, protocolario, con un cerquillo de cuero labrado por debajo del mango. En sus manos enormes el bastón parecía un mondadientes. Tú no sabes quién soy yo, ¿verdad? Habíamos quedado atrapados entre la gente. El hombre había abierto la puerta y me interrogaba con su cara a un palmo de mis ojos. Te doy una pista, nos conocimos mucho de chavales... Jandrón. ¿Te acuerdas?

Jandrón era ahora el alcalde. Se había convertido en una versión respetable del niño que conocí muchos años atrás cuando nos enseñábamos las pollas mutuamente. Ese detalle nos otorgaba una familiaridad a prueba de olvido.

Traté de esbozar un gesto que lo contuviera todo, tanto que me acordaba de él como que me acordaba también de la punta de su polla, pero me temo que lo único que alcancé a mostrar fue una sonrisa resacosa. Más que madurado, Jandrón había engordado y caído del árbol de la infancia a plomo sobre el descampado del mundo de los adultos. Llevaba una banda protocolaria cruzada en el pecho, pero en lugar de darle prestancia le hacía parecer un pollo envasado de oferta en el supermercado.

A partir de ese instante fui suyo. Sometido física y mentalmente a su autoridad. Sin preguntar, me asió del brazo, tiró de mí hasta sacarme del coche y me zambulló en la realidad. Su abrazo resultó muy doloroso. Recordé que de niño doblaba herraduras. Algo quedaba de su fuerza bruta, pese a que el tiempo había pasado cruel sobre los dos desde la última vez que nos vimos. Contribuyó al dolor que clavara en mitad de mi espalda, entre dos vértebras, la cabeza de la vara de mando. Tras él otras personas, sobre todo efusivas señoras mayores, que me besaban con besos húmedos en las mejillas. Algunas eran caras conocidas, como la tía Dorina, otras lejanas pero familiares, porque la mayoría compartía la nariz de mi padre, que era la mía, como si la hubieran sacado en molde y repartido a toda la población en una mascarada. Me zarandeaban en un homenaje eufórico a la consanguinidad.

Las articulaciones de mis manos, que padecen la artritis herencia de mi padre, eso también se hereda, recibieron el efusivo apretón del censo vecinal en pleno. Las señoras gritaban a que no me conoces, a que no te acuerdas de quién soy, hay que ver cómo te pareces a tu padre, y si tienes la misma nariz, y el mismo color de ojos, añadió otra que me quitó las gafas de sol de un manotazo. Tiene mucho de la madre también. Y luego me soltaban unas y otras diversas sentencias, en la tele pareces más joven, por la tele pareces más alto, en la tele no te pareces a ti.

Por fin el alcalde puso orden. A ver, que llega cansado del viaje, vamos al salón. Me llevó al portón de un viejo caserón reformado con el estilo esmerado de la peor construcción española. Ladrillo visto, materiales innobles, cerramientos de imitación de aluminio, suelo de terrazo moteado. Coca-Cola, Fanta, Aquarius, ¿qué bebes? Tenemos de todo. ¿Agua con gas podría ser?, respondí yo a la oferta generosa del alcalde. Vaya, agua con gas no tenemos, se excusó. A nuestra espalda habló una mujer con tono agrio. Ya sabía yo que los artistas siempre tienen sus caprichitos, dijo. Es mi mujer, me la presentó Jandrón. Seguro que te acuerdas de ella, la Luci. Y entonces reconocí a la Luci, aún robusta, ahora con gafas, pero detrás de ellas los mismos ojos de la infancia, cargados de amenaza y resquemor. Me dio dos besos y rocé sus pechos. Recordé los tiempos en que se negó a enseñarme las tetas con la excusa de que yo era un chico de ciudad que despreciaba a los del pueblo.

permitidme que os presente a los músicos
que me acompañan esta noche

Permitidme que os presente a los músicos que me acompañan esta noche. Al bajo Martán, de París, del distrito XII, metro Ledru-Rollin, al que conocí gracias a un Interrail que lo trajo a España deshidratado y roto. Mi padre lo había recogido en una gasolinera de la Cuesta de las Perdices y le ofreció mi cuarto por unos días, tengo un hijo como tú que ya no vive conmigo. No era raro que mi padre acogiera a la gente que encontraba. Le gustaba presumir de sus hazañas solidarias, perfumarse de generoso, y así también confirmar su visión angélica de la vida. Todo lo que das te vuelve.

Conocí a Martán la tarde en que pasé a recuperar a Lindo Clon después de un viaje a Nueva Orléans al que invité a Animal porque Gus andaba con el rodaje de su serie. Martán y yo charlamos un rato con frases cortas y un poco de inglés. Me acabo de separar, le dije. Seis años, crack, a la mierda todo, le mimé con los dedos el resumen de la catástrofe. À la merde. Lo siento, desolé, me dijo. Asentí con la cabeza, desolación. A lo mejor procedía de quedarse sin sol, a oscuras. Desolación. Desolé. Lo contrario de olé, sin olé. Desolé. Sin España, sin fiesta, ni toros, ni sol. Mi cabeza era una fábrica de absurdos que Martán escuchaba sin entender. También cuando perdí a mi madre, cuando perdí la cabeza de mi madre, me sentí desmadrado. Y justificaba mis borracheras, me dejaba llevar por la noche más disparatada, sólo soy un niño desmadrado. Tu padre me ha contado que eres músico. No dijo padre sino padgre, tu padgre. Moi, je joue aussi la basse électrique. ¿El bajo? Toca el bajo, pensé. Hablamos de música, le gustaba el jazz. Ya sabes lo que dicen, se encogió de hombros con humildad, los músicos de jazz se divierten ellos más al tocar que su público.

Martán llevaba diez días sin ducharse cuando mi padre lo recogió. Según mi padre, le olían tanto los pies que espantaba a las hormigas. Nada más llegar a casa se había duchado, pero una ducha corta, porque al parecer mi padre se había puesto a aporrear la puerta. Ah, es que no le gusta que se gaste mucha agua, le expliqué. Mi padre lo llevó al Valle de los Caídos, el monumento que más admiraba de la región. ¿A que no tenéis nada igual de bonito en París?, le dijo, y le compró una libreta para que apuntara refranes. A mi padre le gustaban mucho los refranes.

Eran un legado de su niñez agraria. Los soltaba en cualquier situación. Los refranes son siempre ambivalentes, a una sentencia le corresponde su opuesta, en eso consiste la sabiduría popular, en no equivocarse nunca y lo mismo a quien madruga Dios le ayuda que no por mucho madrugar amanece más temprano.

Martán me ayudó a aprender a vivir sin Oliva. Me hacía bien hablar con alguien que no la había conocido, que no me asociaba con ella. A Gus le pareció que Martán, un rubio tan guapo de ojos claros, daría a nuestro grupo un toque de distinción y se empeñó en que le hiciéramos una prueba. El resultado de la prueba es que tocaba mejor que nosotros. A Animal se le disparó su sentido de la hospitalidad y a los tres días parecía ser íntimo de Martán de toda la vida. Que además se demostrara como un imán para atraer a las chicas hizo que Animal lo considerara el mejor gusano para salir de pesca. Todo anzuelo necesita un buen gusano, explicaba. Martán repetía entre errores disparatados los refranes que le enseñaba mi padre, ya le había escuchado varias veces citar a Napoleón para despreciar la música. En sus planes nunca había entrado dedicarse profesionalmente a ello. Estaba a punto de entrar a trabajar en la empresa de su padre y el viaje a España era su último aliento de libertad. Libertad que había exprimido de playa en playa, a dieta de churros y vino. Cuando le ofrecimos sumarse al grupo después de que viniera a ensayar con nosotros tres o cuatro tardes y conociera el repertorio, le llegó la hora de tomar la decisión más trascendental de su vida. Volver a casa o quedarse con nosotros.

Se convirtió en amigo mío en la temporada de mi vida en que más necesitaba un amigo nuevo. Al poco de conocernos me invitó a irme a París con él. Necesitas poner distancia, me dijo. Y tenía razón. Me invitó a vivir en su casa, estuve casi un mes en París, creí enamorarme un par de veces, pero en realidad seguía enamorado de alguien que ya no estaba conmigo, así que me gané la bronca de dos parisinas. Las parisinas te echan la bronca como si la trajeran ensayada desde la infancia. Les sale natural. La primera se llamaba Agnès y me gustaba hasta el nombre. Había sido novia de Martán cuando tenían catorce años. Ella te quitará las penas, me dijo Martán. Pero no fue así. Las penas resistieron pese a sus caricias.

Con la segunda parisina me enredé porque era nieta de republicanos españoles y alimentaba la fantasía de venirse a España conmigo. No, Anne, necesito tiempo. Me llamó cobarde, y tenía razón. Me llamó casi de todo y en casi todo tenía razón. No te vas a sacar nunca a Oliva de la cabeza, me dijo, porque tú no quieres sacártela. No, no quería sacarla, puede que fuera cierto. ¿Por qué sacarla? Oliva estaba muy bien en mi cabeza. ¿Por qué le haces daño a la gente cuando tienes daño dentro?, me preguntaba yo. Alejaos de los corazones rotos, es mi consejo de esta noche. Los corazones rotos son como los cristales rotos, dañan a los desconocidos que un día tropiezan con ellos.

Martán se convirtió en el bajista de Las Moscas cuando lanzábamos nuestro cuarto disco, el último disco, el mítico disco. Conoció a Gus y Gus dijo de él que traía al grupo la clase que los demás no podíamos aportar. Porque era francés, porque era guapo, porque era rubio, porque era alto y llevaba sombreritos alegres. Está fabricado en Francia y no como nosotros en la grisura salesiana, decía. Martán sabía tanto de ordenadores que terminaría por introducirnos en las programaciones de la música electrónica y nos permitió explorar en bases y adornos que hasta entonces eran ajenos y enemigos nuestros. En los ratos libres, que por mi mala carrera han sido muchos, Martán ha encontrado trabajos para subsistir en empresas de videojuegos e informática.

Con Martán aprendí música y desde el primer viaje a París, a su lado, fueron igual de importantes los discos de Coltrane o Miles Davis que los de Trénet, Léo Ferré, Barbara o Françoise Hardy. Aún recuerdo el asombro de Gus cuando le descubrí al viejo Henri Salvador, esto es, esto es, decía, confiado en que se podía envejecer así. Martán recuerda que yo cantaba aquella canción, «La folle complainte», a voces, empeñado en repetir a quien quisiera oírme que esa pieza, sobre el polvo que se posa en los muebles de una mansión, era la mejor canción jamás escrita. Nunca agradeceré lo suficiente que el visceral sentido de la hospitalidad de mi padre me regalara un amigo para siempre como Martán.

Y a la batería Animal. Animal ha sido el latido de mi corazón, siempre atrás para guardar el ritmo. Un corazón percusivo, fanático y fiel. Nada en Animal ha sido ordenado y previsible. Es mi pilar, la columna vertebral de mi música, el andamio de la historia de mi vida, que es la historia de mis canciones. Donde entraba él a golpear arrancaban las canciones, por más que estuvieran escritas o compuestas en la intimidad de la guitarra. Y sin embargo nunca le he dado las gracias porque no es de los que pide que le den las gracias. Siempre adelante. Incapaz de organizar su vida como organizó la mía, ha ido de tumbo en tumbo, satisfecho con comer las sobras de la cena de los demás que devoraba a su manera perruna. Es mi amigo más roto, pero más cuerdo. Es mi desastre favorito, pero con nobleza de escudero. ¿Cuántas veces se puede abrir la cabeza una persona? Le han dado a él todos los puntos de sutura que necesitó la banda para no romperse nunca, porque siempre creyó en nosotros más que nosotros. Al salir a

232

escena escucho su golpeo, entro, me cuelgo la guitarra y me vuelvo levemente hacia él y sí, estoy listo, vamos. En realidad cuando digo vamos lo estoy diciendo todo.

Animal a veces tiene raptos y revelaciones. Son discursos que suelta sin elaborar, como le vienen a la mente. Casi epifanías. De pronto, entra en incandescencia, apaga la música en la furgoneta y dice: hay que estar contra la pareja, contra la paternidad, contra la patria, todo eso son enemigos de la libertad. La única institución que el hombre debe respetar es la amistad, porque la amistad nace de la generosidad. La familia, en cambio, se asienta en la posesión, en la protección, en la diferencia. Habla así y todos escuchamos. Un día nos dice que el único título posible para una canción es «La vida sigue igual». Todas las canciones deberían titularse así, porque es el único título posible. «La vida sigue igual», hasta la Biblia debería titularse «La vida sigue igual». Un día en que me notó desesperado y triste tras la muerte de Gus, me dijo, mientras me agarraba con fuerza por los hombros, todos tenemos que morir, es una obligación. Si no muriéramos sería horrible, tendríamos que matarnos unos a otros. Morir es nuestra única esperanza. Morir es el sentido de la vida, Dani, no te confundas.

Mi revelación favorita es una que en el grupo llamamos la gran revelación sexual de Animal, la transcribo casi literal a como la expresó después de la prueba de sonido en la Universidad de Granada donde íbamos a actuar en las fiestas de primavera, frente a Martán y a mí, que compartíamos las cervezas con él en esa febril media hora antes de saltar a escena.

la gran revelación sexual de Animal

De pronto lo he entendido todo, tíos. El orgasmo masculino es una celebración exterior. Como el propio aparato genital, que está organizado como un añadido externo, nuestra satisfacción es social, evidente, pública, nada íntima. Es una expulsión de placer y líquidos. Lo cual nos convierte en seres obvios. Hasta nuestra excitación es visible, exteriorizada. Y esto condiciona nuestras relaciones. Porque el hombre se satisface hacia afuera y no hacia dentro. Por eso el hombre es un espectáculo sexual parecido a los fuegos artificiales. Nuestra mayor prueba de aprecio ante una mujer es corrernos, ahí va el triunfo de tus habilidades, ahí va la prueba palpable del gustazo que me da. El orgasmo masculino es la fiesta del pueblo, la verbena de San Juan, el parque de atracciones, la plaza pública, y si los hombres somos promiscuos es porque cualquier día es un día perfecto para organizar una fiesta. Hay que follar siempre. Así que yo ahí estoy, con mi carromato de fuegos artificiales dispuesto a dar la fiesta donde me soliciten. Palabra de Animal.

algo feo sobre mí

Algo feo sobre mí es lo que encuentro en la Red cuando me pongo a rastrear. También hay cosas buenas, lo sé, pero no tienen el mismo efecto, porque el mal es más eficaz y creíble que el bien. Y el rencor encuentra expresiones muy contundentes, mientras que la bondad está obligada a ser discreta, pausada, íntima, si no, es beatería. A veces el infinito magma de internet me provoca lo mismo que sentía en la infancia, cuando vivía en una calle sin salida y me

234

sabía víctima de un encierro físico. Si te encuentras con un viejo videoclip de una antigua canción, en los comentarios siempre hay alguien que pregunta de qué disco es ese tema y otro que responde pero qué más da, si la canción es una mierda y el tío tiene cara de gilipollas. Así funciona un poco el avispero. Por eso mi relación con la fama siempre ha sido de huida, de evasión. Un día miraba vídeos de Nina Simone en sus conciertos y vi que había mil trope-cientos Me gusta y cuatro No me gusta. Y pensé en esa gente que añade un No me gusta al recuerdo de alguien in-mortal. ¿Quiénes son esos tipos? ¿De dónde salen? ¿Por qué odian?

En la calle, una vez, al entrar en la boca de metro, una joven se detuvo. Llevaba una mochilita colgada de la espal-da. Me dijo que le gustaban mucho mis canciones, que disfrutaba mucho. Fue algo entre ella y yo. Uno subía las escaleras y el otro las bajaba. Me bastó como inyección de moral, de fe. Gus había muerto, Oliva ya no estaba conmi-go. Me encantó la intimidad de ese instante entre una per-sona que hace canciones y otra que las escucha. Si ese en-cuentro hubiera sucedido en la Red, alguien se habría visto obligado a opinar, a insultarla, a afearle el detalle. Pues a mí no me gusta, le habrían dicho. No, las cosas demasiado grandes siempre son feas. Nunca se come bien en una boda o en una mesa de cuarenta. Si quieres comer bien siéntate a una mesa pequeña. Algo así sucede con todo. La música en estadios, los festivales con cien grupos, son in-ventos de alguien más preocupado por la taquilla que por el espectador. Todo esto se jodió cuando se impuso el con-cepto de público. Se desprestigió la individualidad, la rela-ción personal, para primar la cantidad sobre la calidad. Es detestable pensar en el público, lo único interesante es pensar en una persona que te escucha.

Como fuera de casa no se está en ningún lao, solía decir un actor baqueteado al que me encontraba en muchos conciertos de jazz. El tipo tenía un bigote poblado y un tono de voz que incluso cuando susurraba se dejaba oír en todo el local. Parecía inhabilitado para la intimidad. Todo el mundo lo llamaba por el apellido, Gamero, y al final de su vida caminaba con muletas porque le habían tenido que cortar tres dedos del pie. Al parecer el cirujano se había asomado para saludarle al día siguiente de la operación y le había advertido que el alcohol tenía mucho que ver con su enfermedad. El actor le había respondido: ¿el alcohol?, imposible, si llevo casi una semana sin probarlo.

Con Martán es con quien empecé a frecuentar los conciertos de jazz y festivales. Con Martán y con Nacho. Nacho se nos unía con el saxo tenor cuando tenía libre la fecha de la actuación y, para las grabaciones, organizaba los arreglos de vientos que siempre me hicieron sentir un músico de verdad. Le gustaba tocar con cualquier excusa y lo mismo acompañaba a gente del jazz, del rock o de la canción melódica, sin importarle demasiado otra cosa que no fuera su caché garantizado y estar ocupado, estar ocupado, estar ocupado. Su gira era una gira perpetua. Como fuera de casa no se está en ningún lao, me repetía.

Nacho tenía mujer y dos hijos, pero los veía sólo entre actuaciones. Para mí Nacho vivía en una fuga permanente. ¿Por qué lo dices?, me preguntaba. No sé, nadie disfruta de tanto viaje, estoy seguro de que en el fondo corres para escapar de algo. Todos escapamos de algo, siempre. Los músicos para justificarnos ideamos una gira. Cuando saqué mi primer disco en solitario tras la muerte de Gus me reconocí en Nacho, yo también empecé a tocar por todas partes, a largarme después de la actuación a otro rincón del que largarme al día siguiente, no parar quieto, inmerso en la gira del nunca acabar. No era tanto no estar en casa como no tener casa.

Pero después de visitar tres veces todas las ciudades del país, con sus hoteles de tres estrellas y sus estaciones tristes y sus locales de acústica fallida, ya no había ni misterio ni liberación. Todo era previsible y desmotivador. Se resumía en aquella pintada que vimos en la pared de ladrillo frente a la estación de tren de Albacete, que completaba ese dicho popular de Albacete caga y vete que habíamos traducido para Martán. Alguien había escrito en letras enormes en aquella pared de la estación: Ni cagues.

aquí somos más de botijo

Aquí somos más de botijo, gritó una señora que se había añadido al grupo de autoridades que rodeaban a Jandrón. Toma, si quieres beber a botijo. Claro, claro, acepté. Y un segundo después ya me manchaba la pechera de la camisa mientras empinaba el botijo y no acertaba a recordar la mecánica para llenar el buche y doblar el brazo con sincronía. Escuchaba la voz persistente de Jairo, que había entablado conversación con un hombre mayor y trajeado, sí, sí, yo soy el chófer del coche fúnebre y la verdad que el viaje ha dado para conocernos muy bien con Daniel y ya me ha contado del pueblo, de su padre, no se puede imaginar cómo se abren los clientes cuando les dejas hablar contigo, es lo que tiene mi oficio, sobre todo consiste en saber escuchar.

A ver, te cuento el programa de actos, me advirtió Jandrón, que ahora me toca hacer de alcalde. No te preo-

237

cupes que aquí el alcalde es apolítico, me eligen porque soy el único que se presenta, y al decirlo parecía querer evitar enfangarse conmigo en una discusión ideológica. Pero bueno, aquí lo más urgente es enterrar a tu padre, luego habrá tiempo para los festejos. Lo funeral es primero, concluyó, y me chocó la sentencia. ¿El viaje ha ido bien?, y se volvió hacia el conductor del coche fúnebre como si fuera un guía turístico. Los tres hemos llegado sin incidencias, confirmó. ¿Los tres?, pero ¿vienes con alguien más? Me refiero al finado, aclaró Jairo. Jandrón volvió a hablar. La ceremonia la retrasé una hora por si había cualquier imponderable, pero tomamos aquí un refrigerio y así podemos esperar dentro y que no te moleste la gente, que andan muy excitados con eso de que viene una celebridad aunque sea por un luctuoso trance y le estaba yo dando vueltas ahora a que tú a lo mejor va para más de veinte años que no venías por aquí...

El entusiasmo de Jandrón, su prolija información, los vocablos de alcalde alambicado, ¿imponderable?, ¿refrigerio?, ¿luctuoso?, el trato de celebridad eran pistas aterradoras de lo que me esperaba. Dejé caer los hombros, relajado. Hace muchos años que decidí no luchar contra los pesados. Es habitual que llegues a tocar en una ciudad o un pueblo y vengan a recibirte los promotores locales, el concejal, el tipo entusiasta que ha contratado el bolo. Entre ellos los hay amables, discretos y delicados, pero también desbordados, excesivos e invasivos. Luchar contra ellos es inútil. En el momento en que decides que aquella persona puede hacer contigo lo que quiera, que no vas a oponerte a ninguno de sus caprichos de anfitrión, comienzas a descubrir algo sorprendente. Todo el mundo tiene una historia, todo el mundo tiene una aventura personal. Animal siempre me dice que por qué me empeño en dar conversación a la gente tan plasta que nos encontramos en los viajes de conciertos. Yo me justifico, no les doy conversación, me limito a dirigirla un poco. Les pregunto por su vida, sus condiciones, la historia de su familia, sus aficiones, y acabo por encontrar siempre esa novela oculta que toda persona lleva dentro de sí. No es un rasgo de generosidad, lo hago para sobrevivirles. En nuestra profesión, como insistía mi padre para explicar la suya de vendedor puerta a puerta, también tenemos que oír historias, porque vamos a contarlas, vamos a tratar de llegar a esa gente con una canción. No sé si se hereda esa disposición a escuchar al otro, pero sí sé que se torna práctica.

Por la ventana enrejada asomaban las vecinas y algún niño que preguntaba ¿y es verdad que tú sales en la tele?, con un nada reprimido escepticismo. No pensé que viviera tanta gente aquí, dije sin pretender que sonara a elogio. Pero Jandrón lo festejó como un éxito de convocatoria. Hombre, están para la fiesta. Ya sabes que el día del apóstol de España coincide con nuestra fiesta mayor. Aquí sólo viven cuatro viejos y dos rumanos que trabajan en la labor, pero con la cosa de la fiesta vuelven todos, porque en el pueblo la gente está muy apegada a sus raíces, Garrafal se hace querer, te atrapa, yo mismo vivo en Salamanca, doy clases en la Facultad de Empresariales, esto de la alcaldía lo hago por amor al pueblo. ¿O sea que ahora son fiestas?, pregunté abochornado. Claro, por eso acordamos la fecha de lo de tu padre, para que coincidiera y así pudieras echar el pregón y sumarte a los festejos, que es muy bonito tener a alguien tan famoso como tú y que es hijo del pueblo y que seguro que tienes la cabeza en mil sitios y que aún te acuerdes de tus orígenes y que hayas hecho algo tan bonito como traer los huesos de tu padre para que descansen en el terruño que lo vio nacer. A lo mejor hasta te gustaría que te enterraran aquí, para nosotros sería un lujo. Se volvió para mirar alrededor del saloncito y por un momento pensé que iba a dar la orden a los allí presentes de que me enterraran vivo para coronar la fiesta del orgullo de Garrafal.

Jandrón no respiraba al hablar. Respirar debía de parecerle un capricho que no te puedes conceder cuando tienes tanto que decir. Ofreció algo de beber a Jairo. Todo el camino me ha estado hablando del pueblo, es que el pueblo de la infancia no lo olvida uno nunca, decía Jairo, dispuesto a competir con la charlatanería del alcalde. No, no, éste no es el pueblo de mi infancia, era el de mi padre, yo no venía más que..., traté de evadirme, pero evadirme de manera física, si en ese momento hubiera podido cavar un túnel con palabras y escapar de allí lo habría hecho. Claro, pero acuérdate de los veranos que nos hemos pasado aquí, Jandrón me golpeó la espalda con lo que pretendía ser una caricia y resultó un empellón. Luego me presentó al concejal de festejos, que era el señor trajeado que había entablado conversación con mi conductor y cuya cara triste la entrecomillaban dos cejas. El concejal de festejos, a su vez, me presentó a la que era su esposa, cuyo rostro y actitud no proponían festejo ninguno. Cuando habló dejó escapar su voz de grulla y por un momento parecía que estábamos en el coto de Doñana. Quise decirle que la grulla simboliza la buena suerte para los japoneses, pero entonces Jandrón me hizo girar sobre mí mismo para presentarme a sus hijos, dos niños que tenían la cara exacta de su padre cuando yo pasé un verano con él. La Luci empujó a los niños para que me besaran las mejillas y luego dio un paso hacia atrás para observarme con atención. Chico, estás delgado como un palillo, tanta comida japonesa, supongo, y todos se rieron. ¿No has traído a tus niños?, me enseñó una foto de

240

ellos tu padre pero ya hace un montón. Casi serán como éstos, ¿no?, y señaló a éstos, que eran los dos hijos fruto de su unión con Jandrón, o sería mejor decir encontronazo, y que permanecían callados con la cara prestada de su padre. Los míos son un poco más pequeños, dije, en todos los sentidos.

Recuerdo la foto de mis dos hijos que llevaba mi padre en la cartera. Yo mismo le hice la copia. La había tomado Kei, apoyados en el suelo con una mano en la mejilla. Aquí la gente hemos seguido tu carrera, prosiguió la Luci, aunque tú no hayas hecho ni caso al pueblo desde que te hiciste famoso. Estuve a punto de corregirle, dejé de hacerle caso mucho antes de hacerme famoso. En general la gente culpa a la fama de los rasgos habituales del carácter de una persona. Cuando dicen la fama le ha hecho más ensimismado, más egoísta, más triste, en realidad olvidan que el tipo ya era ensimismado, egoísta y triste, pero la fama le ha permitido ejercer sin reprimirse. La Luci en lugar de miradas lanzaba puñetazos, en un desafío mental de tal calibre que temí que se le rompieran los cristales de las gafas. ¿Y a tu mujer, la japonesa, tampoco la has traído nunca al pueblo, qué pasa, que te avergüenzas de nosotros? En realidad sí que la traje una vez, cuando toqué en Palencia años atrás, pero era invierno y pasamos por el pueblo en la furgoneta, pero no quise molestar. Ah, en invierno no venimos casi nunca, me explicó ella. Pero si nos llamas a Salamanca nos acercamos encantados y te hago de anfitrión, propuso Jandrón. De todas maneras, te has separado, ¿no?, zanjó su esposa, lo leí en una revista. Sí, bueno, en realidad nunca nos casamos. ¿Te parece poco matrimonio tener dos hijos?, me contradijo la Luci, de verdad, qué cosas hay que oír. No entendía por qué esa mujer la tomaba conmigo de manera tan abierta.

¿Y aquí vivía el abuelo?, me había preguntado Kei cuando atravesamos el pueblo sin detenernos. Solía referirse a mi padre así, el abuelo. Hasta que estalló la guerra, después ya se instaló en Madrid, le expliqué. Kei hizo alguna foto por la ventanilla de la furgoneta, a la iglesia, a las casas de adobe, al local de las escuelas entonces derruido, y tiempo después se las enseñaba a mis hijos. ¿Pero no vive nadie?, preguntaba Maya. Muy pocos, ya muy pocos. Y no los conocí porque tu padre no quiso entrar a saludar a nadie, añadió Kei.

estar solo

Estar solo es un empeño difícil. De Japón recuerdo los largos paseos, las caras desconocidas, la falta de familiaridad, el desarraigo, al principio incluso jornadas sin intercambiar una palabra con nadie en todo el día. No saber leer las señales, ni la letra diminuta de los periódicos, ser un extraterrestre en tu planeta. Recuerdo que aprendía los números con la vista fija en un calendario. La lógica aplastante de la grafía de sus números. El uno es la raya en forma horizontal, ichi, y así va creciendo. Aprender a leer, a hablar, no ser nada, borrarte y recomenzar de cero.

A Japón, ¿qué me llevó a Japón? Quizá también una huida. Ni planificada ni admitida. Tras la muerte de Gus me costó decidir el modo de seguir en la música. El grupo sin él carecía de sentido. Era imposible imaginar el repertorio sin los dos. Me parecía fraudulento seguir bajo el mismo nombre. No hay grupo, les dije a Martán y Animal, sin Gus no hay grupo. Tampoco quisimos exprimir la necrofilia nacional. Un país que entierra mejor que deja vivir. Había en mí un dolor rabioso cuando percibía que a

242

Gus ahora le llovían los elogios por el mérito de estar muerto, eso elevaba su cotización, al modo del mercado del arte, porque ya no pintaría más cuadros.

En una emisora de radio grité a la locutora que Gus no se había suicidado, a ver si os enteráis de una puta vez, sino que había muerto de manera accidental. Jamás le interesó ese lado palurdo de la música, todo lo contrario, le gustaban los músicos viejos y decrépitos, que daban taconazos al ritmo de una armónica o se reinventaban por enésima vez para poder completar otra gira aunque carecieran de voz o no pudieran agacharse para enchufar el pedal de la guitarra.

Me aislé, Animal y Martán comenzaron a tocar con otras bandas. Nos juntábamos para actuar alguna vez y desempolvar el repertorio antiguo, que aguantaba con una sola voz aunque yo me empeñara en negarlo. Las canciones adquirían un sabor nostálgico que quizá era lo que me provocaba el rechazo. No fueron inventadas para ser nostálgicas, me repelía esa nostalgia prematura de nuestra generación que luego se desató sin mesura, fetichista y kitsch. ¿Te acuerdas de cuando...?, yo os vi en vuestro primer concierto. Una nostalgia que no te permitía gozar si no era con la conciencia de fabricar recuerdos. He visto salas llenas para ver a grupos reunidos en un tributo tras años separados, las mismas salas que no llenaban jamás cuando estaban en activo. Volví a componer y me encontré a solas, tocaba la guitarra para disfrutar de nuevo del placer de levantar una canción de la nada. Decidí convertirme en Daniel Mosca, que era recuerdo del grupo y una declaración de soledad al mismo tiempo. No quería cantar con mi nombre, tu nombre de familia funciona para las facturas, no para la escena.

Un día descubrí que estaba a punto de completar un disco. Jamás había trabajado así. Encerrado en el estudio

243

de Ramón, partíamos de una idea y elaborábamos un desarrollo. Mientras me enseñaba a manejar la mesa, yo sumaba canciones sin demasiada conexión. Sin enseñarlas a nadie. Todas ellas cobraron una extraña continuidad, que hablaba de personajes encadenados, con cierto aire de opereta. Para sorpresa general, cuando salió el disco rebosaba humor, demasiado humor para estar de luto, según algunos. Una dosis atrevida que resultó incómoda. Porque el humor es recibido como un juego distante y menos trascendente y quizá de mí esperaban la melancólica desesperanza de quien pierde al cómplice, pero les entregué lo opuesto. ¿Era una venganza? Puede que nadie viera que el humor era una venganza contra la tristeza.

Estaba de tan mal humor que todo lo que escribía era cómico. Así nació «Son 4 días». Animal y Martán se unieron para grabar las bases y aunque no éramos el grupo volvíamos a tocar juntos. Su amistad y su disposición, su participación plena, les sentaron bien a las canciones. Los estribillos se convirtieron en vitalistas, plenos de un sonido chocante, como un entierro donde todos sufren un ataque de risa. Quizá el entierro que no fuimos capaces de darle a Gus, algo que ahora lamentábamos.

el arte de no hacer lo que se espera de ti

El arte de no hacer lo que se espera de ti exige la precisión del cirujano y la testarudez del loco. Público y comercio se erigen en dictadores, en pequeños tiranos. Tus pasos son tus pasos porque son tuyos, nunca un error alimenta si no sale de ti. Una cosa es actuar para alguien y otra cosa es actuar a las órdenes de alguien. Me he repetido mandamientos así para justificar mis fracasos, también para hacerlos menos dolorosos, pero acabé por creer en mi intuición porque en algo hay que creer.

Que no era el disco que esperaban lo noté en la propia compañía. La maqueta estaba bien armada, tocada ya con Animal y Martán y algunos otros músicos que se sumaron a echar esa primera mano de pintura, entre ellos Nacho, que había juntado una sección de vientos con chicos cubanos llegados de la última oleada del exilio durante el periodo especial y que sonaban a gloria. No gustaba. El disco. Lo supe por la primera frase de Bocanegra. Me gusta, me gusta mucho, pero hay que pensar muy bien cómo lo vendemos. Así es el mundo de la música, todo lo que se dice quiere decir otra cosa distinta. También cuando hablaba Bocanegra, no sé si la gente lo va a entender, que quería decir que él no lo entendía.

Lo que tienes que hacer, me trató de convencer días después, es reactivar el grupo, no desperdiciar todo el trayecto que lleváis recorrido. Para él era absurdo empezar de cero con otra marca. Pero la discusión apenas duró un segundo. No podemos ser sin Gus lo mismo que éramos con Gus. A los jefes de la compañía les parecía un acto gratuito de purismo. Citaron ejemplos históricos. Pero Las Moscas habían dejado de existir. Cuando oyeron el disco más despacio encontraron otro motivo de preocupación. Había una canción con potencial polémico que se mofaba de la Iglesia católica, pero tampoco estuve dispuesto a sacrificarla. Así que Bocanegra terminó por intentar desanimarme con un diagnóstico. ¿No querrás convertirte en un cantautor? Lo dijo con el mismo desprecio con que hubiera dicho quieres grabar un disco de boleros o participar en Eurovisión. Yo sabía que no se atreverían a echarme de la compañía en un momento tan delicado. Les pedí dos discos de confianza, un contrato para dos aventuras, les aseguré que

245

con un buen productor y las ideas y sonidos que tenía en mi cabeza, saldría algo lleno de ruido y atmósfera.

Retrasamos más que nunca la elaboración, yo tampoco tenía prisa, con aquel repertorio lleno de personajes y canciones narrativas, botarates descerebrados, perdedores en la calle, desamparados de zarzuela canalla. «Un profesor de matemáticas olvida sumar», se titulaba una, y creo que es la primera canción dedicada a un profesor de matemáticas en la historia de la música, enamorado y derrotado. Conseguimos que la banda sonara menos a guitarras de rock y más a orquesta festiva. El productor vino de Londres y fue todo un lujo que la compañía me concedió porque preferían a alguien con nombre internacional y no a Ramón, que sospechaban que se plegaría a mis caprichos. Fue el productor quien encontró una referencia básica en las músicas de los Balcanes, en ese tiempo de moda por las películas de Kusturica y Bregović. A mí me parecía buena idea cargar las bases con trompetas, clarinetes klezmer, percusiones variadas, acordeones, con un sabor melancólico detrás de la alegría, la tristeza que se posa cuando termina la verbena.

Casi por accidente, Animal descubrió que su batería sonaba hermosa a través de los altavoces de comunicación del estudio y se empeñó en explorar ese efecto. Se quedaba horas al terminar la jornada y a la mañana siguiente, exhausto y feliz, nos mostraba lo que había conseguido sacarles a las percusiones. Me encantaba verle implicado hasta ese grado, y la distinción que trajo a nuestro sonido nos dio un toque único. Martán ejercía de enviado especial hacia la innovación, que incluía desde instrumentos de juguete con los que arramblaba en el Rastro hasta programaciones electrónicas con las que lográbamos una atmósfera curiosa, a veces lluviosa, a veces volcánica, en el fondo de la grabación.

La primera crítica interesante destacó algo que se nos había pasado a casi todos desapercibido. El disco era teatral. Cada canción contaba la peripecia de personajes, todo eran retratos y aguafuertes, como las fotos de barra de bar de Anders Petersen. Más patetismo que romanticismo, algo inhabitual en un disco de alguien joven y exitoso. Dijeron que era un disco herido y sarcástico, de un humor desesperado. Puede que fuera así, incluso era cierto eso de que había perdido la ligereza juguetona que me aportaba Gus. Mi música quería viajar hacia algo distinto, pero todos insistían en convertirme en víctima del síndrome McCartney, el músico que sobrevive a su compañero de grupo y queda señalado por algo tan vulgar para el mundo de la música como seguir vivo. En una revista gratuita de Barcelona alguien escribió, y no quería ser un elogio, que yo aspiraba a ser un Tom Waits de Lavapiés, sin acertar a ubicar mi barrio, pero sí a transmitir su mala baba. Con veintiocho años recién cumplidos habría esperado algo más generoso para lanzar mi carrera ahora en solitario, pero la ayuda nunca te llega cuando la necesitas, y el reconocimiento o la generosidad suele regalarse a quien ya anda sobrado o muerto.

Pero la gente en los conciertos coreaba el estribillo de «Son 4 días» en un ambiente de fiesta. Lo alargábamos al interpretarlo para que se convirtiera en algo catártico, y cuando nos quisimos dar cuenta la canción era un éxito moderado y popular, que sonaba pegadizo en los bares a la hora del cierre y hasta fue plagiada en un anuncio de seguros de vida, pese a que me había negado a cederla en otro ataque de purismo, según Renán, mi mánager. Comenzamos a tocar en tantos sitios, en cualquier local donde nos ofrecieran un buen acuerdo, y siempre pensé que aquel disco terminó por ser un éxito gracias a la insistencia. Coronamos la década de los noventa sin enterarnos demasiado de

247

la enorme variación que se había producido no ya en la música sino en todo alrededor, estábamos demasiado ocupados en tocar por todas partes donde nos solicitaban, confiados en que así todo permanecería igual. Pero el mundo estaba en plena mutación.

Luego llegó el escándalo por la canción sobre los sacerdotes pederastas, como la empezaron a llamar, y las acusaciones en periódicos y radios. Hasta una amenaza de querella de la Conferencia Episcopal que nunca se consumó. Dieron de baja los pedidos en algunas tiendas de discos y cayeron conciertos en ayuntamientos conservadores. En la discográfica recibieron presiones para borrarla del álbum y me escribían cartas sacerdotes indignados que veían su labor ensombrecida por mis insinuaciones. Todo esto ayudó a vender el disco un poco más, sobre todo cuando nos reventó el concierto en Miranda de Ebro un grupo ultra de jóvenes católicos. Yo pasé a ser el de «La postura del misionero», el de dejad que los niños se acerquen a mí y permitidme saborear el amargo placer de pecar. Pocos entendieron que la canción trataba de la culpa, y tanto los que me defendían como los que me atacaban equivocaron las razones esenciales.

Me animaba mucho la obsesión de una locutora de radio muy popular que arengaba a los alcaldes de Tomelloso o Calatayud para que no me contrataran. Mañana ese señorito va a tocar en la plaza de su pueblo, seguramente junto a la iglesia, canciones ofensivas para todos los creyentes. Provocaba un placer enorme saber que alguien así te odiaba. No podía faltar que mi padre se introdujera en la polémica, para ponerse, por supuesto, de parte del enemigo, has insultado cosas que son sagradas para la gente. No existe nada sagrado para mí, papá. Él, que tenía claves que otros ignoraban, sentenció: algún día desaparecerá, espero, esa rabia que llevas dentro.

248

Años después la profesora de mi hijo me advirtió de un tiempo en el que tenía problemas de estudio y de relación, amargado al fondo de la clase y sin brillo, y me dijo que Ryo estaba saliendo de la infancia y eso le perturbaba. Necesita ayuda. Entonces comprendí bien su desasosiego porque fue el mío. ¿Acaso eso se hereda? Y recordé el tiempo en que también yo tuve que abandonar la infancia musical, la divertida ingravidez del juego, para enfrentarme a la madurez del oficio. Era esa transición entre lo divertido y lo profesional lo que me amargaba. ¿Cómo va a vivir alguien de cantar?, me preguntaba a mí mismo como hacía mi padre. Él sostenía que este trabajo era una aventura juvenil que terminaría con la edad, mi oficio contradecía las fábulas del esfuerzo y la recompensa. No pretenderás vivir de esto toda tu vida, si la música es sólo el arte de hacer ruido.

¿Puede uno ser adulto contoneándose sobre un escenario? O tontoneándose, como prefería decir Animal. ¿No hay en todos los músicos maduros algo de niño absurdo, de adolescente eterno? Dentro de la compañía hubo durante tiempo una cierta euforia en torno a mí. Querían fabricar una rivalidad con dos o tres artistas como si pudiéramos ser los referentes patrios de la rivalidad entre Oasis, Blur y Pulp, pero nuestra maquinaria promocional quedaba en evidencia ante esos bombarderos que transportaban los acorazados de la MTV. Yo me limitaba a navegar con buen rumbo por las aguas procelosas de la industria, que diría Renán. Podía quizá dar el salto a ventas mayores, a cifras serias, a cantidades que ponen a todo el mundo de buen humor con la posibilidad de ganar mucho dinero. Pero los que se sumaron entonces, nuevo público, nunca se familiarizaron con las canciones de la época de Gus, y otra mayoría se alejó para no volver porque me relacionaba con un grupo de su juventud y, aunque yo crecía, había decidido no acompañarme en ese proceso. Es interesante aceptar sin traumas la idea de decepcionar a los demás, de no hacer lo que esperan de ti. De todas las canciones de ese disco toco aún la que dio título al álbum y también «Si la casa está ardiendo es mi casa», pero sólo los muy fieles resistieron el cambio de registro, fortalecidos por conocer el hilo secreto que unía estas canciones a todas nuestras canciones anteriores.

Yo no me sentía vencedor. Me faltaba Gus cerca, me faltaba Oliva, me faltaba también Fran, por más que Animal y Martán siguieran a mi lado, rocosos y resistentes a cualquier adversidad, empeñados en gastar las mismas bromas de siempre, en llenarme la cama de Corn Flakes en el hotel si sospechaban que iba a ligar o llamar a las radios donde me entrevistaban haciéndose pasar por obispos indignados o esconderme los zapatos antes de saltar a escena y dejarme unas pantuflas con el escudo del Real Madrid. Arranqué varios conciertos descalzo, antes morir que pecar.

Cuando le tendí a mi padre un cheque por todo el año de cuidados de mi madre en la residencia, deja que me haga yo cargo de esto, tuve que aclararle que no había atracado un banco. ¿Pero tanto ganas con esta monserga de la música? De verdad que el mundo se está volviendo cada día más loco. Viviré de esto mientras me dé dinero, le dije, como hace toda la gente, lo quieran reconocer o no. En este negocio ni te retiras ni planificas. No tienes una carrera, simplemente corres.

250

Por la ventana del edificio de las escuelas un chaval me extendía un papelajo para que le firmara un autógrafo. Mi limitada experiencia aconseja no firmar el primer autógrafo ni posar para la primera foto cuando hay un grupo numeroso de gente, porque se produce el efecto contagio y todos quieren lo mismo para ellos, aunque no sepan con certeza quién eres. Se convierte en un engorro en el que tú eres la pieza que cobrarse, la mariposa que ensartar en el alfiler. ¿Dónde van a parar los autógrafos? Sería una pregunta tan difícil de contestar como la de adónde van a parar los calcetines desparejados. Uno tiene la certeza de que hay ejércitos de calcetines únicos que se han rebelado contra su gemelo, pues igual han de andar por el mundo autógrafos ilegibles en papeles amarilleados, fotos desenfocadas de famosos irreconocibles junto a espontáneos, discos dedicados arrinconados en ferias y rastrillos de antigüedades. Pero la Luci fue más contundente, se acercó con un desplazamiento de cadera hasta el ventanal y le lanzó una cachetada al chico a través de las rejas de la ventana. Hasta después del entierro, nada, ¿no te das cuenta de que estamos en un acto oficial?, le reprendió.

Estaba a punto de incidir en la importancia de proceder al entierro, que era lo que me había llevado allí, cuando abrieron paso al cura del pueblo, al grito de anda, ya está aquí el cura. Me sorprendió su juventud, los ojos despiertos y de un negro brillante, parecía más el Jarvis Cocker en la época de «Cocaine Socialism» que un curita de pueblo. Tenía un aire afeminado, llevaba vaqueros y una cruz tallada con madera de una rama, quizá labrada por él mismo en paseos aburridos por los campos. Es el párroco de aquí, de los pueblos de la zona, me lo presentó Jandrón. Mucho gusto. Me llamo Javier. En la muñeca le vi varias pulseras juveniles, una con los colores ya desteñidos de la bandera de España. ¿También él se olvidaba? No sé si quieres algo especial para el entierro, me preguntó con cierta complicidad tras saludarnos, música, leer algo personal, me gusta que los entierros sean de la familia, a su medida. ¿Quizá quieres cantar algo? No, no, negué con la cabeza, lo hago sólo por mi padre, lo de trasladarle al pueblo, creo que a él es lo que le gustaría, no lo hago por mí. Ni tan siquiera en mis planes entraba volver a someterme a otra misa de funeral, pero eso no se lo dije.

A que te esperabas a alguien como don Teófilo, ¿verdad? Pues nada que ver, Jandrón también sacudió la espalda del cura mientras se refería al viejo párroco del pueblo que habíamos padecido en la infancia. El concejal de festejos me explicó que el cura había muerto en una residencia, con casi cien años. Murió más solo que la una. No era muy querido, la verdad. Bueno, le justificó su joven sustituto en la parroquia, era un hombre de otra época, los tiempos cambian y también las personas. Caí en la cuenta de que uno de los ojos de Javier, el sacerdote, era de cristal. Había notado en un primer instante algo extraño en su mirada. Soy de Alicante, me dijo el cura, esta zona no es la mía, pero le he cogido cariño. En el fondo este paisaje también tiene algo de mar. Ya tendréis tiempo de sobra para hablar, le interrumpió Jandrón. Es una persona muy interesante, muy preparada. Aquí hemos arreglado la iglesia, que estaba hecha unos zorros, con perdón, gracias a Javier, que es alguien que se preocupa por las cosas, que no se limita a rezar el rosario para las viejas y ya está. Bueno, la Iglesia tiene que evolucionar, dijo el sacerdote con timidez, incómodo ante los elogios.

Yo no dije nada. Seguía conmocionado por la frase de

Jandrón, esa de que el cura y yo ya tendríamos tiempo de sobra para hablar. ¿Tiempo de sobra? Si la vida fuera una película de portazos, que así llama Animal a las de género de terror y sustos, películas de portazos, habría sonado en ese momento un acorde grave. Traté de adueñarme de la situación, por primera vez en la mañana. Bueno, yo creo que cuanto antes vayamos hacia el cementerio mejor, porque me tengo que volver a Madrid...

Ah, no, no, no, de volverte nada. Hoy las cosas las organizamos nosotros. Si aún no te he explicado el programa de actos. Es que es todo tan atropellado. Dejé de escuchar a Jandrón y miré hacia la ventana, para escapar a la carrera necesitaría atravesar las rejas de barrotes. Demasiado complicado. Al otro lado de la ventana vi un rostro que se destacaba entre los demás. Parecía una chica importada de otro planeta en ese entorno, con un gesto inteligente y algo desafiante, que desentonaba con la espontaneidad simplona del resto de los muchachos que se agolpaban junto a ella, todos con el pelo cortado como los futbolistas de moda y esa mirada bovina a juego con sus mofletes. Pronto esa visión fue sepultada de nuevo por la chiquillería curiosa, que agarraban los barrotes como si asistieran a un partido de fútbol en primera fila del graderío. A un partido o a una forma de ejecución cruel y apremiante en la que el muerto era yo.

el muerto era yo

Arrancar una carrera en solitario significaba que no quería que nadie dependiera de mí, que asumía mi individualismo como una ventaja. Quería retomar los estudios después de que mi primer intento en la facultad quedara

253

saboteado por la actividad del grupo. A la postre, la única graduación que logré fue la de la miopía.

Una tarde le cantaba a mi madre en la residencia. A ella siempre le gustó verme tocar la guitarra. Cuando llegaba, si hacía frío fuera, aún me calentaba las manos con sus manos, qué frías traes las manos, y repetía siete, ocho veces la misma pregunta, ¿hace mucho frío en la calle? Los médicos me explicaron que la memoria musical era la más resistente de todas las capas de la memoria, y que muchos enfermos se aferraban a canciones cuando ya lo habían perdido todo. Mi madre miraba con la persiana de su memoria bajada. Lo que le sucedía a ella era el destino común. El olvido de todo, hasta de aquello que más nos gustaba o más huella nos dejó. La mirada de náufraga con la que fingía reconocerme había dejado hace tiempo de hundirme en la tristeza. Pero si en la vida al final todo chocaba contra el absurdo de la decrepitud y el olvido, me preguntaba, ¿para qué todo el esfuerzo? Me sorprendí follando varias veces con el desafío vengativo del que folla contra la muerte, la enfermedad, el olvido. Uno folla a veces contra el mundo. Follaba contra el amor y follaba contra la pareja y follaba contra el compromiso. Y follaba contra tantas cosas que a veces no follaba a favor de nada.

Marta era la fisioterapeuta que se ocupaba de mi madre en la residencia dos días por semana. Le gustaban mis canciones y se asomaba cuando tocaba para ella en la habitación. Salió conmigo una temporada. Una noche me dijo que al follar me ponía muy serio. Te pones muy serio al follar, da casi miedo. Me descubrí ridículo, pero bien definido. A veces se sentaba desnuda a horcajadas sobre mí y me daba la espalda bella y su terminación frutal. Decía que prefería mirarme los pies cuando hacíamos el amor. Los pies son lo más bonito que tienes. Y sabía tocar en ellos cada centímetro de mi cuerpo porque había hecho un curso de reflexoterapia podal. Pero no era capaz de encontrar la raíz de la tristeza, y eso la desanimaba. No poder quitarme de la cabeza eso que, según ella, arruinaba todo lo demás. Un día me dijo, al irse, con las canciones tan divertidas que escribes, ¿por qué eres tan serio?

Marta se fue a vivir a Pamplona, que era su ciudad, cuando encontró trabajo allí. Yo para ti sólo fui una chica trampolín, me dijo alguna vez que volvimos a vernos, la típica chica que necesitas para salir de una historia grave y tomar impulso para saltar a otra historia más profunda, porque te has casado, ¿no?, y tienes dos hijos. Alguna vez viene a verme a los conciertos y sigue siendo abierta y con ojos de niña, aunque es madre de tres hijos y su marido es bombero en Estella, con un físico amenazante debajo de su cara de buena gente. Un día le pregunté a Marta si su marido sabía que nosotros habíamos estado juntos, y me cortó en seco: es bombero, pero no idiota. También me dijo que ya no se me veía tan serio como antes, y eso me alegró. Y me repitió lo que siempre me decía, que yo tenía el trabajo ideal, sin jefes, sin horario, sin ataduras. Pero pensé que ella cuidaba a enfermos y su marido apagaba fuegos, y me sentí ridículo por dedicarme a hacer canciones.

Escribí para ella, en los días en que nos veíamos a escondidas, una canción que se llamaba «Silba un taxista» y quería tener la estúpida ingravidez de las canciones que componía con Gus. Me ocurrió en un taxi, cuando abrumado por las dudas y los problemas, por el derrumbe de todo lo que me sostenía, el hogar de mis padres, la vida amorosa, la complicidad de los amigos, de pronto escuché que el taxista rompía a silbar, indiferente. Escribí la canción y en la parte final yo silbaba un pedazo de la melodía. Gus siempre me decía que yo lo que sabía hacer bien, de verdad, era silbar. En todo lo demás te defiendes, pero en silbar eres un maestro. Cuando me apetece silbar en el escenario toco esa canción y silbo un rato con los labios pegados al micrófono mientras Animal bate las escobillas en la batería. Silbar es lo que mejor hago, tenía razón Gus, y mis pies son la mejor parte de mi cuerpo, tenía razón Marta. No es como para andar presumiendo por ahí.

soy Serrat

Soy Serrat, me dijo una voz al otro lado del teléfono. Y era la voz de Serrat. Yo había parodiado a veces su voz, con la exageración del trémolo al cantar. Me burlaba de Serrat, supongo, para quitármelo de encima. Durante un tiempo percibes a los que te preceden como una losa. Que Serrat me llamara fue un guiño del destino que terminó por cambiarlo todo. Fue directo al asunto que le importaba y me cayó bien de inmediato porque lo planteó de manera abierta y sin circunloquios. De hecho lo dijo así, te lo cuento sin circunloquios, y me hizo reír esa palabra, circunloquios, ¿quién seguía usando esa palabra? Tengo una gira por casas de cultura de medio mundo y necesito un telonero, alguien que me guste, pero sobre todo, y esto es lo más importante, que no sea mejor que yo. Y se echó a reír. No creo que te sea complicado encontrar a alguien peor que tú, le devolví. Ya, eso sí, pero que me guste... Y creo que dije que yo no era cantautor y que las casas de cultura sonaban un poco a coros y danzas. Mira, chaval, todos los cantantes que cantan canciones que han compuesto son cantautores, igual que todos los edificios que se dedican a la cultura son casas de cultura. Y entonces me invadió el ridículo.

256

La conversación duró poco más, se me agotaron las excusas para decir que no. Cuando le pregunté si era idea suya, de su compañía de discos, de algún amigo común o del ministro del ramo, se tomó la paciencia de explicar que desde hacía años todas sus ideas, incluso las que no son ideas mías, si son buenas, son ideas mías. Tocaría a solas, viajaría siempre en los mismos desplazamientos que sus músicos, mi actuación nunca duraría más de media hora. Toco con guitarra eléctrica, advertí, de nuevo interesado en distanciarme del cantautor al uso. Por mí como si tocas la flauta travesera, me dijo. El dinero que garantizaba era escaso, pero estaban firmadas quince actuaciones en dos meses. Viajar con Serrat, me dijo Bocanegra tras cerrar el acuerdo y coordinar el calendario, significa además comer de puta madre, hoteles cojonudos, que te traten de cojones por ahí.

En mi estúpida cabeza, aceptar el puesto de telonero significaba un descenso en el escalafón. También a la compañía le parecía absurdo trabajar en un circuito del que no iban a salir ventas ni seguidores. Según ellos, ni siquiera Serrat podía competir con sus canciones clásicas, el pasado siempre cotiza más que el presente. Pero era la invitación perfecta para escapar de mi rutina musical. Me serviría para probar a tocar seis canciones con una guitarra y hacer un acto sencillo ante espectadores que jamás habían oído hablar de mí en países fuera de mi alcance. Reinventaría las canciones que mejor cuadraban de la época anterior y mantendría las del último disco que se sostuvieran en ese formato. Era una zancada del destino que no me comprometía a nada. Fracasar en la Casa de España de Bruselas no era grave. Cuando se lo conté a Animal y Martán entendieron que aceptara el trabajo, pero transmitían la callada certeza de que aquello era el final. Para contradecirles acepté tres actuaciones con ellos para mi vuelta, en diciembre de 1999, sería una bonita despedida del milenio. Pero no pude apartar de su cabeza, ni de la mía, la idea de que yo mismo boicoteaba mi carrera, ante la autopista de la ambición elegía un camino lateral y privado porque era más discreto, más cómodo.

hay pasado por todas partes

Hay pasado por todas partes. El pasado está posado sobre nosotros como el polvo sobre los muebles. Hay pasado en el presente y hay pasado en el futuro. Impregnado, agarrado, diluido, difuminado, mezclado, empastado, desenfocado. Hay pasado en el recuerdo, en el gesto, en los rasgos, en las frases por decir, en las soluciones. Hay pasado en la imaginación, que a veces es un proyector de experiencias vividas. Hay pasado en los pasos por dar, en la carrera por delante, en la mirada, en el cuento, en el invento, en los sabores. Las canciones están hechas de pasado. No hay canciones futuristas, es un arte sin ciencia ficción. Hay pasado en las pasiones, en la desdicha, en los sueños. Hay pasado en el porvenir, en los planes de futuro y hasta en las hipotecas. Hay pasado en tus hijos, en tus nietos, en sus gestos, en sus nombres. Hay pasado en la calle de tu ciudad, en las afueras, hay pasado en cada persona, incluso en las que no han nacido aún.

Del pasado se huye, pero se regresa para buscar resguardo, en un movimiento contradictorio. El pasado es nuestro futuro. Los emigrantes, por más que se desplazan a kilómetros de distancia en busca de una vida mejor, añoran el pasado y temen perderlo. Lo vi en la gira con Serrat, cuando conocí a algunos. Las distintas generaciones tienen dificultades para convivir porque no comparten el mismo pasado, y unos piensan que los recién llegados pisotean su pasado, como esos jóvenes díscolos pisan el césped cuidado de los parques. En los Rastros de las ciudades quedan los restos melancólicos, sucios y gastados, la desvalorización de lo que fue importante. Alguien retoza sobre tu infancia, otros juegan al fútbol sobre tus padres, levantan gasolineras en el descampado donde diste el primer beso o una sucursal bancaria en la panadería que frecuentabas. Y la pelea es por dejar algo permanente, duradero, indeleble. Y la angustia es que no quede más que la estatua sumergida entre la arena de la playa, como en esa película de nuestra infancia que tanto nos gustaba. Igual que en nuestras grabadoras de pistas, una toma sumerge a la anterior. Como la llegada del cedé terminó con las cintas de casete y los vinilos pasaron a ser la presumida colección de los fetichistas. Y cuando las canciones dejaron de tener un soporte palpable y se almacenaron en soportes digitales, aún fabricamos un millar de vinilos para dejar algo físico y palpable detrás, como quien se empeña en imprimir en papel una fotografía, porque sospechamos que lo que no es sólido no sobrevive. Hacemos un ejercicio de regresión para reafirmarnos, volvemos al pasado porque tenemos miedo de no existir para el futuro, de ser una especie que se extingue sin dejar huella y por tanto no haber sido.

yira, yira

Yira, yira, cuando estén secas las pilas de todos los timbres que vos apretás, y así seguía incansable ese tango desesperado que aprendimos del pianista de Serrat durante los meses de gira, con viajes que se espaciaban y permitían regresar a Madrid. Arrancamos en Ginebra ante un auditorio en el que no había nadie que no fuera español. Esto parece Badajoz, me dijo su guitarrista cuando nos asomamos tras el cortinón del auditorio. Pero Serrat sabía meterse en el bolsillo a ese público de emigrantes que gozaban al escuchar las palabras que identificaban como propias, melodías de su ayer. Conmigo fue distinto, la gente aún charlaba y se sentaba en el local mientras yo trasteaba con la guitarra en el primer acto, de relleno. Ese público no conocía ninguna de mis canciones. Aún en «Toca para mí» y «La canción más tonta del mundo» funcionó la melodía rítmica, pero en «Son 4 días» no logré que despegara, sin la murga de los tambores me sentí como una estrella de revista con la cadera necrosada de gira por geriátricos. Cuando Serrat salió a tocar sus grandes éxitos fui barrido del escenario como los platos del aperitivo cuando se sirve el manjar principal. Había mucha gente con lágrimas en los ojos frente a un espejo musical. Canciones que les recordaban a ellos mismos cuando escuchaban por primera vez aquellas canciones. Al comienzo, Serrat habló de mí: espero que algún día ese chaval que ha tocado hace un momento me llame para hacerle de telonero yo a él, porque seguro que va a traer grandes cosas a la música española. Lo consideré un detalle profesional, pero estuve a punto de echarme a llorar. No de placer, sino de angustia. ¿La música española? ¿Qué narices iba a significar yo en la música española? En todas las ciudades por las que pasamos repetía ese comentario sin variar una palabra. Y siempre me invadía la misma angustia. La música española me sonaba parecido a decir la historia de la humanidad, lugares a los que nunca consideré pertenecer.

En Múnich nevó y cogí frío en el paseo. En el concierto me falló la voz y acabé por entonar en un susurro «La canción más afónica del mundo», como la retituló con sorna el

260

guitarrista de Serrat. Supongo que quedarme sin voz en mi segundo concierto de la gira expresaba mi lamentable estado de ánimo. Esa noche Serrat me llevó a cenar a un buen restaurante y le confesé mis miedos. Mira, me dijo, en este oficio lo mejor es no moverte demasiado, hacer lo que tú quieres hacer, porque de tanto en tanto el mundo gira y tú vuelves a estar de moda y a gustar, pero si vas detrás del elogio de la gente, si persigues gustar, siempre irás rezagado, llegarás cinco minutos tarde a todas partes. Luego hablamos de las canciones, de cómo decidió hacerse cantante cuando comprobó que con una guitarra era más fácil tocarles el culo a las chicas de la Escuela de Agrónomos, del grado de confesionalidad e intimidad que se volcaba en ellas, de que la clave en el oficio, como en la vida, es encontrar la justa medida de las cosas. En las canciones has de ser tú, claro que sí, pero sin pasarte, aún recuerdo cuando en una canción de mis inicios metí mi número de teléfono real, ¿y sabes lo que pasó?, que tuve que cambiarme la línea a los pocos días. El público es una bestia que puede devorarte.

Le confesé que sin Animal me sentía perdido en el escenario. Necesitaba su batería detrás de mí, todo podía ser mejor si él estaba conmigo. Si me dices un pianista, pero un batería, me contradijo él. Después de una terca negociación aceptó mi propuesta, y tras la actuación en Bruselas regresamos a Madrid. Llamé a Animal y nos encerramos a preparar los temas en un dúo desacostumbrado. Le motivó el temor superado de que ya nunca volviéramos a tocar juntos y armó un conjunto de percusiones y cajas, zapatos de claqué y hasta castañuelas que, cuando sonaron en un solo de «Son 4 días» en el concierto de Toulouse, desataron la ovación cerrada. El zapateado de Animal, puesto en pie, con las castañuelas resonando fue nuestro gran momento de la gira.

261

Transformar el repertorio para el directo con la ayuda de Animal me animó a componer una nueva canción para voz y ruidos, que se llamaba «Mi sitio en la música española» y parodiaba al joven cantante que yo era,

no me encuentro en las encuestas

ni me incluyen en las listas,

donde actúo nunca hay colas,

aunque en realidad hablaba de mi sensación de estar fuera de sitio en todo lugar,

he buscado en las revistas

para ver si había noticias

de mi sitio en la música española,

y de mi apuesta por quitarme de en medio. No tardamos en sumarnos para el último bis de cada concierto, donde Serrat tocaba «Hoy puede ser un gran día», que era una canción que escuchábamos en las radios del barrio cuando teníamos doce años. Animal se fundió con los miembros de la banda, hacía la vida con ellos y se acabó de curtir con aquellos veteranos. Como todos los jóvenes cantantes, yo había venido a llevarme a Serrat por delante, pero descubría en esos escenarios que no hay otra carrera posible que la carrera de resistencia.

La música puede ser absorbente. Yo no quería someterme a la marca, ni a la mía propia, pretendía empezar cada vez de cero, pero en aquel laberinto masivo y comercial era imposible. Yo no era más que una luz de linterna perdida entre un cielo cargado de estrellas y luces brillantes. La pelea consistía en sumar unos fieles que te permitieran sobrevivir. Entraba en las grandes tiendas de discos y sentía asfixia. Cuando viajaba por el mundo, recorría los estantes de Tower Records y el exceso de novedades me abrumaba, se apoderaba de mí una insignificancia tremenda ante la profesión. Más que un oficio parecía una plaga.

¿Para qué tanto? Luego me angustiaría igual ver cerrarse esas grandes tiendas, vencidas como dinosaurios en la gran glaciación. Y esos cajones expuestos de saldos musicales eran la evidencia de nuestra desvalorización.

Me había distanciado tanto de mi padre que había perdido de vista la familia, el anclaje a los orígenes era un incordio más que otra cosa. No era capaz de emprender la reconstrucción del amor, vaciado mi corazón como una caracola de mar que produce un ruido muy muy lejano si acercas la oreja. En las semanas libres de trabajo, organizaba algunos viajes exploratorios con Animal, porque era siempre el mejor compañero de vacaciones, dócil, fiel, atento. Pero con cada nuevo descubrimiento musical me convertía en más ignorante. Cada respuesta generaba nuevas preguntas. Cada duda resuelta, seis dudas más abiertas. Saber era saber cuánto no sabías. Cualquier reivindicación del defecto, de la incapacidad, de la carencia, me resultaba reconfortante. Como aquella frase que nos decíamos Gus y yo antes de salir a los primeros conciertos ya profesionales: de lo que se trata es de intentar hacer el menor ridículo posible. Aún tocamos de teloneros en Moscú y en un concierto accidentado en Praga, donde Animal acabó a tortazos con el recepcionista del hotel después de que nuestras habitaciones aparecieran desvalijadas. Rastreábamos hasta dar con el local de trasnoche que nos permitiera beber hasta tarde. Éramos músicos de gira, con sus siestas reparadoras en habitaciones de hotel desordenadas, intentando resolver la controversia histórica entre si era malo para la voz eyacular antes de un concierto, como sostenía Raphael, o el ideal era correrse en veintipocos parpadeos, como imponía Sinatra en mamadas rápidas que le practicaban antes de salir a escena. En ese ambiente festivo y casi familiar, cayó la noticia de tres actuaciones más en Japón que surgieron de unas iniciativas culturales de la

Agencia de Cooperación. Arrancaríamos en Tokio, luego iríamos a Kioto, para terminar en Osaka. Un territorio que prometía un final de gira exótico, sin saber yo entonces que lo exótico se transformaría en mi paisaje cotidiano.

y el pueblo se hará nuevo cada año

Y el pueblo se hará nuevo cada año, recitó Javier, el sacerdote. El poema de Juan Ramón me recordó mis tiempos entregados a leer poetas españoles en busca del secreto de la rima, cuando luchaba para domar la métrica, que en inglés es tan fácil con sus monosílabos up, down, shot, rush, love y find, pero que en español son palabras indómitas llenas de crujidos y requiebros, arriba, abajo, disparo, deprisa, amor y descubrimiento.

El cementerio del pueblo tenía al menos un tamaño cordial, frente a la inabarcable desmesura del de Madrid, y conformaba un escenario que mi padre hubiera apreciado. Los apellidos de las lápidas se repetían, siempre Campos, otro Campos, otra familia Campos. Parecía un micromundo, como un panteón familiar donde todo el camposanto estuviera lleno de primos hermanos. Con las paredes encaladas de blanco, estaba situado a las afueras del pueblo, sobre un remonte, y recordaba haber estado en él alguna vez de chico para coger caracoles o larvas y también amapolas. Formaba parte de los cuatro puntos cardinales del pueblo que los forasteros utilizábamos para orientarnos entre las casas idénticas cuando nos perdíamos en las callejas.

El enterrador mostraba el agujero del nicho listo para ser ocupado. Jandrón, en nombre del ayuntamiento, como me recalcaron él y su mujer, había encargado la lápida de mármol con el nombre de mi padre y las fechas de naci-

264

miento y muerte. Ahí estaban sus ochenta y siete años de vida resumidos en dos líneas. No se habían abstenido de coronar la pieza con una frase literalmente lapidaria, sacada entre comillas de una de mis canciones: sería hermoso volver a casa. Interpretada de manera opuesta a las razones por las que la escribí cuando la escribí. Lo que me faltaba entonces era una casa a la que volver, eso era lo que pretendía contar, no un deseo nostálgico de regreso a lugares conocidos, la subterránea morriña de la que carezco, sino un rincón por fabricar. Sería hermoso volver a casa. El cura habló en un corto responso del reino de los cielos y la resurrección de los muertos. Lejos se levantó una alfombra de polvo con un soplo de viento. Habíamos llegado en una caravana lenta presidida por el coche fúnebre hasta el cementerio. Pensé que a mi padre le habría encantado la escena, el camino árido, el féretro portado, la atmósfera ríspida por el polvo de un día seco de julio levantado por la brisa.

Para los creyentes, la muerte es una gozosa opción de vida. Eso nos hace diferentes de quienes no creen en Dios y la resurrección. Pero no hagamos de nuestra fortuna un agravio para los demás, para los escépticos y los descreídos, todo lo opuesto. Invitémoslos a no sufrir por nosotros si nos quieren y nos ven marchar. Cuando sienten que nos pierden, digámosles, con ternura, no nos vamos lejos. Que perciban nuestra esperanza y nuestra felicidad por acudir a la llamada de Dios. El joven sacerdote, Javier, hablaba con soltura y nombró a mi padre por su nombre y aseguró que había disfrutado de una vida plena, no digas eso, llena de años, vicisitudes y el cariño permanente de un hijo y de tanta gente que lo conoció y trató. Si nos deja es para preparar, también un día, nuestra llegada al reino del Señor, para que seamos acogidos con esmero. No imaginé a mi padre con el empeño de prepararme una acogedora llegada al Cielo, ¿me dejaría allí ducharme sin gritarme que cerrara el grifo de una maldita vez? Me costaba imaginar el reencuentro del que hablaba el sacerdote. Como mucho mi padre me aguardaría con su oportuno te lo dije.

Para quienes no creen, la muerte es un suceso inconsolable, siguió Javier. A veces juzgan nuestras creencias como un mero sedante, pero no es así, lo nuestro es un proyecto de vida, no de muerte. Compartamos todos la idea de esperanza de la persona a la que despedimos hoy, en su pueblo natal, Wisconsin pensé, al que vuelve en su segundo nacimiento, y recordemos lo que escribió Lucas cuando dijo que si dentro de nosotros está la luz, todo resplandecerá a nuestro alrededor. Recemos pues, juntos, un padrenuestro. No lo pidió con la amenazante autoridad de los sacerdotes de mi infancia, así que me vi obligado a acompañar el cantarín rezo de todos los presentes. Demostraba así lo que decía Gus de mí, que llevaba al católico dentro y nunca me lo extirparía del todo. Mediada la oración me di cuenta de que desconocía la versión moderna del rezo y preferí callarme.

Cuando creía que el acto terminaba, el joven cura habló de nuevo. El Eclesiastés nos dice que el hombre de bien será heredado por los hijos de sus hijos. Ojalá se cumpla tal y como dice, y que Daniel pueda en su día ser testigo de esa verdad y reconozca en quienes le siguen a quienes le precedieron. Le miré sin acabar de entender o entendiendo demasiado bien, por fin, lo que quería decir. Me sonrió y me invitó a decir unas palabras. Negué con un movimiento de manos. No, no, sólo gracias a todos por venir, acerté a balbucear. Se desató espontáneo ese aplauso aprendido de la tele, donde todo se aplaude. Jandrón dio un paso adelante y sacó un papel del bolsillo de la chaqueta tras anunciar con el bocinazo de su voz que diría unas palabras en nombre del pueblo.

266

De concejal en concejal hasta la derrota final, bromeaba Gus cuando llegábamos a algún pueblo o ciudad de gira y nos topábamos con alcaldes y concejales, con presidentes de corporaciones y organizadores de festivales que mostraban un hambre de micrófono evidente. Secundarios de la vida impelidos a cobrarse sus cinco minutos de protagonismo. Eran los años en que el dinero chorreaba desde los ayuntamientos a los promotores musicales y se nos borraba cualquier atisbo de culpa por esa especie de subvención que nos caía en suerte, cuando sabíamos que, ya pisáramos El Ejido o La Muela, famosos por ser municipios forrados de pasta, antes habían pasado la Pantoja o Marta Sánchez con un caché veinte veces superior al nuestro. Aprendí, a lo largo de muchas actuaciones para concejalías y festivales, que uno se convierte en un monstruo, despótico y egoísta, para protegerse de los caprichos de los demás. Acabas por contratar intermediarios para no tener que aceptar lo inaceptable. Echaba de menos a Raquel, que era implacable en las negociaciones, para sacarme del atolladero en Garrafal de Campos. Ella pactaba las condiciones y nosotros nos limitábamos a tocar y recoger. La mitad del dinero a la firma del contrato, y la otra mitad, media hora antes de salir al escenario. A veces el dinero te lo pagaban en metálico. ¿Tienes ya al niño?, así llamábamos al dinero recién cobrado que garantizaba salir a escena. Nadie cantaba sin su niño a buen recaudo. Pero aquí estaba solo y desprotegido y asociado al entierro de mi padre, a su pueblo natal, víctima del chantaje sentimental. Sometido a un secuestro temporal para el que no existía pago en rescate posible.

Jandrón se puso la vara de mando bajo la axila y desplegó el papel doblado en dieciséis cuartos. El proceso se llevó parte de la mañana, hasta que comenzó a hablar con un tono recitativo. Hoy asistimos a la promesa de un hijo que ha querido cumplir con el último deseo de su padre, ser enterrado en el pueblo que lo vio nacer, enunció el alcalde. Y luego hiló una antología de tópico tras tópico. Creo que incluyó lo de polvo somos y en polvo nos convertiremos y también eso de que la muerte es la última morada. Le faltó la de como alcalde vuestro que soy os debo una explicación, que declamaba Pepe Isbert en esa vieja película.

Hasta que viví en Japón de manera estable no me reconocí en la España que había dejado atrás. La distancia reafirmó el vínculo. Cuando te pones a tocar la primera vez, no crees que seas la continuidad de nada. Tus influencias son accidentales, pesa más la radio que escuchabas que la ciudad donde naciste. Nosotros, en España, carecíamos de tradición, nos teníamos que injertar como fuera en la tradición de los anglosajones. Te aproximabas a esos grupos porque ellos te llevaban al rock, al blues o al country, como ahora los chicos recurren al hip hop urbano y pandillero. Pero había algo de impostura. Nosotros no podíamos ser eso. No podemos ser del todo eso. ¿Dónde estaba nuestro auténtico pasado? Era como intentar crecer sin suelo.

Yo vengo de Estrecho. Irme más lejos de Cuatro Caminos ya era una aventura sideral. Creo que la primera vez que estuve en plaza de España tenía quince años. En Estrecho vivíamos en Estrecho, no en Madrid. Recuerdo que mi padre me llevó una vez de excursión a ver el río Manzanares, por el paseo de la Florida. Fuimos a echar el día, con bocadillos y todo. Como si fuera el extranjero. Así que Japón fue reaprenderlo todo, y ni siquiera Japón, sino Tokio, que es varias ciudades en una. En lo musical no sé si me cambió, pero allí fui más consciente que en España de que hay una guerra entre tradición y modernidad. Allí también los ancianos han perdido a nietos que se pasan las horas frente a pantallas, encerrados en los manga kissa o cubículos de cibercafés. Es una especie de perversión que tiene mucho de desprecio por el mundo real.

Garrafal de Campos se ve honrada por la visita de nuestro amigo Daniel, continuaba Jandrón con su diatriba. Lo recuerdo hace muchos años, un chaval que correteaba por la plaza y los corrales, cazando moscas a todas horas. Te acuerdas de las moscas, ¿verdad, Dani? Por algo llamaste así a tu grupo. Por un momento temí que recordara la escena con la gallina o a nosotros con las pollas en la mano cuando aprendíamos a ser hombres sin demasiadas referencias. Pero no, prefirió inventarse un recuerdo propio, perfecto para la ocasión. Contó que una tarde me preguntó qué me gustaría ser de mayor. ¿Y sabéis lo que me respondió? Hubo una pausa dramática. Yo había alzado tanto las cejas que asomaban por encima de las gafas de sol. Cantante, quiero ser cantante, me respondió. Pues parece que su sueño infantil se ha cumplido. Y ha sido la letra de una canción suya la que nos inspiró para elegir la frase que acompaña la lápida de su padre, una frase en la que Daniel expresaba con claridad el deseo de todos nosotros de volver al origen,

sería hermoso volver a casa,

se ha hecho tan tarde,

no es eso, Jandrón, no es eso, sino lo contrario, las canciones a veces son una fantasía, un deseo, qué maniáticos sois de la literalidad.

Jandrón terminó de leer el discurso con un alarido que fueron dos vivas coreados por todos, uno al pueblo mismo y otro a Santiago apóstol. Me pareció raro que se gritaran vivas en un cementerio, pero la euforia lo tiñe todo. Jairo, que había presidido la ceremonia con gesto sobreactuado entrenado en tantas horas al volante de un coche fúnebre, ya convertido en mi familiar más próximo, procedió a reunir a los forzudos del pueblo para que depositaran el fére-

269

tro en el hueco. Un instante después el enterrador emprendió el pegado de la lápida a la boca del nicho. Utilizó un inyector de silicona y todos presenciamos la maniobra que, sin saber cómo, de pronto transformó el entierro en una obra de albañilería.

el primero que la vio

El primero que la vio fue Animal. Animal, Martán y yo jugábamos a un juego infantil que se llamaba melafollo. Consistía en que, al vislumbrar a alguna mujer hermosa, el primero que dijera melafollo obtenía el privilegio de, llegado el caso, ser el primero en dirigirle la palabra. No llegábamos al extremo de ese cantante que señalaba con un puntero láser desde el escenario a alguna chica guapa de entre el público para que su productor la invitara a pasar al camerino al final de la actuación. Hubo muchos melafollo en nuestro ajetreo de conciertos, pero no dejaba de ser un pasatiempo ridículo, que ejercíamos sin demasiado éxito. Pero aquel día Animal tan sólo me susurró, agitado, ¿has visto a la chelista? Habíamos entrado en el Museo Nacional más empujados por la lluvia que por la inquietud cultural. Agotados de patear Tokio habíamos acudido a los jardines para reposar, pero la lluvia nos sorprendió. Había un salón enorme dedicado a pinturas de almendros en flor y mujeres con sombrilla junto a puentes en jardines coquetos. Me volví para mirar hacia donde señalaba Animal. Al fondo de una sala había un cuarteto que interpretaba piezas de música clásica con una discreción tal que parecían sonar de puntillas. La chica del violonchelo era morena y pálida, concentrada en su sonido oscilante. Cuando alzó el gesto vi el rostro proporcionado y bello bajo el flequillo de

270

su pelo recogido. Tardé un instante en darme cuenta de la belleza asombrosa que Animal había percibido con un vistazo. Quizá la música ayudara a envolver las sensaciones, pero me encontré paralizado y absorbido por la escena. Melafollo, dijo Animal. Déjate de gilipolleces, respondí yo.

Dedicamos un rato a admirarla entre sus tres compañeros de conjunto, donde había otra mujer más mayor, de aspecto risueño e insustancial. Nos faltaba precisión para determinar la edad de la violonchelista, pero sus rasgos eran el fruto de muchas generaciones que sumaron méritos hasta procurar el accidente de su perfección. Su pelo era de una lisura extrema, recogido en una cola de caballo que flotaba al moverse, y su labio superior formaba un arco armónico con la mandíbula en esa piel del color del papel de arroz. La coronación de su belleza llegaba al cerrar el párpado y descubrir un pequeño lunar imposible dibujado allí mismo, que aparecía y desaparecía con el movimiento de sus ojos, ahora sí, ahora no. Cuando nos alejamos hacia otras salas del museo costaba despegarse de allí, el cemento del suelo había cuajado con nosotros plantados, la música se sostenía en la lejanía con una sonoridad interminable.

En la sala de tesoros Horyuji le dije a Animal algo sobre ella que ni yo entendí. Lo que dije quería ser entregado y contundente, hermoso y sugerente. Pero sólo provocó el asentimiento cafre de Animal, sí que está buena, sí. De pronto, embriagado por las pinturas lacadas, noté el eco de la música cesar. Eché a correr, vente conmigo, le grité a Animal. Necesitaba volver a mirar el lunar oculto en su párpado.

Los cuatro músicos recogían partituras y atriles. Me acerqué a la más madura, que parecía líder y asequible al mismo tiempo. Le hablé en inglés, pero no me entendió apenas y torció el gesto con amabilidad bajo sus gafas de ventanal. No me atreví a mirar hacia la violonchelista, convencido de que un gesto a destiempo rompería el hechizo, pero ella se acercó a la conversación. Hablaba mejor inglés que su compañera y se ofreció a traducirme. Levanté los ojos y entonces, a dos palmos de distancia, se confirmó todo lo que Animal y yo habíamos percibido desde lejos. Le expliqué que éramos dos músicos españoles de gira por el país y que teníamos tres actuaciones por delante para las que buscábamos a una chelista. El inglés de Animal se limitaba a distintas maneras de pedir alcohol en la barra, así que me miraba intrigado.

Necesitamos un chelista que nos acompañe en cuatro canciones, es un trabajo sencillo pero no conocemos a nadie en la ciudad. Nombré la casa de cultura para que no sospecharan de antros inmundos. Quizá tú, y ella sonrió sin dejarme proseguir, con sus ojos convertidos en una fiesta nocturna. No creo que yo pueda, se excusó. Sí, sí, seguro, es muy sencillo, bastará un ensayo, te lo explicamos mejor. Al señalar a Animal éste se volvió hacia mí. Pero ¿qué pasa, qué le estás contando? Ella me frenó con un gesto de la mano y con delicadeza escribió algo en un papel de cuaderno. Arrancó la hoja y me la tendió. Había escrito un nombre y un número de teléfono. Temí que no fuera el suyo, sino el de otro instrumentista. Lo leí en voz alta. Kei. ¿Tú eres Kei?, pregunté intrigado. Ella asintió y repitió el nombre ahora sin la brusquedad con que yo lo había pronunciado. Keiko, dijo. Guardé ese papel durante años, plegado en la cartera junto al carnet de identidad. Cuando empezaba a quebrarse por las esquinas lo dejé en un cajón y allí debe de estar, como el fetiche supremo de aquel primer encuentro.

Vamos a incluir un chelo en las canciones, le anuncié a Animal mientras la mirábamos alejarse junto al resto del cuarteto. En cada paso, Kei daba la impresión de dejar perlas detrás, pero Animal destrozó el instante. Te la vas a follar. Eres la hostia, tío, tú eres grande. Te has inventado que necesitamos un puto contrabajo sólo para follártela. Un chelo, le corregí. Animal no lo entendía, yo había iniciado un juego mucho más ambicioso que nuestro melafollo habitual. Pero un juego también, ahora lo sé, un juego. ¿Y cómo cojones metemos un chelo en nuestras canciones?, preguntó Animal.

fábrica de buenos recuerdos

Fábrica de buenos recuerdos, las mejores de las veces actuamos así, como una fábrica de buenos recuerdos, sin preocuparnos de otra cosa que de generar un momento inolvidable. Reímos tanto, Animal y yo, hicimos tantos comentarios, tantas bromas en las horas siguientes, entre carcajadas, cuando yo me refería a la japonesa chelista como la futura madre de mis hijos, la esposa con la que me enterrarán, mi mujer para el resto de los días, que casi alcancé una temperatura febril. Por muy buena que esté, gilipollas, actuamos en dos días, me dijo Animal, y no tenemos ni idea de dónde cojones vamos a meter un puto chelo en nuestras miserables canciones. Pero un rato después llamé a Kei y la cité para el día siguiente en la sala de conciertos, en el horario que tenía libre, y tarareé para ella la primera melodía. En «Son 4 días» podía entrar el chelo en una de las estrofas, y aunque mis ideas para los arreglos de cuerda no eran demasiado precisas, bastó que Kei escuchara el fraseo para mover el arco sobre el chelo y que la canción adquiriera distinto color. Estaba sentada frente a mí, con el cuerpo del instrumento entre sus piernas, la falda larga retraída que dejaba ver los calcetines casi escolares, y sonreía con los ojos, con un gesto de querer probar, sin prisas, hasta qué punto era seria nuestra propuesta y nuestra determinación. Animal transformaba su golpeo habitual para acompasarlo al sonido nuevo y le daba a Kei indicaciones con parecida precisión a la que un tornero fresador pondría en dirigir una orquesta filarmónica. Ahí más chaaa y luego buu, buu, eso, perfecto, que suene como un soplido. Puede que en ese instante cambiara tanto la historia de mi música como la historia de mi vida. Puede que hasta sean la misma historia, la misma búsqueda infinita. Animal golpeó los platillos para marcar la entrada de mi voz y sobre las cuerdas traté de sonar más poderoso y seguro. Kei abrió una sonrisa enorme al terminar el tema y sólo dijo it works y luego nos explicó algo que no entendimos sobre la afinación del instrumento en quintas paralelas. Pues claro que funcionaba. Miré de nuevo su rostro, el lunar de su párpado, sí, ahí estaba, y me sentí feliz de sumar tanta belleza a nuestro esfuerzo.

Luego me pidió que le tradujera la letra de otra canción, «Deporte de riesgo». No sabía muy bien qué tesitura adoptar sin entender lo que se decía en la canción. Y en un inglés rígido como una sábana secada al sol le susurré, en la cadencia lenta,

si nos volvemos a ver

que sea como en aquel tiempo,

canción escrita para una Oliva imposible, ya lejana y perdida, pero que asomaba por mis canciones como reflejos del sol,

cuando amarse sólo era

nuestro deporte de riesgo.

Te conocí en un museo, le decía siempre a Kei cuando recordábamos aquellos días, puede que por eso siempre te haya considerado una obra de arte que robé de la exposición. Pero Serrat fue menos alambicado cuando les presenté media hora antes del concierto y le expliqué que ella tocaría con nosotros. Dice un refrán español, siempre sabio, que donde tengas la olla no metas la polla, me advirtió como habría hecho mi padre o Martán cuando reproducía equivocándose los refranes mal aprendidos. Animal estuvo de acuerdo en repartir el dinero entre los tres. Es poco, ojalá lo aceptes, le había dicho yo a Kei cuando cerrábamos el trato después de la prueba de sonido que precedió a la primera de nuestras tres actuaciones. Toco en muchos sitios gratis, como en el museo donde nos conocimos, con ese cuarteto que dirige la señora Tanaka, me explicó. ¿Qué habría pensado Gus de todo esto? Siempre fue alguien que apreciaba la belleza, fascinado por cualquier elemento que contuviera la armonía de lo hermoso, le daba igual que fuera masculino o femenino, vegetal o mineral. Es cierto, Gus a veces se detenía sobre una hoja de lechuga del plato, mira, parece un abanico desplegado, y lo apartaba, incapaz de morderlo antes de admirarlo un rato. Kei le habría gustado, cuando sumaba el chelo a nuestras canciones las trasladaba desde la jarana anárquica con que las compusimos hasta la riqueza armónica de una partitura.

Después del primer concierto, que funcionó con sorprendente fluidez, intercambié una mirada divertida con Animal y a Kei la tomé de la mano para que saludáramos juntos los tres antes de dejar el escenario. Fue la primera vez que la toqué. Hasta entonces no me había atrevido a posar mi mano sobre ella, ni tan siquiera a darle dos besos al saludarnos cuando nos vimos por segunda vez. Noté una pequeña descarga eléctrica al sentir sus dedos entre los míos. Un minuto después me presentó a un tipo que le sostenía la funda del chelo mientras lo guardaba en el hombro del escenario. Es mi novio, me dijo. Serrat acababa de empezar su parte de concierto en Tokio y saludé a ese tipo de sonrisa bobalicona, al que se le deslizaban las gafas de pasta negra por el borde de la nariz como en un tobogán. Creí entender que se llamaba Mitsuko pero para mí no era más que una señal de tráfico en mitad de un paisaje, un escollo que arruinaba la hermosa vista.

crecer sin suelo

Crecer sin suelo. No se puede crecer sin suelo, y sin embargo yo he tenido la sensación de hacerlo. Por eso me chocó que Jandrón me presentara a su madre diciendo que yo había vuelto al pueblo porque estaba orgulloso de mis orígenes y que su madre respondiera, de manera casi poética, claro, es que no se puede crecer sin suelo. La casa del pueblo de la familia de Jandrón era una de las mejor conservadas. Levantada en adobe y con la trulla de paja y arcilla de refuerzo, le habían añadido algún marco de hormigón para fortalecer el portal. Tenía salida a dos calles, pero nos habían instalado en el comedor para degustar el cordero entre invitados selectos. Era uno de esos salones que recordaba cerrados a cal y canto, tapados los muebles caros por plásticos, donde estaba prohibido entrar, una especie de paraíso reservado, de museo dentro de la casa.

La anarquía de los asientos para disponernos a todos a comer era absoluta. Se mezclaba la abuela en su poltrona de escay granate y los más jóvenes sobre un arcón que habían arrimado. Los demás nos repartíamos las sillas, una de madera y cuatro o cinco sumadas de una formica verde que me hería la vista aunque estuviera sentado en ella. Para entonces, el alcalde y anfitrión me había puesto al corriente de la agenda del día, que a veces puntuaba el concejal de festejos y corroboraba su mujer con un balanceo de cabeza siniestro. Primero, asistiríamos a la inauguración de la sede del centro cultural. Las obras las terminamos hace dos años y medio, pero hoy nos pareció una ocasión perfecta para inaugurarlo oficialmente y descubrir la placa, me dijo Jandrón. ¿No te he dicho que vamos a poner una placa con tu nombre? ¿Placa?, ¿mi nombre?, pero no dije nada. Dentro, la idea es completar un museo de aperos de labranza, con fotos históricas, luego te enseñaré la colección que atesoro en la corralera de mi padre, francamente excelente, y muy necesaria para los chavales de ahora, que no tienen ni idea de cómo se trabajaba la tierra hace unos años. Aquí lo que nos importa es preservar las raíces, que los que vengan encuentren el origen, la antigüedad. Y ésa es mi labor principal como alcalde, pero claro, que además le pongamos tu nombre al centro es un honor, que ya te aseguro que a los de los pueblos de al lado les va a tocar los cojones, porque aquí mucho famoso no ha dado la tierra, no te digo más que la Biblioteca de Cejuños de Campos se la han tenido que dedicar a Paloma San Basilio, y sólo porque su bisabuela era de allí. Dicen que era de allí, corrigió la Luci con agresivo escepticismo.

Javier, el joven cura, que apenas había probado el cordero mientras picoteaba de la lechuga y el tomate de la ensaladera central, sonreía al verme desbordado por la agenda y las obligaciones que se cernían sobre mí. Cuando yo intentaba hacerle entender a Jandrón que no quería honores y que me parecía ridículo dar mi nombre a un sitio en el que había estado siete veces, Javier balanceaba la cabeza con un no les vas a hacer cambiar de idea. No insistas, terciaba Jandrón, si ya está la placa grabada y todo, vamos, que no tienes escapatoria, ya sabíamos nosotros que o te pillábamos con lo de tu padre o tú te nos escaqueabas como has hecho siempre, ¿verdad? Ahora no te vas a poner en plan modesto, comentó la Luci mientras se sacaba de entre los dientes una hebra del lechazo con la uña del dedo meñique. Pero es que yo no soy vecino del pueblo y no he venido más que algunos días en vacaciones, estoy seguro de que hay ancianos del lugar que se merecen esta distinción mucho más que yo, quise convencer a los congregados del pueblo y al conductor del coche fúnebre. Déjate de ancianos, tú eres famoso, joder, me corrigió Jandrón. No soy tan famoso, dije con convicción. Hombre, ya nos gustaría a nosotros que Madonna fuera hija del pueblo, pero esto es lo que hay, concluyó la Luci. Aquí en el pueblo ha habido personas estupendas y hasta uno que se ha hecho millonario con las tuberías de PVC, pero no los conoce ni su madre a la hora de la merienda. Tú, al menos, eres conocido, famosete.

el árbol de los deseos

En Kioto hay un jardín zen, el Maruyama Koen, que preside el árbol de los deseos, al pie de un puente que cruza un riachuelo. Visitamos el lugar con Animal y dos o tres músicos más de la banda de Serrat. Kei nos explicó que, bajo ese cerezo, las personas pedían sus deseos y que los deseos se fundían con las flores y cuando los pétalos caían al suelo los deseos se cumplían. No me digas lo que has pedido, bromeó Animal, sin dejar de observarme, divertido ante

278

mi forma de mirar a Kei. Mi forma de admirar, sería más preciso. Yo aguardé que los demás se alejaran para hablar con ella. Me gustaría que ya siempre tocaras conmigo, le dije a Kei, y volví a tomar sus dedos entre los míos. You're so nice, dijo ella. Ése es mi deseo, le expliqué. Los deseos no se cuentan, me corrigió. Puede que el espacio armonioso en que sucedía aquel instante, la traducción de nuestro inglés básico, la distancia cultural, ayudara a que nos sintiéramos personajes de una escena que, al mismo tiempo que prota- gonizábamos, observábamos desde fuera. Ni siquiera yo re- paraba en la superficialidad de mi comportamiento. El amor tiene esa divertida forma de poner a hacer gimnasia a la ilusión. Quise besarla, aunque no lo intenté. Ella levantó la mano en un gesto que quería detenerme y quizá detener el momento, protegerse de mis sentimientos y mis palabras. Kei se distanció de mí y estuvo seria el final del paseo.

En la cita para ir juntos al local apenas habló, era una reserva educada y distante que no impidió su perfecta eje- cución durante nuestra actuación. Recogimos los instru- mentos y observamos el resto del concierto desde la parte de atrás del escenario. El novio de Kei, Mitsuko, no había viajado a Kioto, como yo temí que sucediera. El primer día entendí de su inglés imposible que trabajaba en los se- guros de automóvil, y aunque quiso mostrarse cordial con- migo, me negué a aceptar sus familiaridades. Aspiraba a borrarlo de la realidad, como quien tapa una mancha en el mantel posando encima el frutero. Al día siguiente en el viaje en el shinkashen, ya sin él, pude hablar con Kei bajo la mirada intrigada de Animal. ¿Pero de verdad vas en se- rio?, me preguntó en un momento de intimidad entre no- sotros. Yo me alcé de hombros, no puedo dejar de mirar el lunar de su párpado, admití. ¿Tú puedes? Uff, soltó Ani- mal, y cuando abracé a Kei detrás del escenario, transfor-

mó la lírica en charcutería. La tía no es tonta y ya sabe que
se la quieres meter por todos los orificios, me susurró.

la tristeza japonesa

La tristeza japonesa, entonces no lo sabía, es una tristeza muda y contenida. Mis dos hijos la han heredado y me
siento perturbado cuando caen en esa actitud, a veces por
un detalle nimio. Sientes que el suelo se les resquebraja y
los traga una honda brecha oscura, y tienen una edad en la
que quieres abrazarlos, rescatarlos, pero se dejan caer sin
permitirte entrar en su hoyo. Y luego, cuando regresan con
la sonrisa infantil o el ánimo renovado, respiras aliviado
pero ya nunca descansas del temor a que la melancolía les
muerda el talón más débil. En aquellos días de los tres conciertos, tan absurdos y desubicados como intensos y felices,
cuando reparaba en Kei y la encontraba abstraída en sí
misma, en su esfuerzo por evitar que nuestros ojos coinci-
dieran, caía en la cuenta del daño que le provocaba con mi
actitud. Para el último concierto en Osaka se organizó el
viaje en autobús y Kei se sentó en la zona delantera, cerca
del conductor y la traductora, amparada en la organización
local para desligarse de mí y los músicos. Me desplacé desde el fondo, donde viajaba instalado con Animal, y me
acerqué hasta un asiento libre al lado de Kei, pese a los re-
buznos llenos de grosera expectativa de los músicos, que se
burlaban de mi deslumbramiento. Le pregunté detalles del
viaje, de la zona que atravesábamos, y poco a poco noté rebajarse la tensión. Hablamos de su carrera. Estudiaba chelo
desde niña y con catorce años había dejado a sus padres
para ingresar en el conservatorio de Tokio, donde vivía en
una residencia para músicos. También había pasado dos

280

largas estancias en escuelas de Londres y Viena, donde su inglés había mejorado hasta convertirse en un idioma familiar. No quiso enrolarse en ninguna gran orquesta y de vuelta en Japón sobrevivía gracias a dar clases y tocar con dos cuartetos que actuaban por todo el país, que recibían una ayuda estatal y que le proporcionaban la experiencia necesaria. Le pregunté la edad, con una fórmula algo alambicada que quiso sustituir a la educación. Me dijo treinta años y se sonrió cuando mi entusiasmo, al decir los mismos que yo, podía traducirse como que habíamos nacido el uno para el otro. Me agradeció el trabajo, me aseguró que le divertía mucho tocar música tan distinta y luego dijo que siempre había querido ir de vacaciones a España.

Había algo de pureza ingenua en ella, que yo asociaba a las formas de comportamiento del país. También una distancia fría, que me obligaba a ejercicios de malabarismo para sostener la conversación y la seducción, la corrección y el humor, sin que todas las mazas lanzadas al aire se vinieran abajo. Falto de oxígeno, quería besarla aunque fuera la última cosa que hiciera antes de perecer, desvelar su cuerpo siempre escondido bajo la ropa elegante pero amplia, ese cuerpo que intuía de una fragilidad ingrávida a partir de la observación de sus dedos, sus muñecas, sus cejas que rompían la frente plana. Me preguntó por mi vida y corrí a dejar claro que no había mujer ni hijos, le hablé de mi madre, del implacable proceso de demencia y la cruel distancia que nos separaba a mi padre y a mí de ella. Me preguntó si no iba a casarme, pero lo hizo de un modo tan directo que parecía una proposición. No, le dije, no creo en las bodas. Se echó a reír. Me gustan las bodas, pero no que las parejas tengan que firmar un contrato como quien se compromete con un trabajo y unos plazos de entrega. Se echó a reír. No conoces Japón, aquí todas las mujeres sueñan con casarse.

¿Tú te vas a casar? ¿Con tu novio? La segunda pregunta sonó mortuoria. No sé, a él no le gusta mi trabajo, quiere que deje la música. Y luego ella miró por la ventanilla, incómoda al entrar en detalles personales, y pronto tan sólo flotábamos en una leve ventisca de nieve. Alguien buscaba en la radio información en directo sobre un partido del Barcelona y le expliqué a Kei a qué se debía la agitación de los demás. ¿Es tu equipo? No, yo soy del Atlético de Madrid, le dije, un equipo que casi siempre pierde, y me sentí ridículo por hablar de ello mientras miraba sus labios, que eran dos dunas rosadas entre la piel lisa de su cara. La traductora dijo algo entre sonrisas, kappuru narimashu, o algo así, y le pedí a Kei que me lo tradujera. Habla del concierto de ayer. Dice que hacemos buena pareja. Good couple, y corrió a añadir: musical. Yo sonreí, no podía estar más de acuerdo, y Kei dijo algo sobre mis canciones, que eran bonitas y le gustaba acompañarlas.

qué honorazo

Qué honorazo, sí señor, qué honorazo, dijo Jairo, que también estaba sentado entre los invitados a la comida. Cuando al salir del cementerio anunció que tendría que volverse hacia Madrid en el coche fúnebre, Jandrón le quitó la idea. No, hombre, no, usted se queda a tomar algo con nosotros, no le podemos hacer ese feo a mi madre, que ha cocinado un cordero. Dos días lleva la mujer preparándolo, y así degusta usted una de las glorias culinarias de nuestra región. Porque seguro que en el Ecuador no se come el cordero que preparamos aquí. Pues con mucho gusto, pero tendré que marchar nada más terminar, que en mi trabajo no hay descanso eterno sino ajetreo eterno, bromeó Jairo.

Odio los pregones, odio la autoridad, de verdad, no me jodas, Jandrón. Según el alcalde, todo estaba preparado para que yo fuera el pregonero de la fiesta. Si basta con que digas cuatro frases, me tranquilizó Jandrón, y sobra tiempo, no tienes que echar el pregón hasta mañana a la mañana después de la misa de doce. Eso implicaba pasar la noche en el pueblo, y no, no, no puedo. Por camas de invitados no va a ser, dijo alguien. No, no, volví a negarme sin que nadie me escuchara, yo no soy de pregones. Bastante era que aceptaba lo de la placa. Y esta noche, pero eso ya es opcional, me anunció Jandrón, nos gustaría que el baile lo abrieras tú, tocando unas piezas tuyas antes del pinchadiscos, llevaba años sin escuchar esa palabra, pero eso ya tiene que salir de ti, aunque para nosotros sería gloria bendita que pasara algo así. Piensa que en un pueblo tan modesto no tenemos para pagar el caché de los artistas, y menudo esfuerzo hemos hecho con todos estos preparativos de tu homenaje.

Una vaquilla, dijo el concejal de festejos, una vaquilla en vez de dos vamos a tener que soltar mañana, que ya verás qué deslucido, porque con dos es normal que salga algún mochado con los despistes, pero con una sola la van a marear a la pobre tanto mozo sobre ella. Vaya, lo siento, dije sintiéndome identificado con la vaquilla. No, no, le quitó importancia Jandrón, es verdad que hemos traído sólo una becerra, pero es de Cebada Gago, que es una ganadería de las mejores, en los San Fermines está entre las favoritas, no falla nunca, creo que tienen el récord de cogidas. ¿Te gustan los toros o eres de esos modernos que van ahora de animalistas?, preguntó la Luci con gesto de sospecha. Me encogí de hombros. ¿Pero la vaquilla la matáis? No, hombre, no, se indignaron al unísono. Aquí no somos como esos bestias de Tordesillas. En nuestra fiesta la vaquilla se va feliz, los mozos la torean un rato y ya está. Si la matas te sale más cara, y luego se justificó contándome que incluso tenían un ecologista en el pueblo, José Ángel, el hijo de Venancio el tablajero. Le dejamos leer un manifiesto antes de soltar a la becerra en el coso y los mozos le tiran tomates y lechuga, ya se ha convertido casi en una parte del espectáculo, pero así todo el mundo tiene voz, no censuramos a nadie. No, no, me parecen bien, intenté excusarme de manera estúpida, cuando ya alguien rememoraba la fenomenal cogida de un vecino en las fiestas pasadas. Oye tú, tres costillas rotas y el bazo extirpado, que no es moco de pavo.

No te voy a pedir que te eches a darle unos capotazos a la vaquilla, eso tú mismo, dijo Jandrón, pero con que te cantes cuatro o cinco canciones esta noche y mañana nos bordes un pregón donde hables de tu relación con Garrafal de Campos nos damos por satisfechos. Quise decir algo, pero Jairo se adelantó. ¿Cómo se va a negar a eso?, si me dan a mí ganas de quedarme hasta mañana, claro, lástima que tenga que volverme. Yo creo que, después de todo esto, la Luci señaló la mesa llena de viandas con migas de pan desparramadas y vasos de vino tinto que nadie lograba dejar vacíos, no te puedes negar a nada.

Bebí un largo trago de aquel vinazo negro que tenía la consistencia de un solomillo. Mira, antes de que te inventes cualquier excusa, me paró en seco la Luci, hay cosas que tienen que ser y punto. Sonó a amenaza y me encogí sobre mí mismo. La perspectiva de pasar dos días en el pueblo me aterraba. La cama de invitados en casa de cualquier familiar, las meriendas, las cenas, los agasajos, las fotos con los móviles, espera, vamos a hacer otra que ésta no ha salido bien, la amabilidad envuelta en chantaje. Me entraron unas ganas enormes de desmayarme, como me con-

284

tó un amigo de otro grupo que hizo una noche que actuaron en Socuéllamos con su grupo de versiones, de pronto salió a tocar, miró a la gente, pensó en el repertorio, repasó su carrera, su vida y fingió desmayarse sólo para que lo sacaran de allí. Me estoy mareando un poco...

¿Otra ruca? Eso es lo que necesitas, dijo Jandrón. Yo creo que lo que te conviene es echarte una siesta reparadora, el tipo viene de una noche bastante jaleosa, me costó arrancarle de la cama hoy a la mañana. No ha pegado ojo. Menuda vidorra que os debéis pegar los cantantes, ¿no? Claro, échate un rato y así lo verás todo de otro color, dijeron en cascada todos los congregados. Ahora bajas al sótano, que es el sitio más fresco de la casa, y te echas allí una cabezada, me ordenó Jandrón. Y yo ya te despierto para las ceremonias.

nadie pierde la dignidad por perder la dignidad un poco

Nadie pierde la dignidad por perder la dignidad un poco, dijo Animal con ese tono suyo de filósofo disfuncional. Quería convencerme para que cruzara el pasillo del hotel y llamara a la puerta de la habitación de Kei. En Osaka habíamos actuado por última vez y dormíamos en un hotel que por fuera se asemejaba a una fortaleza. Tomamos un baño termal en la azotea, medio desnudos, con dos músicos de la banda, en la alberca de agua hirviendo. El frío nos acariciaba la cabeza y veíamos las luces de la ciudad extenderse en la lejanía. Tú sólo tienes que arañar su puerta y verás el polvo que te regala, insistía Animal. Kei se había retirado a dormir nada más llegar al hotel. Habíamos estado en el restaurante con los músicos hasta que cerraron la barra del bar. Está más colgada por ti que tú por ella, decía Animal, a esa hora ya envalentonados por el alcohol.

Esperé a que todos se retiraran a sus cuartos y crucé el pasillo enmoquetado, vestido con el kimono que el hotel nos dejaba plegado junto a la cama. Si mi aspecto era grotesco, no hacía más que confirmar el designio de Animal. La dignidad no se pierde por perderla, supongo que quería decir que la dignidad se pierde por no ponerla en riesgo. Toqué la puerta de Kei con más insistencia de la que deseaba, porque mis primeras llamadas delicadas no fueron respondidas. Su oído absoluto parecía abandonarla por la noche. Hasta que la voz de Kei al otro lado de la puerta preguntó quién era yo. Lo hizo directamente en inglés, por lo que deduje que me esperaba. It's me. Me abrió vestida con un kimono, pero el suyo era de dibujos alegres sobre el fondo negro. Le mostré una botella de vino blanco que mi mano sostenía cogida por el cuello. Era lo que ella bebía en nuestras cenas. Última noche, anuncié. Me dejó entrar.

La única canción de verdad erótica que he compuesto en mi vida empezó a componerse esa noche. En el dulce contacto con la piel de Kei, el descubrimiento de cada pliegue delicado y la caricia de mis dedos en su pubis, la húmeda entrega que siguió a una corta conversación tras el brindis con dos copas de vino. Kei, al gemir, ahogaba a una niña encerrada tras los párpados casi transparentes, como una veladura. Si escribí un día que la piel es la arena fina acariciada por el viento del deseo, no fue más que por la incapacidad para contar mejor lo que sucedió aquella noche. El rigor tímido que adoptó cuando se tendió desnuda para mí sobre la cama deshecha no tenía nada que ver con la pasividad de vaca muerta, expresión con que Animal describía a otras mujeres que se entregan a ti sin poner nada de su parte. Las habilidades de Kei escalaron

286

hasta convertirse en canción, una canción que aún canto si el local es íntimo y permite que mi voz susurrada, pegada al micrófono, llegue a los espectadores.

Descubrí que la pasión crece en la mesura y la contención, porque gozar no es matar el hambre. Un silencio casi monacal siguió al momento en que me corrí sobre su vientre, exhausto como si saciara el proyecto de vida. Me quedé largo rato entretenido en acariciar su espalda, mientras ella, algo estremecida, tampoco decía nada. Sus cabellos finos se habían electrificado con la sábana y flotaban de punta hacia el cielo. Cuando me fugué de su habitación, tres horas más tarde, ni siquiera se volvió a mirarme, dejó que la espalda lo dijera todo. Aunque presagiaba que aquello concluiría, como tantas veces, con un satisfecho desapego, algo ardía en mí cuando recuperé la cama de mi habitación. En las yemas de los dedos persistía el tacto de su piel, y por más que buscaba, no encontraba la coartada necesaria para entonar un adiós.

La gira había acabado. Actuar frente a un público sin referencias nuestras, que nos examinaba con desapego, nos había fortalecido tanto a Animal como a mí. Estábamos seguros de que el camino en la música merecía la pena. La última mañana juntos desayunamos en el restaurante del hotel, alrededor de la barra desde la que el cocinero nos lanzaba alguna gamba a la boca que atrapábamos como delfines. Todos los músicos tenían ganas de regresar a casa y en sus maletas se delataba la desbordada compra de los últimos días, con cámaras y ordenadores a buen precio. Yo guardaba un silencio espeso, y si alguno reparó en ello no dijo nada. Cuando mis ojos coincidían con los de Kei, sentada en el grupo con una sonrisa de circunstancias, bajaba la mirada negra y brillante y yo volvía a encontrarme con el lunar diminuto de su párpado. Al marchar, la camarera nos persiguió por el pasillo del hotel, se negaba a aceptar la propina. Resultaba intrigante la disciplinada honestidad, más al proceder nosotros de un país donde engañar al turista adquiere proporciones de oficio.

Camino del aeropuerto, España me resultaba hostil y árida. Deseaba volver para reponerme tras la gira y reposar en mi cama, pero de pronto Madrid se me pintaba como la ciudad de la desidia, del desprecio por mi oficio, del frentismo, pero sobre todo la ciudad del desamor. Por tiempo que pasara aún había cruces y esquinas que me recordaban a Oliva, allí una caricia, aquí las manos cogidas, ahí un paseo juntos, aquél era mi callejero de soledad y ausencias, también la de Gus, la de mi madre, la carencia de hogar. Ya nada pervivía, qué me esperaba en Madrid, me preguntaba, convertido el regreso en una obligación y no un anhelo. Recuerdo que en el concierto de Osaka ante los doscientos ojos de japoneses silenciosos me emocionó pronunciar los versos aquellos de

y al contrario de lo que creía,

cada día es más difícil todavía,

una frase que escribí con Gus y Oliva en la memoria, con la certeza de haberlos perdido para siempre. Como me pasaba ahora con Kei, a la que habíamos despedido en la recepción del hotel de Osaka, rodeada por todos los músicos que la agasajaban con abrazos, menos yo, más tímido que ninguno, y al que ella evitaba mirar. Tampoco a Kei volvería a verla, ni siquiera compartiríamos el autobús con destino Tokio, porque ella regresaba en el tren y quizá en la estación la esperaría su novio para correr a recuperar juntos la vida anterior a nuestra irrupción.

Cuando la noche antes ella había tocado el pizzicato de la última canción que interpretábamos, con la sacudida de Animal en cada golpe de bombo, pensé que gracias a Kei nuestra música había ascendido a un lugar no imaginado.

288

El capricho adolescente de seducirla, de embarcarla en los tres conciertos, nos regaló un chelo que cambió el color de las canciones para mejor. Y pensé que yo también, quizá, había cambiado para mejor, por más que Animal siempre pensara eso de que la gente nunca cambia, ni cuando parece que cambia ha cambiado. La gente no cambia, Dani. Al terminar la actuación me despedí en japonés del público y recordé esa frase que ella me había enseñado un día en que esquivaba mis avances, los ojos inventan lo que miran, me dijo, y yo la repetí en el escenario como un guiño hacia ella. Los ojos inventan lo que miran.

los ojos inventan lo que miran

Si mis ojos inventaron a Kei, no lo dudo, ella a su vez había reinventado mis ojos. Ahora todo lo miraban distinto, por la ventanilla del autobús, de vuelta a casa, para mí, que no tenía casa. Me emborracharía seguro, nada más llegar, dedicado a rememorar con Animal los mejores momentos de la gira. Y haría canciones. Canciones de amor que sólo se pueden escribir cuando el amor es esquivo. Hermosas mentiras urdidas para aventar una cortina de humo. Sabíamos ya a esas alturas que el tipo que escribió yo sé que voy a amarte durante toda mi vida se había casado nueve veces, o que el que cantaba pon tu corazón contra el mío en realidad fornicaba con niños. Sabíamos que nuestro oficio de compositores de canciones de amor era un oficio de impostores. Pero todo eso no me importaba esa mañana en el autobús, cuando me puse los cascos para escuchar a los Smiths cantar sobre la luz que nunca se apaga y decir eso de que morir a tu lado aunque sea aplastado por un camión de diez toneladas es un placer celestial.

Antes de despedirnos le había entregado a Kei el sobre con el dinero que le correspondía y ella lo había guardado en el bolso, agradecida. Habría tocado gratis, me aseguró. Yo también. Al abandonar el hotel, no había sido capaz de abrazar a Kei, ni tan siquiera de rozarle la mano, y ella me despidió con una inclinación del cuerpo en su habitual reverencia. Algún músico gritó al verme subir al autobús pero, gilipollas, Dani, al final ni te la has tirado, pero yo sólo pensaba en lo que dicen los clásicos, que los amores secretos son más profundos que los públicos. Nadie, ni siquiera Animal, podía sospechar que yo había estado con ella la noche anterior y que la separación era, para mí, una amputación. Soporté las bromas rijosas aun cuando ya la habíamos perdido de vista, en el camino de salida de aquel hotel que parecía una fortaleza. Animal se había escapado de putas la noche anterior, después de empujarme a mí a la habitación de Kei. En el Tobita Shinchi o barrio rojo, paseó por los escaparates donde se ofrecían mujeres para consumo, y sostenía, enigmático, que quien no se ha acostado con una japonesa no sabe lo que es el sexo, y los demás reían y pedían detalles.

Me había cortado el labio al afeitarme con prisas en el hotel y en el autobús volvía a sangrarme y alguien me tiró una toalla. Todos dormitaban por las carreteras bordeadas de casas y vías del tren, en la falda de Tokio, que parecía no tener final ni principio. Animal hablaba con los otros músicos, les contaba entonces la historia de cuando habíamos empezado a tocar y fundamos el grupo. Tendrías que haber visto la cara de aquel cura en el momento en que la gente empezó a gritar que nos dejara subir a tocar. Había un orgullo nada oculto en su manera de narrar. Me gustó sentirme implicado en lo que para él era una epopeya mítica. Animal estaba convencido de la continuidad de nues-

290

tra carrera, de que aquello que había empezado en aquel patio de colegio junto a Gus no se iba a terminar nunca. Pero eso me hizo pensar, de nuevo asustado, en lo que me esperaba en Madrid. Empezar de nuevo, otra vez.

De niños nos gusta dar vueltas y vueltas sobre nosotros mismos, para experimentar el mareo, la imposibilidad del equilibrio. Caemos al suelo arrastrados por una mano invisible. Es la versión infantil de la borrachera, la pérdida del dominio, la desorientación. Luego echas de menos aquel instante en el que no eres dueño de ti. Te pasas la vida echándolo de menos, ese vértigo incontrolable en mitad de las rutinas diarias tan bien dispuestas. Algo así me sucedió en ese momento. No sé si fue una decisión o un impulso, quizá sólo caí en un remolino imparable. Importa poco.

Cuando bajé del autobús, en la boca del aeropuerto, sentí esa misma ingobernable falta de equilibrio. La toalla se había llenado de lunares rojos tras la estúpida herida de mi labio. Al hombro, mi bolsa de cuero con el pasaporte, el dinero, alguna menudencia para el viaje y mi cuaderno. Recogí la guitarra del carro donde se amontonaban todos los instrumentos musicales tras sacarlos de la tripa del autobús. Me acerqué a Animal. Llévate mis cosas, yo me quedo. Hubo una sonrisa hasta que notó mi embriaguez, mi rapto. No acertó a decir nada y con un gesto le rogué que no avisara a los otros. Bah, venga, tío, luego te vas a arrepentir, te vas a meter en un lío. Sacudí la cabeza un par de veces y comencé a andar hacia una zona distinta a los mostradores de embarque. No hagas el gilipollas por una tía, tías hay miles en España. Pero la frase sonó carente de convicción. Anoche estuvimos juntos, dejé caer como única explicación. No me despedí de los demás, no me veía capaz de resistir las ironías, la superioridad de los escépticos sobre los iluminados. Mucho después me contó que Serrat había comentado con sorna el daño que aún hacían las canciones de amor. Le gustaba contar el empeño de un viejo amigo por ponerle un pleito a Frank Sinatra, porque al parecer mientras escuchaba «Strangers in the Night» le había pedido matrimonio a su mujer y quería reclamarle daños y perjuicios. Ya no recuerdo quién me dijo, algo después, que si la literatura y las canciones se dedicaran a glosar la grandeza inmortal de un buen plato de lentejas, todos iríamos a buscar las más sabrosas al final del mundo. Puede que tuviera razón.

come, come, no te dejes nada

Come, come, no te dejes nada. La madre de Jandrón aún comía con un apetito inusual cuando los demás ya nos dábamos por vencidos. Era delgada y frágil, pero devoraba las costillas del cordero con dientes afilados y luego se rechupeteaba las yemas de los dedos manchadas de grasa. Me señalaba la fuente donde aún quedaba algún pedazo y me recordaba a mi padre con esa obsesión por no desperdiciar nada, por comerlo todo. Ah, si tú supieras el hambre que pasábamos después de la guerra. Uno de los hijos de Jandrón aún comía cortezas de cerdo que habían sobrado del aperitivo y un bebé en su sillita, que no supe de quién era hijo, entretenía la dentadura naciente con una costilla sostenida en una mano bañada de babas. De entre las sombras de ese conjunto de carnívoros en faena, a los que miraba como quien mira un documental de la tele, tras escucharse el portón de dos hojas de la casa abrirse, apareció la adolescente que antes había visto asomarse a la ventana del ayuntamiento. Su rostro era el accidente feliz en aquel entorno, y bajo el vestido estampado y gaseoso de verano el contorno de su cuerpo, como decía el poema, parecía casi un proyecto de arcángel en relieve, con unas piernas finas que acababan en dos botas militares sin cordones. Antes de que pudiera saludarla, la Luci me la presentó como una sobrina de la familia de Jandrón. Paula, se llamaba. En el salón había diversas fotografías del padre de Jandrón, muerto unos años antes. No resultaba creíble que aquella muchacha tan hermosa pudiera proceder de los genes de aquel hombre que miraba cejijuntísimo a la cámara fotográfica, que lo retrataba con el gesto de quien piensa que ese invento no tendrá mucho futuro. Paula dijo, tras soltar al aire un saludo general, que había comido en casa de unos amigos. Yo llevaba un rato en compañía de la rama desafortunada de sus genes familiares y su entrada en escena me alegró.

La Luci le pidió que me prestara su cuarto, que necesitaba dormir una siesta. No te importa, ¿verdad, Paula? No, claro. Acepté la oferta, confiado en que al menos la soledad y un poco de descanso me sentarían bien. No tenía cepillo de dientes ni ropa de recambio, ni siquiera recordaba si esa tarde en Madrid me esperaba algún compromiso. Pero era mejor no resistirse, algunos rehenes mueren por oponer fuerza a sus captores. La Luci, seguida de Paula, me condujo hasta la habitación del sótano y despejó la ropa abandonada sobre la cama, ésta lo deja todo tirado, me explicó, ya sabes cómo son los adolescentes. Lanzó la ropa a una bolsa de deporte cercana mientras Paula me dirigía un gesto divertido, y entre las dos me abrieron un hueco para que me tumbara sobre el colchón. Yo no quiero molestar, dije. No, no, si yo me voy ya, dijo Paula, que he quedado.

Cuando la joven se fue, esa chica no hacía más que irse todo el rato, me tumbé sobre la colcha sin quitarme las zapatillas. Intenté dormir con la vista fija en el techo, pero la Luci tenía otros planes. Noté cómo tiraba de mis zapatillas para quitármelas. Así estarás más cómodo, hombre de Dios. Noté que sus manos forcejeaban en mis tobillos. Por un momento pensé que iba a sacarme las zapatillas con el pie dentro. Luego salió del cuarto sin dejar de rezongar. Duerme, duerme, que a saber a qué horas te acuestas tú cada noche.

La habitación quedaba sumergida al fondo de la casa y olía a humedad y yeso. Había un sagrado corazón de Jesús sobre mi cabeza que lanzaba una mirada tierna al cuarto. Saqué mi teléfono móvil del bolsillo y recé por que aquellas paredes gruesas permitieran la cobertura. Llamé a casa para ver cómo seguían mis hijos. Mi hija Maya me anunció que Animal estaba con ellos. A veces nos visitaba de improviso, para entretener su ansiedad desmedida, se presentaba en mi casa para echar el rato y si yo había salido se quedaba a jugar con los niños o los llevaba a dar una vuelta. Él era mi única salvación posible. Le pedí a mi hija que me lo pasara. Eh, Dani, ¿dónde cojones estás? Le expliqué a Animal mi viaje al pueblo, el entierro de mi padre, y luego le pedí que cogiera la furgoneta y se viniera a buscarme. Tienes que venir al pueblo de mi padre, búscalo en un mapa, pero tienes que venir ya. ¿Puedes? Claro, respondió, entendida mi urgencia desesperada. Garrafal de Campos, le repetí. ¿Se llama así o es broma? Se llama así, le confirmé. Te va a llevar cerca de tres horas, así que calculo que a las ocho estarás aquí, aparca a la entrada del pueblo y me buscas, me vas a encontrar seguro porque estaré rodeado de gente. Ya se me ocurrirá la manera de escapar en algún despiste. Tío, no sé lo que está pasando, pero cuenta conmigo, ya sabes que estas cosas las manejo yo mejor que tú. Animal se refería a las salidas por piernas de diversos lugares, las huidas subrepticias, las peleas de trasnoche. No sé si sus soluciones eran mejores que las mías, pero al menos eran más contundentes.

Sobre la mesilla reposaba el aparato de música portátil de Paula, con los auriculares abandonados de cualquier forma. Rastreé en su lista de canciones y no encontré mi nombre entre los éxitos internacionales previsibles en alguien de su edad. Noté una punzada de decepción. La foto del salvapantallas era un campo de girasoles. Busqué hasta dar con la lista de canciones más escuchadas. Me puse los auriculares y dejé que sonaran en orden aleatorio mientras el sueño me cercaba. Era triste saber que no figurabas entre los artistas que escuchaban los chicos de quince años. Años atrás, quizá por alguna actividad de los niños, había pasado una mañana en la Casa de Campo y junto al albergue pululaban varios grupos de adolescentes y jóvenes. Recuerdo haber escuchado sus conversaciones mientras simulaba leer el periódico y me llamaba la atención su actitud, su forma de comportarse. Pensé, con cierta desolación, no hay nadie, ninguno de ellos, que yo pueda considerar mi público, estamos en mundos distintos, yo no soy nadie para ellos ni les interesa nada de lo que yo pueda cantar. Pero al mismo tiempo me parecía una sumisión someterme a sus criterios, cortejarlos, tratar de lograr su interés, su devoción, con lo que tiene de fascista ponerse al frente de los gustos ajenos si no te representan. Podías ignorarlos o retarlos, pero jamás disfrazarte de su artista favorito. Me duró días esa demoledora conciencia de haber perdido la comunicación con los que venían detrás, con los de alrededor. ¿Sería así? ¿Tenía que ser siempre así? ¿Les había pasado a otros antes que a mí, percibir esa soledad, esa incomprensión, esa falta de identificación?

Invadir tu vida, así dicho, sonaba a acción militar. Y es que había algo bélico en mi desembarco relámpago en Tokio. Me había instalado en un hotel frente a la estación del metro que me devolvió al centro de la ciudad desde el aeropuerto. Se llamaba Hotel Terminal y era estrecho y elevado como una cabina de teléfonos embutida entre los edificios. La habitación era diminuta. Me tumbé en la cama tras arrancar la colcha. La colcha de las camas de hotel son un organismo vivo, un resto amenazante de anteriores inquilinos, un mapa sucio del pasado que prefieres ignorar.

Tenía que pensar y al mismo tiempo no quería pensar. Llamé dos veces al número de Kei escrito para mí en un papel el día que nos conocimos. Las dos veces respondió otra voz y preferí guardar silencio. Bajé a comer algo cuando ya el día se escapaba y el paseo no sirvió para relajarme. Volví al hotel y me hice una paja. Tuvo un efecto demoledor, similar al que habría tenido descubrir que había sido retransmitida por el canal más visto de televisión. Me sentí sucio, estúpido, acabado. Y culpable. Aquella noche no me atreví a llamarla e imaginaba a mis compañeros de viaje en la escala del vuelo, camino a casa. Gastarían bromas sobre mí al imaginarme a lametazos por Tokio como un perro en celo, pero incapaces de creerse que me encontrarían tumbado y solo en la cama de un hotel mustio. A la mañana siguiente escribí algunas líneas en el cuaderno que querían ser una canción liberadora y sólo eran versos condenados al cubo de la basura. El teléfono me gritaba desde la mesilla y marqué de nuevo su número. Respondió Kei y al oír mi voz cayó en un silencio oscuro, que se convirtió en terror cuando le dije que no había cogido el avión. Me hizo mal oírle respirar, quizá llorar. No, no, no quiero nada de ti, sólo quería decirte que voy a estar por aquí, que quiero quedarme por aquí, conocer mejor el país, pensar un tiempo, pero no quiero molestarte. ¿Dónde estás? Estoy en un hotel cerca de la estación. Le dije el nombre, creo que dijo que lo conocía. En mi inglés de escolar torpe insistí para que entendiera que no pretendía molestarla, no pretendía invadir su vida. Dije Invading your life.

Inerte, como el pasajero que nadie viene a recoger al aeropuerto, bajaba a la calle y pasaba horas en el shoutengai, que era un pasaje comercial cercano. Me corté el pelo por mil yenes en una peluquería que estaba en un séptimo piso. No te lo vas a creer, me he cortado el pelo, ese día llamé a mi padre por teléfono para tranquilizarle. Le dije que me quedaría unas semanas más en Japón, que quería aprovechar y conocer el país. Sus ganas de interrogarme chocaron contra su certeza de que esa llamada me iba a costar bien cara y venció el padre ahorrador. Venga, cuelga, ya me dirás cuándo vuelves. Luego escribí a Animal y Martán una larga carta en la que les tranquilizaba y les pedía que no fueran impacientes, que hablaríamos de trabajo bien pronto. Tardé en volver al hotel, di un paseo largo y sin rumbo. Alargaba el regreso al hotel para no preguntar de nuevo si había algún recado para mí y que el recepcionista me mirara con un gesto entre sospechoso y compasivo. El recado es que no hay recado, podría haberme dicho. Subí a la habitación y encendí el televisor. Repetía las frases en japonés según la fonética que alcanzaba a desentrañar. Rasgué el precinto del yukata, el kimono de algodón, siempre dentro de su plástico de lavandería a los pies de la cama. No dejaba de repetir los latiguillos más usuales del programa de cocina, en el que el presentador era un expansivo joven con el pelo encrespado en todas direcciones.

Trataba de evitar el colapso, mi colapso, y cualquier actividad me ayudaba. Intenté tocar la guitarra un rato. No componía nada, tocaba sin rumbo, como antes caminaba. Llamaron a la puerta después de unos minutos y un tipo que parecía el mecánico del ascensor me preguntó si era yo el que tocaba. Sorry, me excusé por si había molestado con el ruido a alguna otra habitación. No, no, negaba él, y añadía algo que yo no entendía, cruzaba los brazos como aspas y se inclinaba, desolado por haberme interrumpido. Nos sonreímos cerca de mil veces antes de que yo cerrara la puerta y volviera a la guitarra. Intenté tocar algo con sentido, ahora que me sabía escuchado. Algunas eran composiciones que aprendí con don Aniceto, ¿por qué me volvían entonces a la cabeza?

Pasaron varias horas antes de que sonara el teléfono con la intensidad de una alarma antiaérea y la sorpresa me hiciera saltar en la cama. Contesté, pero no era Kei ni su voz delicada de manantial. En un inglés tentativo, el recepcionista me dijo que alguien me esperaba abajo. Respiré hondo y me arreglé frente al espejo diminuto del baño. Me mojé el pelo como si me preparara para una entrevista de trabajo, pero una entrevista a la que me presentaba sin referencias, sin conocer el idioma, para ser aceptado como amante. ¿Quién me iba a dar el empleo en esas condiciones? Tendré que comprarme ropa, pensé, aunque sólo podía ver fragmentos alternativos de mi cara en el espejo. Dejaré que Kei me vista de japonés, con camisas sin cuello, y hasta bromeé frente al espejo mientras ensayaba un grito ritual de samurái para desentumecerme y colocar la voz tras tanta espera, igual que hacíamos antes de salir a los conciertos.

Al abrirse el ascensor lo vi y lo reconocí sin dificultad. Era el novio de Kei. Me sonrió y saludó con un balbuceo que sonaba al agua hirviendo. Nos pareció natural a ambos dejar la recepción tan angosta y salir a la calle. No parecía venir a golpearme, así que la vigilancia discreta del recepcionista estaba de sobra. Aunque Mitsuko podía conocer uno de esos golpes secretos que matan de modo discreto y contundente. Mi hijo dice conocerlos y siempre presume de que con un dedo clavado aquí y aquí acaba conmigo, y yo le pregunto, pero, hijo, ¿dónde narices aprendes esas cosas? Me lo enseña Animal, me contesta él. Mitsuko me habló de Kei. Ella me envía, dijo. Su inglés era pedregoso, lo cual me generaba la ansiedad de no entender ni tan siquiera un leve matiz. Todo eran frases primarias. Ella está preocupada por ti. Dile que yo estoy bien, le insistí. No había emoción en sus palabras, sólo un chisporroteo risueño, como si en realidad me hablara sobre los puntos de interés en la ciudad que no debía dejar de visitar, pero nombró sus planes de casarse y me vino a explicar que Kei me rogaba que me volviera a España. You will no pain to her, true? Se había detenido en la acera para decirme aquello, pero se lo hice repetir hasta tres veces antes de entender su pregunta. Con su inglés nefasto y sus gafas que se deslizaban por la nariz. No, claro que no voy a hacerle daño. Me dio un abrazo, cálido, fundado ya por él y por mí el sindicato de pésimos alumnos de inglés. Me quedé allá, desolado, ridículo, con la acre sensación de ser una mala persona.

¿Qué esperaba aquel tipo honesto y amable de mí? ¿Que me retirara de sus vidas? No se le puede hacer daño a un hombre con esa sonrisa de niño y ese olor a perro mojado. You must go, you must go to your country. Pero no sabía que yo había emprendido el desembarco, que era descendiente de españoles y que me daba igual que aquello más que a una conquista se pareciera a un destierro, en ambas especialidades teníamos mucha experiencia acumulada. Puede que él no se diera cuenta de que el amor provoca gestos desesperados, una delincuencia emocional donde todos nos traicionamos y asesinamos entre nosotros sin maneras de criminal, con un buen sentimiento catalizador tan fuerte que justifica la miseria moral. Y que mi sonrisa y mi abrazo pretendían eliminarlo. Así son las reglas del amor.

de niño odiabas dormir

De niño odiabas dormir y mira ahora. ¿Qué? Sí, de niño odiaba dormir, me resultaba una pérdida de tiempo. Mi madre se alarmaba de que madrugara tanto el fin de semana, de que me sentara con la guitarra en la cama nada más despertar cuando empezaba a estudiar con don Aniceto. Luego aprendí a soportarlo, pero dormir era dejar escapar la vida, no un disfrute. Hasta no pasar las largas noches con Oliva no aprendí a prolongar ese placer de volver a caer dormido tras despertar, y despertar tres veces más, prolongar la lenta caravana del amor por la mañana. Pero ella, infatigable y madrugadora, atendía sólo en ocasiones mis ruegos para quedarnos en la cama sin prisas. Después, sin ella, nunca logré dormir igual. Despierto a deshoras, sólo la fatiga me ayuda a conciliar el sueño. Y los niños trajeron otra forma de dormir, con una alarma incorporada, un estremecimiento ante cualquier ruido extraño, un difuso miedo a dormir profundo, como si su respirar estuviera conectado a mi desvelo. He compuesto, sin embargo, canciones durante la noche, estrofas escritas casi palabra por palabra en el duermevela, y en el ensueño parecen redondas hasta que el despertar arruina el efecto y cuando las traslado al papel son una sombra de lo que creía que eran.

Jandrón me mecía, dos, tres, cuatro veces, para sacarme de la modorra. Pero mecer era una palabra inexistente en su diccionario de brusquedades. De niño odiabas dormir, me acuerdo, ni la siesta nos dejabas dormir cuando venías al pueblo, se quejó Jandrón. Decías que dormir la siesta era de viejos. Se ve que has cambiado también en eso. Venga, despierta. Se sentó sobre el colchón y mi mundo se inclinó definitivamente a su favor. Ya es la hora, Dani. Abrí los ojos con dificultad. No era posible que ya hubiera consumido el par de horas de siesta. Me encontraba igual de derrotado que al caer dormido. Las canciones de Paula no habían dejado de sonar. ¿Te gusta esa música?, me preguntó Jandrón cuando me quité los auriculares de su sobrina y se desparramó el sonido de algún cantante para adolescentes. Sí, no sé, respondí. Me dolían las orejas y recuperé las gafas para mirar a Jandrón con atención. En algún momento tendríamos que recordar cuando nos enseñábamos las pollas juntos y me adentraba en el sexo gallináceo. Siento interrumpirte la siesta, pero tienes que atender a los chicos de la prensa. ¿Qué?

Los chicos de la prensa eran un señor con gesto noblote y cara patricia que cubría las fiestas populares para *El Norte de Castilla* y una pareja de estudiantes acneicos que grababan en vídeo mis respuestas para la página de actualidad local que nadie estaría tan desesperado como para consultar jamás. Con la inercia del periodismo, que formula las mismas preguntas en cualquier condición y lugar, sin romper nunca un protocolo formal algo absurdo, contesté a su interrogatorio amable. ¿Cuál es tu mejor recuerdo de infancia del pueblo? Cuando vi al alcalde sodomizar a una gallina, tuve ganas de decir. ¿Crees que estos pueblos aún tienen futuro? El pasado es lo único que tiene futuro, hubiera dicho. ¿Están presentes de algún modo en tus canciones las raíces que te atan a esta tierra? Todas mis respuestas fueron decepcionantes por previsibles, por perezosas. ¿Qué opinas del fenómeno de la piratería musical?

A esa hora aún no había bajado el calor y los vecinos empezaban a salir de sus refugios para rodear amenazantes el lugar del evento. Comenzaron las fotos posadas para los móviles. Era común que, incluso en el paseo por alguna ciudad extranjera, al reconocerte un español se quisiera hacer una foto contigo para colgar en las redes sociales. ¿Tú eres alguien?, me preguntaban a veces. En muchos casos me confundían con otro, tú eres Coque Malla, ¿verdad?, ¿o Quique González?, o me felicitaban por canciones que no había hecho. En una ocasión incluso, tras firmar un autógrafo, la chica que me lo había pedido reapareció para indicarme que no entendía bien mi nombre. ¿A ver si no vas a ser tú el flaco de Pereza? El conductor del coche fúnebre se acercó también con su móvil, no le importará que nos retratemos juntos, ahora somos como de la familia. Claro, accedí. ¿Conoces a Enrique Iglesias?, me preguntó Jairo. Seguro que es amigo tuyo. No, no lo conozco. Pero lo admiras, ¿verdad? Sí, sí, claro, qué iba a decir. Te podías haber traído a la Shakira, me dijo un chaval con deje rijoso. Apenas la conozco, me disculpé. O a la Beyoncé y la Rihanna, pronunció la Rijana, que no es que estén buenas, sino lo siguiente. A veces yo mismo me pellizco de incredulidad al entender que me dedico al mismo oficio que esas fieras. Anda, que si una de ésas viniera a tocar al pueblo, se suprimían las vaquillas, dijo otro chaval más crecidito. Ah, si todo ese ingenio, si toda esa inteligencia que exprimían los chavales para decir necedades se aplicara a la reforma energética, otro gallo cantaría en el país.

Había aún más gente en los aledaños de la plaza que en el cementerio, porque llegaban de pueblos vecinos para la fiesta. Me explicó Jandrón que muchos adolescentes de las peñas aún dormían la siesta porque habían trasnochado hasta las claritas del día. Menudas cogorzas se agarran, pero eso también es la tradición en fiestas, ¿verdad? Pues sí, le confirmé. El concejal de festejos peleaba con el cable de un micro que trataba de extender desde el pequeño escenario desmontable que presidía la plaza hasta el portalón de las escuelas. La plaza lucía adornada con guirnaldas y algunas bombillas de colores y recordé cuando, por fiestas, Jandrón y sus amigos competían para reventar a pedradas las bombillas, las rojas puntuaban doble. El concejal logró su objetivo con sacudidas violentas del cable, que culebreó hasta el escenario, y dio paso a las comprobaciones de sonido, consistentes en golpes al micro y susurros guturales que, amplificados, parecían arcadas de un ogro que amenazara la región. Ah, uh.

Tenía que preguntarle un día a Raquel, con tranquilidad, si a ella le habían comentado todo este programa al que sería sometido. Es posible que ella lo hubiera aceptado como una fría venganza contra mí, mientras paseaba por Copacabana con su nueva amiga. Seguro que sus alforjas estaban cargadas de agravios contra mí, de problemas que me había resuelto en silencio, y ahora me tocaba pagar todo junto. Es posible que a ella hasta le divirtiera la chifladura de verme sumergido en el pueblo natal de mi padre, acosado por las fuerzas vivas. A veces me enrolaba en conciertos reivindicativos, tienes que hacerlo, Dani, y me llevó a un acto de una radio para recaudar fondos para inmigrantes, a una cena para sufragar el tratamiento de enfermedades raras y a tocar en un evento en defensa de los tapones tradicionales de corcho para el vino organizado por los protectores del alcornoque. Compensaba así mis manías, mis exigencias y hasta mis caprichos, como aquella vez en que para uno de los absurdos videoclips me empeñé en rodar un paseo por mi barrio de la infancia y mandé pintar en el muro del callejón de Paravicinos una enorme puesta de sol que acaso alegrara la vida de los vecinos actuales durante unos meses. El resto de mis extravagancias de artista solía limitarse a exigir una toalla limpia, papel higiénico y agua corriente en el camerino, si es que había camerino en la sala donde tocábamos, porque cuando fuimos a tocar a un pueblo de Huesca y pregunté por el baño más cercano, el alcalde, un tipo amabilísimo, me tendió un cubo de fregar y me dijo hazlo ahí, que ya luego lo tiro yo después del concierto.

¿Has dormido bien en mi cama? Paula me tocó el hombro por detrás cuando terminé de posar para otra foto con el cuarto primo hermano de la tía Dorina. Era de esas jóvenes que traían consigo una estela luminosa y me alegró verla. Al menos la habitación es fresquita, ¿no? Sí, le confesé un poco pasmado ante su belleza. ¿Qué haces, estás de fiesta con tus amigos? De resacón, me confesó, ayer nos la cogimos gorda. ¿Qué edad tendría? ¿Catorce? Presencias como la de ella estimulan cualquier acto en el que participas. Das una conferencia de prensa y detectas a alguien así entre el público, una becaria de una radio, alguien de renovadora pureza, das un concierto acústico y descubres a una chica como ella entre las sombras y cobras energía, todo sale mejor si tienes hacia quien dirigirlo. Volvía a suceder en mitad del pueblo de mi padre. Ella era un rayo de luz entre tanto mostrenco.

Sus convecinos no paraban de retratarme con los móviles y los flashazos en mis ojos me dejaban un destello blanco cegador que me duraba algunos minutos de reverberación en la pupila. Qué pesados, ¿no?, me dijo ella, no te dejan en paz. Es igual, es sólo un día. Pero te han metido en una buena, Jandrón quiere que cantes esta noche, me informó. Ya, ya me lo ha dicho, bueno, al fin y al cabo es el pueblo de mi padre, ¿qué menos? Yo había empezado a asumir mi papel. ¿Y venías mucho cuando eras pequeño?, me preguntó. No, como tú, supongo, alguna fiesta, algún verano. Pues ahí debiste conocer a mi madre, no sé si te acordarás de ella. Ignacia, se llamaba. Ah, abrí la boca con desmesura y comprendí el fulgor verdoso de los ojos que compartía con su madre. Ese amor infantil suspendido en el tiempo, cuando escribíamos palabras invertidas.

En ese momento evocador surgió la Luci de la nada, con ese tono inquisitivo que era su tono natural, con aquel don para aguar la fiesta. ¿Qué, ya te estás intentando ganar a la juventud?, me preguntó. No, no, si a Paula no le gustan mis canciones, me exculpé. Paula sonrió. Le confesé que había curioseado entre las canciones de su colección. Alguna, he oído alguna, me dijo, tengo una amiga a la que le gusta la de «Toca para mí», ¿se llama así? Pero, antes de celebrar el punto de encuentro, la Luci saboteó cualquier tentación de establecer un diálogo. Éstos ahora no se compran un disco ni en sueños, y los demás tampoco, porque con la que está cayendo, yo no sé tú cómo vives de esto, ya me lo tendrás que contar, porque a cada artista que sale por la tele no le oigo más que quejarse. Y encima los ayuntamientos que están sin un duro, porque nosotros para montar esta fiesta tenemos que hacer equilibrios contables, que no te lo van a decir, pero es así. Sí, sí, si ya me han dicho que ha habido que sacrificar una vaquilla. Si sólo fuera eso, me dijo ella.

Me encogí de hombros en un gesto de ironía dirigido a Paula. Ya me bajaré de internet alguno de tus discos completos, descuida, me dijo ella para agasajarme. Un momento después se despidió. Un sol de chica, mi sobrina, y tú, bueno, que no dices nada, no te quejarás, por ahora te estamos tratando a cuerpo de rey.

la espera alimenta

La espera alimenta el corazón. Si algo le molestaba a Vicente era la gente ansiosa. Me dijo aquello en su casa, alguna tarde en que recorríamos los ordenados estantes de vinilos y grabaciones. Buscaba con reposo una canción concreta para escucharla juntos, aunque nada impedía que por el camino se detuviera en algún hallazgo casual que comentar conmigo. Quizá el ansia era lo que le molestaba en Gus, su falta de paciencia, lo quería todo ahora, todo ya, como los niños. Por eso Vicente siempre me repetía que la espera alimenta el corazón. Juzgaba demoledora la llegada de los teléfonos móviles, no tanto por el servicio evidente que darían, sino por la inmediatez. Ya verás, va a ser horrible. Al suprimir las esperas, las pausas, los ratos incomunicados, la gente será privada de lo accidental, lo azaroso, lo reflexivo. Será imposible enamorarse si existen los teléfonos móviles, porque todo se resolverá en un trá-mite expeditivo, y el amor es espera. Y lo he pensado mu-chas veces, quizá Vicente resultaba profético, aunque siempre terminaba sus lamentos con un no me hagas caso, sólo soy un locutor sin programa, el típico viejo que cree que porque yo esté acabado el mundo se tiene que acabar conmigo.

Yo tenía mi móvil guardado en la maleta. Mientras permaneciera en Tokio era demasiado caro llamar con él y eso me retornaba a un tiempo anterior, cuando no existía esa facilidad de comunicación. Además, durante muchos días Kei guardó silencio. No era tanto que la espera ali-

306

mentara el corazón, sino la imaginación. Aunque aún yo no entendiera que el deseo, la pasión, el amor podían ser formas sutiles de la ficción. Por las noches soñaba escenas absurdas e inconexas. Hacía correr a un perro por el bosque, a ratos quería animarlo, jugar con él, a ratos perderlo de vista. Lo llamaba. Pero no era mi perro, no era mi Lindo Clon bajo los cuidados de mi padre en Madrid. Mi voz resonaba entre los árboles como había resonado esa tarde bajo la campana mágica de un templo que visité, y ese eco era musical. Desayunaba pescado crudo y té verde en el restaurante del hotel. La funda con la guitarra siempre posada junto a mí, equivalente a un amigo, a un compañero de viaje. Me gustaba tocar sentado en los bancos cercanos a los jardines del emperador, hacer dedos, responder con otra sonrisa a la sonrisa de los que pasaban corriendo, siempre en la dirección y por el espacio que marcaba la autoridad para su carril de ejercicios. Inventaba melodías que no me esforzaba por memorizar, convencido de que cualquier canción que saliera en aquellas circunstancias sería tan ruborizante como el estado de ánimo en el que me encontraba. La situación era propicia para las canciones de autoayuda, de autoindulgencia, que son las peores canciones del mundo.

Había descubierto un lugar propicio para comer algo, cerca del centro, un bar en el que se fumaba y bebía, con una puerta de madera sin letreros que daba a la calle y de la que observé salir a un hombre bamboleante la primera vez que pasé por delante. Los viejos borrachos son el mejor reclamo para la calidad de un local, como los camiones aparcados en los bares de carretera en España, igual que los entendidos saben que en las mesas junto a la cristalera las raciones de los restaurantes son más generosas. Aquel local resultó ser un lugar magnético, de mesas corridas, envuelto en humo de cigarrillo y copas de cerveza y vasos de sake. Con el tiempo se alzaría como uno de mis bares preferidos, porque la clientela era mayor, cascada, de ancianos desinhibidos que de tanto en tanto se desplomaban sobre la mesa borrachos y rendidos. Allí me aficioné a beber el nihonshu, que me provocaba un estado de percepción ideal. Las sopas y los fritos, el humo y el alboroto, guardaban un vínculo secreto con cualquier tasca de Madrid.

De vuelta en el hotel me encontré con el hombre mayor que había llamado a mi puerta unos días antes. Trabajaba en el servicio de mantenimiento del hotel. Señaló la guitarra con un dedo. Apenas lograba entenderle, pero el recepcionista me aclaró que el hombre quería saber si yo daba clases de guitarra. ¿Clases?, pregunté. Los dos hablaron entre ellos durante un corto intercambio de información y el joven me contó que el hombre tenía un nieto que quería aprender a tocar la guitarra española. Preguntaba si yo le daría clases. Claro que sí, y el hombre me tendió una tarjeta con su dirección y su teléfono para que me pasara al día siguiente a verle. Con las manos acordamos la hora. Las cuatro. Desde ese instante me invadió un buen humor radiante, que me duró hasta bien avanzada la tarde, cuando ya había tomado la decisión de mudarme a un lugar más barato, más lejos del centro de comercio donde se ubicaba mi hotel.

Las clases de guitarra no resultaron ser para un nieto del hombre del hotel, sino para dos. Sus nietos eran dos niños cabezones y risueños, con los dedos lentos y flojos, de una torpeza para la guitarra casi cómica. El hombre me pagó una cantidad incierta de yenes, que se repetiría en cada ocasión en que yo iba a la casa. Eran las dos tardes a la semana en que le dejaban a sus nietos y su mujer preparaba una merienda que yo engullía mientras me comunicaba tan sólo con sonrisas y señalando con el dedo. No demasiado tiempo después les convencí de que el talento de sus nietos daba quizá para solistas de zambomba, pero jamás de guitarra española. Fue un disgusto, porque para entonces tanto el hombre como su mujer, los señores Utamaro, se habían convertido en amigos, y los visitaba incluso cuando ya no daba clase a los chicos para dejarme emborrachar por ellos, que era algo que les provocaba un enorme placer de anfitriones.

Al volver de una de las clases de guitarra, Kei estaba sentada en el sofá cercano a la recepción y se levantó al verme. Resultaba una visión, un espejismo. Antes de que ella pudiera decir nada le expliqué que ya tenía trabajo. Sí, me ha dicho el recepcionista que eres profesor de guitarra. Y me eché a reír. Abrí los brazos y ella vino casi a la carrera a refugiarse a mi regazo. Fue un abrazo casto, más de hermanos que de amantes. Ante el pasmo del recepcionista, que ya me había catalogado como un peligroso criminal solitario, la estampa se prolongó durante un tiempo largo. Entonces, para probarle a Kei mi pericia con el japonés, traté de pronunciar lo mejor posible una frase que tenía aprendida de memoria. Ashita no asa hachi ji ni okoshite kudasai. Lo dije en su oído de manera muy delicada, para que sonara a declaración profunda de mi amor. Así me devolvió ella la mirada, aunque lo que le acababa de decir era: por favor, ¿podrían despertarme a las ocho de la mañana?

Salimos a cenar algo a un local cercano y hablábamos deprisa, sin intercambiar información demasiado valiosa. Le contaba mis días solitarios en la ciudad y ella me preguntó cómo demonios había conseguido colocarme de profesor de guitarra. Le expliqué la aparición del hombre en el hotel y el bar al que acudía a comer lleno de borrachos y fumadores. Ella me explicó que creía que yo me había marchado después de la visita de su novio y que llamó al hotel esa mañana sólo para saber si seguía allí. ¿Sigue ahí un extranjero hospedado?, preguntó, y el muchacho de la recepción le respondió con otra pregunta, ¿el español de la guitarra? Luego había decidido venir a verme. Le expliqué mi método de aprender japonés consistente en memorizar diez palabras al día y empeñarme en utilizarlas con cualquier excusa en la conversación. Estaba el día del atún, cucharilla, vaso. Al que seguía la jornada del libro, casa, escoba. Y luego el día del sol, nube y calle, o, mejor dicho, taiyoo, kumo, toori. Quizá esa actividad también había contribuido al desconcierto del recepcionista, que alguna mañana, tras saludarme, me miraba señalar a su bolígrafo y decir booru pen y después indicar con el dedo el teléfono y añadir denwa. Para no presumir demasiado delante de Kei le confesé que de cada diez palabras que estudiaba al día siguiente sólo recordaba cuatro. Lo que me daría un vocabulario de ocho mil palabras en seis años. Era, pues, un hombre cargado de futuro.

Pedí vino blanco, no quería que ella supiera de mi adicción al nihonshu, pero Kei apenas bebió un sorbo y yo me emborraché. Luego regresamos al hotel. Ni yo le pregunté ni ella nombró a Mitsuko en toda la tarde. Sólo me dijo que no podía quedarse conmigo cuando la invité a subir al cuarto. Se estableció entonces entre nosotros una especie de pacto, de amistad práctica. Kei me ayudó a encontrar un apartamento de alquiler, donde en el espacio de tres zancadas quedaban satisfechas todas mis necesidades. Compramos ropa, toallas, material de cocina en el Tokio Hands. Lo mínimo para sostenerme. Dejaba que fuera ella la que propusiera salir a algún local o visitar museos o lugares públicos. Me permitía cogerla del brazo por la calle e incluso besarla brevemente en la mejilla cuando nos despedíamos en la calle o en el andén del metro.

310

A veces Kei lloraba y a veces yo hablaba por los codos. Solía llevar encima una libreta a modo de diccionario de autor en la que incluía frases usuales, de recurso rápido, que soltaba en cuanto tenía ocasión y que practicaba con Kei o que le pedía a ella que me anotara. Al finalizar un concierto con su cuarteto al que me invitó, le solté una frase ensayada. ¿Quiere ir usted a cenar conmigo?, dicha en un japonés que yo imaginaba perfecto, educado y limpio, pero que en sus compañeros provocó una risotada infantil hasta que me explicó que en realidad lo que yo había dicho era algo parecido a ¿está queriendo que me la cene a usted? Lo cual no era del todo absurdo.

algunas veces me da miedo la oscuridad
y otras la busco

Algunas veces me da miedo la oscuridad y otras la busco, escribí una noche, y luego corrí a registrar la melodía sencilla en una pequeña grabadora portátil que compré en uno de esos supermercados tecnológicos de siete pisos. Estaba tumbado sobre la cama del apartamento. Fue una canción especial, que no hablaba de nada de aquel tiempo, o quizá sí. Las canciones son de los sitios en que nacen, como las personas. Fue mi primera canción japonesa. Hablaba de Madrid como sólo puedes hablar de un lugar cuando lo añoras. Las canciones son a menudo formas de recuperar lo ausente, porque cada vez que escribes, escribes de lo que has perdido. Mi primera canción japonesa tuvo varias versiones y variaciones, hasta que una tarde le pedí a Kei que me dejara tocársela. No quiso subir al cuarto, la última vez que lo hizo probé a besarla y se enfadó conmigo, estuvo dos días sin llamarme. Se la toqué en la calle, donde pudimos sentarnos lejos del trasiego. Le expliqué el punto en el que estaría bien que entrara su chelo, aquí y aquí, cuando digo eso de retirar el velo de mi tristura, que era una palabra que había encontrado tiempo atrás en los versos de Garcilaso.

Muy poco después me dijo que un amigo suyo tenía un local de grabación en Yokohama, a menos de una hora de distancia en tren. Podríamos grabarla allí en algún rato libre del estudio. Haruomi era un cuarentón simpático que nos ayudó a introducir unos teclados extraños, con una vieja farfisa que recordaba haber ya utilizado en alguna canción con Gus al comienzo de nuestras grabaciones. Su mano acabó por darle a la canción un sabor japonés que yo ni imaginaba. Kei se mostraba contenta al verme componer, cantar mi canción japonesa, y nos sentamos a escucharla los tres cuando el amigo pidió algo de cenar al chino de al lado. Comíamos directamente de la cajita de cartón y corregimos los niveles, por más que la grabación era muy básica. Kei insistió en doblar el chelo varias veces y darle más textura al acompañamiento, y durante un instante parecíamos un grupo de nuevo, una rara mezcla convocada por el misterio de hacer una canción.

Se hizo tarde y Haruomi nos ofreció el dormitorio de huéspedes, que se utilizaba si la grabación se prolongaba demasiado y alguien necesitaba echar una cabezada. No había tren de vuelta y Kei aceptó, aunque percibí el miedo en su cara cuando su amigo dijo que él subiría a dormir a su casa porque le esperaba la familia. Nos quedamos allí a tocar un rato mientras él recogía para marcharse, creo que Kei prefería dar esa imagen de relación profesional ante su amigo. Pero supe, había pasado casi un mes desde mi decisión de quedarme en Tokio, que aquélla era la noche definitiva y de un modo casi violento abracé a Kei y comencé a acariciarla sobre la ropa. Su resistencia fue un juego erótico y acabamos por juntar las dos camitas gemelas que ofrecía el cuarto.

Las jornadas de autocontrol, de distancia, que ella había impuesto cada vez que nos veíamos, saltaron por el aire, en una salvaje entrega. Dormimos abrazados en la cama incómoda que se abría como una falla. Nos echamos por encima un gastado cobertor cuando nuestros cuerpos desnudos recuperaron el pudor. Y Kei se escapó con las tempranas luces del alba, sin ducharse, bañada en un olor a mí que no parecía preocuparla. Yo esperé a que su amigo regresara y abriera el estudio. Desayunamos juntos. Haruomi intuyó algo porque reía de manera infantil cada vez que me miraba y decía frases cortas que yo no entendía pero que pretendían ser cómplices. Luego volvimos a oír la canción, antes de que el estudio se le llenara de los clientes con los que tenía cita de trabajo. Recuerdo esa escucha como una revelación. Percibí que la canción era una forma artística de medida exacta en un mundo que se aceleraba cada día, en el que resultaba imposible sostener la atención en algo que durara más de tres minutos. La canción podía contener un corazón sumergido, bastaba generar una atmósfera, un fondo sonoro y dejar que la melodía y la letra trajeran la luz desde ese interior, como las mejores pinturas, que generan un foco luminoso desde donde atraen los ojos de quien mira. Ese pálpito era la clave profesional, algo que me señalaba un camino que perseguir. Quedaba tanto por hacer en la música que no me serían suficientes siete vidas entregadas a ello.

A través de Haruomi conseguí un hueco para tocar dos veces al mes para un público charlatán y desatento a mis canciones españolas acompañadas con una guitarra eléctrica y el chelo de Kei. Algunos días da miedo la oscuridad, otros la busco, así empezaba la canción que titulé «Calendario», y es esa canción que no puedo dejar de cantar en los conciertos, por más que a mí me recuerde estar vestido sólo con el fundoshi, sentado sobre el colchón del pequeño apartamento de Tokio, y entre las sábanas con Kei en aquel estudio diminuto de Haruomi, feliz al descubrir que podía hacer canciones allí, con ella.

algunos días me da miedo la oscuridad,
otros la busco,
quiero enseñarte mi ciudad,
vivirla juntos.

quiero enseñarte mi ciudad, vivirla juntos

Quiero enseñarte mi ciudad, vivirla juntos, le propuse a Kei. Ven conmigo a Madrid, dos semanas, serán tus vacaciones. Era imprescindible que yo volviera a Madrid por un tiempo, mi visado de turista estaba a punto de caducar y necesitaba aclarar asuntos, hablar con Animal y Martán sobre nuestro futuro, sentarme con la gente de la compañía.

Cuando llamaba por teléfono a mi padre se mostraba inquieto, sostenía que yo le ocultaba la verdad, que había más razones que justificaran lo que él llamaba mi espantada. La espantá, me explicaba con su recurrente mirada hacia los mitos del toreo y la zarzuela, ya sabes que no es sólo miedo al toro, como decía Rafael, el Gallo, sino el arte de poner tierra por medio cuando te fallan las piernas y el corazón. Para él mi espantá estaba relacionada con la incapacidad para rehacer mi vida sin Oliva. Vamos a ver, Dani, ¿hay una chica? Claro que hay una chica, le contesté el día en que me lo preguntó directo, pero no es sólo por eso, también quiero estar aquí, conocer otro país. Sonó aliviado, me confesó que había llegado a pensar que me habían detenido por algún asunto de drogas y que mis llamadas tan puntuales a una misma hora y un mismo día sólo podían significar disciplina carcelaria. Pero si te llamo así porque es a ti a quien le gusta la disciplina carcelaria, le dije.

Era cierto que pretendía conocer el país. Cuando Kei enlazaba un trabajo de varios días en los que sería imposible vernos, planificaba un viaje a algún lado, fuera de la gran ciudad, y aspiraba a conocer Japón desde la ventanilla del tren. Era absurdo que me dedicara a patear viejos santuarios, montes, hoteles y ryokan, por más excitante que fuera sumergirse en la incomprensión de las conversaciones de alrededor o aceptar emborracharte con todo el que mostraba la amabilidad con el turista, el gaijin, que decían ellos, a golpes de sake. ¿De qué vas a vivir? ¿Y tu madre, ya no vas a verla nunca más?, me preguntaba mi padre, y yo le decía pues claro, y le contaba de mis clases de guitarra y le explicaba que los músicos podíamos vivir en cualquier parte. Pero no era cierto. Me pulía todo el dinero ahorrado en aquella ciudad cara y complicada. Se olvidarán de ti, todos se olvidarán de ti, me advertía mi padre. Y no era demasiado distinto del miedo que me transmitía la gente de la compañía, con Bocanegra a la cabeza. Lo que tienes que hacer es dejarte ver, que el público no te borre de su radar. Ni yo mismo tenía claro si quería lanzarme a preparar un nuevo disco o recuperar un calendario de actuaciones en España para el verano.

La carrera de Kei florecía entre mi estancamiento y uno de los cuartetos empezaba a tener ofertas apetecibles, incluso del extranjero. Los componentes eran tres tokiotas divertidos que se acercaban a la música clásica sin complejos elitistas. Habían decidido especializarse en Scriabin y preparaban un disco de versiones, que incluía lecturas jazzísticas. Los visitaba en el estudio de grabación y me asombraba la precisión magnífica, las repeticiones constantes, la manera de montar y reeditar instantes que no querían perder. Era un acercamiento a la música que no tenía nada que ver con nuestra simpleza. Admiraba a Kei, me sorprendía su cultura musical, su destreza adquirida con el sacrificio de la infancia y la mejor juventud. Sentado al lado de su técnico aprendía a manejar las nuevas mesas de mezcla, los ecualizadores digitales y las frecuencias, a microfonar cada instrumento y filtrar o revertir las atmósferas. Me transformé en un asistente de sonido, al que Kei miraba entre divertida y asombrada. Nunca pensé que te gustaran tanto las maquinitas, me decía. A veces nos quedábamos a deshoras para grabar una maqueta y los músicos amigos sumaban una pista o una variación, por más que no entendieran ni palabra de mis letras en español.

Una tarde, en el apartamento, escuché la conversación de los vecinos. Eran una pareja educada y discreta, que saludaba cualquier encuentro en la escalera con una bajada de ojos. Pero aquella tarde discutían y su tono derivó en violento y creí escuchar algún empujón entre los muebles, quizá un golpe, luego el silencio y la conversación que se desarrollaba entre lloros. Se convirtió en un rito habitual, la trifulca establecida de cada día de aquella pareja amable por fuera pero agria y hostil por dentro. Sospeché que había una cara oculta entre tanta represión. Los abuelos de mis alumnos de guitarra también eran amables y delicados, pero a la mujer cuando se emborrachaba le asomaba un gesto cruel y una frase cortante que yo no entendía pero que enmudecía a todos alrededor. La dimensión absurda del alcoholismo y las evidencias machistas que me sorprendían todos los días me hicieron sentir miedo por Kei. No sabía lo que sucedía con su otra relación, en su otra vida. ¿Estaba amenazada su fragilidad?

No entiendes nada, ¿verdad? Kei se mostró irritada cuando intenté que hablara de la relación con su novio. Cuando vuelvas a España todo habrá terminado, me decía. ¿Por qué no nos vamos juntos a España?, le propuse. Me dijo que era un egoísta, lo cual era del todo cierto, que detrás de mi actitud no había generosidad, sino egoísmo, que sólo pensaba en mí. Pero tú también tienes que ser egoísta, tienes que hacer lo que quieres, lo que sientes, le insistí. Para Kei era difícil explicarse, se quedaba con los ojos clavados en mí. Era su mejor respuesta. Una mirada fija y petrificada hasta convertirse en un espejo en el que yo me miraba avergonzado. Pronto te irás, ¿no? Pues ya está, ahí se acaba todo, me dijo ella.

Me di cuenta de que para Kei mi viaje a España era la confirmación de mi huida, el final de nuestra relación. Para ella nunca había dejado de ser un raro paréntesis. La abracé por los hombros cuando esa tarde había echado a andar por la calle. Yo llevaba la guitarra después de la clase y ella cargaba con el chelo porque venía de un ensayo. Éramos cuatro amantes que caminaban en direcciones opuestas, rotos, desolados, sin futuro. Kei estaba a punto de llorar y nos detuvimos sobre un puente. Abajo corría el agua del canal y pasaban los coches. Posé la guitarra en la barandilla y luego la liberé a ella del peso de su funda y la dejé al lado. De pronto reparé en los instrumentos, allí juntos, apoyados el uno en el otro, y se los señalé con una sonrisa. Hacen buena pareja, ¿verdad?, y recordé a tientas la expresión, kappuru nimashu.

kappuru nimashu

Había una piedra gastada, rodeada por cadenas que señalaban el carácter histórico del mojón. A su lado una chapita con el logo de la caja de ahorros que sufragó la recuperación. Camino de la evangelización se detuvo aquí, me señaló Jandrón. En Garrafal, nada menos. Era otra de sus iniciativas como alcalde, reivindicar la ruta del apóstol Santiago desde su desembarco en Galicia hasta su regreso a Jerusalén, con esa improbable parada en el camino, agotado de sus prédicas. Por ahora no nos dan mucho crédito, pero en el 2033 queremos celebrar los dos mil años del suceso. Aquí los viejos del lugar siempre han dicho que en esta piedra se apoyó el apóstol, así que nosotros a no desmerecer, se reafirmó Jandrón. Para consolarle le comenté que también se reivindican sus restos en varios sitios a la vez y se guardan las herraduras de su caballo en un monasterio del norte, al fin y al cabo para eso sirven las leyendas, y que si todo el problema residía en que no se ajustaba a la verdad habría que cerrar todas las catedrales y varios museos. La verdad es un coñazo, asintió Jandrón, lo que no se puede es matar la ilusión de la gente.

Caminamos de vuelta hacia la plaza, donde alguien me puso un botellín de cerveza en la mano y luego otro. Bebe, que hace calor, me ordenó Jandrón. Si en Japón me sorprendió la voluntad de emborracharse llegada una hora de la tarde, en España llamaba la atención la tintura etílica de toda fiesta popular y la crueldad de tantas tradiciones. Después de actuar en muchas verbenas y fiestas patronales he llegado a la conclusión de que esa crueldad se practica como un ensayo, una representación del mundo real, donde siempre los débiles reciben castigos de los fuertes y poderosos y donde correr espantado, huyendo de una bestia que te persigue, no es nada más que el encierro nuestro de cada día.

La banda musical apareció por el esquinazo de la plazuela con su música de charanga y con ellos se abrió la

318

fiesta. Eran apenas seis músicos, dos trompetas, un saxo, un clarinete, un bombardino y el tipo del bombo, que agarró el compás con bastante retraso porque se le había salido un zapato. Siempre me gustó el sonido de las bandas. Los músicos, bajo sus camisas sudadas de tergal, escoltaban a la madrina de la fiesta. Aquí en el pueblo somos muy feministas, me ilustró Jandrón, porque la madrina es la máxima autoridad en estos días, más que el alcalde. Y ella es la que preside los actos durante las fiestas, es la que lleva a cabo la ofrenda al apóstol y dirige a los danzantes. ¿Y ella quién es? No alcanzaba a ver a la madrina vestida con el traje típico del delantal bordado y la toca. ¿No la conoces?, cojones, si también es pariente tuya. Ella es Juliana, que habrás oído hablar de que tenía una hija misionera en África que la mataron cuando nosotros éramos unos críos. Ah, ya, y levanté la vista para lograr ver, mientras se acercaba, a la madrina de fiestas, que era nada menos que mi abuela biológica. Recordé que uno de los lamentos de mi padre al enfermar mi madre fue que no podría ser la madrina de las fiestas cuando le correspondiera por orden de edad.

La madrina me plantó dos besos en la mejilla cuando alcanzó mi altura y Jandrón nos condujo a los dos hasta el portalón de las escuelas. Busqué en ella rasgos familiares, bajo el velo negro de encaje. Juliana, ése era su nombre. Me sentí ridículo por mirar de soslayo a mi pasado, por buscar lo que no se puede encontrar. Los músicos detuvieron la zaranda y Jandrón me preguntó si quería dirigir unas palabras. No, no, me excusé, nada de discursos. Me abrazó con contundencia y me sentí diminuto bajo su axila. Eres timidón, eh, más timidón de lo que pareces cuando te pones a cantar. Me soltó como quien deja a su peluche desmadejado y luego la madrina volvió a besarme y

319

me preguntó si me acordaba de ella. Claro, claro que me acuerdo, le confesé. Que siempre venías a echar un trago de agua a mi casa. El concejal de festejos nos ayudó a abrir un pasillito entre la gente hasta alcanzar la fachada donde nos esperaba la placa conmemorativa que debíamos descubrir. El chófer del coche fúnebre me abrazó emocionado cuando pasé a su lado. Ah, Jairo, ¿aún estás aquí? Hombre, ¿cómo iba a perderme este acto tan bonito?

Nos detuvimos junto a la cortinilla que tapaba la placa y la banda de música tocó algo parecido a «Manolete», el pasodoble del mártir, composición que siempre me ha parecido fenomenal. Un hombre me abrazó con furia, soy Ciriaco, el hijo de Antonia la de la centralita de teléfonos, ¿te acuerdas? Pero la Luci le apartó con autoridad, ahora no, que tienen que descorrer la cortinilla. Sí, me acordaba del único teléfono del pueblo cuando venía de niño, desde el que llamé un par de tardes a mi madre sin atreverme a preguntarle por sus visitas a los especialistas, todo está bien, Dani, tranquilo, y sin confesarle que la echaba de menos para no ponerla triste. Cuando terminó la música, Jandrón sujetó el cordoncillo de la tela que cubría la placa y me invitó a tirar de él. Lo hice varias veces, cada vez con un poco más de intensidad, pero la cortinilla no se movió ni un centímetro. Tira fuerte, coño, gritó un vecino. La mujer del concejal de festejos me afeó que desluciera la ceremonia, vamos, antes corría bien, que estuve probando yo después de comer. Volví a tirar, una, dos, tres veces, pero nada. Entonces Jandrón sumó su mano sobre la mía para pegar un tironazo del cordel y se vino abajo la cortinilla entera, hasta posarse en su cara. De un manotazo se descubrió a sí mismo. Queda inaugurado el Centro Cultural Cantante Daniel Campos, alias Mosca, hijo de Garrafal, en el día de las fiestas patronales de Santiago Apóstol, y luego añadió el año y

320

lanzó tres vivas, el del pueblo, el del apóstol y un viva Dani Mosca, que fueron contestados por los vecinos con enorme entusiasmo. ¡Viva!

cada despedida es un ensayo

Cada despedida es un ensayo para la despedida definitiva. Con cada ocasión de un adiós le concedemos a la tristeza una jornada de prácticas. Así, Kei se empeñó en venir a despedirme al aeropuerto pese a que yo le pedí que no lo hiciera, que se ahorrara ese entrenamiento de un músculo que no se entrena. Pero vino. Y yo quise mostrarme tranquilo, convencido de que tan sólo me marchaba por un mes, para organizar a los míos. Pero ella sospechaba que no sería tan simple. No volverás, me había asegurado tres tardes antes.

Cuando intentaba explicarles a Animal o a Martán mi relación con Kei, volvía a sentirme egoísta, con mis emociones por delante de cualquier empeño colectivo. Martán estaba volcado con su trabajo de informático en la empresa de videojuegos, sonaba entusiasmado y le quitó importancia a mi lejanía. Cuando yo lo precisara, él siempre estaría disponible. No necesitaba de nuestra actividad musical para sobrevivir. No era el caso de Animal. Le notaba resentido conmigo. La escena del aeropuerto de Tokio había sido para él un incómodo episodio que le obligó a dar explicaciones a todo el mundo. ¿Y ahora cuál es tu plan, tienes alguno que puedas contar?, me preguntó.

Pero ni yo mismo tenía un plan, traté de excusarme con Animal. Tras seis o siete cervezas la alegría del reencuentro borró los rastros del agravio. No así las dudas sobre el porvenir. Animal también había intentado a la vuel-

321

ta de Japón vivir su propia historia de amor. Tenía envidia de ti, de verte enamorado a lo bestia, siempre con tus pasiones desatadas, me contó. Con ese viento de cola, en realidad él solía utilizar la expresión viento de polla, sopla un viento de polla, decía cuando salía por las noches en busca desaforada de sexo, pues con ese viento había conocido a una chica y establecido algo parecido a una relación sentimental. Se llamaba Mamen y yo la conocía porque trabajó muchos años en la discográfica hasta que montó su propia agencia de promoción. También, como Animal, ella presentaba un historial de persona indomable. Según me contó Animal, en el dormitorio de su casa, enmarcada en la pared, tenía una portada de disco firmada por Angus Jones que decía algo así como «para el mejor blowjob de mi vida». Pero la tía, me dijo Animal, tardó años en enterarse de que blowjob no quería decir algo relacionado con el trabajo de promoción que ella había llevado a cabo para el grupo durante su estancia en España.

Mi piso cerca de la glorieta de Bilbao me parecía grandioso comparado con los apartamentos diminutos de Tokio. La gente abarrotaba los conciertos y sonaba a estupidez querer marcharse ahora de nuevo. Había algo que tiraba de mí lejos de Kei, de vuelta en el territorio conocido. Sin embargo, cuando Martán me propuso trasladarse a vivir a mi piso le dije que sí, que yo no pensaba instalarme en Madrid de nuevo. Luego me dijo que Animal era quien más me necesitaba, vive con esa tía, pero no creas que va a ser capaz de montarse un nidito de amor, más bien eso parece un nido de ametralladoras. Y era cierto, Mamen no tardó en cansarse de Animal y lo echó de casa. Él, que se había tatuado el nombre de ella en el brazo izquierdo, se limitaría a añadirle un signo de exclamación. Mamen!, y sonaba como una orden.

322

Yo no estoy fabricado para esa patraña del amor, se desdijo Animal de sus buenas intenciones. Le había salido una pequeña gira como batería con un grupo de Zaragoza y gracias a esas actuaciones había superado la asfixia de vivir con alguien. Zaragoza además, me explicó, es la ciudad más divertida de España, así que me paso allí la mitad de la semana. Días después me presentó a los chicos con los que tocaba y uno de ellos se mostró entusiasmado por conocerme. Tío, es que hemos crecido oyendo tus canciones, y el tiempo cayó desparramado sobre mí.

Le hablé a Animal de la posibilidad de venirse a Japón y ayudarme a grabar y tocar conmigo. Recuerdo que se limitó a imitar el gesto del dinero al rozar las yemas del pulgar y el índice. ¿Y la pasta de dónde la sacamos? Había tocado con una estrella del momento en sustitución de un batería amigo y cobraban en metálico cada noche, todo en dinero negro. Había llegado el año 2000 y tenía treinta años, como habíamos calculado tantas veces de pequeños, cuando esa fecha era un icono y nuestras cábalas un ejercicio de ciencia ficción. Me deprimió que Animal me hablara con admiración de ese tipo con el que tocaba, que arrastraba una bolsa de deporte llena de billetes después de cada actuación. ¿En serio ése es tu sueño?, le pregunté.

Bocanegra me mostró un seductor panorama. Se había alzado como uno de los mandamases de la compañía y ejercía su papado en ese Vaticano discográfico. Lo que tienes que hacer es volver aquí, hay dinero. Renán había organizado una oficina tan grande de representación que ya no significábamos nada, el dinero con mayúsculas se lo proporcionaban otros artistas que ahora surgían de la televisión. Bocanegra me aseguraba que con él tendríamos actuaciones suficientes para cerrar una gira de invierno. Y luego lo cifraba todo a un nuevo disco. Lo que tienes que hacer es un nuevo disco, ya, sin esperar más.

Mis relaciones con él eran de desconfianza cordial. Nos había ayudado a consolidarnos cuando aún vivía Gus, apoyados en grupos de su cuadra que reventaban aforos. Nos mostraba cariño y respeto, lo que tenéis que hacer es esto y lo otro, una gira de salas urbanas, fiestas de verano, otro disco. Era corrupto y excesivo, todo el mundo consideraba que nos robaba pero lo hacía con la misma proporción con que robaba a los grupos mayores. Cada año se mudaba a una casa más grande y más espectacular, apoyado en los caprichos, según él, de su mujer, con la que había tenido dos niños a los que disfrazaba de rockeros antes de que pudieran caminar. Le encantaba llevar en el cochecito a un bebé enfundado en la camiseta de los Ramones o los Stones, aunque vivía de producir a baladistas románticos.

España alimentaba a tipos como Bocanegra. Descarados, emprendedores, sin escrúpulos. El dinero chorreaba y daba de sobra para vinos caros, restaurantes de moda, coches deportivos. Era un ambiente al que resultaba fácil habituarse si no pagabas tú la cuenta. Aunque, como ocurre siempre, todos los agasajos se costeaban con el dinero que generábamos nosotros. Bocanegra, al menos, era simpático. Sostenía que se arruinaba cada cinco años por una cuestión de higiene, como una purga intestinal, pero sabía tirarse en marcha cuando el coche perdía los frenos.

Sentía que mi destino era siempre abocarme a un callejón sin salida. A fin de cuentas yo nací en un callejón sin salida y quizá nunca pudiera salir de él. Tengo que resolver antes mi vida personal, le advertí a Bocanegra. Ser músico es cantarles tu vida personal a los demás, me dijo sin tan siquiera escucharme. Deja que la gente te acompañe, tú vete cantándoselo. ¿Que tienes dudas?, cántales tus dudas. ¿Que tienes ganas de follar con una oriental porque te has cansado de follar con las españolas que van a tus conciertos?, pues díselo cantando. Ellos te van a guiar en el camino, el público manda. Siempre le concedía al público la posesión de la verdad. Para él nuestro oficio no podía separarse de la vida personal. Lo razonaba: al hundirte, lo pierdes todo, amigos, pareja, estatus social, poder. Cuando te levantas, lo levantas todo de nuevo. No hay vida personal ni vida pública, tío, esto es un show donde te abres en canal y dejas que otros te coman las vísceras porque eso te hace rico.

Me pidió una muestra de lo que preparaba y yo sólo le pasé una de las canciones que había grabado en Japón, inspirada por los miedos a que mi vuelta fuera una huida. Ni siquiera estaba trabajada en el estudio, tan sólo una guitarra y mi voz en el dormitorio del apartamento. Me llamó entusiasmado esa misma tarde. Lo que tienes que hacer es traerme diez canciones como ésa y tenemos el mejor disco del milenio. La canción se titulaba «Si yo fuera yo» y partía de una conversación con Vicente, en la que, ante las mismas inquietudes que les planteaba a los demás, él se limitó a decirme: sé tú, Dani, tienes que ser tú. Pero ¿qué tengo que ser para ser yo? ¿Qué tendría que hacer si yo fuera yo?

si yo fuera yo

Volver a salir por Madrid en noches que acababan a las cinco y las seis de la mañana no me liberaba de pensar en Kei a todas horas. Tocamos en dos garitos para comprobar que la química no nos había abandonado del todo.

Yo no llamaba a Kei porque seguramente mis palabras no eran mejores que mi silencio. Tiempo después comprendería mejor lo que me sucedía. Si entonces y ahora alguien hubiera podido mirarme a través de una radiografía habría encontrado un agujero que me atravesaba de lado a lado. Una ausencia que yo intentaba llenar de aquella manera. La idea, lo que se había llevado consigo Oliva, tan lejos, tan irrecuperable, era la idea del amor. Y yo estaba empeñado en recomponerla. Como fuera. Costara lo que costara. Y empecé a pensar que no podía vivir sin Kei, sin estar cerca de ella, cuando en realidad era a mí mismo a quien más echaba de menos.

He visto a un montón de gente joderse la vida por pensar que amar es más importante que comer o que lavarse la ropa. ¿Tú vas a caer en el mismo error? Amar está bien, pero no es mejor que tener perro o aficionarse al tenis, me dijo Bocanegra. Fue él quien me llevó al aeropuerto. Animal no era fiable a esas horas tempranas de la mañana. Se emborrachaba y no había manera de despertarlo, era una especie de tronco inanimado sobre el colchón o el suelo de cualquier lado, aunque fueran las pensiones pulgosas y llenas de cucarachas de nuestras primeras giras. Le daba igual tirarse vestido dentro de la bañera, sobre una alfombra poblada de pelusas ovilladas, dormía como hacía todo lo demás, de manera abrumadora.

Bocanegra vino a recogerme en un Porsche gris. No es envidia de pene, te lo juro, es envidia de Porsche, me dijo cuando reparó en mi mirada crítica. Camino del aeropuerto Bocanegra me contó que le había dejado oír a Luz Casal la maqueta de mi canción. Le he dicho que la vas a grabar tú, que pronto tendrás un disco nuevo, pero le ha encantado y querría incluirla en su nuevo álbum. Antes de decir nada, piensa en cómo sonaría esa canción con su

326

voz. Déjala probar. Es suya, le contesté, díselo, regalé una canción que ya nunca grabaría yo, quizá porque no podría mejorarla. Pero decir regalo es mentir. Porque meses después se convirtió en la más potente fuente de ingresos de mi vida, alzada durante una década completa entre las más escuchadas y vendidas. «Si yo fuera yo» siempre estuvo asociada a esa otra voz nasal y hermosa,

si yo fuera yo
tomaría lo que das
y dejaría de buscar,

pero me sirvió para instalarme sin agobios en Japón, porque el cheque de autores era ingresado con puntualidad. Me labró además un nombre como compositor de baladas de amor para voces femeninas, veta que aprendí a rentabilizar cuando mi propia carrera estaba aparcada en un limbo.

Los músicos fabricamos las canciones de ternura y afecto como pago a nuestra mala cabeza real, a los dislates de nuestra forma de vivir. Son recetas que no nos aplicamos, algo así como doctores que no confiaran en la medicina. Las canciones de amor suelen ser una compensación por el maltrato de los músicos a la gente que les rodea. No existe un oficio tan volcado en el amor como el nuestro, y al igual que los pilotos de avión no ven ya la magia en la magnífica aventura de volar, nosotros no vemos más que un medio de ganarnos la vida en cantar a la magnífica aventura de amar. Tiempo después Ana Belén grabó una pieza mía en la que volví a volcar mi idea efusiva del amor con menos pudor del que exhibía en mis propias canciones. Escribir para otros, para algunas de las mejores voces femeninas del país, Sole Giménez, Concha Buika, me enseñó que nada es más sincero que hablar por boca ajena. Después Bocanegra me exigió dos composiciones más para un grupo de San Sebastián que empezaba a despegar con fuerza, pero cuyas letras eran preescolares. El grupo se colocó como uno de los más vendidos del país y aquellas canciones me proporcionaron tales ingresos que creí ver mi futuro en componer por encargo. Hasta que, dos años después, Bocanegra destrozó una canción esmerada para dejársela grabar a un artista espantoso y tuvimos una discusión de tal calibre que decidí no componer nunca más para otros. Se acabó la placentera vida en sombras.

Entonces aún estaba lejos de descubrir que eso que en todas sus variantes conocemos como amor, y que se pone en las mejores cosas de la vida y las mejores intenciones y en los mejores sentimientos, no es más que una especie de efecto óptico, parecido a cuando de niños jugamos con el sol reflejado en la esfera de cristal de nuestro reloj y lo deslizamos a distancia por la pared o lo dirigimos cegador hacia los ojos de un profesor o un amigo, sólo que el reflejo lo lanzamos directo contra nuestros ojos, con el mismo efecto cegador, en un momento en el que nos convertimos en víctima y verdugo, en sujeto y objeto de nuestra fantasía o de nuestra ansiedad o de nuestra traviesa forma de llenar los vacíos.

Bocanegra me dejó en la terminal de Barajas, en una mañana espesa y algo desagradable para mí, porque había vuelto a discutir con mi padre, a quien molestaban mi viaje, mi ausencia. Piensas que no se da cuenta, pero tu madre se da cuenta, para ti es una ventaja pensar que está muy enferma y no se entera de nada, pero ella sabe que estás escapando de tus obligaciones. Sólo un padre sabe herirte donde más duele. Y él lo hizo allí de pie, mientras sujetaba del cuello a mi perro para que no tuviera la tentación de llevármelo conmigo.

En el avión de regreso a Japón me asaltó una melodía y comencé a tomar notas de una letra que se convirtió en

«Vivir como suena», el núcleo de mi siguiente disco. En Helsinki, durante la escala del vuelo, escribí la canción casi completa, lista para grabarse. Me invadió la euforia, porque era una canción alegre, de vida nueva,

quiero lavarme los ojos y apartar la pena,
he decidido, por fin, vivir como suena.

vivir como suena

Recuerdo a Gus con la enorme ansiedad de lograr lo que quería lograr. Sed, sed, sed, sed. Como le recuerdo también cuando nuestro primer ingreso fuerte de dinero le llenó de entusiasmo, sació tanto su sed de fama y éxito, mucho más acuciante que la mía, estoy seguro, que me arrastró hasta la marisquería de Madrid que entonces estaba más considerada y encargó bandejas rebosantes de percebes, langosta, buey de mar y ostras. Hoy soy feliz, así como suena. Y la expresión me volvió entonces, para disponerme a volver a serlo, a aspirar a serlo, a empujar por serlo. Vivir, así como suena. A Gus le encantaban los percebes, los llamaba pies de dinosaurio, y cuando los abría, festejaba el salpicado del líquido como orgasmos de mar. Esos momentos de euforia para Gus siempre tenían que ver con el trabajo, un buen concierto, una buena canción, terminar la grabación de un disco, alguno de los encuentros con amigos fieles de provincia, aquella gala en París donde nos invitaron a tocar con varios grupos europeos. Alguna vez le provoqué con eso. Cómo es posible que sólo te produzcan placer las cosas que tienen que ver con nuestro oficio, nunca celebras nada personal. Pero él siempre contestaba con media sonrisa, ya verás cuando descubras, como he descubierto yo, que el oficio es lo más personal que tienes. No sé si estaba convencido de esa actitud o era su forma de retarme, de echarme en cara que dedicara demasiado tiempo a mi relación con Oliva o que después sufriera por ello, sin que me saciara ninguno de los éxitos que él festejaba tanto.

Vivir como suena fue mi actitud de regreso a Japón ante todas las incógnitas por resolver. Martán había decidido quedarse en mi apartamento y me pagaría sin puntualidad el alquiler durante años. Yo ya nunca volvería al piso de la glorieta de Bilbao, que venderíamos para comprar nuestra siguiente casa, ni volvería a ver a mi perro Lindo Clon, que se le murió a mi padre en un paseo extenuante por las montañas y lo dejó enterrado entre los pinos de la sierra de Madrid. Una muerte que me anunció por teléfono, con su pasmosa naturalidad, ah, por cierto, se murió Lindo, porque mi padre pertenecía a esa generación que trataba a los animales sin la sentimentalidad desatada que vendría después, cuando la gente ya empezaba a sentirse sola y desamparada y la mascota cobró categoría humana.

Volvía con una maleta de ropa y pocas cosas más, el resto lo dejé en las estanterías del piso. Kei vino a buscarme al aeropuerto. La vi al cruzar la puerta de llegadas, pero ella tardó en encontrarme. Se había cortado el pelo y había dorado las puntas elevadas al aire como un diente de león ingrávido que sostenía una diadema de terciopelo negro atada por detrás de las orejas. Se había pintado los labios de color púrpura y dejaba asomar la fiesta de su personalidad, antes siempre tan retenida, como si quisiera festejar mi vuelta. El tiempo que empleó en localizarme yo lo dediqué a gozar de nuevo de su belleza. No era una fantasía, seguía el brillo allí, a mi regreso. La abracé por detrás, sin dejar que se diera la vuelta.

Kei y yo alquilamos un apartamento en Tokio, cerca del barrio de Koto. Era propiedad de un compañero suyo músico. En los aspectos prácticos se conocía a Kei, su verdad oculta. Era alguien difícil de reducir a un retrato, tenía principios tan elegantes y directos que asombran en un mundo de cálculos e intrigas. Había una ingenuidad rabiosa en su forma de ser que tenía más que ver con la persistencia que con la simpleza. Se había defendido a solas durante toda la vida y, al contrario que yo, ella nunca había aceptado límites, en su calle no había un muro al final. En esos días se sinceró y me contó que Mitsuko nunca había sido su novio, sino un amigo de la juventud al que le había pedido simular esa relación para que yo me volviera a España sin culpa y renunciara a la aventura de quedarme a vivir allí. El riesgo asumido con esa estrategia estudiada la transformaba a mis ojos en alguien heroico. Igual que después me demostraría su capacidad para ser testaruda y resuelta incluso cuando yo caía en periodos de desánimo. No voy a dejar que te deprimas, tonto español, y que no me lo cuentes. Mi viaje a Madrid, la falta de noticias, tendría que haber sido trágica para ella, pero cuando supo de mi regreso se sintió segura y feliz.

El piso que encontramos para compartir tenía una habitación de invitados, para mis probables visitas de España, y un cuarto insonorizado para ensayar ambos. Y aunque el barrio era caro y el alquiler excesivo, tras ser admitida Kei en la orquesta para la que había hecho pruebas y valorar su nuevo sueldo, decidimos alejarnos un poco del bullicio turístico, con esas pantomimas del manga y la trascendencia exótica. A los dos meses yo tocaba cada jueves en un bar de ambiente europeo que se llamaba Continental, situado dentro de una galería comercial. Daba dos pases de media hora a solas con la guitarra eléctrica, aunque rápido recluté a dos músicos que también actuaban por allí y a veces Kei se sumaba a tocar con nosotros. Yo solía interpretar canciones de otros, de un repertorio conocido por todos, que cantaba con mi inglés de latigazos, pero luego incorporaba alguna en español, que introducía con una explicación más o menos fiel de la letra.

Cuando Kei se quedó embarazada traté de convencer a mi padre para que viniera a visitarme, pero no hubo manera. La idea de subirse a un avión le espantaba. Moriría sin hacerlo, último espécimen de otros tiempos. Yo compuse por entonces «Sol Naciente», que fue la última canción del disco, con la que di el paso definitivo para anunciar que volvía a grabar. Era un proyecto que se unía al embarazo, que significaba echar raíces en otro lugar, ver otro sol, otro paisaje cada día. Menos mal que tu madre no sabe lo lejos que andas, me dijo mi padre. Él también hubiera preferido no enterarse. No ver alejarse a su hijo. Tan lejos, tan lejos, decía siempre los viernes cuando hablábamos por teléfono. Kei comenzó a viajar más con su trabajo en la orquesta, a ganar un buen dinero, a rozar con los dedos el sueño profesional. La orquesta era un reloj de precisión, menos divertido, en mi opinión, que el cuarteto, pero giraba por locales de prestigio en todo el mundo, teatros y auditorios que yo envidiaba en mi carrera de garitos y bares ruidosos.

Kei engordaba con una belleza radiante y nos sentábamos juntos a escuchar música clásica que según ella formaría el gusto de su hija aún por nacer y también a mí me abría las orejas a la composición, a la polifonía, a las armonías que estaban fuera de mi alcance guitarrero. Yo atisbaba a Maya en las ecografías tan detalladas como un retrato, y me acercaba a la barriga que la cobijaba para cantarle, en respuesta, «Caballo de cartón» para que se aprendiera de memoria las estaciones de metro de mi ciudad y también «La nana de una madre muy madre» de las Vainica Doble, que se convertiría en la canción con la que todas las noches dormiría a mis hijos. No podía evitar, al entrar en el cuarto de ensayo después de que Kei me hubiera desgranado las notas imposibles de un Schoenberg o de un Hindemith, sentirme como un pobre niño que juega a la música desde la insolvencia profesional. Pero ese contraste me sirvió para no olvidar la alegría juguetona del pop, la querencia por letras simples, ritmos que pudieran bailarse. Algún crítico lo dijo después, que mi siguiente disco fue el más alegre de mi carrera, porque quizá tuvo algo de reconciliación con los inicios en la música. Mis composiciones desinhibidas me permitieron abandonar esa trascendencia estúpida que tanto tienta al músico, ese deseo de ser importante, sonar importante, venderte a los arreglos impostados de la moda del momento.

El embarazo no fue buscado, pero tampoco hicimos nada por evitarlo. La frecuencia de nuestros asaltos sexuales era tal que a veces nos olvidábamos de comer o cenar, nos alimentábamos el uno del otro. El hecho de que nuestra hija no llegara de una decisión meditada, sino en un estado de transición entre vidas, entre continentes, me ayudó a percibir que las personas nacen como nace una canción, que suena de pronto. No naces bajo un cálculo, sino en una cascada de accidentes y azares, lo que debería ayudarnos a vivir con mayor levedad y no lo contrario. Las raíces se convierten en algo primario, porque nos atornillan al mundo. Pero las raíces no dejan volar. Conocí a los padres de Kei en su provincia. Ella había vivido independiente de ellos desde muy joven, cuando eligió la formación musical. Fueron amables conmigo. Me llevaron a la tumba de sus antepasados y la madre me tomaba de la mano con una sonrisa, incapaz de entender una sola palabra de mi japonés tentativo.

Animal me felicitó, es un decir, cuando le anuncié mi paternidad por teléfono. Ahora sí que la has cagado bien cagada, te han cazado para siempre. Encontramos las fechas perfectas para que él y Martán vinieran a la grabación. Todo tenía que estar medido y sincronizado. Quería que la salida del disco coincidiera con el nacimiento de Maya. Quería que el disco se grabara en vivo, en la sala donde actuaba de tanto en tanto. Quería que el disco se llamara *Vivo en Japón*.

Lo grabaríamos en tres actuaciones en directo en el local, sin apenas público, acompañados por un teclista que además programaba sintetizadores, un percusionista que tocaba con Kei en la orquesta de cámara y ella misma, cuya implicación en el disco era equiparable a la nuestra. «Tonto español» era otra canción del disco, quizá la que más se oyó en las radios. Era una pequeña pieza, muy sencilla, que partía de un insulto que Kei me dirigía muy a menudo, cuando discutíamos o reñíamos por algo. «Tonto español» definía casi por completo mis inclinaciones, una voz más rotunda, banda de directo y sólo detalles decorativos como la presencia juguetona de una sukuhachi y acordes de koto. Narraba una escena calcada de la vida real. Una tarde, cuando fui a recoger a Kei tras una de sus actuaciones con la orquesta, nos fuimos a cenar y parecía tan feliz, con su barriga enorme, que le pregunté qué habría sucedido con ella si yo nunca hubiera regresado de Madrid, si me hubiera creído del todo la mentira de que Mitsuko era su prometido y no hubiera vuelto. Ella, tras alzar el cuello poderoso, se limitó a bromear, tan sólo contaría que una vez conocí a un tonto español.

tonto español

Había alcanzado a reconocer a las hermanas de Gus entre la gente arremolinada en la plaza del pueblo cuando descubrimos la placa con mi nombre. Pero rodeado de Jandrón y sus concejales no fue fácil llegar hasta ellas, que permanecían ajenas al bullicio, sin conocer a nadie entre la gente del pueblo. Vestidas de domingo para ir a misa, el tiempo se había posado sobre ellas para convertirlas en dos señoras desde la última vez en que nos habíamos visto, años atrás, en el funeral de Gus. Se sorprendieron de que las reconociera y luego le rogué a Jandrón que me permitiera refugiarme con ellas en el saloncito interior para poder hablar un segundo a solas. Son las hermanas de Gus, ¿te acuerdas?, el chico que tocaba conmigo, tuve que explicarle. Ah, el que se suicidó, dijo Jandrón, cuya sensibilidad aún está en busca y captura.

Leímos en el periódico que ibas a dar el pregón y como no estamos lejos nos animamos a venir. Ha pasado tanto tiempo, dijeron. Les guardaba el cariño que Gus transmitía por ellas cada vez que las nombraba. Recuerdo que Gus siempre contaba la anécdota del disco que cambió su vida. No sé si era una anécdota inventada por Gus, sonaba como tal, pero se remontaba a un cumpleaños de su niñez. Tendría nueve o diez años y sus hermanas le regalaron un disco de María Jesús y su acordeón, que arrasaba entonces con la canción franquicia de «Los pajaritos». Según contaba Gus, recibir el disco le hizo una gran ilusión porque bailaba la canción en todas las reuniones familiares, pero al abrirlo para escucharlo resultó que alguien había cambiado el contenido y el vinilo del interior era el single de «Ashes to Ashes» de Bowie. La versión de Gus nunca aclaraba del todo si sus hermanas habían llevado a cabo el cambiazo o fue un accidente en el que algún empleado había confundido la portada de Bowie pintado de payaso Pierrot con material infantil. El caso es que escuchar aquella música de manera repetitiva, qué remedio, era el disco que le había tocado en suerte, cambió para siempre su cabeza.

Miré a las hermanas con una sonrisa. Se habían hecho mayores y una de ellas había engordado un poco y se parecía a Elton John. Quizá también Gus se hubiera transformado con la edad en algo así, él, que cantaba tantas veces «Tiny Dancer» con voz de falsete. Me las imaginaba en el tiempo en que presenciaron la mutación de su hermano pequeño en aquella figura extrovertida y brillante que rompió las costuras de su familia tan convencional. Nos sabe mal molestarte, dijo la mayor, pero siempre hemos pensado que te gustaría tener esto. Se volvió hacia su hermana, que rebuscó en su bolso para sacar una pequeña libreta con cubierta de cartón. Es de Gus, me anunció, es una especie de diario.

Tomé la libretita en la mano y tardé en abrirla. Dudaba si hacerlo. En la primera página sólo había escrito la palabra diario, pero subrayada tres veces, con una insistencia que luego no se demostraba tal, pues tan sólo estaban escritas las cuatro primeras paginillas y el resto había quedado en blanco. Ya sabes que no era muy constante con nada, se sonrió una de las hermanas al verme sorprendido por la poca entidad de sus escritos. Lo empezó cuando llegó a Madrid, me indicó, y era cierto. Lo encontramos cuando murió la tía Milagros, entre cosas que guardaba en la pensión. Me entristeció la noticia de la muerte de la tía de Gus, pero una de las hermanas dijo, para consolarme, era muy mayor. La primera anotación, con la letra indomesticable de Gus, se limitaba a certificar su llegada. «Estoy en Madrid. He decidido llevar un diario. Contaré mi vida. Vivo en un barrio que se llama Cuatro Caminos, en la pensión de la tía Milagros. Cuando salgo a la calle nadie me conoce. It's a wonderful town. La calle se llama calle de los Artistas. Artists Street!»

336

Sonreí. Era sin duda la manera de expresarse de Gus. Más adelante contaba su primer día de colegio y la primera tarde en que había ido al cine Regio a ver *Rocky Horror*. Él solo. Eran anotaciones rápidas, casi telegráficas. En la página siguiente vi mi nombre escrito: «Tengo un amigo. Se llama Dani. Vive cerca del colegio, pero en la parte más fea del barrio, en un callejón sin salida. Cuando salimos del colegio lo acompaño hasta su casa. No tiene hermanos. Aunque en clase es de los más populares. Fuimos a ver *Granujas a todo ritmo* al Griffith y nos quedamos a verla otra vez en el siguiente pase.» Levanté los ojos y la mirada de las hermanas de Gus estaba clavada en mí con cierto pudor. Temí, en ese instante, que el diario contara algo íntimo, que desvelara algún detalle que yo no recordara. ¿Yo un alumno popular?, jamás lo hubiera dicho. Otra anotación decía: «Music, music. Vamos a formar un grupo de música. Dani sabe tocar la guitarra increíble. Compramos los discos que él dice que hay que escuchar.»

Se refería seguro a las tardes en una tienda de discos de la calle Goiri donde, más que en comprar discos, empleábamos el rato en acariciar las fundas de los que deseábamos poseer algún día. Pasé la paginita y descubrí una plana entera en la que Gus, a la búsqueda de un nombre para el grupo, había escrito todas las posibilidades que se le ocurrían. «Los Pocos, los Mocos, los Bólidos, los Solos, los Más, los Menos, los Vagos, los Duros, los Pesetas, Dólar, Dólares, los Fuck, los Fly, las Moscas, los Artistas, los Milagros, los Quién, los Gentlemen.» Le imaginé en su cuarto presa del entusiasmo antes de venir a contarnos a Animal y a mí que nos llamaríamos Las Moscas. Estaba decidido. Había una página más, pero era extraña. Sólo había escrito una frase: «Hoy hemos hecho nuestra primera canción. Sí.» Pero estaba dibujado el borde de la hoja, como si se tratara

337

de una cenefa decorativa. Eran letras enlazadas, pero se podía leer claramente la misma palabra repetida una y otra vez: «danidanidanidanidanidanidanidanidani».

No me atreví a levantar los ojos, inmovilizado, con la vista prendida de su cadena de letras. Después de un instante extraño, casi de vacío, como si me precipitara dentro del marco dibujado por él en el borde de la página y cayera hacia un lugar profundo y lejano, regresé de vuelta. Pasé una y después otra y las siguientes páginas, todas en blanco, salvo por la rayadura en renglones de la página. Hasta el final del cuadernito, que terminaba sin que volviera a aparecer otra anotación. Mis dedos acariciaban la libreta. Las hermanas de Gus, acomodadas a mi lado, contuvieron las lágrimas cuando volvimos a cruzar la mirada. Te quería mucho, dijo una. Asentí con la cabeza. Siempre estuvo enamorado de ti, se atrevió a decir la otra. Apoyé la espalda tensa contra el respaldo de la silla. ¿Enamorado?, no sé. Yo creo que era otra cosa. Aún mejor.

siempre Gus

Siempre Gus, siempre un recuerdo que le incluía, algo que me sucedía y me obligaba a pensar qué habría dicho él o cuánto habría disfrutado yo si hubiera podido contárselo con detalle. Gus si cerraba una canción o negociaba un contrato. ¿Qué habría dicho él? Las circunstancias de la muerte de Gus habían vuelto a cobrar presencia en una ocasión en que volvía de viaje desde Tokio a Madrid, ya nacidos mis dos hijos. Volaba, recuerdo, para la promoción del último disco que grabé en Japón. En la terminal de Barajas, mientras esperaba la maleta, un hombre anodino se acercó con timidez para saludarme. No me pareció a primera vista un seguidor habitual de mis canciones, sino que más bien tenía cara de fotógrafo de platos combinados, así que levanté la vista con curiosidad para mirarlo cuando me habló. No se acuerda de mí, ¿verdad? Negué con la cabeza, detesto estos acertijos, pasada una edad ya no recuerdo a casi nadie. Fui el inspector de policía que se ocupó de la muerte de su amigo. De Gus, claro, allí estaba. El hombre me tendió la mano y me explicó que ya se había jubilado de su puesto. Una triste historia aquélla. Sí, dije, y balanceé la cabeza.

Usted tenía razón, me confesó tras bajar un poco el tono de voz, no fue nada tan simple como parecía. Levanté los ojos con enorme curiosidad. ¿Se acuerda de los detalles? El zapato perdido, la cazadora que le sirvió de almohada cuando lo abandonaron aún vivo en el portal. Sí, claro, cómo iba a olvidarlo. Nunca me dejaron tratar el caso como lo que era. Hay un delito que se llama denegación de auxilio. Y algo de eso hubo. Tragué saliva. No sabía si quería escuchar más. No, no espere que le cuente nada importante, yo no sé nada, pero sí que su amigo estaba en una fiesta en algún sitio y que arriba no interesaba saber quién más estaba en esa fiesta. ¿Arriba? La gente que manda, ya sabe, me dijo. ¿Qué quiere decir?, le pregunté, ¿sabían algo? No, nada, seguramente nadie quería salpicar a algún hijo de alguien importante, algún joven que andaba, como su amigo, tonteando con esas cosas. Ya. Recordé la frustración que me había producido hablar con la policía entonces, la asunción por todo el mundo de la tesis de la sobredosis y la renuncia a investigar, a llegar a saber con quién estaba Gus cuando todo sucedió y por qué lo habían abandonado en ese portal. Sí, su amigo se rompió por dentro, pero ya le digo, a mí lo que me fastidió fue que me mandaran dejarlo así, sin escarbar hasta el final. Lo único

339

seguro es que la chica estaba con él. ¿Quién?, ¿qué chica? La modelo, ella estaba con él esa noche. Hasta ahí pude llegar. Se refiere a Eva, ¿verdad? Sí.

No sé si aún charlamos un rato más sobre el asunto. Estuve semanas presa de la inquietud, con la idea de hablar con algún periodista amigo, pero remover en lo que había sucedido tantos años atrás no me iba a devolver a Gus. Años después, ya de regreso en España, cuando Raquel llevaba mi carrera y mi agenda, contrató una actuación privada para el aniversario de boda de un empresario textil. Tocamos para sus invitados, a veces lo aceptábamos si nos pagaban el caché. Al parecer su mujer y él tenían una canción favorita del tiempo en que empezaban a salir juntos, años atrás. «Ca-ra-me-los» era la suya, nos la habían escuchado en la sala El Escalón, cerca de Chamartín. La canté para ellos de nuevo aquella noche, seguro que bien distinto a como la escucharon de novios.

Era una fiesta de gente elegida y elegante y en ella volví a encontrarme con Marina. Me saludó cordial, como si nos hubiéramos visto el día antes. Los años la habían tratado bien, y si de joven no era tan guapa como las chicas que la rodeaban en el taller de costura, con cuarenta y tantos era más atractiva que nunca. Irradiaba esa clase que vuelve tan distinguida a una persona. Había pasado mucho tiempo desde la última vez que nos habíamos visto, quizá en algún concierto en Valencia. Me dijo algo que se me quedó grabado. Bueno, me temo que ya hemos entrado en esa edad en la que vamos a más funerales que a fiestas, y luego se llevó la copa de champán a la boca. Y ese gesto fue un hola de nuevo, una seductora invitación a disfrutar del tiempo. Volvimos a intercambiar nuestros teléfonos y la siguiente vez que toqué en Valencia la llamé y me invitó a su casa, aún con la maravillosa terraza sobre la ciudad donde en su día había organizado aquella especie de orgía. Mi convivencia con Kei empezaba a quebrarse, como si la felicidad para mí fuera un bien obligatoriamente perecedero. Me acosté con Marina de nuevo y lo hice en cada ocasión en que volvíamos a vernos, incluso me inventaba viajes a Valencia sin motivo real o ella pasaba por Madrid para un desfile de moda o alguna reunión de negocios y nos encontrábamos en su hotel para pasar un rato juntos. Era una relación infrecuente y relajada, sin que ninguno de los dos buscara algo más profundo que pasar un buen rato juntos. A Marina le divertía decir que éramos amantes. Suena mejor amante que esposa, ¿verdad?

Fue ella la que me informó de dónde trabajaba Eva, y un día me acerqué a la tienda de ropa, cerca de la calle Serrano, en la que estaba empleada de relaciones públicas. Entré, pregunté por ella y me condujeron a un pequeño despacho adosado al almacén en medio de ropa embalada. Su dentadura perfecta era ahora gris, con las muelas picadas y con cercos negros en las encías. Aún lucía delgada y estilizada, pero ahora la delgadez transmitía algo de derrota y el estilo dependía más de su ropa cara que de su porte, aunque no había perdido del todo la sofisticación que Gus adoraba tanto en ella. Hablamos de nada un rato mientras yo pensaba que en la primera mitad de la vida lo que más importa es la apariencia externa, pero cuando entramos en la segunda mitad sólo nos sostienen los cimientos, los pilares ocultos donde se asienta la estructura de nuestra personalidad. Somos un poco como los girasoles, que buscan el sol en la juventud y luego retiran la cara hacia la sombra y quedan inmóviles sobreviviendo de la energía acumulada.

No recuerdo bien si fue Eva quien sacó la conversación sobre Gus, pero me miró desde un lugar muy al fondo de sus ojos azules y el lugar era muy triste. No lloró, pero quizá porque no era una mujer que llorara fácilmente. ¿Te acuerdas de él?, le pregunté. Me acuerdo todos los días, me confesó. Yo también le echo de menos, y luego añadí, sin misterio, Eva, lo sé todo, sé que estaba contigo aquella noche. Hubo un larguísimo silencio. Éramos muy jóvenes entonces.

Le conté mi encuentro con el policía en la terminal de Barajas, aquel tipo gris como el amanecer triste de ese día. Eva apartó la mirada un instante y habló un poco para el aire. Yo no podía contar nada. Estaba con un grupo de gente, no sé, gente que se juntaba con nosotros, alguien nos invitó a su piso cerca de Colón, un piso lujoso, y habíamos bebido y tomamos pastillas y me coloqué bien rápido y yo estaba con alguien y nos fuimos más temprano y no me enteré hasta después de lo que pasó, de que Gus se había desmayado y luego de que no respiraba. Tragó saliva y tardó en contarme el resto, que al día siguiente leyó que lo habían encontrado tirado en un portal cercano y que tuvo miedo de contar nada y meter a sus amigos en más problemas. Fue un accidente, terminó, y se quedó callada.

Siempre es un accidente, dije con rabia. Supongo que erais todos demasiado importantes para cargar con algo así, ¿no? ¿O había alguien especialmente importante? Dani, por favor, ha pasado demasiado tiempo. ¿Qué quieres de mí? Miré hacia Eva y me di cuenta de lo que quería decirme. Había algo de lindo cadáver en esa mujer. Qué más daba. Es posible que hasta su versión fabricada a medida también fuera una mentira para salir del paso. Nadie iba a devolvernos a Gus. Ni siquiera tenía importancia saber qué cachorro relevante andaba con ellos, si el hijo de un empresario o de un ministro o de un militar. Aquellas noches mezclaban a todos, todos querían pasar por los más modernos, los más atrevidos, los más decadentes. Pero Gus sólo era un chico de Ávila, un loco arrojado que ya se podía dar por contento con que lo saludaran y le invitaran a las rayitas de coca o el pastilleo de sus fiestas.

No logré despedirme de Eva, sólo me levanté y recuperé las cosas que había posado junto al mostrador. Creo que había comprado algún regalo de Reyes porque pronto sería Navidad y salí de la tienda de ropa con mis bolsas sin volverme a mirar atrás, invadido por el asco, asco contra ella y contra toda aquella gente que la rodeaba entonces y a la que Gus se prestó a divertir porque encontraba que le surtían de algo de lo que carecía, que le ayudaban a sepultar a ese tipo provinciano que tenía tanto miedo de ser. Rabioso, caminé un largo rato bajo las luces de Navidad de las calles lujosas del centro, apagadas porque aún era de día, y habría roto a patadas algo si no hubiera sido porque sabía que eso no devolvería a Gus a donde me gustaba tenerlo, al lado mío, siempre Gus.

Acompañé a las hermanas de Gus hasta la puerta de las escuelas, donde seguía arracimado el pueblo, ahora en entretenimientos infantiles. En el escenario repartían medallas por algunos juegos y los niños trepaban para recoger su trofeo, quizá eso y mi placa recién inaugurada me llevaron a pensar en Gus. Un héroe sin medalla. Al ver alejarse a sus hermanas, con su paso recogido y la ropa cuidada, con los bolsos al hombro y las chaquetillas por si al final de una tarde tan abrasadora terminaba por refrescar, no podía dejar de reparar en el mérito de Gus, su valentía para haber salido desde un entorno tan predecible y siniestro como el de su infancia, hasta convertirse en alguien libre. Saltó hasta los escenarios desde esa habitación donde bailaba solo, disfrazado frente al espejo, cantando canciones en un inglés inventado que siempre utilizó para componer. Igual que había sucedido con su irrupción en

343

el colegio, cuando nos había abierto a una pandilla de botarates educados en la represión y la intolerancia las ventanas para aspirar a ser lo que podíamos ser. Y sabía que sus hermanas estaban orgullosas de él igual que lo estaba yo. Porque conocíamos de dónde venía, que nada había sido fácil. Me había guardado la libreta en el bolsillo, otro recuerdo, un fósil más para contar nuestra vida.

¿Así que vas a cantar, por fin? Paula se acercó hasta mí seguida por un par de amigos de su edad. No sé, le respondí, y nos aproximamos el uno al otro para no tener que gritarnos por encima del ruido. Si te quedas por la noche lo pasarás bien, montamos fiesta en las peñas, me propuso. La nuestra está al lado de la carretera. Se mordió el labio. Recordé la fascinación por su madre en aquellos días de verano de mi infancia. Me limité a sonreír y decir estoy demasiado viejo para esas fiestas, me temo. Yo le tengo mucho cariño al pueblo, no creas, me confesó de pronto, quizá porque intuía mi escepticismo. Mis padres murieron en un accidente de coche hace seis años. Ah, vaya, no sabía, lo siento, dije un poco estúpidamente. De pronto la idea de Ignacia, aquella niña tan hermosa, también muerta, me provocó una profunda tristeza. Todos muertos. Vaya, tu madre era estupenda, de verdad, le dije en un intento de ser caluroso. Me acuerdo de ella de alguno de los veranos, era especial. Ya, bueno, añadió ella. Me he criado con mis tíos, por eso he seguido viniendo al pueblo. Claro, supongo entonces que Jandrón ha sido como una gallina para ti. No reparé en lo que acababa de decir. Paula soltó una risotada libre. ¿Qué has dicho? Sorprendido yo mismo, se me escapó la cerveza por la nariz. Lo siento, no sé qué he dicho. Tosí varias veces. Algo de una gallina, me aclaró ella. No, no, quería decir que tiene que haber sido como un padre para ti. Perdona. ¿En qué estarías pensando?, dejó caer Paula.

Qué gozada, qué bien está saliendo todo, dijo Jandrón, nada más caer sobre nosotros, un poco con el zarpazo con que los monstruos atrapan a los niños en los cuentos de terror. Acércate al chorizo, que está de llorar y no van a dejar nada. No tengo hambre, me excusé. Ahora entendía el olor intenso que cargaba el ambiente, provenía de la chorizada a puertas del casinillo. Come, come, que tienes que merendar fuerte, que luego la noche va a ser larga. Paulita, le dijo a ella, vente con nosotros, que le quiero enseñar a Dani el museo de la labranza que tengo en casa.

Jandrón me pasó el brazo por los hombros y comenzó a guiarme hacia una salida de la plaza, mientras apartaba a manotazos a quienes venían a propinarme su cariño como los guardaespaldas protegen a los poderosos cuando salen del juzgado. La banda había dejado de tocar y estaban apoyados en una pared. Uno por uno me saludaron, tras apartar a un lado sus bocadillos y las latas de bebida y limpiarse la mano pringosa de sudor y longaniza en la pernera del pantalón. Encantado de conocerte. Lo mismo digo. ¿Sois del pueblo? No, no, venimos de Zamora. Comprobé que Paula nos seguía con paso firme y que los dos o tres chavales de su edad no se despegaban de ella. Venga, venga, no te entretengas ahora, Jandrón no dejaba de empujarme y de hablarme, y en ambas cosas ponía el mismo empeño. ¿A que estás contento? ¿A que seguro que a muchos cantantes no les han hecho nunca un homenaje tan bonito como este que te hemos hecho a ti? Antes de contestar me abrazó un señor con bigote. Soy Luciano, el nieto de Honorio, ¿te acuerdas? El de la trilladora. Sí, claro, ¿qué tal? Prueba, prueba el queso, que es de Villalón, y me puso en la mano un pedazo. Éstos son todos sabores de la zona, organizamos un mercadillo itinerante de productos locales, me explicó Jandrón tras obligarme a comerme el pedazo de queso y luego seis más de distintas variedades. Para mí es un orgullo trabajar desde el ayuntamiento para que no se pierdan las tradiciones, que la modernidad está muy bien, pero nosotros tenemos que seguir reivindicando el lugar del que venimos.

Alcalde, a ver si nos arreglas la calle de la riera, que está de pena, le salió a decir un vecino mayor. No todo va a ser la fiesta, se quejó. Todo llegará, a ver si se pasa la maldita crisis. Llegamos por la puerta trasera a su casa. Paula y sus amigos nos seguían. Qué cojones, me dijo Jandrón, si tú sabes tan bien como yo que la crisis no es tal crisis, que es que ahora vamos a tener que vivir así, con la mitad de lo que teníamos, y en toda Europa, eh, porque nos ha salido competencia, los chinos, los sudamericanos, ahora todos quieren vivir de puta madre, desde que lo ven por la tele ya no es lo de antes, y no nos van a guardar el sitio, me confesó Jandrón, y por primera vez vi asomar al profesor de economía de la empresa que daba clases en la facultad cuando no ejercía de alcalde con vara de mando. Se han acabado las vacas gordas, Europa tiene que reinventarse. Sí, dije, eso lo había oído en algún sitio.

Entramos por el corral al antiguo recinto del gallinero y las conejeras. Jandrón había montado un museo con el viejo instrumental de siega y labranza, colgadas las piezas recobradas de ganchos de la pared. Esto se llama rastro y a esto le decían zoleta, explicaba. ¿Y a ver esto quién sabe lo que es? Levantó por el mango la herramienta y uno de los amigos de Paula dijo que era un tridente, como el que lleva el diablo. Aquí lo llaman bieldo y se decía bieldar cuando se lanzaba al aire la trilla para que el viento separara el trigo de la paja. Observé la cara de felicidad de Jandrón cuando explicaba por gestos las acciones como si estuviera a pie de parva. Había también utensilios de matanza y de

346

un carpetón grande comenzó a mostrarme fotos de aquel tiempo. Lo explicaba todo para mí y para Paula y sus amigos, que atendían a las explicaciones.

El tractor estaba abandonado y cubierto por una película de polvo mezclado con grasa. Pero Jandrón parecía empeñado en apartar esa capa de olvido para hacerte revivir el uso de cada apero y se puso perdidas las manos y el traje beige, pero parecía feliz y satisfecho. De pronto, empezó a caerme bien aquel tipo. Empecé a rescatar al niño con el que me había divertido aquel verano y me resultaba entrañable el empeño con que rememoraba cada elemento de una historia que consideraba suya y por extensión mía. Pero ¿lo era? ¿Había algo de mí en todo aquello? Él, al menos, se agarraba a su pasado con uñas y dientes.

Esto lo encontré destrozado, oxidado y lleno de mugre, pero me ayudó un herrero a ponerlo de nuevo como tiene que ser. Jandrón se agarró al arado reconstruido y explicó cada parte sin dejar de nombrarla por su nombre. Mancera, pescuño, chaveta, dental, y enganchó el pie para proceder a una demostración. Paula se reía y sus amigos, que parecían tan sólo interesados en respirar el aire de su estela, imitaban sus reacciones. Yo miré al enorme Jandrón jugar a que era un abuelo suyo y la estampa me enterneció. Algún día a lo mejor vosotros también tenéis que coleccionar los objetos de hoy para enseñarles a vuestros nietos, les dijo, no sé, el móvil, la tableta, el portátil, todo lo que se habrá quedado antiguo y en desuso. Ya, dijo Paula. No creo, dijo el amigo que más interesante quería parecer, no es lo mismo un móvil que un arado. Eso te crees tú, replicó Jandrón, y experimenté una enorme admiración por ese tipo.

Entre las fotos que Jandrón recuperó del cartapacio me mostró las de la escuela, que es donde ahora está tu centro

cultural, me aclaró. Mira, ésta es de cuando yo era pequeño y esta otra es de un curso, vete a saber, porque el maestro aún era don Nicéforo, que yo lo llegué a conocer. Sí,
mira, aquí lo he escrito, por detrás, 1965. Medio siglo
atrás, ya ves. Miré la foto con atención. Paula bromeó,
vaya pintas que tenían. Era la época, justificó Jandrón.

Mira, esta de aquí es Lurditas, la que mataron en África. Aquí tendría la edad de Paula, más o menos. Me asomé a aquel rostro en el retrato del grupo escolar. La misma sonrisa franca y abierta de las otras fotos. ¿Por qué
nunca tendría yo esa sonrisa? ¿Cómo explicas esa sonrisa a
quien nunca se libera del todo, se permite ir, se confía al
destino, aunque el destino fuera tan cruel como lo fue con
ella? Me pareció una hermosa jovencita, rodeada de cabes-
tros, de chavales con el pelo a cepillo y amenazantes cejas
como maceteros descuidados. Yo había heredado unas cejas así de mi padre y me encantaba levantarme con ellas
despeinadas porque me recordaban a él. Cada vez que me
maquillaban en alguna entrevista en televisión tenía que
impedirles que me las recortaran, me gustan así, les explicaba a las maquilladoras. Lurditas llevaba un vestido hecho en casa y tenía posada la mano sobre el pupitre, con
los dedos largos y finos. Noté una extraña punzada dentro
de mí, rodeado allí de todo aquel despliegue museístico y
de la imagen de mi madre biológica al final de la adolescencia, muy poco antes de hacerse monja y renunciar a casarse con cualquiera de aquellos zascandiles de compañeros de generación, y de venirse a Madrid y buscar refugio
en casa de mis padres y vivir esa extraña historia del embarazo y terminar asesinada en un país africano mientras
cuidaba a niños desnutridos. Y traté de entender que quizá ella también había querido huir de allí y estudiar para
monja era la única oportunidad de fuga y que el destino

luego había enredado una madeja que yo no iba a desenredar, porque en ese enredo estaba mi origen.

todo está en las canciones

Todo está en las canciones, todo volcado allí. Las canciones eran una forma de biografía. Plantas ahí los sentimientos y dejan de ser propios, ocultos, íntimos, se convierten en compartidos y hasta diría que superados. Escribía más canciones, sumaba una docena más en cada disco y me preguntaba adónde iban, qué iba a ser de ellas cuando yo dejara de interpretarlas, de sacarlas a pasear por los conciertos. Serían como niños huérfanos, como los soldados muertos de una guerra perdida, como cartas que no encontraron al destinatario.

Para muchos yo me había pasado al japorock o al japopop, y las definiciones hicieron fortuna a juzgar por la cantidad de veces que se repetían. Para terminar de liarlo todo, posé en una foto de agencia para el lanzamiento del disco con las manos en los ojos para forzarlos a achinarse, y faltó tiempo para que prácticamente todas las revistas y publicaciones del país eligieran esa imagen para acompañar cualquier comentario que tuviera que ver conmigo. Que un músico español viviera en Japón facilitaba una serie de tópicos tan manidos como agradecidos. Dani Mosca pasó a ser alguien instalado lo suficientemente lejos como para no molestar a las glorias locales ni importunar demasiado. Le había pedido a Vicente que escribiera un texto para el interior del disco y me regaló unas líneas preciosas. Ya no llegué para verlo en Madrid antes de que muriera. Sabía que estaba débil y pedirle el texto era una forma de mantener un último vínculo con él. La frase final que escribió para el disco siempre me pareció la verdadera despedida, honesta, delicada y sutil, de un amigo. ¿Adónde llevará el camino de Dani Mosca? Pasará por mil lugares hasta volver al origen. ¿No pasa siempre? A veces vuelvo a pensar en Vicente y comprendo que hay personajes que ayudan a forjarte porque sabes que vigilan tus pasos.

Mi hija apenas tenía cuatro meses cuando viajamos a Madrid para la promoción del disco japonés, como todos lo llamábamos. La llevamos ante mi madre y le pusimos el bebé en las manos. Sostuvo a la diminuta Maya con una sonrisa abierta, casi infantil, que parecía comprenderlo todo más allá de nosotros, entenderlo todo, abarcarlo. Mi padre, nada más verla, la apodó la chinita. Se ve que sus genes son más fuertes que los nuestros. Mi padre hablaba a Kei como se habla a los sordos o a los imbéciles congénitos. Encontró su manera particular de demostrarle el cariño en la enseñanza de refranes, lo cual Kei interpretaba, por deformación japonesa, como un rasgo de sabiduría. Lo que delataba el cariño de mi padre hacia Kei era su actitud corporal frente a ella. Le parecía tan bella que no hacía más que cogerle las manos, muy expresivo, o acompañarla a cualquier lugar en el que anduviéramos sin soltar su fino codo, como un lazarillo. A su nieta Maya siempre la llamó chinita o mi chinita, sin querer corregir jamás el disparate.

Le mostré a Kei algo de Madrid. Descubrí de nuevo la ciudad a través de sus ojos. La suciedad, el griterío, el humo en los bares, el delirio de las calles repletas en la noche de fin de semana, y también visité rincones que ni yo conocía como el jardín botánico, el Retiro, el Prado, Ópera, lugares reposados que pensé ideales para ella y que jamás había frecuentado de joven. Kei no vivía atosigada por el bebé, dejaba que fuera yo el que la atrapaba, cargaba, besaba, lanzara al aire, el que me tirara al suelo a jugar con Maya. Kei le daba masajes antes de dormir y le ejercitaba la atención con movimientos psicomotores, como si hubiera estudiado cursillos que a mí se me escapaban. Era capaz de tocar para ella y cantar de forma muy sutil, y dejaba para mí las atracciones ruidosas y la agitación eufórica. Éramos los padres perfectos, que combinaban la formación y el desarrollo armónico de uno con la torpeza y vulgaridad del otro.

Pronto empecé a llorar delante de las noticias del televisor. Lloraba si le pasaba algo malo a cualquier niño en cualquier continente. Me quedaba media hora hundido en el sofá. Pensaba si era sabio entregar un niño a la vileza de los tiempos. Esa asombrosa nueva percepción, para alguien que no había tenido a los niños en su radio de interés jamás, me nutrió de un material rico para las canciones. Para regularizar nuestros papeles convenía casarse. Sabía la ilusión que eso representaba para Kei, sometida a las tradiciones. Pero por qué no te casas, hijo, repetía mi padre, con la complicidad de ella. Pero yo me resistía. No quería traicionar mis principios de manera tan sencilla. No quería burocratizar el amor, pedirle a un notario que diera cuenta de la pasión, a un registrador de la propiedad que midiera la dimensión insondable de mi dormitorio. Kei reía y aceptaba las excentricidades como algo propio de mi oficio. Papá es un tonto español, le decía a nuestra hija, y ésa fue la primera palabra que dijo Maya, no fue ni agua, ni mamá, ni papá, ni oto, sino tonto.

En las reuniones de amigos que sostuvimos en Madrid durante aquellos meses de estancia, Kei se apagaba, sin acertar a decir nada. Terminaba por enviarme a solas para verme llegar de mañana con la boca pastosa de tanta cerveza y la peste al tabaco de los demás en la ropa y el pelo. Uno de mis pánicos habituales era la falta de fe en las parejas que no comparten el idioma, la imposibilidad de entender la parte muda del lenguaje, tonos e inflexiones. En aquel tiempo me parecía que generaba misterios, áreas desconocidas que llenaba con la imaginación. Luego comprendí la distancia insalvable. Kei, en uno de nuestros primeros conciertos de presentación del disco, durante aquellos tres meses que pasamos en España, pareció caer en la cuenta de que yo era alguien reconocido, que mi música era de cierta relevancia en el país. A veces alguien venía a pedirme un autógrafo o una foto en el móvil y Kei sonreía orgullosa. La primera infidelidad con Kei sucedió durante esa gira, en el concierto de León, cuando una chica me empujó en el cuarto de baño de casa de unos amigos atraída por mi aparente falta de efusión. Luego una fan bellísima que repitió en el concierto de Bilbao y en el de San Sebastián, y que se quedó hasta el amanecer en la cama del hotel, enredado el cuerpo hermoso entre las sábanas. Escapé al amanecer a pasear sin destino mientras rogaba que a mi regreso se hubiera largado del hotel. Uno puede ser infiel en la cama pero no en el desayuno.

Aunque Kei ya se había vuelto a Tokio con la niña, esos episodios azarosos, y cuán previsible podía ser el azar, me hicieron comprender que era urgente terminar con los conciertos en España, con esa rutina despojada y nocturna que te aleja de casa hacia el corazón de la nada. Había que regresar al reducto privado, al retiro del que había salido ese disco. Sabía que los únicos músicos que llevaban una vida ordenada en el negocio vivían apartados, casi en un monasterio familiar. Por más que el ambiente musical fuera una tentación divertida, sin ataduras, un libre peregrinar nocturno por cuerpos hermosos y camas desconocidas, comprendía que mi sitio estaba asomado a los ojos de mi hija cuando se abrían por la mañana y no en váteres

352

llenos de pis en los que mear de puntillas. Que prefería enseñar a Maya a montar en bicicleta que robarle un beso a alguna chica guapa que aparecía por el concierto. Animal me decía que no había música sin noche. He ahí el conflicto. Me empecé a sentir marinero con miedo a salir a la mar, un camionero que no quiere pisar la carretera, un torero con pavor a la plaza. Como me gritó un joven cantante de un grupo catalán que en ese momento arrasaba, pero, tío, ¿qué quieres ser, padre de familia o músico? Yo no respondí pero pensé que la diversión deja de ser diversión cuando se vuelve obligatoria.

tener veinte años sin tener veinte años

Tener veinte años sin tener veinte años era un esfuerzo que no me tentaba. Madrid presenta una noche casi infinita. Cada antro encadena con otro antro que abre hasta más tarde y donde hay otra cara conocida que disfruta de engancharse a ti. Recolectas gente de local en local hasta sumar una brigada artificial que toma otra colina, otro bar que alguien conoce. Es una ciudad feliz cada vez que cae la noche, igual que es una ciudad arisca y hostil durante el día. Madrid es una ciudad que se desclasa por la noche y se anarquiza. Y en otras ciudades no era tan distinto, porque un músico tiene la llave de la madrugada colgada del cuello. Envejecer es el verbo que tienen prohibido conjugar los músicos. A la ramera y al juglar a la vejez les viene el mal era el refrán al que mi padre recurría para anunciarme mi destino. Conocía cantantes que adoraba, talentosos, a los que consideraba maestros, pero la vejez los obligaba a parapetarse tras una mujer joven y entregada que les aguara el whisky o les escondiera el tabaco, secuestrados en su propia casa porque o se imponía esa disciplina de hospital o sólo quedaba entregarse a la decrepitud acelerada y la muerte.

Una noche, durante una estancia de un par de semanas en España para actuaciones de verano, paré un taxi en Barcelona y me extrañó que no se abriera de manera automática la puerta ni circulara por la izquierda. Borracho, guié al taxista. Siga todo derecho hasta el distrito de Koto y gire por la avenida del Ariake, hasta que el tipo se volvió hacia mí y me dijo, irritado, oiga, caballero, que estamos en Barcelona. Decidí de que ya no quería cambiar de hoteles cada noche ni llevarme el bote de champú por si en la siguiente ciudad no alcanzaban el nivel de regalarlo en las duchas. Cuando hubiera algo interesante y alguien dispuesto a pagar un billete de ida y vuelta no tenían más que llamarme. Pero viví cinco años en Tokio, con viajes tan cortos a Madrid que ni cambiaba la hora en el reloj para regresar sin combatir el jet-lag. Golpeaba y volvía al escondite. Asomaba las orejas al mundo de la música y luego regresaba a casa, sano y salvo. Yo era una cucaracha, porque sabía que cuando se enciende la luz y empiezas a pisar cucarachas, sólo se salvan las más rápidas y las más cobardes. Y yo quería salvarme.

Kei se quedó embarazada de nuevo y Ryo nació en un verano de descanso con su orquesta. Yo disfrutaba los días que me dejaba a solas con Maya y su nuevo hermano, hacíamos vida de niños, y luego pasaba algunas horas cada día encerrado en mi música. Oía todo lo que se publicaba por el mundo y escribía una colaboración mensual para una revista española que me pagaba una miseria por mantener un hilo de comunicación con mi país. Estudiaba composición con un amigo de Kei profesor de piano y tenía el extravagante propósito de componer un disco com-

354

pleto con adaptaciones de poemas de Bai Juyi, un poeta chino muy leído en Japón,

    lejos de mi origen, desterrado a un lugar extraño,

    me asombra que mi corazón no sienta angustia o dolor,

    quizá mi hogar sea el País de Nada en Absoluto,

o *Absolutamentenadalandia,* como me gustaba titularlo durante los cuatro o cinco años que pasé emperrado en el proyecto, cuando obligaba a Kei a consultar en la versión original para no perder matices en la traducción de los versos, porque ella me leía los poemas en su lengua,

    envidio a la ola que regresa al origen,

y me explicaba: hajime es la palabra que significa el origen, mientras yo aún no intuía que la ola alcanzaría la orilla hasta comerse de nuevo mi castillo de arena. Quería experimentar, hacer música distinta, rara, quería aplicarme eso que decía Brian Eno de que el arte es el único oficio en el que podemos estrellar nuestro avión y salir ilesos. Desde Madrid, Bocanegra me metía prisa para grabar otro disco cada vez que yo le salía con ese empeño tan fuera de norma. Es tu ópera pedante, me decía, todos los músicos han pasado ese sarampión.

Volaba para las actuaciones más suculentas en España y algunos vanos intentos de darme a conocer en la América hispana. Despedí a Renán el año en que dejaron de salir tantas actuaciones como acostumbraban. Yo también cometí el error común de culpar a otro del descenso de interés por mí. Animal bebía sin medida y ahora no compartía tanta vida en común con Martán, que también había sido padre, así que cuando los juntaba para algunas actuaciones ellos también parecían felices de desertar de sus rutinas. En una semana de viaje a Madrid tenía la sensación de rendir la ciudad a mis pies. Visitaba a mis padres y me acostaba con las chicas que pusieran menos escollos a la idea de ser abandonadas al amanecer. Mi fuerza de voluntad y el propósito de enmienda duraba lo que tardaba en volver la sangre a la punta de mi polla.

Para no interrumpir la carrera profesional de Kei era imprescindible que yo planificara mis tiempos y me ocupara de los niños en sus ausencias. Kei tocaba un violonchelo veneciano de más de cien años de antigüedad, que manejaba con extremado mimo, al que impregnaba de un aceite natural que le enviaban desde ya no recuerdo dónde. Era su niño, y cuando nacieron nuestros hijos, me esforcé por que no significaran renuncias ni elecciones imposibles. Ella no debía perder el tren de su carrera ni sacrificarse y arrinconar el chelo para cuidarlos más allá de lo razonable. Las madres cautivas siempre me aterraron, y más si su cautividad es por un motivo noble, criar a sus hijos. No podía permitir que la familia se transformara en una esclavitud que le hiciera perder su autonomía. Yo sabía que era feliz cuando tocaba, como lo era yo también. Ella entre sus partituras, con las gafas redondas de pasta, que se deslizaban y ella recolocaba con el pulgar en un gesto ritmado con la música y sin soltar el arco.

A Ryo, que era un niño luminoso y despierto, me encantaba darle biberones si su madre salía para tocar. Me encantaba aprender el idioma con Maya, tirados sobre el suelo con libros enormes de dibujos y signos escritos. Como me encantaba dejarla en manos de su madre para encerrarme horas a darle a la guitarra y sacar algo que me rondara la cabeza mientras ellas se pintaban las uñas de colores llamativos. A veces se producía el atasco, el cruce de intereses, la desgraciada angustia de querer ponerme a tocar, a fijar una melodía, con esa necesidad urgente, inaplazable, y estar atado a los niños y las obligaciones familiares. Entonces me sentía un músico fraudulento, un cobarde, pero siempre intenté que esa infelicidad, que era momentánea, no fuera un fardo para Kei, para su independencia, que además nos proporcionaba un dinero cómodo con el que pagar, incluso, a la señora que echaba una mano en casa y sacaba a pasear a Maya y Ryo por los jardines cercanos, construidos sobre antiguos vertederos.

La crisis económica en Japón se había convertido en una enfermedad crónica cuando nació Ryo, y la autoestima del país ya no resplandecía, sino que ocultaba signos depresivos desde tiempo atrás, el gobierno inyectaba dinero en el mercado bajo una plácida censura informativa. Había un evidente sobreempleo. Encontrabas tres personas para desempeñar el trabajo que haría uno sin agobios. El patrocinador de la orquesta de cámara de Kei, que era una marca de fotos, se vino abajo y el violinista, que era la estrella, abandonó el grupo para irse a vivir a Estados Unidos. Apenas dos meses después, se disolvió la orquesta y Kei entró en el desánimo de la desempleada.

Cuando estallaron los trenes de Atocha y El Pozo me enteré por Martán, en una llamada al móvil, esto se ha convertido en un puto infierno. Corrí a conectarme a internet y ni siquiera me senté a comer con los niños y Kei. Había experimentado cierto orgullo al ver las enormes manifestaciones en Madrid que se reproducían en las noticias, pero aquel golpe en el corazón de la ciudad, contra los que iban temprano a clase o las oficinas y talleres, era demasiado cruel. Llegaban mensajes y hablaba por Skype con conocidos. Animal no vivía lejos de la estación, y hasta no dar con él estuve inquieto. Había dormido borracho la mañana completa, sin enterarse. Todo el mundo conocía de cerca a alguna víctima. Cuando cuatro años antes habían sido derribadas las torres gemelas de Nueva York por los atentados, nosotros habíamos tocado esa noche en Almería, sin demasiada conciencia de hacia dónde nos adentrábamos. Nos resultaba algo lejano y confuso que tenía que ver con el odio a los norteamericanos. Era estupefacción teñida de lágrimas.

Recuerdo el intento del gobierno de torcer los acontecimientos a su favor porque estaban en las vísperas de elecciones y la rabia de los amigos que me mantenían informado a toda hora desde Madrid. Llevaba a los niños al colegio como cada mañana, pero esos días me echaba a llorar en mitad de la calle, tras dejarlos. Lloraba porque estaba lejos, porque me había negado tantas veces un vínculo sanguíneo con esa cosa llamada tu ciudad, tu gente, y ahora en cambio sentía que los había abandonado a su suerte. Acostaba a los niños y Ryo y Maya tardaban en dormirse por las imágenes de terror real que habían visto en mi ordenador, tan distintas del terror falsificado de las películas y dibujos. Una noche me introduje en la cama con Kei entre las sábanas calentadas por su cuerpo dormido, le besé la piel de porcelana a la altura de los hombros y el cuello de cisne, le aparté el pelo negro hasta recogérselo en la nuca y miré un rato el lunar de su párpado. Cuando despertó le propuse la idea de irnos a Madrid todos juntos. Estaba deseando que me propusieras algo así, me dijo ella. Pensé que te daba vergüenza vivir conmigo en tu mundo.

La decisión fue una sorpresa también para mí y se tomó en horas. La despedida de sus padres no tuvo la elocuencia melodramática que habría tenido en España, pero fuimos a verlos y pasamos cinco días tranquilos con ellos durante los que les explicamos las razones profundas de la mudanza. Antes de deshacer el piso, Kei había recibido la oferta de un amigo músico alemán para incorporarse a su grupo, que era algo así como un quinteto de jazz progresivo. Madrid era una ciudad perfecta para instalarse, siempre y cuando estuviera dispuesta a volar para sumarse a los conciertos y festivales internacionales. Entonces yo sólo quería ver a Kei sonreír, ni siquiera pensé en mí y en lo que significaba para mí vivir de nuevo en Madrid con mis dos hijos y mi mujer japonesa.

La oferta de Hans se materializó. Era un músico alemán con el que Kei había tocado en varias ocasiones en giras por Japón, diez años mayor que nosotros, de una inteligencia sutil y con una cultura musical que me dejaba boquiabierto en cada cena que compartíamos, yo terminándome la botella de vino a solas y él con su Coca-Cola en vasos llenos de hielo. Vivía en Múnich y quería poner en pie el quinteto y que Kei se sumara al grupo. La exigencia dependería de las ofertas de trabajo, pero en los dos años futuros podía limitarse a un par de meses de intensa actividad y luego viajes esporádicos. Según Kei y su agenda vital calculada al milímetro, eso nos permitiría residir juntos en Madrid y que los niños pasaran al menos unos años inmersos en la cultura de su padre. Me sonaba extraño que fuera ella quien se preocupara por ello, pero así era. Las raíces tenían más valor en su código. Ella podría viajar desde Madrid a Múnich cuando fuera preciso, algo mucho más cómodo que hacerlo desde Tokio. ¿No te gustaría que los niños fueran a un colegio en Madrid, que hicieran amigos españoles?, me preguntó. Yo hablaba con mis hijos en castellano y lograba sin demasiado esfuerzo que mantuvieran un buen nivel de conversación. Me encantaba escucharlos hablar en japonés y en inglés, convertida la casa en una conferencia de la ONU.

Salía a pasear aquellos últimos días por los jardines del palacio imperial para recordar mi primera estancia desesperada. Me gustaba sentarme a mirar a los turistas desorientados ante la magnitud de la ciudad. Así fui yo, pensaba, otro gaijin. Ya nunca regresaría a vivir a Japón. Me

359

alegraba volver y estar más cerca de Animal. Había venido tres veces a pasar largas temporadas en Japón, pero en la última Kei me había reñido. No te das cuenta de que tu amigo, tu mejor amigo, es un alcohólico y no vas a ser capaz de hacer nada por él, de ayudarlo. Te limitas a reírle las gracias porque no lo tienes que aguantar a diario, sin querer enterarte de que se está matando.

Animal vivía en Lavapiés, en un piso mugriento al que llegaba cada noche borracho. Le atracaban los pequeños traficantes en la calle, le sacaban el dinero de la cartera y se la volvían a meter en el bolsillo con la familiaridad insultante de la impunidad. Se compraba calcetines y cervezas en los chinos de al lado de casa. Había engordado y perdido la forma. Comía en un kebab casi a diario, salvo cuando se daba el festín de una lata de conservas en casa. La última novia, que estaba enganchada a casi todo, se le llevó también las almohadas y la tele, que es una cosa algo extraña, pero que Animal repetía a quien quisiera oírlo, ¿qué se puede esperar de una tía que te deja y se lleva las almohadas? La tele todavía, pero las almohadas. Las almohadas, joder, que es el único sustitutivo de una mujer que le queda a un hombre que duerme solo, lamentaba.

Esclavo de su personaje, Animal, con casi cuarenta años, había perdido la gracia del compañero de colegio y ya sólo parecía una golondrina atrapada en un charco de alquitrán. Sus excesos le habían distanciado de Martán, que ahora llevaba vida de familia. La madre de su hijo no soportaba a Animal, además era celosa y prefería que Martán dejara la música de una vez. Al regresar a casa tras nuestras salidas de concierto, ella le obligaba a eyacular en la palma de su mano, para medir de ese modo si el volumen de esperma era el correcto después de unos días de abstinencia o la había engañado por ahí con cualquiera. Nos reíamos de

Martán cuando tragaba botellas de leche de soja en la furgoneta de vuelta a Madrid, porque le habían contado que eso aumentaba el flujo de esperma y así esquivaría el tosco examen de fidelidad al que le sometía su mujer.

Me costó varios años desde mi vuelta a Madrid que Animal se tomara en serio el dejar de beber. Se consideraba tan sólo un chico de diecisiete años al que le gustaba la cerveza, y se negaba a verse como un alcohólico que empezaba a desbarrar con un botellín. Como mucho, aceptaba que los daños del alcohol eran la silicosis de su trabajo en la mina de la música. Le puse un sueldo mensual para que tuviera unos ingresos fijos y no se viera obligado a buscar otros grupos con los que salir de actuación, porque eso significaba peligro. Después de varios intentos fallidos de dejar de beber por decisión propia, aceptó ingresarse, pero se presentó en mi casa una noche huido de un sanatorio de Guadarrama. Estaba descalzo porque le habían quitado los zapatos al ingresar tres días antes. Cuando le reproché que se hubiera fugado, me insultó a mí y luego a Kei y nos echó en cara los más penosos agravios, nuestra convencionalidad de pareja, todo su rencor de amigo íntimo que se ha visto desplazado, un rencor que llevaba demasiado tiempo guardado en su interior encharcado. Yo lo eché de casa y durante un tiempo dejamos de frecuentarnos. Temí haber perdido a otro amigo para siempre.

Escribí canciones que hablaban de la ruptura de las parejas cuando mi amigo Claudio se separó. Mi amigo Claudio se había casado tras convivir diez años con su novio. Eran los días de euforia por la aprobación del matrimonio gay. Claudio nos pidió que tocáramos en su boda y como nunca habíamos tocado en una boda nos pareció divertido. Al ser una boda gay, explicó Animal, Martán no intentaría follarse a la novia. Cuando Claudio fue abandonado

361

por su marido, un actor algo más joven que le debía la carrera, cayó en una profunda depresión. Claudio, hundido por el abandono, pasaba horas encerrado en casa escuchando a Maria Callas a todo volumen en el equipo de música, algo que me parecía una escena sacada de película sobre gays de los noventa. Le estoy viendo ahí, Dani, sentado en el borde de la mesita del salón como hacía siempre para cambiar los canales, me decía Claudio al rememorar la convivencia con su pareja. Yo intentaba consolarle, pero aprendí a su lado, en esas tardes de tristeza imposible de compartir, que la palabra amor nunca resuena de modo más estruendoso que en la casa vacía que fue compartida.

Kei y yo buscamos un lugar en Madrid para instalarnos con los niños. Bocanegra nos asesoró. Lo que tienes que hacer es comprar, te sale más barato. La elección de colegio me quitaba el sueño, convencido de que condicionaba para siempre las vidas de los hijos. Elegir colegio se te antoja mucho más trascendente que el nombre que les pones, la ciudad donde les instalas, el sexo que les corresponde o, por supuesto, cualquier absurda forma de bautismo. Puede que sea una exageración, porque yo fui a un colegio horrible y le debo parte de mi personalidad. El colegio elegido, recomendado por los pocos amigos que eran de fiar en esa cuestión, nos llevó lejos del centro. Era un barrio popular donde quedaban pequeñas construcciones arrinconadas por edificios de apartamentos o adosados sin encanto que pervertían la personalidad de un barrio levantado en los años veinte como colonia de vacaciones para la gente de Madrid y que ahora quedaba a dos pasos del aeropuerto, algo que tranquilizaba a Kei en previsión de sus giras de conciertos.

Encontramos un chalet algo destruido, pero con suelos de madera y dos pisos donde podríamos distribuir nuestras necesidades. De pronto aquella vivienda, que pertenecía a una señora mayor que nos la mostraba con cierta emoción, maquillados sus ojos del mismo azul intenso con el que estaba pintada la fachada, nos empezó a sonar a hogar. No sabéis qué ilusión me hace que la casa se la quede alguien como vosotros. Qué maravilla. Parece mentira, pero a uno le gusta pensar que su casa también vivirá cuando se haya ido, y que albergará la felicidad de otros. Había que imaginar los espacios sin los muebles castellanos gastados y tristes, sin las cristaleras esmeriladas y las rejas en cada ventana de sus dos plantas, sin los techos falsos y con el jardín vuelto a florecer.

Los niños corrieron a repartirse los cuartos en la primera visita a la casa que hicimos con ellos. Al otro lado del jardín había una enorme leñera que acumulaba moho y, adosado, un caseto que fue vivienda de los criados donde se acumulaban restos de toda una vida, bicicletas viejas de niños, leña podrida, garrafas vacías, sacos de cal y cemento a medio gastar, flotadores sucios y ajados, una sombrilla sin músculos, varias pelotas de cuero deshinchadas, cochecitos de bebé fracturados. Un espacio que transformaríamos en nuestro estudio de música para ensayar y guardar los instrumentos. Un amigo arquitecto, que era hermano del mezclador de mi último disco, certificó para nosotros el estado de los pilares, las vigas y la posibilidad de transformar aquello en un lugar habitable. Kei, por supuesto, se interesó por la orientación de las habitaciones, la salida del sol y la ubicación de los dormitorios, detalles que me resultaban ajenos pues ya tiempo atrás le había confesado que si logré renunciar a los mitos del catolicismo no iría a abrazar los del sintoísmo, el budismo zen, el I Ching o el feng shui. Yo sólo miraba la leñera destruida y marchita bajo las tejas medio rotas y me imaginaba encerrado allí, entregado a hacer canciones. No podía sospechar que ter-

363

minaría por vivir en ese rincón de la casa, al otro lado del jardín, protegido por la parra centenaria en su pérgola de hierro y un castaño poderoso que nunca perdía la hoja verde rotunda.

El estudio lo revestimos con material aislante que me regaló Ramón cuando desmontó su negocio. Se había jubilado de la producción para vivir en un pueblo con su hijo Bambi y su mujer. También instalamos una pequeña mesa de mezclas y control que procedía de arruinados técnicos, rotos por la caída de ventas de cedés y la precariedad de un negocio condenado. Grabar el disco ya no se había convertido en la meta de un músico, sino en un capricho para dar a conocer las novedades, que debía ser por tanto barato y poco elaborado. A mi vuelta a la ciudad, el negocio parecía otro. Las discográficas gestionaban el directo de sus artistas y en el sector casi nadie acertaba con el camino que tomar. Incluso a Bocanegra lo despidieron en la penúltima reducción de plantilla en la compañía, y ya sólo podía presumir de la indemnización millonaria con la que se había zanjado su contrato. Este negocio está k.o., lo que hay que hacer ahora son espectáculos que no puedan enlatarse, hay que vivir del directo.

A Kei mi idea del estudio separado de la vivienda siempre le resultó amenazante. Sospechaba que yo utilizaría aquel lugar como un refugio, que me pasaría las jornadas allí, demasiado ajeno y aislado del curso de la casa, y que un día terminaría por arrastrar un tatami, colocar un par de armarios y convertir aquel lugar en mi apartamento de separado, como sucedió unos años después.

Mi padre irrumpía de tanto en tanto para importunar durante las obras de reforma con su visión catastrofista. Demasiadas escaleras, señaló, cuando seas viejo y no puedas subir estas escaleras ya te acordarás de mí. El dormitorio le pareció pequeño, pero había leído que los japoneses duermen en cápsulas. Los cuartos de los niños le resultaban innecesariamente grandes, los llenarían de cachivaches bien pronto. Tampoco el suelo de pino le convenció, se gasta con el uso, y aún le pareció más disparatado que mantuviéramos las viejas ventanas de madera. La madera está viva y hay que mantenerla, es un error, ahora hay materiales mucho más resistentes. Yo trataba de explicarle a mi padre que me gustaban los materiales vivos, quería que por mi casa pasara el tiempo tal y como pasaría sobre nosotros. Eso es poesía, Dani, si quieres haces una canción con eso, perfecto, pero las casas se hacen con cemento, no con frases bonitas. Las frases bonitas no resguardan del frío.

las frases bonitas no resguardan del frío

Espero que a partir de ahora estemos en contacto, que no tardemos tanto en volver a vernos, me dijo Jandrón. Por la puerta que comunicaba el corral con la casa apareció la cabeza de su mujer. Oye, deja de darle a Dani la matraca con tus cachivaches que aquí hay una gente que le está buscando, le gritó la Luci desde la lejanía. Jandrón y yo caminamos hacia el lugar, pero en ese momento irrumpió poderoso Animal. Detrás de él, entre tímidos y asombrados, avanzaban mis hijos. Ryo echó a correr al verme y se lanzó a mis brazos. Maya llegó un poco después y le di dos besos en las mejillas. Aquí estoy, tío, se anunció Animal, ¿a quién hay que partirle las piernas? Y midió con la mirada a Jandrón. No, déjame que os presente. Es el alcalde. Éstos son mis hijos y éste es Animal, el batería que toca conmigo. Hombre, claro, te conozco de las fotos y los videoclips, y Jandrón y Animal se estrecha-

365

ron las manos como dos arces entrechocan sus cuernos antes de la batalla. La Luci se dirigió a mí en tono confidencial, ¿sabes cómo llamo yo a este almacén que ha juntado aquí mi marido? La chatarrería.

Pasamos por delante del pozo. Recordé cómo le gustaba a mi padre lavarse por las mañanas con el agua del cubo. Cuando ya se habían instalado en las casas los primeros cuartos de baño, él seguía lavándose así, con el agua fresca del pozo, como en los tiempos en que era niño. Yo le miraba divertido cuando le acompañaba. En su habitación de hospital, en los últimos días, observé la barba crecida que le daba un aire de abandono, inédito en él. Saqué de su neceser la maquinilla de afeitar y me entretuve un rato en devolverle el cuidado aspecto que era su seña de identidad. Luego le mojé el pelo con su agua de colonia, como hacía él cada mañana. Mirad el pozo, les dije a mis hijos. Pero era imposible explicarles la escena, cómo decirles que su abuelo creció sin aseo, a ellos, que incluso en Madrid echan de menos la sofisticación de los inodoros Toto de Japón, con sus chorros de limpieza con agua y el termostato en el asiento, y tuve que instalarles el otohime o la princesa del agua, un sistema de sonido que reproduce una cascada para ocultar el ruido cuando hacen sus necesidades. Cómo explicarles, pues, el otro mundo de su abuelo, en el que se cagaba entre gallinas y uno se lavaba con dos manotadas del cubo de agua helada recién sacada del pozo.

¿Ya habéis enterrado al abuelo?, preguntó Maya. Sí. ¿Y podemos ir al cementerio?, Ludivina nos ha preparado unas flores. Yo se las pondré mañana, trae, que ahora tenemos faena, dijo Jandrón tras arrancar de manos de mi hija el pequeño ramo de margaritas y posarlo en el fregadero. Me fijé en que los dos estaban vestidos con cierto cuidado. A Ludivina la idea de un entierro la debía de haber excitado. No te parece mal que los haya traído, ¿verdad?, me preguntó Animal. No, no. Yo se lo he pedido?, explicó Ryo, y Animal me ha dejado conducir un trozo del camino. Sólo llevar el volante, se justificó Animal. Salimos por el interior de la casa hacia la calle. Jandrón y su mujer marcaban un paso rápido. Yo llevaba a mis hijos cogidos de la mano.

Papá, tengo hambre, me dijo Ryo. Pero Jandrón se adelantó, ¿te gusta la longaniza? No sé lo que es. Es como el chorizo y la morcilla. Sí, dijo el niño. A mí no, dijo Maya. Habrá chocolate también, anunció la Luci, y con bizcochos. ¿Pero dónde te has metido?, me preguntó Animal en un aparte, ¿en la feria regional? Algo así. Cuando íbamos a entrar a la iglesia mi hija se detuvo. ¿Vamos ahí? Le daban pánico. De pequeña la llevé al Museo del Prado y ante el Cristo de Velázquez noté cómo presionaba mi mano y me pedía explicaciones, ¿qué era eso? Ah, pensé entonces, qué increíblemente afortunada mi hija, que con seis o siete años aún no sabía lo que era un cristo crucificado, imagen recurrente en mi infancia.

Javier se ganó rápido a mis hijos. Entre otras cosas llevaba unos caramelos de gominola en el bolsillo. Dentro de la iglesia, el cura nos enseñó el pequeño mural dedicado a Lurditas, a medio componer. Para nosotros tiene la relevancia de una mártir, me explicó Jandrón, que había malinterpretado mi interés por la leyenda de Lurditas. Y a partir de algunas fotos dispuestas en orden cronológico les explicó a mis hijos su trabajo en las misiones y la muerte violenta. Me invadió el orgullo al mirar de nuevo la foto de esa mujer pequeñita entre niños, con esa ilusionada actitud que transparentaba. Estoy intentando recopilar todo el material que puedo sobre ella, me dijo Javier, y presentar un dosier al Vaticano para su beatificación. Tendría gracia que en mi perfil de wikipedia algún día figurara que Dani Mosca era hijo de una santa.

¿Y por qué la mataron?, preguntó Maya. La mataron cuando era misionera en el Zaire, les expliqué. Ese detalle atrajo la atención de mi hijo Ryo, siempre alerta a lo escabroso y violento. ¿Y cómo la mataron? No lo sé, había una especie de guerra, como siempre. ¿Era pariente tuya?, me preguntó. Sí. Muy cercana. Se llamaba Lourdes, pero yo casi no la conocí. ¿Y su país sigue en guerra?, insistió Ryo. Sí, claro, sigue en guerra, me imagino que sí. ¿Y se la comieron viva?, pero antes de que nadie pudiera contestar, la Luci se carcajeó, pero, Dani, ¿qué cuentos le lees a tu hijo por las noches?

Jandrón me señaló los andamios junto al altar de la iglesia, con el pequeño retablo a imitación del churrigueresco. Estamos restaurándolo, nos ha salido un mecenas, añadió Jandrón. Pero entrecruzó una mirada irónica con el párroco. Sí, menudo mecenas, dijo Javier. Bueno, es vecino del pueblo y muy creyente, con eso basta. Jandrón, por favor, le cortó Javier. Parecía una disputa ya habitual entre ellos. No sé si al venir por la carretera habrás visto un prostíbulo que se llama Borgia, me preguntó Jandrón. Borgia 2, dije yo. Sí, tiene seis entre Benavente y León, acojonante, pero las cosas son así, explicó Jandrón, ese negocio nunca está en crisis.

Resultaba que el dueño de esos locales de putas era el que pagaba la restauración de parte de la iglesia. ¿En serio? ¿Y qué es, por sentimiento de culpa?, pregunté al joven cura. Me temo que no, me respondió. Que sí, joder, que Cañamero es muy beato, terció Jandrón. El dinero le sobra y no quiere tener a los paisanos en contra, respondió Javier. Y yo me tengo que callar, porque esto viene del obispado, que yo ya les he dicho que es dinero sucio, que sale

368

de explotar a las mujeres, pero el dinero es dinero al fin y al cabo, se encogió de hombros Javier. Bueno, bueno, interrumpió la Luci, no ha venido aquí Dani para que saquemos las miserias del pueblo a relucir.

Me da en la nariz que tú estás en el secreto, le dije a Javier con una sonrisa irónica cuando nos apartamos de los demás. ¿El secreto? Ya sabes, estar en el secreto, saber que en el fondo Dios no existe, pero seguir de cura. Javier soltó una carcajada algo femenina, se tapó la boca con la mano en un gesto de timidez. No, para nada, me negó. Pero te voy a decir una cosa, si Dios no existe tampoco importa demasiado, ¿no? ¿Y eso?, le pregunté con franca curiosidad. Parecíamos dos viejos enredados en una trifulca filosófica. Javier sacó la llave de la iglesia para cerrar la puerta al salir. Luego me miró con intensidad. ¿No era en una canción tuya donde se decía algo así como, no recuerdo bien,

y si el amor no existe
ama, insiste?,

que era un verso mío de una canción del disco de regreso a Madrid, una canción de amor que ya apenas cantaba en los conciertos. Pues esto es lo mismo, sentenció Javier. Luego apagó las luces que había encendido para mostrarnos el lugar. Hay que ahorrar, dijo.

escapar de casa

Escapar de casa, eso era. Kei y yo nos separamos poco a poco. Nos volcamos en los hijos porque nos resultaban más novedosos y excitantes que nosotros mismos. Yo volví a tocar a menudo en directo y a frecuentar a los amigos. Conocí a Raquel y armó la agenda para dar un concierto casi cada fin de semana. Publicamos un disco con diecisiete canciones que titulé *Volver a casa*, y cuya expresiva portada era una púa de guitarra invertida para parecer la silueta de una casa. ¿No era ésa mi verdadera casa?

Kei se desplazaba a Múnich a menudo para colaborar con el quinteto. Los conciertos por Europa le garantizaban unos ingresos fijos y el grado de sintonía con los suyos era exquisito. Ella y yo nos volcamos en nuestra pasión profesional. Hacíamos el amor como funcionarios matrimoniales. Ya no había rastro de sus locuras de cama, como las llamaba ella, de sus fantasías sensuales, de sus poemas de almohada, de su pericia para practicar el cangrejo japonés, disciplina erótica que dejaba boquiabierto incluso a Animal cuando me obligaba a pintársela en detalle y explicarle cómo ella me había descubierto una masculinidad distinta en la contención. Pero eso era antes, ahora todo era follar con un pie en preparar los Cola-Caos del desayuno.

Sucedió entonces mi reencuentro con Marina, entre las infidelidades más o menos habituales de cada salida de concierto. Me molestaba la mentira continuada, porque en los demás casos se trataba de la infidelidad obligatoria, como definía Animal a esos polvos atropellados tras las noches de concierto. Marina se burlaba de mi sentimiento de culpa, de mis arrebatos enloquecidos, en los que prometía que le contaría todo a Kei y ella aceptaría mi vida compartida con las dos. Al final somos tan convencionales como nuestros padres, me quejaba yo, y ella se reía con mofa valenciana ante mi seria desesperación.

Una noche preparé la cena y abrí champán para celebrar la vuelta de Kei de una gira con su quinteto. Me gustaba cuando Kei se atrevía a beber un poco y sus ojos volvían a brillar hermosos. El alcohol le hacía un efecto inmediato, como si su cuerpo precisara de una dosis leve para dejarse ir. Sin embargo, esa noche se echó a llorar tras el primer sorbo y me preguntó si no era cierto que habíamos dejado de amarnos.

Nos separamos de manera sencilla, con la descompresión de los astronautas cuando regresan a la Tierra. Yo me instalé en el estudio y ella podía disponer de mí en la cercanía. A los niños les bastaba con cruzar el jardín para estar con su padre. En las ausencias de Kei, los niños quedaban bajo mi protección, pero la autonomía nos sentaba bien, parecía abrir espacios propios, y hasta volvíamos a reír alguna noche cuando nos juntábamos para cenar, sin esa disciplina obligatoria de las parejas.

Los niños notaban la separación de una manera sutil, pero no planteaban preguntas ni dudas. Sabían que siempre podían encontrar a su padre en el estudio o, como decían ellos, en su ratonera. Los pocos que conocían la situación, entre ellos Animal y Martán, tampoco se aclaraban del todo por más que me vieran relajado y afable. A mí vuestra separación me la tenéis que explicar sobre un plano, tío, se quejaba Animal, porque no entiendo nada. Vivís juntos, criáis juntos a los niños, coméis juntos, laváis la ropa juntos, pero estáis separados. Cojones, pues a ver si me separo yo de alguna tía así.

Pero Kei y yo sabíamos en qué consistía nuestra separación. Cuando sus padres vinieron a visitarnos, mantuvimos una simulación eficaz que extendimos a mi padre. Hicieron escapadas con su hija a Sevilla, Córdoba, Bilbao y Barcelona y regresaban asombrados del país, algo enfadados porque yo jamás les había contado que era tan bonito, evidencia que se empeñaron en demostrarme con una colección inacabable de fotos. Estaban felices de reencontrar a los nietos ahora que los veían menos, sólo una semana en navidades y quince días en agosto, cuando Kei viajaba con ellos a Japón.

Pasados los meses, Kei me encargó que les explicara a los niños la separación, porque resultaba absurdo mantener ese orden de vida sin aclararles el motivo, y así lo hice tras recogerlos en el colegio. ¿Le has hecho algo malo a mamá?, me preguntó mi hijo. Claro que no, ¿cómo iba yo a hacerle algo malo a una chica tan maravillosa como mamá? Entonces, ¿por qué te ha echado de casa? No me ha echado, Ryo. Yo siempre voy a estar a vuestro lado, le tranquilicé, pero cuando seas mayor ya entenderás las cosas que pasan en las parejas. Olvídate, pensé, no entenderás nada, nunca entendemos nada.

Su terror y sus dudas se transformaron en nuevas rutinas tranquilizadoras. Y lo peor de todo, Kei y yo también nos habituamos al nuevo orden. Comíamos a menudo juntos en casa y los niños cruzaban hasta mi ratonera para que les ayudara con los deberes entre las guitarras. Comenzaron a referirse a mi estudio como la casa de papá y a nuestra casa como la casa de mamá, y así se impuso la separación real.

Nunca puedes conocer del todo a alguien, por más que convivas y tengas hijos, si no compartes el idioma. Los secretos de Kei siempre fueron insondables para mí, como ella nunca supo del todo lo que sucedía en mi cabeza. Fabriqué un amor perfecto para mis necesidades, romántico y poderoso, lleno de generosidad y en ocasiones hasta de riesgo. Amor que se consolidó con dos hijos en una lazada. Fuimos felices, divertidos y apasionados, pero nunca nos conocimos del todo. Yo inventé a Kei en mi cabeza y ella me inventó a mí, aprovechando la ignorancia de nuestros pasados, de nuestros idiomas.

Kei consolidó su vínculo con Hans, era él quien venía a pasar temporadas a casa y un día me confesaron que estaban enamorados. No era una pasión desatada, sino un acuerdo maduro. Experimenté una punzada de celos al ver cómo la belleza de Kei volvía a florecer, regada por esta nueva relación. La reconocí enamorada de otro y ésa era una imagen inédita para mí, dolorosa sin duda, pero que con el tiempo me pareció de justicia. Organizaron su convivencia de una manera armoniosa, con él instalado en Múnich la mayor parte del tiempo y viajando juntos a los conciertos. Cuando venía a Madrid era a Hans, mientras practicaba sus ejercicios de gimnasia, a quien veía cada mañana al asomarme a la ventana del jardín y mirar mi antigua casa. Era él quien tomaba a Kei de la cintura cuando salían de casa. Hans tenía sesenta años pero presumía de una estupenda forma física, que demostraba haciendo el pino con cualquier excusa, para admiración de mis hijos, que saben que a mí a veces me cuesta levantar la pierna en la silla si alguien quiere barrer bajo mis pies. Así, el tipo que ocupaba la habitación de invitados cuando venía a vernos pasó a ocupar el dormitorio principal cuando se quedaba unos días en Madrid y mis hijos se acostumbraron a llamarle el novio de mamá. Había una cierta lógica en su relación, Kei era la japonesa más alemana que había conocido en mi vida y él el alemán más japonés. Como me había sucedido años antes con Oliva, algo se consumió en nuestra relación porque sin quererlo mi mundo resultaba absorbente, se apoderaba de todo.

hacerse mayor

«Hacerse mayor» nació en esos días, tocada en el teclado del estudio, donde Maya estudiaba sus lecciones de guitarra, mientras yo me esmeraba por no ser el profesor que había sido mi padre conmigo cuando intentó, por ejemplo, enseñarme a conducir, sino un ser comprensivo y dulce, capaz de tolerar la torpeza de los demás como un reto y no como una condena. «Hacerse mayor» la escribí en los bordes del periódico del día anterior, con letra diminuta y desordenada. Quería explicarle a un niño que perder no es tan grave,

nadie te escucha decir lo siento,

abrazas aire,

no es nada serio, te haces mayor,

y cuando se la canté a mi hija, ella me dijo, por todo comentario, ¿sabes, papá?, tus canciones son ahora más tristes. Claro, porque ya no estás con mamá, se respondió a sí misma, y se encogió de hombros. Yo lo negué con rotundidad. Mis canciones han sido siempre tristes. Sólo hice un disco de canciones llenas de humor cuando estaba tan triste que no podía ni tan siquiera componer canciones tristes. ¿Ah, sí?, la curiosidad de mi hija pareció despertarse, ¿y qué te había pasado entonces? Tenía razón mi hija, la canción era triste, endemoniadamente triste, porque fue mi canción de separación. Luego hubo más, pero aquélla fue la primera y destilaba culpa e incapacidad, dolor por dejar que se rompiera lo que tenía que ser tan hermoso, tan valioso, por arruinar el material con el que había fabricado a mis hijos, que vinieron del amor, al menos de su incandescencia, y quedaban ahora huérfanos de esa idea encarnada por su padre junto a su madre, huérfanos de esa segunda placenta que los había protegido al ser arrojados a la vida.

Estar solo es una condición del espíritu. No necesita recreación física. Se puede estar solo en la Gran Vía a la hora más populosa. Estar solo había sido mi tentación desde siempre. Conocía sus riesgos pero emprendí la separación porque quería reencontrarme con la soledad. Aquí estoy de nuevo, quería decirle cuando me abrazara con ese abrazo que tanto espanta a los demás. A mí no. ¿A mí no? Nadie tenía que señalarme las fisuras por las que se filtra tanto dolor. La felicidad de Kei no me ofendía. Su relación me empujó un paso más adentro de esa soledad que me había fabricado. Tuve miedo de no poder robarle algo de lo que cocinaba por las noches, de no sentarme ya más a verla macerar el pescado mientras me ofrecía una cerveza fría de la nevera y me despojaba de mis angustias profesionales y me insistía en que no traficara mucho con la tecnología, que no insistiera en que mi voz era horrible y necesitaba ser tratada en cada grabación para darle hondura, distancia, resonancia. Tienes una voz muy bonita, Dani, deja de mortificarte.

hubo un día

Hubo un día, con cuarenta años, en que me encontré cantando por los locales a solas con mi guitarra canciones de mi tristeza que el público festejaba entre aplausos. Aplausos que no me acompañaban cuando regresaba a casa y me envolvía una soledad real y cierta, una soledad que sólo combatía con la presencia constante de mis hijos. Habían pasado veinticinco años desde aquel nuestro primer concierto en el colegio. A Bocanegra lo sucedieron en la compañía una cascada de directivos jóvenes y sin experiencia con la única orden de reducir el personal hasta que lo reducían tanto que estaban obligados a echarse a sí mismos. Bocanegra había aprovechado la indemnización para fundar una productora de televisión que fracasó con estrépito, pero aún le quedó dinero para dar la vuelta al mundo a vela.

No fui yo quien rescindió el contrato con la compañía, sino ellos, cuando fue absorbida desde Londres por otra ballena más grande y dominada por esos difusos fondos de inversión. Conocí a Raquel, me pareció eficaz, atenta y seria. Había empezado trabajando de pipa y se le notaba, era una mánager que resolvía problemas, no los creaba. La invité a trabajar para mí y me ensilló de nuevo. Tocaba salir a cabalgar otra vez. Yo le hablé de Martán y de Animal, con el que seguía sin reconciliarme tras la disputa en mi casa. Raquel se tomó la molestia de dar con Animal y, al encontrarse con esa piltrafa en que se había convertido, le explicó que yo sufría por él, que lo quería y no lo pensaba abandonar como otro desperdicio en mi carrera. Ella le convenció para ingresar en una clínica a las afueras de Valencia donde otro músico para el que ella trabajó tiempo atrás había logrado dejar de beber. Un día me obligó a que fuera a visitarlo.

El abrazo que me dio Animal terminó con el año largo de distancia orgullosa entre uno y otro. Le dejé escuchar «Hacerse mayor» cuando me preguntó si estaba componiendo canciones nuevas. Parecía más sereno, como si hubiera bebido hasta alcanzar la sobriedad. Pues sí que estás jodido, exclamó Animal después de escuchar la maqueta grabada en mi móvil. Pero es bonita, lástima que tengas que morder el polvo para hacer canciones tan bonitas. Cuando le conté a Animal la relación de Kei con Hans, su primera reacción fue vamos a matarlo, tío. Ese hijodeputa ha estado mil veces en tu cuarto de invitados, haciéndose pajas pensando en ella, explicaba gráficamente Animal, o incluso follándosela cuando tú no mirabas, vete tú a saber. ¿Has revisado el edredón?, seguro que está lleno de lefazos de ese tipo cuando ya aspiraba a ocupar tu lugar. Está llena de lefa alemana, tu colcha de invitados, y yo he dormido ahí muchos días, fingía escandalizarse.

Pero él sabía que el oficio venía a salvarme de nuevo,

376

que la desdicha es lo único que las personas llegamos a poseer de verdad. «Hacerse mayor» era la canción en la que yo volvía a mostrarme como el siervo más fiel a su majestad el desengaño. Esa mañana, Animal me dijo algo que no he olvidado nunca. Nos hacemos mayores, pero no nos hacemos mejores. Cuando salió del encierro corrimos a grabar juntos. Volvimos a frecuentarnos y, pese a la fragilidad nueva que lo circundaba, nos seducía a todos con su actitud de siempre, en especial a mis hijos, que celebraban cada vez que lo veían.

Mi padre, cuando le puse al corriente de la relación de Kei con Hans, recuperó su soplo indómito. Desengáñate, Dani, el único español que se ha atrevido a poner en su sitio a los alemanes fue Franco en Hendaya. A la tragedia de mi madre, ahora sumaba su propio envejecimiento. No me queda nada, ya estoy de prestado, tengo un pie en la tumba, me he muerto pero no me ha llegado el certificado aún por correo, eran frases que soltaba a quien prestara oído. Gozaba de salud, pero la decadencia asomaba como era natural a su edad.

Le encantaba que los niños lo saludaran con la inclinación ritual ante él, el educado teineirei. Lo hacen con todo el mundo, le explicaba yo mientras se deshacía en elogios hacia la educación japonesa, no creas que lo hacen sólo ante ti. Me gusta, me gusta que mis nietos me tengan el respeto que jamás me ha tenido mi hijo, vociferaba cuando su sordera le obligaba a elevar la voz. La sordera le servía para justificar que no escuchara ya jamás mis discos, pero los guardaba ordenados en la estantería de casa, sin quitarles el precinto de plástico. Sorprendido de que alguien pudiera vivir de un trabajo así, entendía que quedarme sin compañía era un proceso natural que habría de suceder más temprano que tarde. Y tú sin título universitario, a ver ahora de qué vas a vivir. De tanto en tanto me pedía que le firmara algún disco para hijos de sus clientes y me obligaba a redactar dedicatorias absurdas para el sobrino de Encarnita, la de encima del chapista, lo cual sonaba a pornografía disimulada. A mi padre nunca podía ponerle al corriente de mis angustias profesionales, porque las habría celebrado con su característico te lo dije. Cuando me vio instalado en el estudio, con un tatami rodeado de guitarras y cables, no se ahorró un esto parece la leonera de un estudiante repetidor. Le horrorizaba que mis únicas posesiones fueran los discos, los cuadros pintados por amigos, las fotos y los libros que pululaban por el estudio sin que me decidiera a ordenarlos o buscarles un lugar definitivo. Y, como Martán y Animal, insistía en que me buscara un piso en el centro de la ciudad, como si vieran peligrar mi dignidad, pero yo les convencía de que mi lugar estaba a un palmo de mis hijos.

Kei estaba tocando en el Reichstag de Berlín cuando murió mi padre. Le pedí a mi hija que marcara su teléfono y se lo contara. A veces ella se angustiaba al pensar que sus padres se hacían viejos tan lejos. Su padre se había tratado de un tumor y el viejo amigo de Kei, Mitsuko, que siempre sospeché que disfrutó en las semanas en que ejerció de su novio ficticio, pues era obvio que toda la vida estuvo enamorado de ella, iba a verlos todos los meses y le proporcionaba un informe completo de su estado. Kei me acompañó durante años a la residencia a ver a mi madre, aunque no recibiera de ella más que algún comentario disparatado. ¿Quién es esta señora tan china? ¿Es la nueva enfermera? ¿Estás rodando una película? Supongo que cada vez que tomaba de la mano a mi madre tomaba también de la mano, en la distancia, a la suya. Le regaló un cuadro precioso que compró en Japón de un arce con adornos amarillos y violeta atados en sus ramas. Mi madre miraba el cuadro muy atenta, un día la asistente social me lo comentó. Mira el cuadro durante horas y cuando le pregunto por qué lo mira tanto siempre me responde lo mismo, estoy esperando a ver si se le caen las hojas.

El papá de papá se ha muerto, así le dio mi hija al teléfono la noticia a su madre. Sí, papá está aquí con nosotros, y Maya me tendió el teléfono. El papá de papá, de ese modo ve un niño lo que nosotros quisiéramos explicar de maneras muy complejas, la continuidad natural de la vida. ¿Quieres que vaya?, pueden sustituirme esta noche, me preguntó Kei. No hace falta, le dije entonces, ya no hay nada que hacer. Lo voy a enterrar, añadí, lo voy a enterrar y luego pensaré un rato en él. Yo también pensaré en él, me respondió Kei, y luego repitió algo que siempre decía para quitarme los nervios y la desolación, tú puedes con eso. Tú podrás con eso.

tú podrás con eso

Caminábamos por las calles traseras para evitar la plaza, pero aun así cuando nos cruzábamos con alguien del pueblo nos detenía para preguntar si ésos eran mis hijos, y qué guapos y dame unos besos y tú no me conoces pero soy prima de tu padre o soy tía segunda de tu padre o tu abuelo y yo éramos de la misma quinta. Tanto que Maya me apretó la mano para preguntarme con disimulo, ¿pero aquí todos son familia nuestra? Más o menos. Jandrón nos señaló una casa en el fondo de la calleja. Ya sólo nos queda la danza en casa de la madrina y vamos para la plaza, indicó. Mi hijo Ryo oyó la palabra madrina y se atrevió a preguntar, sin rubor, ¿pero entonces existen las hadas madrinas? Pues claro que no, corrió a aclararle su hermana, será una señora cualquiera.

La madrina era efectivamente una señora cualquiera, Juliana, pero había dispuesto en su saloncito a todos los danzantes, que eran unos jóvenes con trajes espectaculares de un blanco nuclear y fajas de rojo sangre y cintas de colores vivos. Sobre la mesa compartían dulces y almendras garrapiñadas y dos botellas de licor de las que dieron cuenta a chupitos. Afuera la luz caía sin prisa y el verano regalaba una noche anaranjada. Toma, bebe, bebe, nos ofrecía la madrina. No, no, ya no bebo, negaba con firmeza Animal, me lo bebí todo en mi otra vida.

La madrina se quejaba del dolor de piernas, yo ya no estoy para tanto trote. Es que esto de ser autoridad es muy cansado, yo acabo con las rodillas reventadas, le explicaba Jandrón. Mis hijos compartieron los dulces y las almendras con los jóvenes danzantes y cuando se arremolinó gran parte del pueblo a la entrada de la casa, que estaba pegada a la carretera, el concejal de festejos interrumpió la calma para decir que era hora de salir. Afuera, los danzantes fueron recibidos por la banda y comenzaron su baile alineados en dos filas que se entrecruzaban. De la cintura sacaron las mazas de madera y al cruzarse las golpeaban. Mira, papá, parecen nunchacos, me señaló Ryo. Y así era, aquellos danzantes, perdida la precisión por la ingesta de alcoholes dulces, saltaban y chocaban los palos en un ritual casi de ninja. Pero la armonía del baile, muy agresiva, levantaba un polvo intenso que lo envolvía todo. Un tipo con sonrisa de lubina insistía en presentarse como un primo de mi padre y me alargó su tarjeta para decirme que trabajaba en una sucursal del Banco Bilbao Vizcaya de Palencia. Por si alguna vez necesitas algo. Gracias, gracias. Y me sorprendió que alguien pudiera caerte tan mal en tan breve espacio de tiempo, eso se llama optimizar los esfuerzos.

Cuando la danza de homenaje a la madrina terminó, la banda tocó una polonesa camino de la plaza y echamos a andar tras ellos. Conocía la melodía. Recordaba la danza de mis primeros años en el pueblo. El hombre del clarinete había sacado una dulzaina y ahora todo lo ocupaba ese sonido agudo y ancestral, cuyo origen se remontaba a Mesopotamia cinco mil años atrás, según me explicó Jandrón como si él hubiera estado allí delante en el momento de la invención. Aproveché que se adelantó para agitar la vara de mando en primera fila y me quedé algo rezagado. ¿Qué pasa, que te han liado estos cabrones para la paletada de su fiesta?, me preguntó Animal. No veas, hasta un centro cultural con mi nombre hemos inaugurado. Ya lo he visto al pasar, le he hecho una foto para mandársela a Martán, acojonante. Has tocado fondo, tío, eres el rey de Villaboina.

La madrina había tomado a mis hijos de los brazos y sacaba caramelos y dulces de un saquito. No, no, no les dé más dulces. Quita, quita, me gritó ella, que es un día de fiesta. Ya, pero es que luego tienen caries. Papá, no seas pesado, me acalló mi hija. Echamos a caminar tras la banda y en ese instante me hubiera gustado decirles a mis hijos que esa mujer era su tercera abuela, pero reservé para mí el embrollo genealógico. Yo me acuerdo de vuestro padre cuando era como vosotros, les decía ella. Le encantaba venir al pueblo, porque aquí se lo pasaba mucho mejor que en Madrid, ya ves tú qué diferencia. Aquí no se separaba de Jandrón y la pandilla de chicos. Bueno, en realidad sólo vine algún verano, quise aclararles a mis hijos. Te gustaba mucho silbar. De eso me acuerdo, se te oía llegar de lejos porque siempre andabas silbando.

Juliana alargó la mano arrugada y cogió del brazo a mi hijo. ¿Tú cómo te llamas? Ryo, respondió el pequeño. Anda, qué nombre tan bonito. Aquí hay un río, pero está seco. En realidad es un nombre japonés, le explicó mi hijo. No quiere decir río aunque suena igual. No te preocupes,

381

le tranquilizó Juliana, antes también nos ponían unos nombres muy raros, mira yo, Juliana, pero mis nietos me llaman Juli. Su hija era la chica que mataron en el África, cuando trabajaba de misionera, les expliqué para que ubicaran a Juliana entre lo poco que conocían del pueblo. Mis hijos miraron entonces a la mujer con una mezcla de piedad y curiosidad. Lurditas, dijo Maya. Exacto. A ésa le cantaba yo cuando era pequeña y me la sentaba en el regazo, porque no había manera de que comiera, y cantando le daba yo alguna cucharada. Era como un pajarito. Nunca levantó la voz.

Hubo un silencio extraño, en el que Juliana quizá se remontó tan atrás en el tiempo que le costaba salir de ese recuerdo enlazado a su hija muerta. Al dar vuelta a la calle, de nuevo la gente nos rodeó y volvieron las peticiones de fotos. El concejal de festejos se abrió paso entre ellos. Pero, hombre de Dios, que te están esperando. Detrás venía agitada su mujer, que definitivamente tenía más cara de concejal que de festejo. Que hay que abrir el baile. Me volví hacia Animal, quieren que cante un par de canciones. No jodas, ¿aquí? Levanté los hombros. No queda otra. ¿Qué tenemos en la furgo?, le pregunté. ¿Una guitarra, algo? Sí, creo que sí. Y le expliqué al concejal que necesitábamos acercar la furgoneta, tenemos que descargar algún aparato en el escenario. ¿Ahora?, se sorprendió. No va a ser mañana, y la amenazante violencia de Animal le persuadió para obedecer al instante. La banda terminaba de tocar y me acerqué a ellos, pero una mujer me agarró del brazo hasta detenerme. Hazte una foto con mi niña. No puedo, que ya vamos tarde, pero mi hija Maya me retuvo con un tirón de la mano. Papá...

Al volverme hacia la señora, descubrí que llevaba de la mano a una chica con síndrome de Down. ¿Te haces la foto? Claro, claro. No aparentaba más de quince años, pero la chica me soltó una sonrisa espléndida y agradecida. Se llamaba Susana, me dijo cuando le pregunté, mientras la madre se aclaraba con el móvil para lograr disparar la foto. Espera, a ver, que estoy casi sin batería. Mientras su hija y yo posábamos inmóviles con una sonrisa, ella seguía con el trasteo del teléfono sin dejar de hablar. Sabes que Susana tiene una profesora en su residencia que un día, hablando del pueblo y de que tú eras nacido aquí y todo eso... Bueno, mi padre nació aquí, aclaré. Ya, bueno, lo que sea, prosiguió la madre de Susana, el caso es que ella me dijo que te conocía, pero que te conocía mucho. Me intrigó la frase. ¿Ah, sí? Sí, trabaja en el centro, un sol de mujer, mi hija la adora, se llama Oliva, ¿puede ser? ¿Oliva? No sé si la comitiva que me rodeaba en la calleja del pueblo, impaciente por llegar a la plaza, notó mi turbación. Claro, Oliva, sí.

Ella es la que me dijo que te conocía, trabaja en la residencia, es como una escuela de artes y oficios en Palencia, está muy bien montada, y ella es una maravilla, ¿verdad que sí, Susana? Pero Susana dijo algo sobre Oliva que no entendí, mientras arrastraba de la mano a mi hija Maya y pedía permiso para enseñarle algo. Tiene la lengua de trapo, justificó la madre. ¿Puedo ir con ellas?, me preguntó Ryo, intrigado por adónde llevaba Susana a mi hija. Es un minuto, van aquí al lado, me tranquilizó la madre, a ver a los animales. Yo quería sonsacarle más información sobre Oliva.

¿Así que tu hija estudia en Palencia? Bueno, estudiar, estudiar, es más bien un sitio para aprender manualidades, les sale algún trabajillo. No es exactamente en Palencia, es justo a las afueras, en un rincón precioso que era un viejo seminario. La niña va allí desde hace dos años y está feliz.

Sabía que Oliva había vuelto de Boston. Me la había encontrado una noche en un restaurante de La Latina quizá tres años atrás. Ella cenaba con un grupo de amigos, y yo entraba a una mesa en la planta de arriba del local, pero nos vimos a través de la cristalera y nos detuvimos a saludarnos.

Sí, ya vi que vivías en Japón, por los discos y las entrevistas, y que tienes dos niños con una japonesa. Sí, es lo único que acerté a decir. Ella me contó su vuelta de Boston. Yo no le pregunté por Fran, pero me dijo que él seguía viviendo allí y que no estaban juntos desde hacía algunos años. Sus ojos seguían siendo luminosos incluso detrás de las gafas graduadas, aunque la musculatura de sus hombros había perdido algo de la robusta fortaleza. Lo único que acerté a decirle fue ¿te has cortado el pelo? Ya no tenía la cabellera rizada, sino que llevaba el pelo corto, y eso le marcaba las ojeras alrededor de los ojos y resaltaba el morado de sus labios, como si tuviera frío. Me cansé de los rizos, me dijo, pero torció el gesto, como si de pronto se arrepintiera de haberlo hecho. Notó sin duda mi gesto de decepción. Espero que no me denuncies a Medio Ambiente, bromeó. Nos dijimos algunas frases de compromiso, nos deseamos suerte y creo que yo le dije que estaba muy guapa pese a haberse desprendido de su cabellera indómita. Y subí al piso de arriba, con la esperanza de que ella pasara a despedirse antes de abandonar el local, pero no lo hizo.

Perdónanos, pero tiene que subirse al escenario y vamos ya con el horario de fiestas totalmente retrasado, suplicó Jandrón para arrastrarme lejos de la madre de Susana. Ahora te llevo yo a los niños, me dijo ella cuando me vio arrastrado hacia la plaza. La banda había dejado de tocar y se arremolinaba junto al escenario. El que parecía el líder me sonrió, le faltaban dos dientes, perdidos de tocar el saxofón a pie mientras actuaban por las plazas y los pueblos empedrados. Me acerqué a él. ¿Os apetece subir a tocar conmigo? Claro, dijeron los dos que eran más jóvenes. Pero no sé si me sé alguna de las tuyas, se excusó el saxofonista. Todo el mundo se sabe «Ca-ra-me-los», es muy sencilla, La mayor, Si y luego Sol y Fa sostenido en el estribillo, le explicó el chico del clarinete con un entusiasmo contagioso. Me gustó la rápida reducción de la canción a un lenguaje comprensible para todos ellos.

sentado en el cine una tarde

Sentado en el cine una tarde, mientras veía una película de amor de la que había escuchado comentarios muy elogiosos, y que se parecía a todas las películas de amor, con sus encuentros y desencuentros hasta el encuentro final, me di cuenta de que el amor ya no me interesaba demasiado como asunto. Que esa potencia oculta e inabarcable que me fascinó durante años y a la que dediqué mis canciones, y sería más preciso decir que dediqué mi vida, me había dejado de interesar. Sonaban de lejos las sirenas de una ambulancia y llegaban atenuadas a la sala de cine, y de pronto así me sonaba el amor, como una urgencia de otros, una ambulancia ajena que ni has pedido ni necesitas y por tanto no esperas con ansiedad. El amor había dejado de formar parte de mi paisaje.

Se abrió un tiempo sin canciones de amor. Cuidé un poco más a mi madre, protegí un poco más de cerca a mis hijos, busqué la inspiración en otras cosas y me esforcé sin suerte por lograr enamorarme de nuevo para llevarme la contraria a mí mismo. Golpeé cada noche con la esperanza

385

de encontrar algo más profundo, pero no di con otra cosa que intimidades que se abrían un rato para mí, con las que saciaba más mi curiosidad que mi hambre. Disfrutaba de la desnudez, no quería hablar con nadie de nada si no estábamos desnudos dentro de una cama. Follaba casi todas las noches en una especie de huida que me obligaba a atravesar de puntillas dormitorios en apartamentos diminutos, algo inertes, con estanterías donde apenas había un montoncito de libros y algunos DVD regalados por periódicos y sobre la mesa baja frente al televisor un portátil abierto donde sonaba una lista de canciones en la Red que se presumía infinita. Pisos de una tremenda soledad, lugares de tránsito que se habían convertido en hogares sin ninguna fe en ello, sin vocación de permanencia, con duchas de agua sin presión y baños donde reinaba amenazante una balanza. En esos pisos desconocidos me asomaba a la verdadera catástrofe emocional de nuestra generación, a nuestra soledad sin remedio.

Me pregunté un día si me iba a convertir en un egoísta, en otro ser mezquino que le canta a la belleza de los sentimientos cuando lleva demasiado tiempo sin sentir ninguno noble. Tuve dudas sobre la honestidad de pervivir como un compositor de canciones de amor que no cree en el amor. Paseaba por las páginas de internet y no encontraba vacíos que justificaran componer otra canción, y menos aún otra canción de amor. Arranqué una letra sobre un cementerio de canciones, adonde iban a parar las que ya nadie escuchaba, convertidas en chatarra sonora, en bicicletas rotas, y me gustó fabricar durante varias tardes con Martán una serie de sonidos metálicos que eran como canciones ahogadas, sumergidas en formol y fuera del alcance del oído. Era desolador calcular los millones de canciones acumulados desde la invención del fonógrafo. Y ese cálculo no me devolvía las ganas de sentarme a componer otra canción, era una actividad que me resultaba parecida a regar en un día de lluvia.

Bocanegra me escribió un correo electrónico desde algún lugar exótico. Me ponía al corriente, con su grandilocuencia habitual, de por dónde veía él discurrir el futuro próximo en nuestra profesión. Sobran profetas, pero faltan gentes con el honesto esfuerzo artesanal puesto por divisa, eso es lo que pensaba yo ante cada diagnóstico del oficio. Le escribí de vuelta. Nunca imaginé que echaría de menos el adelanto de la discográfica para ponerme a escribir canciones nuevas. Ya ves, y yo que creía que esto era una vocación más que un empleo, le confesaba en mi respuesta.

Debí de sonar desanimado, porque me respondió unos días después con una prosopopéyica explicación de las razones por las que se había hundido el mercado del disco y cómo ese cambio de paradigma terminaría por zarandear a la economía mundial, incluyendo a las editoriales de libros, las radios, las televisiones y los periódicos, pero también los bancos y la política, los hoteles, los taxis, los hospitales. Pero acababa con un arrebato lírico, fruto de sus rentas y de su paseo despreocupado por el mundo. Todo se está hundiendo, al menos en la forma antigua en la que lo conocíamos, pero cuando te fundes con la naturaleza te das cuenta de lo poco que importa todo eso a lo que antes dabas tanta importancia. Escápate a Mallorca, a mi casa, tráete a los niños, una semana, dos, báñate en el mar, mira el cielo por la noche, la puta ciudad te está matando, en Madrid está todo el mundo deprimido, creen que se ha acabado el mundo y ellos están dentro sin poder salir. Sí, iría a Mallorca unos días con mis hijos, en el puente de mayo.

Me duraba esa desilusión desde meses atrás. No cogía la guitarra, como si fuera un instrumento amenazante. No grababa en el móvil algún verso para que se incorporara a una canción futura. Me descubría vacío porque a mi alrededor todo parecía ya repleto, rebosante. Tocábamos poco, empezaba a quedar demasiado lejos nuestro último disco y la memoria del público también se había hecho más corta, más inmediata. Puede que fuera cierto lo que decía Bocanegra, que me faltaba mirar la vida desde fuera de ese muro de ladrillo que es la ciudad, y puede que sí, que la naturaleza tuviera la razón. Y de tanto escuchar «A Case of You», de Joni Mitchell, me entraron fuerzas de escribir, a su manera,

déjame decirte que ha vuelto a llover
y salen las flores en el jardín,
que la primavera es terca como una mula.

la primavera es terca como una mula

Me resultaba esclarecedor ver a mis hijos crecer. Si enseñaba a tocar la guitarra a mi hija Maya en los ratos perdidos, al ver rozarse juntos en la cordada sus dedos débiles y los míos, recuperaba los trucos de mi antiguo profesor, los ejercicios de dedos y las escalas que ella aceptaba repetir a regañadientes. Pensaba, como todos piensan, que en mis tiempos yo era más esforzado y concentrado, que tenía una pasión de la que ella carecía. Y a mi hija puede que le angustiara, como a todos los hijos, que su padre no estuviera orgulloso de ella, cuando era al revés, yo esperaba que algún día ella pudiera sentirse orgullosa de mí. Me gustaba cuidar las flores del jardín común de casa. Que surgiera un tulipán en primavera era motivo de euforia. Hasta que un día escribí una canción y cuando los niños dormían invité a Kei a mi estudio, donde ya apenas entraba, tan sólo me enviaba a Ludivina cuando calculaba que era hora de un intenso repaso a mi leonera. Se apoyó en la mesa sin sentarse y le canté muy suave,

si fui feliz a tu lado
se lo debo a tu esfuerzo,
yo sólo espero haber sido
tu mejor fracaso,

y como era habitual en ella se hizo esperar una reacción. No se emocionaba ni aplaudía ni decía qué bonita de una manera directa y sencilla. Ni preguntaba si era para ella o para Oliva o para otra mujer. No, Kei no era así. Casi siempre aguardaba a tener algo profesional que decir, proponer incluso una corrección o un contrapunto. Aquella noche dijo espera y desapareció de mi estudio y cruzó el jardín. Yo pensé que se iría ofendida por la ridiculez de que alguien fuera incapaz de expresar sus sentimientos de otra manera que no fuera una canción para cantar en público. Era yo definitivamente un personaje tarado, de los tantos que ha dado el oficio, y ella la mayor víctima de mis carencias. Puede que no necesitara ni decirlo, bastaba dejarme a solas con mi impudor, con esa máquina de reciclar sentimientos reales en sentimientos de canción. Sin embargo regresó con el chelo y su arco en la mano, cerró la puerta del estudio y se acomodó para tocar a mi lado mientras se recogía el pelo con una cinta púrpura. ¿A ver cómo es ese segundo fraseo?, preguntó. Yo tararéé la melodía para que ella probara el acompañamiento, y sin interrupciones, después de ciertos tanteos, volví a cantar la canción mientras ella tocaba. Me gustó ese instante, me supo a reconciliación aunque quizá no hiciera falta ninguna reconciliación entre nosotros. Concluyó con unos raspados con el arco que yo observé mudo, con el aprecio de su maestría para evitar cualquier detalle fácil y previsible y enriquecer la armonía de modo intuitivo. Cuando le dije que sonaba muy bonito y tendríamos que grabarlo así, sonrió y se encogió de hombros. Da igual, si luego llega Animal y lo tapa todo con su batería.

Sucedía siempre. Animal se apoderaba de las canciones y yo lo agradecía, porque dejaban de sonar blandas para convertirse en un material rocoso y sincopado. Cuando introdujo su golpeo sobre la canción, «Tu mejor fracaso» dejó de ser una balada melancólica para transformarse en un paso de Semana Santa. Tenemos disco, tío, tenemos disco, tío, me da en la nariz que tenemos disco, se puso a gritar nada más terminar. Él también aguardaba que la nube plomiza que se había posado sobre mí en esos últimos meses se apartara un poco y dejara filtrar los rayos del sol. Los amigos siempre creen tener el poder de romper a golpes de cortafríos la tristeza de su íntimo.

Me gusta completar los discos así, pieza a pieza, con paciencia de pescador. Tres o cuatro canciones te dan cierta seguridad, un tono, son la red sobre la que irás tejiendo las demás. Cuando murió mi padre fui a deshacer la casa y descubrí mis discos en el estante. Sin abrirlos miré las contraportadas donde se enumeraban los títulos de las canciones. Eran un recorrido bastante preciso de mi vida. Mi madre componía de manera cuidadosa los álbumes de fotos familiares hasta que dejó de completarlos y tan sólo de tanto en tanto se entretenía en pasar las páginas y señalar mi foto para preguntar ¿y este niño quién era?, está muy serio. De algunas se mofaban mis hijos cuando nos juntábamos con mi madre en la residencia y volvíamos a abrir los álbumes a falta de algo que comentar con sentido. Mi padre y yo no fuimos capaces de pegar ninguna, si caía en nuestras manos alguna foto destinada al álbum la metíamos entre las páginas finales, a la espera quizá de que alguien, algún día, volviera a tomarse el trabajo delicado de pegarlas por orden cronológico.

Las canciones de mis discos eran para mí algo similar a esas fotos que, cuando las ves, algunas te hacen reír por la cara que tenías, por el corte de pelo, por la montura de las gafas, en otras te reconoces mejor, aprecias algún rasgo hermoso, en otras sales espantoso, pero en todas eres tú. También encontré los recortes de prensa que mi padre almacenaba en un cajón de su dormitorio. En los titulares suenas siempre o petulante o directamente imbécil. Pero allí estaban algunos legajos amarillentos que se remontaban a finales de los ochenta, con la contundencia de quien es obligado a pronunciarse sobre la música o la vida, el país o la actualidad tan sólo porque presenta disco o da un concierto. «La industria musical española es tan raquítica que hasta nosotros podemos triunfar.» «No hacemos canciones para gustar a nuestro público, sino para gustarnos a nosotros.» Y en la foto aparecíamos saltando, como le gustaba a Gus, él y yo saltando en el aire. «Las moscas vuelan alto.» Hasta que terminaban las frases en plural, desparecido Gus, y empezaban mis confesiones personales o al menos lo que el periodista destacaba como si lo fueran. «Sigo soñando con ser Buddy Holly.» Suponía que mi padre había sido incapaz de desentrañar las referencias o el humor de Gus, pero se había tomado el trabajo de recortarlas y almacenarlas. «Éste es mi disco más maduro.» Ese titular se repetía demasiadas veces como para ser tomado en serio. «Me llamo Dani Mosca y hago canciones.» Y la portada de una revista musical minoritaria pero respetada, y que dirigió unos años un amigo, que yo mismo le entregué a mi padre con cierto orgullo, «¿Es el mejor autor de canciones en España?». La desmesura me pareció interesante para arrojársela a mi padre a la cara, aunque con su genio habitual destacó de inmediato un detalle, lo de los interrogantes no te deja en muy buen lugar, la verdad, dijo.

Yo tuve mis cinco minutos de orgullo con esa portada, aunque cuando publicaban las listas de las cien mejores canciones de la música española o las listas de los cien mejores discos o la de los cien mejores cantantes, yo nunca aparecía. Soy el 101, me decía a mí mismo, no está tan mal. Metí la ropa de mi padre en cajas de cartón y salvé alguna prenda, aquel abrigo, una visera. Deshacer la casa tuvo algo de deshacer la infancia. Me alegré de que las mudanzas de mi vida hubieran eliminado tantas huellas, tanto papel innecesario, tanto recuerdo prescindible. Yo me iba sin dejar demasiado detrás. No dejaré, como mi padre, tanta acumulación de carnets, facturas, recordatorios de bodas, de fallecimientos, postales navideñas y recibos bancarios en un museo irrelevante. No hagas eso tú, me dijo Kei cuando supo que tenía que deshacer la casa, que te ayude alguien. Pero quién podría entrar en aquel piso de Estrecho y discernir lo que tenía un valor sentimental y lo que sólo era basura.

Busqué rastros de mi madre biológica que aún quedaran en documentos. Localicé los papeles que fueron la revelación en mi infancia, la cédula de adopción, la foto de cuando ella tenía quince o dieciséis años en el pueblo y que era el único rastro visual que conservaba. Entre los recordatorios de funeral, que mi padre atesoraba como cromos de futbolistas, estaba también el suyo: Lourdes María, fallecida el 13 de abril de 1974.

Entre los papeles de mi padre encontré dos cartas desde el Congo abiertas con un desgarrón en el sobre. Queridos tíos, comenzaban las dos, aunque las separaba casi un año de distancia. Ambas eran idénticas, un párrafo largo y descriptivo donde contaba las labores de su trabajo, la gente que atendía, la pobreza general y las enfermedades más comunes. En la segunda añadía una frase curiosa. Los niños aquí me llaman Ngudi, que quiere decir mami, y eso me hace mucha ilusión. Yo los llamo Fibana, que es algo así como mis niñitos. Y siempre terminaban con una petición, por favor, rezad mucho por nosotros y por toda la gente de acá, que lo necesitan tanto. En una de ellas describía que el empeño de la gente de aquel lugar por ser feliz era tan decidido que terminaba por ponerla feliz a ella también.

En la segunda agradecía directamente a mis padres todo lo que estaban haciendo por ella, pero no entraba en detalles y parecía escrita con prisas, con la letra menos cuidada. Sí se detenía para agradecer una foto del niño, que está precioso y muy grande. Ese niño era yo. Qué suerte tiene de tener unos padres maravillosos como vosotros, y añadía una contundente coda a esta frase: yo lo sé. Terminaba con una firma diminuta, de rasgos tímidos. Calculé por el matasellos que en ese momento tendría veintidós años y moriría apenas unos meses después.

Ya no guardaba en mí aquella hambre de los once años cuando quería saberlo todo. Puede que ahora ya entendiera mejor que no hay un orden, que no existe ese orden que creen los niños que lo explica todo, la disciplina moral, la consecuencia exacta de cada cosa, su significado. Hacerse adulto puede que signifique aceptar el caos o al menos aprender a convivir con él. Caos que a un niño le desasosiega y por eso inventa un mundo tan sólido como el que fabrica con su juego de bloques de construcción. Con palabras robustas como papá, mamá, familia, futuro.

Había aprendido también a dejar de aspirar a una posición, a una carrera, a significar algo en mi profesión. Ya no albergaba la ambición de mostrar refulgente mi nombre en ningún escaparate, sabía que todo está escrito en el vaho de un cristal. En la última visita a la casa de mis padres, llené dos cajas grandes de cosas que pensé que podrían ser curiosas para mis hijos, no hoy, sino cuando al hacerse viejos recuerden el pasado con renovado interés. Puede que yo necesitara en ese momento, sí, tomar impulso para el tercer acto, encontrarle la lógica al absurdo.

Alguna vez llevaba a mis hijos a ver a mi madre. La abuela era una mujer maravillosa, les decía, una vez me curó la rodilla sólo con el calor de su mano. Era muy pequeño y me caí con la bici en la calle. Sólo me transmitió el calor de su mano y me curó. Ahora ha perdido la cabeza, pero podéis hablar con ella de lo que queráis. Es superdivertido, tenéis que tomarlo como un juego. Poco a poco los niños perdieron el pánico a la enfermedad y sostenían diálogos delirantes con ella, en los que mi madre contestaba de manera absurda con sus frases recurrentes. Bébete rápido el zumo que, si no, pierde las vitaminas. Ojo, que por la noche refresca. No dejes que los perros te laman la mano. Mira bien antes de cruzar. Mi hijo le preguntaba cuál era su canción favorita, papá te la puede tocar. Cualquier canción es bonita, decía ella, si te gusta. Y todos nos reíamos, sobre todo mi madre.

Cuando mi hija creció empezó a espaciar sus visitas. Íbamos a la residencia Ryo y yo porque Maya decía que le provocaba pesadillas. Siempre tengo pesadillas el día que vuelvo de verla. Yo le decía no son pesadillas, es la realidad. Sí, la realidad. ¿Acaso no era también su abuela, mi madre, alguien que había querido huir de la realidad? Tuvo una infancia trágica, quedarse sin los padres y hermanos cuando era una niña, y después mi nacimiento, era fácil imaginar sus dudas, su angustia. Puede que el resultado de tanta realidad fuera su fuga, una fuga lejos del dolor y la desgracia, donde sus consejos cargados de sentido común servían para todo. También se fugaba mi hija, con el derecho de los niños a fugarse del mundo de los adultos, hacia otro lugar que no les enfrentara tan de cara a la tragedia y la tristeza.

que empiece ya

Que empiece ya, que empiece ya. Algunos mozos ruidosos gritaban el viejo cántico de que empiece ya, que empiece ya, así que solté unas ráfagas de guitarra y busqué con la mirada a mis hijos con cierta intranquilidad. La madre de Susana me los señaló, estaban trepando al hombro derecho del escenario junto a su hija. Maya traía en las manos un gato diminuto, recién nacido. Lo acariciaba, mientras Ryo trataba de aproximarse y tocarlo, bajo la sonrisa de Susana, que mostraba esa satisfacción indisimulada de quien ha sabido hacer feliz a unos niños. Supongo que se sentían más protegidos arriba en el escenario con su padre que entre la gente del pueblo. Eché de menos que Martán no estuviera para tocar el bajo con nosotros, seguro que sabría sacarle algún sonido interesante a la mesa del dj, que ya estaba listo para arrancar la sesión de baile.

Cuando la guitarra empezó a sonar, los que ocupaban los costados de la plaza se volvieron hacia el escenario con las bebidas en la mano. Busqué en vano a Paula, por ver una cara inspiradora, pero sólo veía a Jandrón y sus autoridades en la primera fila, el resto era oscuridad y el reflejo cegador de un foco contra mis ojos. Partía de la fachada donde ahora estaba inscrito mi nombre en la placa. Intenté no morirme de la vergüenza. Animal y los músicos de la banda acababan de ajustar sus posiciones y toqué la introducción de «Ohio» de Neil Young como hago siempre para soltar los dedos. Algunos comenzaron a aullar porque, aunque el sonido dejaba mucho que desear, la música es siempre una liberación, una excusa maravillosa para desinhibirse. Recordé la vaquilla sacrificada para que yo pudiera estar subido en ese escenario y pensé que aquella gente se merecía un rato de diversión.

Vi cómo Animal se colgaba del cuello el tamboril sujeto por una sucia correa y sacaba del bolsillo unas escobillas que habría encontrado en la furgoneta o le habría prestado uno de los músicos. Le busqué con la mirada y me lanzó una sonrisa. Vamos, dije. Y empezamos a tocar «Ca-ra-me-los». Animal dirigía con un gesto de cabeza al hombretón del bombo y el resto de la banda comenzó a desatarse. Cuando escuché los vientos que irrumpieron tras de mí, me di la vuelta para señalarlos y que el aplauso del público les sirviera para perder el temor. El saxofonista me devolvió una sonrisa desde el claustro de su boca y entendí que lo pasaban bien. Así que tocaba disfrutar.

Nunca habíamos hecho «Ca-ra-me-los» con una banda así. La descubríamos en cada acorde. Tenía un aire de música de verbena y nada me podía hacer más feliz, y me acerqué al saxo para pedirle que se lanzara a un solo. Asintió con la cabeza y dio un paso al frente, al borde del cortísimo escenario. En un momento estaba tan perdido que soltó un berrido metálico y me arranqué a doblarlo con la guitarra eléctrica para la estrofa final de la canción. Jamás habíamos tocado tan bien esa pieza. Me hubiera encantado que Gus entrara en el mismo sitio donde entraba con la segunda voz, me hubiera gustado que él estuviera pegado a mí encima del escenario, el único lugar donde fuimos felices del todo él y yo, creo, alguna vez.

La gente del pueblo pedía otra, otra, pero ya no teníamos nada que tocar. La banda no se sabía más canciones nuestras, así que tocamos sólo Animal y yo «Hacerse mayor», para bajar un poco la adrenalina. Se la dediqué al cura del pueblo y a Jandrón, el alcalde, que se llevaron unos aplausos de mofa. En el estribillo final el saxofonista se atrevió a acompañarnos de nuevo y logró dibujar algo parecido a lo que Kei añadía con el chelo. Teníamos que cerrar e irnos, así que rasgué un poco la guitarra y acerqué la boca al micrófono. Buenas noches a todos, ha sido un lujo tocar aquí, y le subí intensidad a la guitarra saturada para acallar algunos otra, otra, que repetían los más jóvenes. Miré la cara sorprendida de mis hijos. Muchas veces la gente sostiene que tener hijos te empuja a hacerte viejo, que ellos te pasan las hojas del calendario en plena cara, que no hay manera de mantenerse joven si ellos crecen a tu lado. Pero hay otra cosa que tenía que ver con la forma de mirarlo todo en ese momento, allí, Ryo y Maya, pegados al escenario, como si al tenerlos cerca pudieras descubrir la vida de nuevo a través de sus ojos, disfrutarla de nuevo con la pasión de su mirada. Es lo más parecido a la segunda infancia que hemos inventado. Animal me susurró algo que no entendí. «Toca por mí», me repitió. Y se puso a darle golpes al tambor como si estuviera enfebrecido hasta que yo empecé a cantar aquella canción que habíamos compuesto tantos años antes y acallar así los gritos que insistían en pedir otra. En la oscuridad relumbraban algunos móviles con los que nos grababan desde la plaza.

Cuando desenchufé la guitarra, el dj ya estaba parapetado tras su mesa, a punto de lanzar la música enlatada que lo llenaría todo un segundo después como un engrudo acústico. Fui hacia mis hijos, pero antes de que pudiera decir nada, Maya me preguntó, con ansiedad, ¿puedo quedármelo? Señalaba el gatito en sus manos. Porfa, oto, deja que nos lo quedemos, rogó Ryo. La madre de Susana me explicó que era una cría de su gata, tiene ya un mes, si queréis quedároslo nos hacéis un favor. Era todo gris ceniza, parecía un gato dibujado con humo. Yo asentí con la cabeza y Susana sonrió a mis hijos. Jandrón me abrazó con entusiasmo. Ha estado cojonudo. Animal se acercó y me gritó por encima de la música, ¿qué, desmonto y nos vamos? Sí. Jandrón se enfureció al oírlo, empezó a protestar, no me podía ir, tenía que estar al día siguiente para la ofrenda al apóstol y las vaquillas, bueno, la vaquilla, y además se jugaría un partido de fútbol contra el Mormojón, el pueblo vecino, y querían que yo hiciera el saque de honor y luego estaba el pregón tras la misa. Pero yo ya había recuperado la mano de mis hijos y le dije que de verdad tenía que irme, que no me podía quedar más tiempo. Después de mucho protestar pareció entenderlo y nos ayudó a cargar en la furgoneta las cosas que Animal había bajado para el concierto. Los tipos de la banda se despidieron con abrazos, y palpé sus cuerpos sudorosos. A ver si nos invitas a grabar contigo en un disco, me dijo el saxofonista.

Jandrón fue a buscarnos a toda prisa unos bocadillos para que comiéramos en el camino. Maya y Ryo subieron juntos a la trasera de la furgoneta después de que Animal cargara el amplificador. Maya llevaba el gato diminuto en brazos, protectora como una madraza de nueve años. Lo llamaré Gris. ¿Por el color?, pregunté. No, idiota, por la película. Dudé un instante. Animal me lo aclaró mientras echaba la guitarra en su funda y la empujaba al fondo de la furgoneta como si fuera un ataúd. *Grease*, no Gris. ¿Te acuerdas de cómo le gustaba a Gus esa película? Qué plasta se ponía. Animal cerró de un portazo la puerta de la furgoneta y fue a sentarse al volante.

La Luci se acercó a mi lado un momento. Te acuerdas

de cuando éramos críos, ¿verdad? Yo me detuve a mirarla para entender a lo que se refería. Ahora me arrepiento de no haberte dejado mirarme las tetas, y al decirlo recuperó la cara de hacía tantos años, de la adolescente con personalidad que fue, y soltó una risotada. Ya habrá otra ocasión, espero, le respondí. Cuando quieras, me dijo desafiante, y por primera vez encontré que la Luci conservaba un aire de rotundidad atractiva. Volvió Jandrón con cuatro bocadillos de longaniza envueltos de manera desmadejada en servilletas de papel. Puto dj, cómo me tocan los cojones, dijo Animal. Detrás de él me miraba la Luci, y el concejal de festejos le pasó a Animal unas latas de cerveza. Animal me miró mientras las sostenía y pidió algún botellín de agua. Gracias, les dije, y nos subimos a la furgoneta antes de que tuviéramos que despedirnos de todos uno a uno. Con un gesto desde la ventanilla lancé un adiós para el cura Javier que recibió también la mujer del concejal de festejos y que le hizo sonreír y activar músculos de la cara que tenía olvidados por desuso.

Animal giró en redondo con la furgoneta sin importarle que algunos chavales tuvieran que saltar en su maniobra para apartarse de delante. El chófer del coche fúnebre corrió hasta alcanzar mi ventanilla y gritarme, ha sido un placer, ¿te vuelves ya a casa? Sí, pásalo bien, gracias por todo, creí que ya te habías ido. Jairo me levantó la lata de cerveza que tenía en la mano y supuse que la noche sería larga para él. Espero que *no* nos veamos pronto, me dijo, y sonrió tras encoger los hombros, consciente de su poco apreciada profesión.

Animal siguió la línea de la carretera, pero no daba con la incorporación, así que dejaba las viejas casonas de adobe atrás. A la puerta de uno de los graneros a medio derruir había montada una fogata y unos chavales asaban morcillas y longanizas. Animal redujo la marcha porque uno de ellos, vestido de danzante, vomitaba en mitad del camino. Esta juventud es la polla, dijo Animal, no son ni las once y ya está echando la pava. Para, para un segundo. Paula acababa de dirigirme un gesto de despedida iluminada por el resplandor del fuego. Al detenerse la furgoneta se acercó a la carrera con un movimiento de gacela.

¿Te vas ya? Dije que sí. ¿Ésos son tus hijos? Ryo y Maya estaban asomados por la ventanilla trasera y en el cristal se reflejaban las llamaradas de la hoguera. Sí, los tres, dije y señalé también a Animal, que se había encendido un cigarrillo al volante de la furgo. Los cuatro, dirás, me corrigió ella, y apuntó con el dedo hacia el gatito en brazos de Maya. Es de la gata de Susana, ¿no? Sí, dije. Ha estado muy bien el concierto, se oía desde aquí. Gracias. Bueno, a lo mejor nos vemos en Madrid algún día. Envidié su futuro por estrenar. En la puerta de la cuadra había colgado un cartel pintado con spray sobre un jirón de sábana que decía Peña Los Atrapados. ¿Por qué os llamáis Los Atrapados? Es una historia muy larga, el año pasado hicimos la peña en una cochera abandonada, afuera del pueblo, y resulta que el portón se atascó y nos quedamos encerrados y por la mañana aún no habíamos podido salir y vinieron a buscarnos los padres, y tuvieron que tirar la puerta con un tractor. De ahí se nos quedó lo de Los Atrapados, pero lo pasamos bien aislados toda la noche. Noté una mirada lejana de uno de los chicos desde la hoguera y supuse que era su enamorado y que se habían hecho novios el año antes, durante el encierro accidental. El chico miraba con esa punzada de odio con que nos miraban los jóvenes cuando dábamos conciertos en pueblos. Si se nos acercaban las chicas, teníamos que huir de los mozos celosos. En una ocasión nos tuvimos que refugiar el grupo entero en la iglesia porque nos

400

querían linchar, creo recordar que Martán había tonteado con una chica y la pandilla del novio quería zurrarnos. Animal tuvo que subir al campanario y tocar a rebato para que vinieran las autoridades y nos rescataran del cerco.

Cuídate mucho, me ha encantado conocerte, le dije a Paula, y en su sonrisa asomó durante un segundo su madre. Saqué medio cuerpo por la ventanilla para darle dos besos. ¿Quién era?, me preguntó mi hija. Una prima mía, le respondí. Es muy guapa. Claro, en mi familia también hay gente guapa, ¿qué te creías? Animal observaba algo con gesto serio y luego soltó la revelación fruto de su estudio apresurado. ¿Tú te has dado cuenta de las tetas que tienen las jóvenes de ahora? No las tenían así en nuestro tiempo, ¿verdad? Con la cabeza, señalé a mis hijos en el asiento de atrás. Hay ropa tendida. Ah, perdón, y bajó el tono de voz, dicen que tiene que ver con las hormonas que les ponen a los pollos, lo de las tetas, y luego pegó un volantazo y logró acceder a la carretera en un giro junto al arroyo.

Lo que más me jode es no estar para lo de la vaquilla, me han dicho que mañana sueltan una vaquilla, se quejó Animal. ¿Aquí la matan también a lanzazos o le prenden fuego en los cuernos?, se interesó. No, creo que no. Vaya, qué pena. ¿Les has contado a tus hijos cuando tocamos en Tomelloso y saltamos a correr el encierro y a ti te pilló la vaquilla y cantaste con dos costillas medio fisuradas? Miré hacia Animal. ¿Yo? No me acuerdo de eso, le dije. Joder, que te acompañó Gus a que te miraran en la casa de socorro y te pusieron un vendaje o algo para que pudieras actuar y luego ligaste con la enfermera. Negué con la cabeza de nuevo. Animal se volvió hacia mis hijos. Menudo padre tenéis, sólo se acuerda de lo que quiere.

Nos alejamos del pueblo con velocidad. Afuera los campos de cereal se confundían con la oscuridad en una

401

noche sin luna. Albergaba una sensación fraudulenta dentro de mí, desde que Jandrón me había despedido emocionado. No podía fingir que esa tierra era mía, porque no lo era. Me acordé de Gus, de cómo se reía cuando escuchaba a alguien hablar de las raíces. Él había renegado de ellas, sus vínculos eran todos ensoñaciones, ficciones, fantasías. Era un marciano vocacional. Nosotros somos extraterrestres, Dani, vamos a montar un planeta para nosotros y nos vamos a instalar allí. Somos la primera generación de la historia que flota ingrávida por las ondas, sin tierra propia. Eso decía Gus.

Me habría gustado contradecirle. Decirle yo tengo mis raíces, ahí fuera esas tierras son mis tierras. Pero no era cierto. Miré a mis hijos en el asiento de atrás. Ellos no podrían llevarme a enterrar, como había hecho yo con mi padre, a un lugar que significara algo para mí. Gus tenía razón. San Gus. Éramos lo que hacíamos. Las canciones, el divertir a la gente, alguien que baila o da palmas o tararea. No una placa ni una lápida en un cementerio. Lo que sobrevive de mi padre era el gesto de esa azafata que me devolvió el favor que un día él le hizo quizá a su madre. Al final Gus y mi padre tenían razón. Cada uno con su visceral manera de encarar la vida. Tanto das, tanto tienes.

Joder, no sé si vamos bien por aquí, se quejó Animal. No hay una puñetera indicación. Luego suspiró. Me cago en el MOPU. Mi hija Maya tardó en dormirse. No hablaba, pero no conseguía cerrar los ojos y atrapar el sueño, como su hermano, cuya cabeza reposaba contra el brazo de la puerta después de que ella lo empujara al lado contrario cuando cayó sobre su regazo. Podía aplastar al gatito, justificó su gesto nada amable. ¿No te duermes? Se encogió de hombros, me miraba con una rara intensidad, como si tratara de entender, de saber quién era su padre. Ignoraba que ni yo lo sabía a ciencia cierta. ¿Cuándo vas a grabar otro disco, papá? Me sorprendió la pregunta. Pronto. Animal intervino y se dirigió a ella por el espejo retrovisor. Muy pronto, ya tenemos muchas canciones. Yo asentí. ¿Y cómo se va a llamar el nuevo disco?, preguntó Maya. No sé, aún hay que ponerle título. ¿Se te ocurre alguno? Ella movió los labios en un gesto cómico, mientras pensaba algún título que proponer. De pronto, había recuperado la ilusión, disipada su melancolía. Tierra de Campos, dijo Animal mientras apuntaba con el dedo el cartel que anunciaba la región que dejábamos atrás. Es de donde viene nuestro apellido, ¿no?, preguntó mi hija, a la que había visto ensayar su firma floreada de Maya Campos en busca de un sello personal. Entonces Maya lo repitió, Tierra de Campos, y lo dijo de una manera nada trascendente. Es un buen título. ¿Tierra de Campos?, repetí yo. Puede ser. ¿No suena antiguo, un poco carca?, se quejó Animal. Campos de Castilla y toda esa murga.

Luego tomó la bifurcación. El nombre de Palencia escrito en la chapa metálica me recordó el centro donde trabajaba Oliva. Estaba en Palencia. No sería complicado dar con el antiguo seminario. Podría pasar un día por allí. Preguntar por ella. Animal me miró y en su expresión había una rara inteligencia, como si supiera lo que daba vueltas en mi cabeza en ese momento. Pero ¿en qué pensaba yo? Levantó el puño para que se lo golpeara con mi puño. Le gustaban esos gestos entre infantiles y pandilleros. Le gustaba esa idea de fidelidad. Rocé sus nudillos con mi puño. Él sonrió orgulloso, satisfecho, como si en el chocar de nuestros puños se resumiera todo lo que significábamos el uno para el otro. Amigos nada más, el resto es selva. Caí en la cuenta de que la gente más valiosa en mi vida es la que me ha empujado a fabricar unos ideales, puede que ficticios, pero tan hermosos que da gusto jugar a que existen, apostar por ellos, cantar sobre ellos, soñar con ellos o echarlos rabiosamente de menos cuando se te han escapado y te va la vida en recuperarlos. ¿Por qué no? Ahí empieza todo.